AF286114

Zum Buch

Nach einer schweren Lungenentzündung wird die sechzehnjährige Flo zur Kur in das kleine Städtchen Moorfleet an die Nordsee geschickt. Bei ihrem Onkel Hannes Friedrichsen soll sie wieder zu Kräften kommen. Das alte Schleusenhaus auf dem Deich scheint der perfekte Ort dafür zu sein, wenn da nicht ihre seltsam realistischen Träume von einer fernen Küste wären.

Durch Zufall stoßen Flo und Hannes auf alte Aufzeichnungen über eine sagenumworbene Insel, welche sich einst vor der Küste Schleswig-Holsteins befunden haben soll. Immer mehr Fragen tun sich auf. Wieso hat einer ihrer Vorfahren genau diesen Strand aus Flos Träumen auf einem Bild festgehalten und was hat ihre Familie damit zu tun? Gemeinsam versuchen sie das Geheimnis zu ergründen. Doch Hannes und Flo sind nicht die einzigen, die hinter das Rätsel kommen wollen. Was ist mit der ehrgeizigen Journalistin Kiki von Borch, die immer wieder ihre Wege kreuzt?

Als ein Unwetter über Moorfleet hereinbricht, muss Flo sich entscheiden, ob sie bereit ist, an ihre Träume zu glauben.

Wiebke Momsen

Die Hüterin der vergessenen Insel

Über den Mut,
an seine Träume zu glauben

Roman

Der erste Band der Øland-Trilogie

Impressum

© September 2025 Wiebke Momsen
Dritte Auflage

Lektorat: www.derletzteschliff.de
Covergestaltung: Wiebke Momsen und
Alex Rauchfleisch Momsen
Bilder: Wiebke Momsen
Kontakt: wiebke.momsen@gmail.com
www.wiebkemomsen.ch
Verlag: BoD · Books on Demand GmbH, Überseering 33,
22297 Hamburg, bod@bod.de
Druck: Libri Plureos GmbH, Friedensallee 273,
22763 Hamburg
ISBN: 978-3-8192-7630-9

Für meinen
geliebten Norden

Glaube nicht, was du denkst,

und denke nicht, was du glaubst!

Øland,
du verwunschenes Land im Meer,
dich zu finden, ist so leicht
und doch so schwer.

Wer nicht reinen Herzens ist,
der wird dich niemals finden,
und wer nicht glaubt,
was du bist,
für den wirst du
für immer verschwinden.

Doch Reisender, bist du in Not,
suchst Hilfe
oder fürchtest gar den Tod,
so wird Øland für dich
zum Rettungsort.
Und geht es dir wieder gut,
so musst du wieder fort.

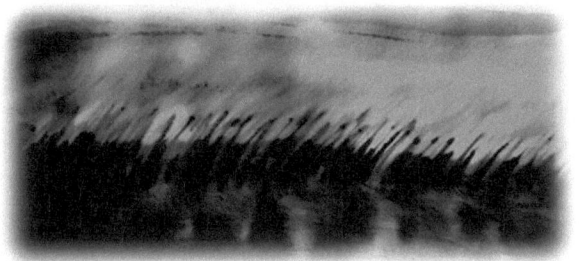

Prolog

Etwas hatte ihn geweckt. Ein Geräusch? Angestrengt lauschte er in die schwüle Sommernacht. Waren da Schritte im Haus zu hören? Nein, alles schien ruhig. Nur das ferne Rauschen des Verkehrs, welches in manchen Nächten von der Autobahn zu ihm herüberwehte, drang an sein Ohr. Der Schrei eines Nachtvogels zerriss die Stille und ließ ihn zusammenzucken. Sofort raste sein Puls.

»Reiß dich zusammen, Mann!« In diesem Moment hasste er sich selbst. Langsam fand sein aufgeregter Herzschlag zu seinem normalen Rhythmus zurück. »Geh wieder schlafen!«, befahl er sich. Aber der Drang aufzustehen und nachzusehen, war übermächtig. Also ging er ins Arbeitszimmer, wo sich hinter der falschen Bücherwand sein Safe befand. Mit zitternden Fingern gab er den Code ein, doch nichts geschah. Augenblicklich schnellte sein Puls wieder in die Höhe. Das Herz schlug ihm heftig gegen die magere Brust, und der Atem ging stoßweise, als hätte er einen schnellen Lauf hinter sich. Schweißperlen bildeten sich auf seiner Stirn und rannen ihm in die Augen. Er roch den säuerlichen Geruch der Angst, sie war seit Jahren sein treuster Begleiter.

Endlich! Ein leises Klicken ertönte, die Tür des Safes schwang auf und gab den Blick auf die wenigen Dinge in seinem Inneren frei. Zuoberst lagen einige Bündel mit Banknoten in verschiedenen Währungen sowie seine Walther PPK. Daneben, fein säuberlich geordnet, verschiedene Pässe, alle ausgestellt auf ihn. Natürlich trug keiner seinen richtigen Namen. Mit einer fahrigen Bewegung schob er die Ausweise beiseite, darunter lag sein wertvollster Besitz. Ein brauner, vergilbter Umschlag sowie ein kleiner, etwa faustgroßer Beutel aus Sackleinen. Erleichterung durchströmte ihn bei diesem Anblick wie eine Droge. Alles schien in Ordnung.

Fies erwischt

FLO

Basel, Ende Mai 2014

Es hatte Flo richtig fies erwischt. Fast zwei Wochen lang hielten sie der Husten und das Fieber fest im Griff, ehe es endlich besser wurde. *Lungenentzündung*, hatte die knappe Diagnose des Hausarztes Dr. Braun gelautet, der Flos Welt auf die knapp acht Quadratmeter ihres kleinen Mansardenzimmers zusammenschrumpfen ließ.

All die aufregenden Pläne für die nächsten Wochen waren geplatzt. Keine Abschlussprüfungen und keine Vorbereitung auf die Klassenfahrt, die kurz bevorstand und den Höhepunkt des gesamten Schuljahres bilden sollte.

Mit jedem Tag, der verstrich und keine Besserung brachte, wuchs in Flo das Gefühl, dass ihr die Zeit davonlief. Das heißt, eigentlich lief sie nicht, sondern hockte wie eine garstige, fette Kröte auf ihrer Bettkante und schien sie zu verspotten. Sie spottete über jede verpasste Prüfung und über jeden Sommertag, den sie in dem abgedunkelten, muffigen Zimmer verbringen musste, wo es nach Brustwickeln und Kräutertee roch.

Jetzt bestimmten nicht die Wochentage oder die Schule ihren Rhythmus, sondern die Medikamente, die ihr wenigstens für einige Stunden eine gewisse Erleichterung verschafften, bevor die Wirkung wieder nachließ und das Fieber und der Husten erneut zurückkehrten. Dann war die Zeit besonders garstig, sie dehnte sich zu einer nicht enden wollenden Ewigkeit aus, denn es gab nichts, was Ablenkung versprochen hätte.

Sogar auf ihre treusten Freunde, die Bücher, war kein Verlass mehr. Sobald sie versuchte zu lesen, erwachten die Buchstaben zum Leben, bewegten sich wie Schlangen über das Papier und verursachten ihr Schwindel und Übelkeit. Selbst der Schlaf brachte keine Erholung, ihn fürchtete Flo fast am meisten, denn mit ihm kamen auch die Träume.

Auf den ersten Blick hätte man sie nicht als Alpträume bezeichnen können, hinterhältig traf es vielleicht besser. Fast jede Nacht kehrten sie in leicht veränderter Form zurück. Anfangs schienen sie ganz harmlos zu sein. Stets war sie in einer Stadt unterwegs, die ihr weder fremd noch vertraut war, sie lief durch endlose Straßen, lief und lief. Es gab kein Ankommen in diesen Träumen, kein Ziel, das sie hätte erreichen können. Beim Aufwachen fühlte sie sich dann erschöpfter als zuvor und hatte das Gefühl, etwas Entscheidendes verpasst zu haben.

Aber immer, wenn Flo meinte, es nicht mehr aushalten zu können, dann war da Müller, ihr geliebter Kater Müller. In diesen Tagen wich er kaum von ihrer Seite. Besonders an den Vormittagen, wenn alle anderen in der Schule oder bei der Arbeit waren, saß er am Fußende ihres Bettes. Er war es, der den Husten in Schach hielt und über ihren Schlaf wachte. Wann immer sie sich in den Fieberträumen zu verlieren drohte, war er bei ihr. Erst wenn seine feinen Ohren das Klicken der Haustüre vernahmen, verließ er seinen Wachposten, um im Garten nach dem Rechten zu sehen und auf Mäusejagd zu gehen.

Dies war Müllers Art, Flo seine Treue zu zeigen. Seit sie ihn vor nunmehr acht Jahren gerettet hatte, verband die beiden ein unsichtbares Band der Loyalität und Liebe. In den langen, einsamen Stunden, die Flo in ihrem Bett verbringen musste, kehrten ihre Gedanken mehr als einmal zu den Ereignissen in jenem Sommer zurück, als Müller in ihr Leben getreten war.

KIKI
München, zur selben Zeit

Zufrieden klappte Kiki von Borch den Laptop zu. Der Text war ihr wirklich gut gelungen, und auch die Fotos brachten die Stimmung hervorragend rüber. Ursprünglich hatte sie den Auftrag nur des Geldes wegen angenommen, denn das *Magazin* bezahlte überdurchschnittlich gut. Mittlerweile faszinierte sie die Story ebenfalls.

Vom Aussterben bedroht – Berufe, die es bald nicht mehr geben wird, lautete der Titel der Serie. Der Chefredakteur hatte sie von seiner Idee überzeugen können. Normalerweise war Kiki eher eine Fachfrau für den investigativen Journalismus; sie liebte es, dreckige Skandale aufzudecken. Diese Serie jetzt entsprach so gar nicht ihrem Stil, aber ihre Interviewpartner waren allesamt spannende Persönlichkeiten gewesen, die wirklich etwas zu erzählen hatten.

Das *Magazin* hatte bereits ihr Porträt eines Seilers, einer Buchbinderin sowie das eines Gerbers gebracht. Doch der vierte und letzte Teil, in dem sie über den pensionierten Schleusenwärter Hannes Friedrichsen berichtete, übertraf ihrer Meinung nach die anderen bei weitem. Ausnahmsweise war sie selbst gespannt, wie sich der Artikel in der fertigen Ausgabe machen würde.

FLO
Basel, acht Jahre zuvor im Sommer 2006

»Florentine, du kannst jetzt nicht Seilspringen, bitte sei leise, Felix muss seinen Mittagsschlaf machen!«

Oh, wie Florentine diese ewigen Ermahnungen leid war. Alles drehte sich nur um ihren blöden Bruder, Felix hier, Felix da. Dabei hatte sie sich so auf ihn gefreut, nur hatte sie sich das mit dem Geschwisterchen ganz anders vorgestellt. Manchmal wurde ihr fast schlecht vor Eifersucht, wenn ihre Eltern schon wieder nur für ihren kleinen Bruder da waren.

Ihre Mutter hatte ihr erklärt, dass so ein Baby am Anfang viel Arbeit bedeutete, und sie wusste, dass sie ungerecht war, doch die Eifersucht hatte sich wie eine Schlange in ihrem Inneren eingenistet. Sie fraß sich durch ihre Eingeweide und hinterließ ihr grünes Gift. In diesen Momenten mochte sie sich selbst nicht leiden. Ganz leer war es dann in ihrem Herzen, und es war niemand da, um diese Leere auszufüllen.

Jetzt in den Sommerferien war es besonders schlimm. Alle ihre Freundinnen waren irgendwo ans Meer oder in die Berge gefahren, nur sie, Florentine, hockte in diesem blöden Basel, weil Felix noch zu klein für eine lange Reise war.

Auch Lukas, ihr großer Bruder, benahm sich in letzter Zeit so komisch. Früher hatte er immer mit ihr gespielt, jetzt zählten nur noch seine dummen Kumpels vom Fußballverein.

»Das liegt an der Pubertät«, hatte Papa gesagt. Florentine wusste zwar nicht, was die Pubertät war, aber es war ihr auch herzlich egal. Sie wollte einfach den alten Lukas wiederhaben, den, der sich für sie Zeit nahm und ihr abends vor dem Schlafengehen noch eine Geschichte vorlas. Immerhin konnte sie inzwischen leidlich selbst lesen.

Gerade kämpfte sie sich durch das Buch *Der geheime Garten*, sie hatte es von ihrem Onkel Hannes bekommen. Die Geschichte von der kleinen Mary, die in einem riesigen Haus lebte und einen verborgenen Garten fand, war wirklich spannend. Florentine stellte sich das Ganze ein bisschen wie das alte Anwesen in der Kopernikusstraße vor, sie fand, es strahlte auch etwas Geheimnisvolles aus. Der Gedanke, einen Ort zu besitzen, von dem niemand wusste und der einem ganz allein gehörte, faszinierte sie.

Wann immer es sich einrichten ließ, kam Florentine nun zu dem Grundstück. Dort stand sie lange am Zaun und schaute zu dem Haus hinauf, das halb verdeckt hinter einer Mauer und großen alten Bäumen zu sehen war. Mit den roten Fensterläden und den vielen Schornsteinen sah es wie ein richtiges Herrenhaus aus. Zu gerne hätte sie durch eines der hohen Fenster ins Innere geschaut, doch leider lag es zu weit von der Straße entfernt. Jetzt war alles ziemlich heruntergekommen, der Garten war verwildert, und das Haus war ebenfalls in keinem guten Zustand. Jedes Mal, wenn ihre kleinen Hände das kühle Eisen der Zaunstäbe umfassten und sie hindurchspähte, war es, als würde der Ort sie zu sich rufen.

T. S.
Zur selben Zeit

Sorgfältig überprüfte er nochmals die Angaben des Mannes, alles schien zu passen. Im Laufe der Jahre hatte er sich ein ganzes Netz an Mittelsmännern und Informanten aufgebaut, die für ihn Ausschau hielten. Sein Problem war, dass er keinem von ihnen genug traute, um alle relevanten Informationen preiszugeben. Stets war er in Sorge, dass einer von ihnen seinem Geheimnis auf die Schliche kam und womöglich auf eigene Faust zu recherchieren begann. Dies hatte zur Folge, dass er häufig unbrauchbare Hinweise erhielt. Es glich der berühmten Suche nach der Nadel im Heuhaufen. Diesmal jedoch sagte ihm sein Bauchgefühl, dass er richtig lag, endlich gab es eine vielversprechende Spur. Das Buch, das er zu stehlen gedachte, befand sich in St. Gallen, in der berühmten Stiftsbibliothek.

Er hatte alles, was er im Netz darüber finden konnte, gelesen, einen Stadtplan gekauft und Fahrpläne studiert. Jetzt war er bestens vorbereitet und die einzelnen Etappen seiner kleinen Reise geplant. Er würde nicht direkt nach St. Gallen fahren, sondern die Gelegenheit für einen Abstecher nach Amsterdam nutzen. Via Zürich wollte er dann sein eigentliches Ziel erreichen und dem dortigen Benediktinerkloster mit seiner mittelalterlichen Bibliothek einen Besuch abstatten.

FLO

Wieder und wieder kam Florentine in diesen Tagen zu dem Anwesen in der Kopernikusstraße und schaute zu dem Haus hinauf. Sie hatte dort noch nie einen Menschen gesehen, vermutlich stand es leer. Manchmal ertappte sie sich bei dem Gedanken, wie es wohl wäre, dort zu spielen. Schon mehrmals war sie das ganze Grundstück abgelaufen. Leider gab es hier keine verborgene Tür wie in der Geschichte von dem geheimen Garten. Der einzige Zugang war das große Tor am Eingang.

Einmal hatte sie vorsichtig daran gerüttelt, aber es war verschlossen, zudem flößten ihr die steinernen Löwen davor Angst ein. Was, wenn sie mit einem Mal zum Leben erwachen und sie anfallen würden? Daher hatte sie sich damit abgefunden, dass sie das Land hinter dem Zaun wohl niemals betreten würde. Doch dann hatte sie etwas gehört, das alles veränderte und ihre ganze kleine Kinderwelt auf den Kopf stelle. Es war nur ein einfacher Satz, den sie zufällig aufgeschnappt hatte: *Wenn du etwas nicht willst, gibt es Gründe, doch wenn du etwas wirklich willst, gibt es Wege.*

Lange hatte sie darüber nachgedacht. Wie war das zu verstehen? Sollte dies bedeuten, dass auch sie einen Weg finden konnte, um in das Land hinter dem Zaun zu gelangen? An diesem Abend beschloss Florentine, dass sie es auf jeden Fall versuchen musste. Jetzt hatte sie ihr eigenes Geheimnis, zufrieden schlief sie ein.

Es dauerte ein paar Tage, dann zeichnete sich langsam eine Lösung in ihrem Kopf ab. Es war ein riskanter Plan und bestimmt nicht erlaubt, aber das störte sie zu ihrem eigenen Erstaunen kein bisschen.

»Wie gut, dass mich alle für ach so brav halten«, dachte Florentine, während sie sich mit aller Kraft gegen einen der Müllcontainer stemmte, die am Ende des Wendeplatzes standen. Sie gehörten zu einem dieser anonymen Wohnblocks, in denen man nie einen Menschen sah. Wenn sie einen der Container um einige Meter verschieben könnte, dann müsste es möglich sein, auf die andere Seite des Zauns zu gelangen. Die Dinger waren höllisch schwer und zudem klemmten die Rollen. Bei den ersten beiden hatte sie keine Chance, aber der dritte bewegte sich tatsächlich.

»Geschafft!«, zufrieden wischte sich Florentine die schmutzigen Hände an ihrem Sommerkleid ab. Zu spät wurde ihr klar, dass dies vielleicht keine so gute Idee war. Jetzt, wo sie schon mal hier war, konnte sie auch gleich ausprobieren, ob ihr Plan funktionierte. Sie setzte einen Fuß auf den Henkel, umfasste den oberen Rand und zog sich hoch. Es ging leichter als gedacht, und sie musste einen triumphierenden Jubelschrei unterdrücken.

Größere Sorgen bereitete ihr der Rückweg, doch dann kam ihr eine Idee. Wenn sie ein Brett an den Zaun lehnte, wie eine Rampe auf einem Schiff, sollte es gehen. Sie wusste, dass es eines daheim in ihrem Schuppen gab. Blieb noch die Frage, wie sie es transportieren sollte. Nach kurzem Nachdenken fiel Florentine eine Lösung ein: »Auf dem Bollerwagen!«

T. S.
Am selben Tag

Die Maschine aus Amsterdam war pünktlich. Niemand schenkte dem älteren Herrn mit dem gepflegten Dreitagebart Beachtung. Er trug einen grauen, etwas abgenutzten Anzug, wie man ihn zu Tausenden als Meterware in jedem x-beliebigen Kaufhaus erwerben konnte. Kaum einer würde sich später an ihn erinnern, einzig sein linkes Bein, das er beim Gehen ganz leicht nachzog, könnte ihn später verraten.

Er nahm den IC 5 Richtung Rorschach mit Halt in St. Gallen, und in weniger als einer Stunde hatte er sein Ziel erreicht. Der Bus, der ihn zum Stiftsbezirk brachte, war fast leer. Die wenigen anderen Fahrgäste schauten wie gebannt auf ihre Smartphones. Gleichwohl war er froh, als seine Haltestelle aufgerufen wurde und er der muffigen Atmosphäre des Busses entfliehen konnte. Gemächlich steuerte er eines der Cafés an, das bereits geöffnet hatte, und bestellte sich ein Frühstück. Das kleine Bistro war für sein Vorhaben ideal, denn es lag genau gegenüber dem Eingang der Klosterbibliothek.

Zu dieser frühen Stunde war der Platz davor noch fest in der Hand der Tauben, die mal hier, mal da etwas vom Boden pickten und leise gurrende Geräusche von sich gaben. Die Sonne wärmte bereits das Kopfsteinpflaster, und es versprach, wieder ein heißer Sommertag zu werden. Nur langsam erwachte der Stiftsbezirk zum Leben, die ersten Andenkenshops öffneten, Postkartenständer wurden auf die Straße gerollt.

Er selbst hatte keine Eile, eine Stunde verging, dann eine weitere. Nach einem Blick auf seine Uhr bezahlte er und begab sich gemächlich zu dem Kassenhäuschen am Eingang des Stifts. Gerade spuckte ein Reisebus eine ganze Ladung aufgeregt schnatternder Senioren aus. Schnell tauschte er die Anzugjacke gegen einen einfachen Pulli mit V-Ausschnitt, seine aufrechte Körperhaltung wurde leicht gebückt und sein Gang etwas unsicherer. Falls man nach ihm fahnden würde, dann bestimmt nicht unter den Teilnehmern dieser Reisegruppe.

Während er scheinbar interessiert den langatmigen Ausführungen des Guides lauschte, suchte sein geschultes Auge das Gebäude nach Überwachungskameras und möglichen Alarmsystemen ab. Der Saal, dem sein besonderes Interesse galt, war der vorletzte. Hier saß ein gelangweilter Wachmann, der stumpfsinnig vor sich hinstarrte. Er zählte drei

Kameras; es war fast lächerlich, wie wenig Sicherheitsvorkehrungen das Stift getroffen hatte, gleichwohl würde er kein Risiko eingehen.

An der Führung um elf Uhr dreißig nahm ein unscheinbarer Mann mit Cordhose und blau kariertem Hemd teil, diesmal ohne Bart, dafür mit Nickelbrille. Bei genauerem Hinsehen hätte man den Herren aus der Zehn-Uhr-Führung wiedererkennen können. Aber wer machte sich schon die Mühe? Ein weiteres Mal ließ er geduldig die Ausführungen zur Geschichte des Stifts über sich ergehen. Diesmal nutzte er die Zeit, um den Plan, der in seinem Kopf bereits Gestalt angenommen hatte, auf mögliche Schwachstellen zu überprüfen. Als auch die zweite Führung des Tages beendet war, hatte er alles erfahren, was er wissen musste. Er würde einige Anschaffungen tätigen, dann wäre er bereit.

Unter den rund zwanzig Teilnehmenden der letzten Führung des Tages befand sich ein leicht übergewichtiger Mann unbestimmten Alters. Dieser trug einen schlichten, braunen Pulli über verwaschenen Jeans. Der Guide war mittlerweile ein anderer als am Vormittag, auch der Wachmann hatte gewechselt, doch das spielte für sein Vorhaben keine Rolle.

Gegen Ende der Führung kam es zu einem unerwarteten Zwischenfall, der es am nächsten Tag sogar in die Regionalnachrichten des *St. Galler Tagblatts* schaffte. Dieses titelte:

Mäuse-Alarm in der Klosterbibliothek
Wie die Leitung des Stifts auf Nachfrage bestätigte, sorgte gestern eine Mäusefamilie für einige

Aufregung in der mittelalterlichen Abteilung. Während einer Führung brach unter den Besuchern kurzzeitig Panik aus. Kammerjäger konnten die Mäuse mittlerweile einfangen und im angrenzenden Park in die Freiheit entlassen. Die Bibliothek wird heute ihren gewohnten Betrieb wieder aufnehmen.

Es schüttelte ihn noch immer vor Lachen, wenn er an die gestrige Szene zurückdachte. Er hatte nichts weiter tun müssen, als die Mäuse, welche er in einer Zoohandlung gekauft hatte, freizulassen; der Rest war ein Selbstläufer gewesen. Die entsetzten Schreie zweier älterer Damen hatten zu dem gewünschten Tumult geführt.

Nicht mal dreißig Sekunden hatte er gebraucht, um in dem allgemeinen Chaos das veraltete Schloss an dem Bücherschrank zu knacken. Anstatt das Buch einfach zu stehlen, hatte er es gegen ein Imitat mit mittelalterlichen Gedichten ausgetauscht. Da auf den ersten Blick nichts fehlte, konnte es Monate oder sogar Jahre dauern, bis der Raub entdeckt werden würde.

FLO

Endlich war der große Tag gekommen und Florentine würde das verbotene Land hinter dem Zaun erkunden. Den kleinen Rucksack, den sie mitnehmen wollte, hatte sie bereits am Vorabend gepackt. Darin befanden sich eine Packung ihrer Lieblingskekse, eine Flasche Wasser, ein Seil sowie ihr

Taschenmesser. Zwei Mal hatte ihr das Wetter einen Strich durch die Rechnung gemacht, doch heute hatte sie Glück. Als sie an diesem Morgen aus dem Fenster schaute, war es trocken, und ein frischer Wind war eifrig damit beschäftigt, die letzten Wolken vom Himmel zu fegen; ab und zu lugte bereits die Sonne hervor.

Sie hätte es nicht besser treffen können, denn Papa war in der Uni bei seinen Studenten. Mama, Lukas und Felix wollten den ganzen Tag fortbleiben. Als Erstes würde sie sich ein richtig leckeres Frühstück zubereiten, man konnte ja schließlich nicht mit leerem Magen in ein Abenteuer starten. Florentine fischte sich einen Laib Brot aus dem Kasten und schnitt mehrere Scheiben davon ab, sie wurden auch nur ein ganz bisschen schief. Sie bestrich alle dick mit Butter, nach kurzem Zögern holte sie die Dose mit dem Kakaopulver aus dem Schrank und bestreute die Brote damit.

»Wer sagt denn, dass man Schokopulver immer trinken muss?«, sie kam sich dabei fast ein bisschen rebellisch vor. Leise musste sie kichern und biss kräftig in eines der Brote. Sie wollte schon aus der Küche stürmen, machte aber nochmals kehrt, um ihren Eltern einen Zettel zu schreiben:

BIN DEN GANSEN TAG BEI EINER FÜNDIN UND KOME ERST ABENS ZURÜK, FLORENTINE.

Vor dem großen Spiegel in der Garderobe blieb sie kurz stehen, um sich zu betrachten. Ob man ihr ansah, dass sie etwas Verbotenes vorhatte? Zu ihrem Erstaunen wirkte ihr Gesicht mit den zwei langen, blonden Zöpfen und den meerblauen Augen so freundlich und unschuldig wie immer.

Fast war Florentine ein bisschen enttäuscht, sie hatte erwartet, mutig und verwegen auszusehen. Als sie auf die Straße trat, durchströmte sie die Aufregung, und Freude schwappte bei jedem Schritt durch ihren Körper. Sie konnte es kaum erwarten, ihr Ziel zu erreichen, und lief so schnell, dass das Brett teilweise gefährlich schwankte.

Keuchend und außer Atem kam sie in der Kopernikusstraße an, aber es war eine gute Atemlosigkeit. Sie hob das Brett vom Bollerwagen und lehnte es in den Spalt zwischen Zaun und Container. Dann versteckte sie den Wagen in einem nahegelegenen Gestrüpp. Prüfend sah sie sich nach allen Seiten um; der kleine Wendeplatz lag verlassen da.

Mit klopfendem Herzen setzte Florentine einen Fuß auf den Henkel und zog sich auf den Deckel der Mülltonne. Als Nächstes galt es, dafür zu sorgen, dass sie später auch wieder zurückkam. Zu diesem Zweck hievte sie das schwere Brett über den Zaun und ließ es auf der anderen Seite zu Boden plumpsen. Nun musste sie nur noch hinterherklettern und dabei aufpassen, dass sie nicht an einer der Metallspitzen hängen blieb. Ein letztes Mal vergewisserte sie sich, dass sich immer noch nichts regte, dann schwang sie sich über den Zaun. Der Boden schien mit einem Mal ziemlich weit weg, aber sie tat es dem Brett gleich und ließ sich einfach fallen.

Ein Gefühl des Triumphes flammte in ihr auf. Sie, die folgsame, schüchterne Florentine, hatte es gewagt und etwas Unerlaubtes getan, einfach weil sie es wollte. Zuerst war das aufgeregte Pochen ihres

Herzens so laut, dass sie nichts anderes wahrnahm. Aber je länger sie so dalag, desto mehr veränderte sich ihre Welt. Das hohe Gras trennte sie von allem um sie herum und bildete eine schützende Hülle. Es wurde still in ihr, und die Ruhe legte sich wie eine weiche Decke über all die negativen Gefühle und Gedanken, die sich in den letzten Wochen in ihr aufgestaut hatten. Lange lag sie einfach nur so da und beobachtete zwei Vögel, die hoch am Himmel ihre Kreise zogen.

Jetzt war sie bereit, das Anwesen zu erkunden. Sie fing mit dem hinteren Teil des weitläufigen Grundstücks an. Dort entdeckte sie verschiedene Obstbäume. Neben Apfel- und Birnbäumen gab es auch einen mit Kirschen, der übervoll mit reifen Früchten hing. Sie pflückte ein paar davon und steckte sie sich gierig in den Mund, spuckte sie jedoch sogleich wieder aus.

»Bäh, Sauerkirschen!«, Florentine schüttelte sich. Viel weiter traute sie sich an diesem Tag nicht. Eine seltsame Scheu hielt sie davon ab, näher ans Haus zu gehen, schließlich konnte sie nicht mit Gewissheit sagen, ob es wirklich unbewohnt war. Florentine beschloss, dass es für heute Zeit war, heimzukehren.

Mit einem Mal hatte sie es eilig, den Garten und das Grundstück zu verlassen. So schnell sie konnte, rannte sie zum Zaun zurück und atmete erleichtert auf, als sie das Brett im hohen Gras wiederfand. Wie sie es zu Hause zuvor geübt hatte, lehnte sie es an den Zaun und kletterte daran hoch. Auf der anderen Seite machte sie sich ganz lang, bis ihre Füße den Deckel des Containers ertasteten. Das Brett ließ sie einfach ins hohe Gras zurückfallen. Sie hoffte inständig, dass es noch da wäre, wenn sie beim nächsten Mal wiederkäme, denn dass es ein nächstes Mal geben würde, stand für Florentine fest.

T. S.
Am selben Tag, wenige Stunden später

Wie immer, wenn er von einer Reise heimkam, machte er als Erstes einen Kontrollgang über das ganze Anwesen. Im Haus schien alles unberührt, aber im Garten stimmte etwas nicht. Anfangs war es mehr ein Gefühl, eine Ahnung; ein abgeknickter Zweig hier, niedergetretenes Gras da. Er war sich sicher, dass jemand während seiner Abwesenheit hier gewesen war. Doch wie war der Eindringling auf das Grundstück gekommen und was wollte er?

Bald hatte er das Brett im Gras entdeckt und ahnte sofort, wozu es diente. Sein erster Impuls war, den Tritt einfach verschwinden zu lassen, aber wenn er etwas während seiner Zeit im Knast gelernt hatte, dann, dass es wichtig war, erst zu denken und anschließend zu handeln. Also ließ er zunächst alles unberührt, und legte sich geduldig auf die Lauer; wobei *legen* es nicht ganz traf. Vielmehr positionierte er seinen gemütlichen Ohrensessel vor einem der bodentiefen Fenster im ersten Obergeschoss, so konnte er den größten Teil des Anwesens gut überblicken, ohne selbst gesehen zu werden.

FLO

Als Florentine nach ihrem Besuch in der Kopernikusstraße heimkehrte, erwartete sie eine unangenehme
Überraschung. Drei Augenpaare richteten sich vor-
wurfsvoll auf sie und Ärger lag in der Luft.

»Weißt du eigentlich, wie spät es ist? Wir waren
fast krank vor Sorge, noch zehn Minuten, und wir
hätten die Polizei gerufen. Wir haben sämtliche deiner Freundinnen abtelefoniert, aber niemand wusste,
wo du steckst.«

Florentine war wie erstarrt, so wütend hatte sie
ihre Mutter selten erlebt. Sie musste sich schnell eine
gute Antwort einfallen lassen.

»Es tut mir wirklich leid, Mama, wir haben so
schön gespielt, und da habe ich irgendwie total die
Zeit vergessen.«

»Wie wir? Wer ist denn wir?«, mischte sich jetzt
auch ihr Vater ein, auch ihm war die Verärgerung
deutlich anzuhören. Fieberhaft suchte Florentine
nach einer Antwort, aber ihr Gehirn war wie leergefegt. Ihr Blick fiel auf die Tageszeitung, in der ihr
Bruder gerade blätterte. In fetten Buchstaben stand
dort: *Rafael Nadal verliert das Finale von Wimble-
don*, darunter waren zwei Tennisspieler abgebildet,
die sich die Hand schüttelten. Florentine interessierte
sich nicht im Geringsten für diese Schlagzeile, aber
der Name setzte sich in ihrem Kopf fest, und ohne ihr
Zutun hörte sie sich sagen:

»Ich war mit Raffi zusammen, der wohnt in der
Kopernikusstraße und geht in meine Parallelklasse.«

Das war eine glatte Lüge, aber ihre Mutter schien beruhigt, meinte jedoch gleichwohl: »Sag uns bitte in Zukunft, wo und mit wem du dich triffst, noch einmal will ich ein solches Drama nicht erleben!«

»Versprochen«, Florentine nickte geistesabwesend, in Gedanken überlegte sie bereits, wann sie sich wieder zu dem Anwesen wagen konnte. An diesem Abend hatte sie Mühe einzuschlafen, die Ereignisse des Tages zogen wie ein Film an ihrem inneren Auge vorbei. Was war in letzter Zeit bloß los mit ihr? Erst stieg sie heimlich auf ein fremdes Grundstück, und jetzt hatte sie so mir nichts, dir nichts einen unsichtbaren Freund erfunden. Noch im Einschlafen dachte sie, dass es eine gute Idee gewesen war, aus diesem Rafael Nadal einfach Raffi zu machen. Vielleicht könnte sie aus Florentine eine Flo machen? Ihr Onkel Hannes nannte sie manchmal so, und es verursachte ihr jedes Mal ein lustiges Kribbeln im Bauch.

Während der nächsten Wochen kam sie regelmäßig zu dem Grundstück in der Kopernikusstraße. Dabei veränderte sie sich ganz sachte; es war eine langsame, kaum merkliche Verwandlung. Äußerlich blieb Florentine das liebe, schüchterne, kleine Mädchen mit den langen, blonden Zöpfen, aber innerlich wurde sie mutiger und selbstsicherer.

Dies war nicht zuletzt Raffi zu verdanken; aus einer Notlüge geboren, wurde er mit jedem Tag wichtiger für sie. Mit ihm tat sie all die Dinge, die sie gerne mit ihrer Familie unternommen hätte. Sie spielte mit ihm, und er erzählte ihr spannende Geschichten. Vor allem jedoch hörte er ihr zu, wenn sie ihm von ihrer Einsamkeit erzählte. In seiner Gegenwart war sie mutig, frech und fröhlich. Er brachte sie dazu, auf Bäume zu klettern, und sich aus einem alten Tau eine Schaukel an einem Ast zu bauen.

Nur vom Haus hielt sie sich nach wie vor fern; irgendwie wurde sie das Gefühl nicht los, beobachtet zu werden. Einmal meinte sie, für einen Augenblick ein Gesicht hinter einer der Fensterscheiben gesehen zu haben. Seitdem war sie noch vorsichtiger, aber das Wissen, dass Raffi sie dort erwartete, ließ sie das Risiko immer wieder eingehen.

T. S.

Zwei lange Tage hatte er ausharren müssen, ehe seine Ausdauer endlich belohnt wurde. Zugegebenermaßen hatte er nicht damit gerechnet, dass es sich bei dem Eindringling um ein kleines Mädchen handeln würde.

»Was wollte die dumme Göre auf seinem Grund und Boden?«, fragte er sich und musste sich ermahnen, nicht dem Drang nachzugeben und das Kind kurzerhand von seinem Grundstück zu jagen. Immer wieder beobachtete er das Mädchen. Stundenlang streifte die Kleine durch das Gelände oder kletterte auf einen der Bäume; dabei blieb sie stets im hinteren Teil des Gartens, in sicherer Entfernung vom Haus. Einmal blickte sie ausgerechnet in dem Moment zu ihm hinauf, als er sich unvorsichtig weit nach vorne gelehnt hatte. Hastig trat er ein paar Schritte zurück. Hatte sie ihn gesehen? Es ärgerte ihn, dass sein Herz viel zu schnell in seiner Brust klopfte.

FLO

Die Besuche in der Kopernikusstraße waren Florentines heimliche Höhepunkte. Wann immer es sich einrichten ließ, stahl sie sich davon, um Raffi zu treffen. Dass er nur in ihrem Kopf existierte, hatte sie längst vergessen. Einen Haken jedoch hatte die Freundschaft mit ihm: Er folgte ihr niemals außerhalb des Anwesens.

Daher blickte Florentine mit einer gewissen Sorge dem Ende der Sommerferien entgegen. Was sollte aus Raffi werden, wenn die Schule wieder begonnen hatte? Doch in der letzten Ferienwoche stellte ein anderes Ereignis ihre Welt völlig auf den Kopf.

Ein neues Ich

Flo

Irgendwie war Florentine an diesem Morgen mit dem falschen Fuß aufgestanden und hatte schlechte Laune. Ihre Mutter und Felix begleiteten Lukas zu einem Fußballturnier, wenigstens Papa war da.

Doch dann verkündete er: »Ich muss ein paar Stunden arbeiten, du kommst ja sicherlich zurecht.«

Zerstreut drückte Paul Bosquet seiner Tochter einen flüchtigen Kuss auf die Stirn und zog sich in sein Arbeitszimmer zurück. Florentine wusste aus Erfahrung, dass er dort für die nächsten Stunden in den Studien seiner historischen Schriften versinken und für nichts und niemanden ansprechbar sein würde.

»Keiner hat Zeit für mich«, dachte sie niedergeschlagen, während sie allein in der Küche zurückblieb. Als sie merkte, wie die bekannte Welle aus Trauer sie zu überrollen drohte, stampfte sie entschieden mit dem Fuß auf und rief laut:

»Stopp! Schluss jetzt damit, ich werde nicht wieder im Selbstmitleid versinken!« Gleich darauf musste sie kichern, denn es war ein seltsames Gefühl, mit sich selbst zu schimpfen. Aber sie hatte ihr Ziel erreicht, die negativen Gefühle waren einer neuen Welle der Entschlossenheit gewichen. Wieder kamen ihr die Worte in den Sinn: *Wenn du etwas wirklich willst, gibt es Wege*, und sie wollte, dass ihre Familie sie endlich so wahrnahm, wie sie war: nicht mehr schüchtern und unscheinbar, sondern mutig und selbstbewusst.

»Ich sehe viel zu brav aus«, schoss es ihr durch den Kopf, als sie ihre langen blonden Haare zu zwei dicken Zöpfen flocht. Eine Idee keimte in ihr auf. Eh sie den Mut verlieren konnte, folgte sie ihrem Impuls und flitzte zurück in ihr Zimmer. Dort durchwühlte sie ihren Schreibtisch. Irgendwo hier drin musste sie doch sein? Papier, Stifte, ein altes Schulheft und eine angefangene Bastelarbeit flogen in hohem Bogen aus der Schublade und bildeten ein ziemliches Chaos, bevor sie schließlich fand, wonach sie gesucht hatte.

Zurück im Badezimmer betrachtete sie prüfend ein letztes Mal ihr Spiegelbild, dann holte sie tief Luft und legte los. Sie setzte die große Bastelschere kurz über der Schulter an, dabei musste sie ganz schön festzudrücken; dann fiel mit einem Ritsch der erste ihrer beiden Zöpfe zu Boden. Wenig später folgte der zweite. Sie hatte es wirklich getan! Ein völlig neues Gesicht starrte ihr aus dem Spiegel entgegen, zufrieden betrachtete sie ihr Werk.

»Auf Wiedersehen Florentine, willkommen Flo!«, eine Welle unbändiger Freude durchflutete sie. Allerdings hatte sie die beiden Zöpfe nicht ganz gleichmäßig abgeschnitten, sodass eine Seite etwas kürzer war als die andere. »Diesem Problem werde ich mich später widmen«, beschloss Flo, und es war fast, als zwinkere ihr Spiegelbild ihr zu.

T. S.

Während der Stunden und Tage, die er damit zu-
brachte, auf das Mädchen zu warten, hatte er viel Zeit
zum Nachdenken. Erst die Besuche der Kleinen hatten ihm bewusst gemacht, wie sehr er sich nach
menschlicher Nähe sehnte. Sein Leben glich dem eines einsamen Wolfes. Ob es anders verlaufen wäre,
wenn er damals in der besagten Nacht vor fünfein-
halb Jahren nicht mit zu der Pokerrunde gegangen
wäre? Nach seiner Entlassung aus dem Gefängnis
war er jahrelang durch die halbe Welt gezogen, nie
länger als ein paar Monate an einem Ort geblieben.
Doch bei einem seiner seltenen Aufenthalte in
Deutschland hatte er Martin Weber besucht, dieser
gehörte zu den wenigen Menschen, denen er vertraute.

An jenem besagten Abend waren sie auswärts in
der *Osteria* essen gegangen. Zu späterer Stunde hatte
Salvatore, der Besitzer des Restaurants, sie auf eine
Runde Poker in einem versteckten Hinterzimmer ein-
geladen. Das Glück war wankelmütig gewesen und
hatte mal diesem, mal jenem in die Hände gespielt.
In der letzten Runde dann hatte ihm das Schicksal einen Royal Flush beschert. Die Taschen voller Bar-
geld hatte er dagestanden, doch nicht nur das; Salvatore da Costa hatte siegesgewiss alles auf eine Karte
gesetzt und verloren. Der Wirt war so weit gegangen,
den Inhalt seines Safes als Sicherheit zu verwetten.

Zähneknirschend hatte er ihm den braunen, leicht abgegriffenen A4-Umschlag überreicht und angekündigt, ihn am nächsten Tag gegen die fehlende Summe wieder auszulösen.

Martin Weber hatte ihm geraten, noch in derselben Nacht die Stadt zu verlassen, da mit Da Costa nicht zu spaßen war. Er stand in dem Ruf, kurzen Prozess mit seinen Widersachern zu machen. Daher war er gar nicht erst in Webers Villa zurückgekehrt, sondern direkt zum Bahnhof gegangen, wo er den erstbesten Fernzug bestiegen hatte; Hauptsache möglichst weit weg, egal wohin. Er war auf der Stelle eingeschlafen und erst wieder aufgewacht, als sie zur Schweizer Grenze kamen; so war er nach Basel gelangt.

Ursprünglich hatte er nur ein paar Tage in der Stadt bleiben wollen, aber mit einem Mal war er das Vagabundenleben leid gewesen und hatte aus einer Laune heraus das alte Anwesen in der Kopernikusstraße gekauft. Darüber war der braune Umschlag in Vergessenheit geraten, erst Monate später hatte er sich daran erinnert.

FLO

Jetzt wollte Flo so schnell wie möglich zu Raffi ins Zaunland, um ihm ihr neues Ich zu präsentieren. So wie sie war, lief sie los, dabei bemerkte sie nicht, dass ihr der ein oder andere Passant einen amüsierten Blick ob ihres abenteuerlichen Haarschnitts zuwarf. Noch ganz außer Atem, kam sie bei den

Müllcontainern an. Eben war sie im Begriff, ihren Fuß auf den Henkel der Tonne zu setzen, als sie meinte, ein Geräusch im Innern vernommen zu haben. Sie presste das Ohr an das kalte Metall.

Hatte sie sich getäuscht? Nein, jetzt hörte sie es ganz deutlich, da war es wieder! Es war gar nicht so einfach, den schweren Deckel hochzustemmen, mehrmals glitt er ihr aus den Händen und krachte mit lautem Donnern wieder zu.

Die alte Florentine hätte vielleicht aufgegeben, jedoch nicht so die neue Flo. Was, wenn darin ein Lebewesen war, das ihre Hilfe brauchte? Noch einmal nahm sie all ihre Kräfte zusammen, und mit einer letzten Anstrengung gelang es ihr, den Deckel ganz zu öffnen. Ein abscheulich stinkender, fauliger Geruch kam ihr entgegen. Die Müllbeutel türmten sich in der Tonne, einige waren aufgeplatzt, und ein Gemisch aus alten Küchenabfällen und vollen Windeln bildete eine ekelerregende Masse.

Flo hielt sich die Nase zu und kämpfte gegen eine Welle der Übelkeit. Nach dem hellen Sonnenlicht brauchten ihre Augen einen Moment, bis sie sich an die Dunkelheit im Innern gewöhnt hatten. Zunächst konnte sie nichts Besonderes entdecken, dann bemerkte sie, dass sich zwischen dem Abfall etwas bewegte. Ohne zu zögern, stieg sie in den stinkenden Haufen und sah, dass es sich dabei um ein winziges Kätzchen handelte.

Wenn Flo geglaubt hatte, der kleine Kerl wäre dankbar für seine Rettung, so hatte sie sich schwer getäuscht. Ein tiefes, grollendes Knurren ertönte, sobald sie mit der Hand in die Nähe des Tieres kam.

Blitzartig schossen ein paar scharfe Krallen vor und hinterließen einen tiefen Kratzer auf ihrer Haut.

»Au, hör sofort auf damit!«, entschlossen packte sie zu und hielt das kleine zappelnde Bündel am Nacken fest. Das Fell starrte vor Dreck und verkrusteten Speiseresten, die Augen waren zu kleinen Schlitzen verklebt, und das Tier schien nur noch aus Haut und Knochen zu bestehen. Das Kätzchen kämpfte wie eine Furie. Doch je mehr es sich wehrte, desto eiserner umschloss ihre Hand den mageren Körper. Selbst als sich seine spitzen Zähne tief in ihren Handrücken gruben, ließ sie nicht los.

T. S.

Frustriert legte er den Stift beiseite, er konnte sich einfach nicht konzentrieren, daran war nur die Kleine schuld. Er war sich fast sicher, sie vorhin bei den Müllcontainern gesehen zu haben, aber jetzt konnte er sie nirgends auf dem Gelände entdecken. Seit er herausgefunden hatte, wie sie auf sein Grundstück gekommen war, hatte er stets dafür gesorgt, dass einer der Container nahe genug am Zaun stand. Mehr als einmal hatte er sich gefragt, wie sie es geschafft hatte, das schwere, sperrige Ding zu verschieben.

Ohne dass er sich dessen bewusst war, machte sie seine Einsamkeit erträglicher. Jetzt überlegte er, ob er nachsehen sollte. Vielleicht hatte sie sich am Zaun verletzt und lag jetzt hilflos im Gras? Er würde sich und ihr noch zwanzig Minuten geben, wenn er sie dann nicht sah, würde er sie suchen, selbst auf die

Gefahr hin, dass sie ihn entdeckte. Bis dahin wollte er noch ein paar Recherchen betreiben.

An seinem Rechner überprüfte er die Ergebnisse seiner letzten Anfrage. Dazu hatte er die Daten aus dem Manuskript der St. Galler Stiftsbibliothek in eine Suchmaschine eingegeben, die er eigens für seine Zwecke programmiert hatte. Diese glich seine persönlichen Aufzeichnungen mit Bibliotheken, Galerien, Auktionshäusern, Privatsammlungen sowie Museen in ganz Europa ab. Zu seinem Erstaunen gab es tatsächlich bereits einen Treffer. Zuerst begriff er nicht, was dort stand: »95% Übereinstimmung! «

Das konnte nicht sein, die bisherigen Erfolge hatten bei einer Wahrscheinlichkeit von höchstens 27% gelegen. Sorgfältig überprüfte er jetzt nochmals seine Eingaben, es bestand kein Zweifel, alles war korrekt. Aufgeregt las er das Ergebnisprotokoll und den kurzen Text:

Betreff: *Suchanfrage 347895AB-237*
Übereinstimmung: *95%*
Titel: *Schwarze Sonne*
Objekt: *Amulett in Form einer Sonne*
Material: *Onyx, gehalten durch Drähte aus geschwärztem Kupfer.*
Herkunft: *Unbekannt*
Geschätztes Alter: *Anfang 16. Jahrhundert*
Beschrieb: *Das Amulett besteht aus Onyx, in den eine Landschaft eingraviert wurde, sodass der Eindruck eines Gemäldes entsteht. Zusätzlich wurde geschwärztes Kupfer aufgetragen. Das Amulett zeigt eine schwarze Sonne über Wasser und Dünen, zwei*

Vögel fliegen davor. Die Fassung sowie die Verzie-
rungen am Rand sind ebenfalls aus Kupfer. Ob es
sich um ein reines Schmuckstück handelt oder es für
Rituale und hohe Feierlichkeiten verwendet wurde,
ist nicht belegt. Das Stück stammt aus dem Nachlass
des Klosters Maria Laach und ist im Rahmen einer
Ausstellung in der Aachener Domschatzkammer zu
sehen.

Mehr noch als die Beschreibung trieb die beige-
fügte Abbildung seinen Puls in die Höhe. Er hastete
zu seinem falschen Bücherregal, hinter dem sich sein
Safe befand. Mit zitternden Händen gab er den Code
ein und holte die Abschrift hervor, die er damals in
Hamburg in jener denkwürdigen Nacht beim Pokern
gewonnen hatte. Eilig blätterte er bis zu der gewünschten Seite. Es bestand kein Zweifel, dass es
sich bei dem Schmuckstück um eines der gesuchten
Amulette handelte. Sofort rief er die Seite des Museums auf und stieß einen anerkennenden Pfiff aus, als
er die prunkvollen Stücke sah, welche dort ausgestellt waren. Sein Interesse galt jedoch einzig und allein der *Schwarzen Sonne.*

Im Vergleich zu den anderen Exponaten war das
Amulett völlig unbedeutend, allerdings wurde ihm
klar, dass die Sache in Aachen nicht so einfach werden würde. Er wog seine Chancen ab, wenn etwas
schiefginge, wäre die *Schwarze Sonne* für immer für
ihn verloren, daher entschied er sich, den Auftrag
durch einen Profi ausführen zu lassen.

Nach kurzem Nachdenken holte er ein kleines ab-
gewetztes Adressbuch aus einer der Schreibtisch-
schubladen und blätterte bis zum Buchstaben M.

Dort auf der zweiten Seite fand er, wonach er gesucht hatte: eine einzelne Nummer ohne Namen. Der Mann schuldete ihm noch einen Gefallen. Kurz zögerte er noch, dann tippte er die Nummer ein.

»Pronto?«, meldete sich nach dem zweiten Klingeln eine tiefe Männerstimme mit italienischem Akzent.

»Ich bin's.«

»Wer?«?

»Die Ratte«, das war sein Spitzname im Knast gewesen.

»Was willst du?«, der Tonfall des Mannes verlor jegliche Freundlichkeit. »Du weißt, ich bin nicht mehr im Geschäft.«

Das hatte er befürchtet. *El Mano*, die Hand, war der Beste gewesen, wenn es darum ging, Dinge zu beschaffen, deshalb beeilte er sich jetzt zu sagen:

»Ich will nur wissen, an wen ich mich wenden kann, wenn ich einen Gegenstand aus einem gut gesicherten Gebäude haben möchte.«

»Geht es etwas genauer?«

»Domschatzkammer Aachen«, gab er widerwillig den Ort preis.

Der Mann am anderen Ende der Leitung zog scharf die Luft ein. Nach einem Augenblick des Schweigens meinte er:

»Das ist ein ziemlich großes Ding, da kommen nicht allzu viele in Frage, und es wird dich in jedem Fall eine rechte Stange Geld kosten. Gib mir etwas Zeit, ich muss einige alte Kontakte aktivieren. Und damit eins klar ist: Danach sind wir quitt, ruf mich nie wieder an!«

Wenige Stunden später hatte er den gewünschten Kontakt.

FLO

Paul Bosquet hatte einen äußerst produktiven Morgen mit seinen französischen Hugenotten verbracht. Der Text, an dem er gerade forschte, erwies sich als echter Glücksgriff. Er war so tief in Gedanken versunken, dass er weder das Klappern der Haustür noch die eiligen Schritte im Flur wahrnahm, bis er Florentine rufen hörte:

»Papa, wo bist du?«

Beim Klang seines Namens drehte er sich um, dann kippte seine gewohnte Welt aus den Fugen. Was er sah, war so absurd, dass ihm die Kaffeetasse aus der Hand glitt und am Boden in tausend kleine Stücke zerschellte, ohne dass er davon Notiz nahm. Vor ihm stand ein unglaublich schmutziges Wesen, mit strubbeligen Haaren, aufgeschürften Knien und einem zerrissenen Kleid, das ihm vage bekannt vorkam; dass es dabei übers ganze Gesicht strahlte, wollte nicht so recht ins Bild passen.

»Flo …, Flo …«, stotterte er fassungslos, mehr brachte er nicht heraus. Das Strahlen in dem Gesicht wurde noch eine Spur breiter.

»Genau, Papa, einfach nur Flo. Wie hast du das bloß erraten, dass ich jetzt nicht mehr Florentine, sondern nur noch *Flo* genannt werden möchte? Ich finde nämlich, das passt viel besser zu mir.«

Seine Tochter hätte genauso gut Chinesisch reden

können, es hätte keinen großen Unterschied gemacht. Die Worte kamen nur als Geräuschebrei in seinem Gehirn an, und Paul Bosquet war noch immer nicht in der Lage, auch nur ein vernünftiges Wort herauszubringen, geschweige denn einen grammatikalisch korrekten Satz.

Während er noch versuchte, zu begreifen, was hier gerade geschah, ertönte ein klägliches Miauen. Dies machte die Lage nicht gerade besser. Es war eine winzige Katze, um welche Florentine schützend die Arme gelegt hatte. Noch immer meinte er, in ein Paralleluniversum gebeamt worden zu sein, und wünschte sich sehnlichst zu seinen Hugenotten nach Frankreich zurück; aber die würden wohl noch länger warten müssen. Jetzt galt es erst mal, die Situation in der Küche wieder unter Kontrolle zu bringen. Mit einiger Anstrengung gelang es ihm zu fragen:

»Was um Himmels willen ist passiert? Warum sind deine Haare ab und was ist dies für ein Tier, das du im Arm hältst?«

Paul Bosquet versuchte abzuschätzen, was jetzt als Erstes zu tun sei. Die Worte Waschmaschine, Tierarzt und Friseur fochten einen kurzen Kampf um seine Aufmerksamkeit; der Tierarzt gewann, denn das Kätzchen machte den Eindruck, als könne es jeden Augenblick seinen letzten Atemzug tun. Das Ende vom Lied war, dass er im Telefonbuch die Adresse einer Tierarztpraxis heraussuchte und Kind und Katze, so wie sie waren, ins Auto verfrachtete.

Die Kleintierpraxis von Anne-Marie Vogel lag zum Glück nur wenige Straßen vom Haus der Bosquets entfernt. Als das seltsame Trio die Praxis betrat, verstummten augenblicklich alle Gespräche und sämtliche Menschen im Raum starrten sie an. Paul Bosquet konnte auf den Gesichtern die ganze Bandbreite von Abscheu, Ekel, über Mitleid bis hin zu purer Sensationslust lesen. Verübeln konnte er es den Leuten nicht, sie boten einen, milde ausgedrückt, ungewöhnlichen Anblick. Die Sprechstundenhilfe fand als Erste ihre Sprache wieder:

»Das sieht nach einer spannenden Geschichte aus, ich glaube, das Wartezimmer ersparen wir Ihnen.« Sie führte sie in ein freies Behandlungszimmer.

»Na, dann erzählen Sie mal, junges Fräulein!«, die Tierärztin klang ruhig und freundlich. Sie hörte aufmerksam zu, während Flo von der Mülltonne und ihrer Rettungsaktion berichtete. Den Grund, weshalb sie bei den Containern gewesen war, verschwieg sie wohlweislich.

Anne-Marie Vogel nickte anerkennend: »Das war wirklich ganz schön mutig von dir. Meine Assistentin wird sich um deine Verletzungen kümmern, der Biss in deiner Hand muss versorgt werden, damit ist nicht zu spaßen. Ich werde deinen kleinen Findling genauer untersuchen.«

Die Ärztin nahm sich Zeit; schließlich meinte sie: »Es ist ein kleiner Kater und er ist in keinem guten Zustand. Wir behalten ihn über Nacht hier, wenn er die übersteht, können Sie ihn morgen gegen Mittag abholen. Ich muss Sie allerdings warnen, in einem Tierheim werden sie ihn in diesem Zustand nicht nehmen. Das heißt, er muss bei Ihnen bleiben, bis er so weit genesen ist, dass man ihn vermitteln kann. Falls das nicht möglich ist, sagen Sie es lieber

41

gleich.« Dann drehte sie sich zu Flo um und zwinkerte ihr zu. »Hast du schon einen Namen für ihn, damit ich ihn in den Impfpass schreiben kann?«

»Müller«, hauchte Flo mit vor Erleichterung schwacher Stimme, »denn ich habe ihn ja in der Mülltonne gefunden.«

Anne-Marie Vogel schmunzelte. »Gute Wahl! Übrigens eine interessante Frisur, die du da hast.«

Flo fuhr sich durch die Haare. Stimmt, die neue Frisur hatte sie über der ganzen Aufregung völlig vergessen.

»Na, da ist wohl als Nächstes ein Besuch beim Friseur fällig«, meinte Paul Bosquet mit einem ergebenen Seufzer, bevor er der Tierärztin zum Abschied die Hand reichte.

»Habe ich das richtig verstanden, du willst Florentine erlauben den Kater zu behalten?«

Marlene Bosquet schaute ihren Mann am Abend fragend an. Sie saßen zusammen auf der alten Bank hinter dem Haus in ihrem Garten und tranken ein Glas Rotwein. Paul hatte ihr in allen Einzelheiten von den aufregenden Ereignissen des Tages berichtet. Jetzt nickte er bekräftigend.

»Ja, das will ich! Wir haben uns in letzter Zeit viel zu wenig um unsere Tochter gekümmert, und nenne sie bitte Flo, das ist ihr ausdrücklicher Wunsch! Die Kurzform passt eh viel besser zu ihrem frechen Haarschnitt, damit sieht sie doch fast wie ein Junge aus.«

»Also gut«, willigte Marlene ein.

T. S.

Sie war tatsächlich nicht gekommen, dabei war er sich sicher, dass er seine Gegenwart durch nichts verraten hatte. Vergeblich hatte er nach ihr Ausschau gehalten, sie fehlte ihm schon jetzt. Es war ihm mit der Zeit bewusst geworden, dass sie ihn an sein eigenes kleines Mädchen erinnerte.

Wie lange war das her? Damals war die Welt noch in Ordnung, wobei, war sie das überhaupt jemals gewesen. Er erinnerte sich noch zu gut an die ständigen Forderungen seiner Frau. Immer *mehr* hatte es sein müssen, der Schmuck, die teuren Autos. Irgendwann hatte das Geld einfach nicht mehr gereicht, und er war gezwungen gewesen, neue kriminelle Wege zu beschreiten. Nie hätte er gedacht, dass er damit so lange durchkommen würde, aber die Leute sahen nur das, was sie sehen wollten. Er hatte es geliebt, das Gambling, den Nervenkitzel und nicht zuletzt die Macht, die damit einherging, dabei hatte er zu hoch gepokert und war aufgeflogen.

Seinem alten Leben trauerte er nicht nach – nur sein kleines Mädchen, das hatte er dabei auch verloren. Sie war das einzige Wesen in seinem Universum gewesen, das ihn bedingungslos um seiner selbst willen geliebt hatte. Er hätte einfach mit ihr fortgehen und irgendwo ein neues Leben beginnen sollen. Aber das hatte er erst während der einsamen Jahre im Knast begriffen, als es dafür schon viel zu spät war.

Elf lange Jahre hatte er im Bau gesessen, und als er wieder auf freien Fuß kam, hatte er erkennen müssen, dass er nicht dort anknüpfen konnte, wo er aufgehört hatte. Seine Tochter war zu dem Zeitpunkt längst erwachsen und hatte ihr eigenes Leben. Ein paar Mal war es ihm gelungen, sie aus der Ferne zu sehen, ohne dass sie ihn bemerkt hatte. Doch es hatte ihm keine Freude bereitet, sondern den Schmerz in seinem Inneren nur noch vergrößert. Also hatte er stattdessen damit begonnen, alles zu sammeln, was von ihr in der Presse erschien. Er schnitt die Artikel jedes Mal fein säuberlich aus und klebte sie in einen Ordner; mittlerweile waren es neun Stück.

Träume

In den langen, einsamen Tagen, die Flo in ihrem Bett verbrachte und auf Besserung hoffte, hatte sie viel Zeit zum Nachdenken. Wann immer ihr Kater Müller ihr dabei Gesellschaft leistete, wurde sie von tiefer Dankbarkeit erfasst, dass er an jenem Tag vor beinahe acht Jahren in ihr Leben getreten war. Der Moment, als sie damals erfuhr, dass er tatsächlich für immer bleiben durfte, verursachte ihr noch heute eine Gänsehaut. Müller verteilte seine Liebe großzügig an alle Familienmitglieder, aber es war nicht zu übersehen, dass er ganz und gar Flos Kater war.

Nun stellte er seine Treue ein weiteres Mal unter Beweis und wachte über ihren Schlaf, während sie gegen die Fieberdämonen ankämpfte. In Flos Erinnerung verschwammen die Tage während ihrer Krankheit zu einer grauen Masse; sie verlor jegliches Zeitgefühl und das Interesse an allem, was um sie herum geschah. Wie eine Raupe im Kokon igelte sie sich ein. Die Welt drehte sich weiter ohne sie, ihre persönliche Zeit war stehen geblieben.

Nur Merle, ihre beste Freundin, kam ab und zu nach der Schule vorbei und brachte frischen Wind und den neuesten Klatsch und Tratsch mit. Doch sie spürte, dass Flo schnell ermüdete und dem Gespräch kaum zu folgen vermochte, daher blieb sie meist nicht lange und machte sich bald wieder auf den Weg.

Flo träumte in diesen Tagen so intensiv, dass sie Angst hatte, in einem dieser Träume für immer gefangen zu werden und nicht mehr den Weg zurückzufinden. Wenn sie darin nicht durch endlose Straßen irrte, war es das alte Anwesen der Kopernikusstraße aus ihrer Kindheit, in das sie zurückkehrte. Aber jetzt war ihr der Garten nicht wohlgesonnen. Dort, wo sie einst in einer wunderbaren grünen Oase gespielt hatte, gab es nur noch brennend heißen Wüstensand und undurchdringliches Gestrüpp. Auch die wunderbaren Obstbäume, in deren Kronen sie so manchen Nachmittag im schattigen Laub verbracht hatte, trugen jetzt anstatt Blättern Dornen, und am Himmel stand eine unbarmherzige Sonne, die ihren Körper zu verbrennen drohte.

Und dann waren da die Schlangen, hunderte, sie kamen von überall auf sie zu, umzingelten sie und nahmen ihr die Luft zum Atmen. Sie wollte schreien, weglaufen, aber sie war wie gelähmt und wimmerte in namenlosem Entsetzen im Schlaf. Mehr als einmal war es Müller, der sie in die Wirklichkeit zurückholte. Der Kater hatte ein untrügliches Gespür, wann er Flo aus ihren Alpträumen befreien musste. Wenn seine Gegenwart und sein Schnurren nicht ausreichten, biss und kratzte er, bis der Schmerz durch den Schleier der Träume in ihr Bewusstsein drang. Ihre Arme und Beine waren bald mit Kratzern und

Schrammen übersät. Aber sie war dankbar für jede einzelne, denn sie erzählten von einem weiteren Alptraum, dem sie entronnen war.

Mit jedem Tag, der verging, schwanden Flos Kräfte. Dr. Braun war zunehmend beunruhigt, mehrfach hatte er bereits darauf gedrängt, Flo ins Krankenhaus zu überweisen. Sie hatte sich mit solcher Vehemenz dagegen gewehrt, dass ihre Eltern bis jetzt nachgegeben hatten.

An diesem Nachmittag stellte der Arzt ein Ultimatum: »Florentine, wenn sich innerhalb der nächsten vierundzwanzig Stunden keine deutliche Besserung einstellt, müssen wir dich einweisen, ob du willst oder nicht, dann bleibt mir keine andere Wahl«

Panik stieg in ihr auf, ohne Müller wäre sie verloren und für immer in den Alpträumen gefangen.

KIKI
Zwei Wochen zuvor in München

Sie nahm das Päckchen, das der Kurier ihr überreichte, mit einem knappen *Danke* entgegen. Trinkgeld gab sie selbstverständlich keines. Wozu auch? Der Mann wurde schließlich dafür bezahlt, dass er seine Arbeit tat. Sobald sich die Tür hinter ihm geschlossen hatte, riss sie ungeduldig die Lasche des Umschlags auf und zog das Heft heraus. Beim Anblick des Covers stieß sie einen kleinen Triumphschrei aus, als sie ihr Foto darauf erblickte. Also hatte der Verlag Wort gehalten und tatsächlich ihren Beitrag als Titelstory für die nächste Ausgabe gewählt.

Das Bild des alten Schleusenhauses bei Sonnenaufgang war ihr besonders gut gelungen. Nebelschwaden hatten an jenem Tag über dem Deich gehangen und dem Ort ein fast mystisches Aussehen verliehen. Das Reetdachhaus mit der Schleuse im Hintergrund hatte wie ein Relikt aus vergangenen Zeiten gewirkt, und der Anblick hatte in ihr eine unbestimmte, für sie ganz untypische Sehnsucht nach etwas geweckt, das sie nicht näher hätte benennen können.

Mit einem Mal war Kiki von Borch bestens gelaunt; schnell blätterte sie zu ihrem Artikel, auch hier hatte die Redaktion sich großzügig gezeigt. Der Text und mehrere Fotos erstreckten sich über drei Doppelseiten.

Die Geschichte dieses Mannes, der sein ganzes Leben als Schleusenwärter gearbeitet hatte, würde die Leser fesseln. In zwei Tagen sollte die neueste Ausgabe des *Magazins* erscheinen, es wäre doch interessant zu erfahren, was Hannes Friedrichsen von dem Artikel hielt. Nicht, dass seine Meinung Kiki etwas bedeutet hätte, es war mehr die Tatsache, dass sie mit seinem Haus liebäugelte und einen Grund suchte, nach Moorfleet zurückzukehren. Dass dies moralisch fragwürdig war, wäre ihr nie in den Sinn gekommen.

Es wäre ein cleverer Schachzug, wenn sie ihm ein Exemplar persönlich vorbeibrachte, sie hatte eh vorgehabt, ein paar Tage auszuspannen. Warum also nicht an der Nordsee? Das *Hafenhotel*, in dem sie neulich abgestiegen war, entsprach durchaus ihren gehobenen Ansprüchen. Kurzentschlossen griff sie zum Handy und wählte die Nummer der Rezeption:

»Kiki von Borch hier, ich würde gerne Ihre Hafensuite für ein paar Tage buchen …«

FLO
Basel, Anfang Juni

In dieser Nacht war das Fieber besonders hoch, ihr Körper schrie nach Erholung, gleichzeitig fürchtete Flo den Schlaf. Irgendwann reichten ihre Kräfte nicht mehr aus, und sie glitt erneut in einen wirren Traum. Wieder befand sie sich in einer unendlichen Wüstenlandschaft, unsagbarer Durst quälte sie. Wenn sie nicht bald Wasser fand, war sie verloren. Da! Dort hinten in der Ferne sah sie die steinernen Löwen, die Wärter des Anwesens. Sie musste den Zufluchtsort ihrer Kindheit wiederfinden, nicht die dürre Wüste, in der sie jetzt umherirrte, sondern das wahre Land hinter dem Zaun. Sie sah bereits das Grün der Baumkronen. Dort wartete bestimmt auch Raffi auf sie.

Raffi! Warum hatte sie nicht schon früher an ihn gedacht? Er würde ihr bestimmt helfen können. Tatsächlich, da stand jemand. War er es? Sie schrie seinen Namen, aber er schien sie nicht zu hören. Flo begann zu rennen, doch je schneller sie lief, desto mehr versanken ihre Füße. Es war ein Treibsandfeld, das sie unbarmherzig in die Tiefe zog. Die Hitze war jetzt so stark, dass sie davon fröstelte. Die Flammen riefen und lockten. Ein letztes Mal bäumte Flo sich dagegen auf, dann warf sie sich dem Feuer entgegen, und es hieß sie wie einen Freund willkommen.

Sie wurde eins mit dem Flammenmeer, hatte

keinen Anfang und kein Ende mehr, war ein Funken, ein Atom. Gleichwohl nahm sie alles um sich herum mit einer nie dagewesenen Klarheit wahr. Diese gleißende Helligkeit, die aus Millionen und Abermillionen Farben zu bestehen schien, wie Flo sie noch nie zuvor gesehen hatte. Sie verwoben sich zu einem klingenden Strom, der sie mit sich fortriss, mit unbekanntem Ziel. Flo wusste nicht, wie lange dieser Zustand anhielt. War es nur ein Wimpernschlag oder waren es mehrere Ewigkeiten? Irgendwann nahm sie eine Veränderung wahr. Wie ein Schiffchen auf einem Fluss wurde sie von einem Sog erfasst, umkreiste einen Trichter und näherte sich dessen Kante, immer schneller und schneller. Gleich würde sie in den Abgrund stürzen. Und dann …

Nichts!

Leere!

Kein Drehen und Wirbeln mehr. Ihr Körper nahm seine gewohnte Arbeit wieder auf, das Herz machte den Anfang, begann zu schlagen und gab damit den Takt vor; die Lungen folgten. Dann erwachten auch ihre Sinne zum Leben, dies war der Moment, in dem Flo sich ihrer selbst als Individuum wieder bewusst wurde. Sie lauschte ihrem Herzschlag, spürte ihren Atem, wie er ihren Brustkorb hob und senkte.

Ganz langsam, Stück für Stück, stellte Flo die Verbindung zu ihrer Umwelt wieder her. Begierig atmete sie die frische Luft, eifrig lauschten ihre Ohren dem Rauschen des Windes in den Bäumen. Auch ihre

Nase erzählte vom Duft frischer Gräser und Pflanzen, die Wärme der Sonne kitzelte ihr Gesicht und Licht drang durch ihre geschlossenen Lider. Sie öffnete die Augen und sah sich um.

Wo war sie hier? Sie befand sich auf einer Waldlichtung, Birken und andere Laubbäume standen locker verteilt. Die Sonne schien durch die Stämme und malte Muster aus Licht und Schatten. Flo lief los und stieß auf einen kleinen Bach, dessen Wasser eiskalt und kristallklar war. Mit beiden Händen schöpfte sie davon, es schmeckte wunderbar frisch und würzig und vertrieb die Hitze aus ihrem Körper. Und obwohl sie sich nicht erinnern konnte, schon einmal hier gewesen zu sein, wirkte alles seltsam vertraut. Wie ein Ort, den sie vor langer Zeit schon einmal besucht hatte, dessen Erinnerung irgendwo in den Tiefen ihres Gedächtnisses verborgen lag.

Sie folgte einem kleinen Trampelpfad, und ihre Füße fanden wie von selbst den Weg. Dann drang ein Geräusch an ihr Ohr, und sie konzentrierte sich ganz darauf, blieb stehen, lauschte. Es klang wie ein fernes, sanftes Donnergrollen, das an- und abschwoll. Während ihr Verstand noch nach einer Erklärung suchte, hatte ihr Herz es längst begriffen, und sie wurde von einer freudigen Aufregung erfasst.

Wie von einem unsichtbaren Magneten angezogen, folgte sie der Richtung, aus der das Rauschen kam und mit jedem Schritt deutlicher wurde. Dann gaben die letzten Bäume den Blick frei, sie hatte sich nicht getäuscht: Das Meer!

Das Bild, welches sich ihr bot, war atemberaubend, tief unter ihr lag ein fremdes, raues Meer, das so ganz anders war als jenes im Süden, das sie bisher gekannt hatte. Aber warum fühlte es sich dann so vertraut an? Weshalb wurde sie von einer Sehnsucht erfasst, die fast körperlich schmerzte? Doch es war nicht nur das Meer, sondern der ganze Ort, der etwas in ihr zum Klingen brachte. Staunend schaute sie sich um, und sah, dass sie sich auf einer Hochküste befand. Unter ihr lag ein menschenleerer Strand. Soweit das Auge reichte, konnte sie nur Heidelandschaft und in der Ferne eine Felsformation sehen.

Etwas war eigenartig, und es dauerte einen Moment, bis Flo wusste, was es war: Es fehlte jede Spur von Zivilisation. Sie konnte weder Häuser noch Strommasten, Zäune oder andere Anzeichen finden, dass hier Menschen lebten. Sie lauschte, aber kein Motorengeräusch oder Flugzeuglärm war zu hören. Wenn sie der Küste folgte, traf sie vielleicht früher oder später auf jemanden, der ihr sagen konnte, wo sie sich befand. Immer wieder blieb sie stehen und schaute sich nach allen Seiten um; endlich erblickte sie in einiger Entfernung die Gestalt einer Frau und atmete erleichtert auf.

Im Gegenlicht der gleißenden Sonne war nur ihre Silhouette zu erkennen. Im Näherkommen sah sie, dass diese ein zeitloses grün-blaues Kleid trug. Ihr langes Haar, das sie zu einem dicken Zopf geflochten hatte, erinnerte an die goldgelbe Farbe von reifem Korn. Wieder überkam Flo ein eigenartiges Gefühl der Vertrautheit. Die Frau drehte ihr den Rücken zu und hatte sie bis jetzt noch nicht bemerkt. Wie ein Reh, das eine Witterung aufnimmt, veränderte diese plötzlich ihre Haltung. Sie straffte den Körper, hob den Kopf und schien zu lauschen, dann schaute sie sich suchend um und erblickte Flo. Auf ihrem Gesicht wechselten in rascher Folge verschiedene Emotionen, ihr fragender Ausdruck wich einem ungläubigen Staunen und gipfelte in purer Freude. Diese war so aufrichtig und tief, dass Flo sie als Energiestoß in ihrem Solarplexus spüren konnte.

Zögernd fragte die Frau: »Florentine? Kann das sein, bist du es wirklich?«

Der Klang ihrer Stimme war warm und vertraut; er war wie ein Schlüssel zu Flos Erinnerungen, und sie hörte sich nun ebenfalls fragen: »Muriel?«

Der Name kam ihr wie von selbst über die Lippen, und sie war sich sicher, dass er stimmte, auch wenn sie nicht wusste, woher dieses Wissen stammte. Einen Augenblick lang starrten sich die beiden Frauen reglos an, als müssten sie erst begreifen, was hier geschah.

Muriel ergriff das Wort: »Lass dich ansehen! Wie lange bist du nicht mehr hier gewesen? Ich habe dich vermisst und hatte schon befürchtet, wir hätten dich für immer verloren.«

»Verloren? Bin ich denn schon einmal hier gewesen?«, fragte Flo verwirrt. »Wieso scheint ein Teil von mir dich und diesen Ort zu kennen, ohne dass ich mich daran erinnern kann?«

»Komm her!«, Muriel zog sie zu sich. Im ersten Moment sträubte sich Flo, dann ließ sie die Umarmung zu. Es fühlte sich, wie alles andere, fremd und doch zugleich merkwürdig vertraut an, wie ein Nachhausekommen nach einer langen Reise. Alle Fragen und Sorgen wurden belanglos; sie fühlte sich umfangen in einem Kokon aus Liebe und Geborgenheit.

Dann war der Moment vorbei, und Muriel hielt Flo auf Armeslänge von sich weg, um sie näher zu betrachten.

»Ich kann es kaum glauben, wie groß du geworden bist, fast schon eine junge Frau. Einen Augenblick lang war ich mir nicht sicher, ob du es wirklich bist. Aber sag, wie ist es dir gelungen, hierher...?«, mitten im Satz hielt sie inne und schaute Flo genauer an. Große Besorgnis sprach jetzt aus ihrer Stimme. »Wenn du hierherkommen konntest, bedeutet dies, dass du in Not bist.«

Ihr Blick wurde stechend, bekam etwas Hypnotisches, und das tiefe Graublau ihrer Augen wurde noch eine Spur intensiver. Flo hatte das Gefühl, als würde ihr Innerstes gescannt und durchleuchtet. Muriels Worte kamen jetzt wie aus weiter Ferne: »Es ist der Husten, sein Gift breitet sich immer weiter in dir aus.«

Ehe Flo etwas erwidern konnte, schien Muriel wieder ganz im Hier und Jetzt zu sein und wandte sich direkt an sie: »Komm, wir dürfen keine Zeit verlieren, ich habe ein Mittel, mit dem wir den Husten und das Fieber aus deinem Körper vertreiben können!«

Sie sammelte einige trockene Äste, und wenig später hatte sie ein kleines Feuer entfacht, in das sie einige getrocknete Kräuter warf, die sie einem kleinen Beutel entnahm. Sofort verströmten diese einen starken, fast betäubenden Duft. Dann bat sie: »Leg deinen Kopf in meinen Schoß!«

Im ersten Moment glaubte Flo, keine Luft mehr zu bekommen, als sich der Rauch seinen Weg in ihre Lungen bahnte, und Panik ergriff sie.

»Scht«, Muriel strich ihr beruhigend über die Stirn, »vertrau mir, wehr dich nicht, lass dich einfach fallen!«

Leise begann sie zu summen, nahm den Rest der Kräuter, zerrieb diese und malte damit ein seltsames Zeichen auf Flos Stirn. Eine wohltuende Kühle breitete sich in ihr aus. Ganz plötzlich hatte sie das Gefühl, als zerre sie etwas mit Macht aus ihrem Körper. Das Letzte, was sie wahrnahm, war das seltsame Amulett, welches sie an einer einfachen Schnur um den Hals trug. Es war wie ein Baum geformt, dessen Wurzeln und Äste einen Kreis bildeten.

Wie durch einen Nebel drangen Muriels Worte an ihr Ohr: »Du musst jetzt zurück, aber komm bald wieder, zögere nicht zu lange! Es wird Zeit, dass du deinen Platz einnimmst, die Insel braucht dich.«

T. S.
Zur selben Zeit

In der letzten Nacht hatte er einen eigenartigen Traum gehabt. Er war dem kleinen Mädchen begegnet, das vor Jahren eine Zeit lang regelmäßig in seinen Garten gekommen war; doch bei näherem Hinsehen hatte ihr Gesicht die Züge seiner eigenen Tochter aufgewiesen. Die Kleine hatte in Todesangst geschrien. Doch als er ihr hatte zu Hilfe eilen wollen, war sie vor seinen Augen verblasst und hatte sich buchstäblich in Luft aufgelöst. Der Traum war ungewöhnlich intensiv gewesen.

FLO

Flo erwachte spät am nächsten Vormittag. Die Sonne stand bereits hoch am Himmel und suchte sich einen Weg durch die geschlossenen Fensterläden, Verkehrslärm drang gedämpft an ihr Ohr. Sie blieb zunächst ruhig liegen, während ihre Gedanken noch an der Schwelle zwischen Träumen und Wachen verweilten; sie wanderten hierhin und dorthin. Sie liebte diesen Schwebezustand, bevor der neue Tag ganz von ihr Besitz ergriff.

Etwas ließ sie in ihrem Gedankenfluss stolpern, sie brauchte einen Moment, bis sie wusste, was es war: Der Husten, der sie sonst wie ein hungriger Wolf beim Erwachen angefallen hatte, war ausgeblieben; auch das Fieber schien gesunken. Sie blieb still liegen und genoss das wunderbare Gefühl, frei atmen zu können.

Doch wie war das nur möglich? Gestern noch hatte es so ausgesehen, als müsse sie heute ins Krankenhaus, und jetzt das? Unwillkürlich wanderten ihre Gedanken zu dem eigenartigen Traum der letzten Nacht zurück. Er war so real gewesen, ganz anders als das wirre Zeug, welches sie in den anderen Nächten geträumt hatte. Selbst jetzt noch konnte sie sich jedes Detail glasklar in Erinnerung rufen, sie meinte sogar noch immer, einen Hauch von den frischen Kräutern wahrzunehmen. Wahrscheinlich lag dies an den Wickeln, die ihre Mutter am Abend zuvor für sie gemacht hatte.

»Ja, das wird es wohl sein«, versuchte sie sich einzureden, gleichwohl ließen sie die Bilder der vergangenen Nacht nicht los. Der Anblick des fremden Meeres hatte sich tief in ihr Herz gebrannt und weckte in ihr das Bedürfnis, ihn in einem Bild festzuhalten.

Nach einer ausgiebigen Dusche fühlte Flo sich bereit, allerdings war sie schon nach dieser kleinen Tätigkeit vollkommen erschöpft und ihre Beine schienen aus Gummi. Gleichwohl machte sie sich ans Werk, sie liebte es, mit den verschiedensten Materialien zu experimentieren; heute entschied sie sich für Kreide. Flo legte ihren Zeichenblock auf die Knie, schloss die Augen und erlebte innerlich nochmals den Moment, als sie aus dem Birkenwald getreten war und auf das unbekannte, raue Meer geblickt hatte. Wieder meinte sie, das Donnern der Brandung zu hören und die Gischt auf ihrem Gesicht zu spüren. Jetzt war sie bereit und wählte die erste Farbe aus.

T. S.

Weshalb hatte er ausgerechnet heute den Wunsch, die *Schwarze Sonne* aus ihrem sicheren Versteck im Safe zu nehmen? Vielleicht lag es an dem seltsamen Traum der letzten Nacht. Seine Gedanken wanderten in jenen Sommer zurück, als die Kleine immer wieder in seinen Garten gekommen war. Damals hatte er bei seinem Besuch in der Stiftsbibliothek in St.

Gallen den entscheidenden Hinweis gefunden und wenige Wochen später sein Amulett erhalten.

Basel acht Jahre zuvor im Sommer 2006
»Was? Habe ich Sie richtig verstanden? Das Ding geht heute in Aachen über die Bühne?«

Verschlafen schaute er auf den Wecker auf seinem Nachttisch. Es war gerade mal vier Uhr dreißig und draußen noch dunkel. Wieder lauschte er den Anweisungen.

Dann bestätigte er: »Gut, ich werde da sein und bringe das Geld mit.»

Der Kontaktmann hatte zehn Mille als Anzahlung verlangt. Heute würden nochmals vierzig Riesen fällig. Er öffnete Google Maps und gab die Koordinaten ein, die er erhalten hatte. Der Punkt lag irgendwo im Nirgendwo. Gleichwohl sollte er zu Nummer siebzehn kommen; ein seltsamer Treffpunkt. Laut Routenplaner würde er für die Strecke gute sechs Stunden brauchen. Er beschloss das Motorrad zu nehmen, mit seiner Honda war er flexibel.

Ein Wanderzirkus? Er traute seinen Augen nicht. Auf einer Wiese gastierte ein kleiner Zirkus, schon von Weitem leuchteten die bunten Wagen wie Streusel auf einer Torte. Auf dem Platz vor dem Hauptzelt herrschte reges Treiben, Familien schlenderten über das Gelände, Clowns auf Stelzen verkauften Zuckerwatte; fröhliches Kindergeschrei mischte sich mit den Klängen einer Drehorgel und der Duft von Popcorn lag in der Luft.

Er parkte die Honda und mischte sich unter die Besucher, auch wenn er keine Ahnung hatte, was hier gespielt wurde. Scheinbar wie zufällig entfernte er sich immer weiter von dem Rummel und schritt die Reihe der Wagen ab. Manche waren moderne Camper, andere dagegen richtige Zirkuswagen. Endlich entdeckte er die Nummer siebzehn. Gerade wollte er anklopfen, als die Tür von innen geöffnet wurde. Ein Mann im Artistenkostüm blickte ihn fragend an.

»Heute wird es nicht regnen«, sagte er wie abgesprochen.

»Erst das Geld, dann die Ware!« Der Mann hielt ihm ein kleines Päckchen hin.

Das durchdringende Schrillen der Türglocke riss ihn jäh aus seiner Reise in die Vergangenheit. Er erwartete niemanden. Wer hätte ihn schon besuchen sollen? Eilig begab er sich zum Tor mit den zwei steinernen Löwen. Ein Postbote stand davor.

»Sind Sie Peter Müller? Ich habe hier einen eingeschriebenen Brief.« Der Mann wartete die Antwort gar nicht erst ab, sondern plapperte direkt weiter. »Hier habe ich noch nie Post ausgetragen. Sie bekommen wohl nicht viel? Ich brauche noch Ihre Unterschrift.«

Umständlich kramte der Mann einen zerknitterten Quittungsblock aus der Tasche und hielt ihn ihm unter die Nase. Er setzte eine möglichst unleserliche Unterschrift auf die gestrichelte Linie. Neugierig betrachtete er den Brief, er war in Deutschland abgestempelt, auf der Rückseite war kein Absender vermerkt. Gespannt riss er den Umschlag auf.

FLO

Als Marlene und Paul Bosquet am Mittag heimkamen, waren sie höchst erstaunt, eine muntere Flo in der Küche vorzufinden. Auch Dr. Braun, der am späteren Nachmittag vorbeischaute, konnte es kaum glauben.

Zufrieden verkündete er: »Das Schlimmste liegt hinter dir, Florentine, aber in diesem Zustand können wir dich unmöglich zur Schule schicken, das machen deine Lungen noch nicht mit. Du brauchst dringend Erholung, am liebsten würde ich dich für ein paar Wochen irgendwo an die Nordsee schicken. Das Reizklima dort würde dir guttun. Vielleicht ist es möglich, in einer der Kureinrichtungen einen Platz für dich zu bekommen.«

Flo vernahm zwar die Worte, aber die Tragweite wurde ihr erst bewusst, als sie in die betroffenen Gesichter ihrer Eltern sah. Sie sollte nicht mit auf Klassenfahrt, sondern musste irgendeine blöde Kur an der Nordsee machen. Marlene Bosquet nahm ihre Tochter voll Mitgefühl in den Arm.

»Ich kann mir vorstellen, wie traurig du jetzt bist, aber das Wichtigste ist, dass du wieder ganz gesund wirst.«

Ja, richtig gesund werden, das wollte sie. Aber dafür brauchte Flo erst mal einen Platz in einem Kurheim, und das war leichter gesagt als getan.

Gleich am nächsten Morgen begannen ihre Eltern mit der Suche nach einer passenden Einrichtung, Kurorte gab es ja genug an der Nordsee, aber wo sie auch anriefen, sie stießen nur auf Unverständnis und

Absagen. Am Nachmittag des zweiten erfolglosen Tages war die Stimmung auf dem Nullpunkt, und die ganze Familie hatte sich um den Küchentisch versammelt.

»Und jetzt?«, stellte ihr großer Bruder Lukas die Frage, die alle beschäftigte. Ausgerechnet Felix, der Jüngste der Familie, machte den entscheidenden Vorschlag:

»Kann Flo nicht zu Onkel Hannes fahren? Der wohnt doch an der Nordsee.«

Im ersten Moment herrschte verblüfftes Schweigen, wenngleich allein die Erwähnung des Namens ein Lächeln auf ihre Gesichter zauberte. Marlene Bosquet überlegte:

»Onkel Hannes? Ja, das könnte gehen.«

Hannes war ihr Halbbruder und gute fünfundzwanzig Jahre älter. Obwohl sie nicht gemeinsam aufgewachsen waren, gehörte er zu den wichtigsten Menschen in ihrem Leben und Flo nickte begeistert, als ihre Mutter jetzt fragte:

»Was meinst du, könntest du dir das vorstellen, für ein paar Wochen zu Onkel Hannes nach Moorfleet zu ziehen?«

Sie war noch nie länger allein von zu Hause fort gewesen, und der Gedanke, gleich für mehrere Wochen mit fremden Menschen in einem Kurheim zu verbringen, hatte ihr von Anfang an nicht behagt. Dagegen erschien Flo die Vorstellung, bei Onkel Hannes zu wohnen, wie ein unerwartetes Geschenk. Sie wusste, er lebte in einem alten Schleusenhaus direkt an der Nordsee, und sie kannte seine Heimat nur aus Erzählungen. Diese hatten in ihr stets etwas zum

Klingen gebracht, und Flo merkte, wie es bei der Vorstellung, endlich einmal alles mit eigenen Augen zu sehen, vor Aufregung in ihrem Bauch zu kribbeln anfing.

Die ganze Familie drängte sich ums Telefon, während Marlene Bosquet die lange Nummer wählte. Nach dem vierten Klingeln war am anderen Ende die vertraute Stimme von Onkel Hannes zu hören:

»Moin, Friedrichsen hier. Marlene, wie schön, dass du anrufst.«

Flos Mutter schilderte die Situation. Als sie geendet hatte, herrschte einen Augenblick lang gespanntes Schweigen. Dann ließ sich Hannes vernehmen:

»Die kleine Flo? Na klar darf sie für ein paar Wochen zu mir kommen. Im Möweneck ist zwar nicht viel Platz, aber für uns zwei reicht er locker. Ihr werdet sehen, mit Hilfe unserer guten Nordseeluft wird sie im Handumdrehen wieder ganz gesund.«

Während Marlene die Einzelheiten besprach, ging Flo mit gemischten Gefühlen zu Müller und vergrub ihr Gesicht in dem warmen Fell des Katers.

»Wie soll ich es bloß drei Wochen oder länger ohne dich aushalten?«

Er schaute sie mit seinen klugen Augen liebevoll an, als wollte er sagen: »Flo, das wird schon werden.«

In ihrem Magen bildeten der Abschiedsschmerz und die Vorfreude einen seltsamen Klumpen, gleichwohl war sie bereit für ihr eigenes, persönliches Abenteuer.

KIKI

Kiki von Borch war enttäuscht. Zwar war sie inzwischen mehrmals im Schleusenhaus gewesen und Hannes Friedrichsen hatte sich auch über das Freiexemplar gefreut, aber ihre Versuche, zu einem intimeren *Du* überzugehen, hatte er ebenso galant umschifft wie ihre deutlichen Annäherungsversuche. Entweder war der Mann schwul oder ihm fehlte sämtliche Empathie für das weibliche Geschlecht. Doch so schnell wollte sie nicht aufgeben.

Zu ihrem Leidwesen musste sie zurück nach München. Sie beschloss in ein, zwei Wochen einen weiteren Vorstoß zu unternehmen. Sollte er doch ruhig denken, er sei sie losgeworden. Da kannte er sie aber schlecht! Ihre Anfrage bei der Rezeption des Hotels hatte ergeben, dass ihre Suite die nächste Woche ausgebucht sei, aber man wäre gerne bereit, sie im Anschluss für sie zu reservieren. Zufrieden packte Kiki von Borch ihren Koffer und rief in der Empfangshalle an, damit man ihr Gepäck nach unten brachte. Je länger sie über die Situation nachdachte, desto mehr wurde ihr Ehrgeiz geweckt.

Auf nach Norden

FLO

Es wurde beschlossen, dass Paul Bosquet und Flo bereits am folgenden Abend den Nachtzug in Richtung Hamburg nehmen würden, das hieß, es blieben kaum vierundzwanzig Stunden, um alles zu regeln. Als Erstes rief sie bei ihrem Friseur an, um einen Termin zu vereinbaren, denn ihre Haare hatten es dringend nötig. Nachdem dies erledigt war, holte Flo ihren alten Schulatlas und schlug die Deutschlandkarte auf, sie würden einmal quer durch das ganze Land reisen; mit dem Finger fuhr sie die Strecke nach.

Ihre Mutter kam mit einer bunt beklebten Holzschachtel unter dem Arm ins Zimmer. Sie kramte darin herum, bis sie fand, wonach sie gesucht hatte. Triumphierend hielt sie eine alte, etwas vergilbte Postkarte mit einer Schwarz-Weiß-Aufnahme hoch.

»Schau, dort auf der linken Seite siehst du die Anlagen der Schleuse von Moorfleet und da auf der rechten, das ist das Möweneck, dort wirst du mit Hannes wohnen! Als man die Schleuse seinerzeit erneuerte, wurde die Zentrale auf die linke Seite gelegt, das alte Schleusenhaus aber blieb, wo es war. Als Kind habe ich es geliebt, wenn ich Hannes dort besuchen durfte.«

Flo betrachtete das Bild genauer, dort also sollte sie wohnen. Wie dicht das Haus an der Hafenausfahrt lag, es machte bestimmt Spaß, die Schiffe zu beobachten, wenn sie die Schleuse passierten.

Ihr Vater lieh ihr seinen geliebten blauen Trekkingrucksack, mit dem er schon als Student durch ganz Europa getourt war. Der Rucksack erzählte von vergangenen Abenteuern, vom Aufbruch und von kurzen Begegnungen irgendwo auf einem fremden Bahnsteig zwischen zwei Zügen. Für Flo war er wie das Versprechen einer neuen Zeit.

Sie hoffte, dass sie an alles gedacht hatte, und falls doch etwas fehlte, würde sie eben aus der Not eine Tugend machen und mit Onkel Hannes eine kleine Shoppingtour veranstalten. Sie musste kichern bei dem Gedanken, mit ihm durch die Läden zu ziehen, so wie sie es sonst gerne mit Merle tat. Ob er für so einen Mädelskram zu haben war? Flo wurde bewusst, dass sie nicht wirklich viel über ihn wusste, gleichwohl war er ihr seltsam vertraut.

»Merkwürdig«, dachte sie, »manche Menschen können wir jahrelang fast täglich sehen, und sie bleiben uns irgendwie fremd; bei anderen hingegen haben wir schon nach zehn Minuten das Gefühl, sie unser ganzes Leben lang zu kennen.«

So ähnlich war es Flo mit Onkel Hannes ergangen, sie hatten sich von Anfang an auf eine ganz besondere Art verstanden, auch wenn dieser sich stets bemüht hatte, alle drei Geschwister gleich zu behandeln. In Flos Augen haftete ihm etwas Magisches an, und wenn er von seiner Nordsee erzählte, dann ging ein Strahlen von ihm aus, um das sie ihn ein wenig beneidete. Seine Begeisterung weckte in ihr ein Gefühl von Heimweh nach etwas, das sie nicht näher benennen konnte. Nun sollte sie in das Land all dieser Geschichten reisen und die Orte kennenlernen, von denen Hannes so oft erzählt hatte. Bei dem Gedanken durchströmte sie helle Vorfreude.

Ein Hieb von Müllers Pfote holte Flo etwas unsanft in die Gegenwart zurück. Sie saß inmitten eines riesigen Haufens auf ihrem Bett: Hosen, Pullover, Unterwäsche, Strümpfe, Bücher, Zeichenmaterial und Schulhefte bildeten ein wirres Durcheinander. Die Vorfreude, die sie noch vor wenigen Augenblicken verspürt hatte, war einer bleiernen Müdigkeit gewichen, und die Erschöpfung traf sie mit voller Wucht. Flo hatte ihre Kräfte völlig überschätzt und musste jetzt mit den Tränen kämpfen. Da fühlte sie sich in eine liebevolle Umarmung gezogen. Ihre Mutter war unbemerkt ins Zimmer getreten und hatte mit einem Blick die Situation erfasst.

»Komm, ich helfe dir, jetzt schauen wir gemeinsam, was du davon wirklich brauchst!«

Im Handumdrehen beseitigte Marlene Bosquet das Chaos. Als die Arbeit getan war, entstand ein Augenblick eigenartigen Schweigens, Mutter und Tochter schauten sich schüchtern, fast wie Fremde an. Dann drehte Marlene ihre Tochter in Richtung des Spiegels, der an der Wand hing, und stellte sich hinter sie, sodass sich ihre Blicke darin begegneten.

Ihre Stimme war leise, als sie jetzt sprach: »Ich hatte solche Angst, dich zu verlieren, du warst zum Teil schon gar nicht mehr richtig hier. Aber schau dich an, anstatt meiner frechen kleinen Flo steht dort eine wunderhübsche, junge Frau!«

Ihre Mutter hatte Recht, die Krankheit hatte sie verändert, Flo war gefühlte zehn Zentimeter gewachsen, und auch ihr Gesicht wirkte jetzt viel reifer.

Bevor sie an diesem Abend schlafen ging, nahm sie noch einmal das Bild zur Hand, welches sie vor drei Tagen gemalt hatte. Zwischen Birkenstämmen hindurch war das fremde Meer aus ihrem Traum zu sehen. Flo wurde von einer schmerzlichen Sehnsucht nach diesem Ort erfasst; einem Impuls folgend, packte sie es ebenfalls in den Rucksack.

T. S.
Zur gleichen Zeit

Seit er gestern den Brief erhalten hatte, war seine grüblerische, melancholische Stimmung einer ungewohnten Euphorie gewichen. Der Umschlag hatte nichts weiter als einen kurzen Artikel aus dem *Hamburger Abendblatt* enthalten: *Brandopfer der Fischerstuben identifiziert*, lautete die Überschrift. Gespannt vertiefte er sich in den Artikel:

Wie wir bereits an dieser Stelle vor einigen Wochen ausführlich berichteten, kam es in der Nacht zum 1. Mai im Stadtteil Finkenwerder zu einem Großbrand, bei dem auch ein Mann ums Leben kam. Die Polizei konnte mittlerweile die Identität des Unbekannten ermitteln, der in den Kellerräumen der Fischerstuben gefunden wurde. Es handelt sich bei dem Toten um

Salvatore da Costa, den Chef des Restaurants. Da Costa, der mit bürgerlichem Namen Jens Schmidt hieß, gehörte neben der Fischerstube auch das beliebte Szenelokal Osteria.

Er hatte den Artikel zweimal lesen müssen, ehe es bei ihm Klick gemacht hatte. Der Restaurantbesitzer war jener Mann, vor dem Martin Weber ihn damals in der Pokernacht so eindringlich gewarnt hatte. Wegen Salvatore da Costa hatte er Hamburg Hals über Kopf verlassen. Wenn dieser jetzt tot war, bedeutete dies: Er war frei! Die Erleichterung, die mit dieser Erkenntnis einherging, durchströmte ihn seitdem wie eine Droge. Es wurde Zeit, dass er sein Leben wieder in die Hand nahm und sich nicht länger von den Gespenstern der Vergangenheit in Angst und Schrecken versetzen ließ.

Gedankenverloren betrachtete er sein Spiegelbild und erschrak. Wann hatte er angefangen, sich so gehen zu lassen? Seine Haare waren viel zu lang, auch sein Bart sah ungepflegt und schmuddelig aus. Ohne lange nachzudenken, suchte er sich den nächstgelegenen Friseur heraus und wählte die angegebene Nummer; er hatte Glück und bekam direkt für den nächsten Vormittag einen Termin.

FLO

Der Tag der Abreise verging wie im Flug, der große Rucksack war gepackt und der Friseur hatte ihr einen schicken Haarschnitt verpasst. Nun hieß es, von ihrem geliebten Kater Abschied nehmen. Sie streichelte ihm ein letztes Mal durch das weiche Fell.

»Sei mir bitte nicht böse, Müller, ich komme ja bald wieder.«

Flo musste mit den Tränen kämpfen und war froh, als ihr Vater zum Aufbruch mahnte. Die ganze Familie machte sich auf den Weg zum Bahnhof, Merle hatte es sich ebenfalls nicht nehmen lassen, sie zu begleiten. Die beiden Freundinnen umarmten sich fest, schon ertönte der Pfiff des Schaffners und die Türen schlossen sich. Langsam setzte sich der Zug in Richtung Norden in Bewegung. Obwohl sie sich sicher gewesen war, vor Aufregung noch lange wachzuliegen, fiel sie fast augenblicklich in einen tiefen, traumlosen Schlaf.

Gegen Mittag des nächsten Tages erreichten sie die Kreisstadt Heide und Flo war erleichtert, als die ersten Häuser auftauchten und der Zug langsamer wurde. Onkel Hannes hatte versprochen, sie hier abzuholen. Es stiegen nur wenige andere Reisende mit ihnen aus, sodass sie ihn rasch entdeckten. Er stand am Ende des Bahnsteigs und winkte ihnen zu. Flos Herz klopfte mit einem Mal schneller vor Freude, bis jetzt war ihr alles unwirklich vorgekommen, als ginge es sie nichts an. Onkel Hannes dort stehen zu sehen, machte es real. Er trug wie meistens Jeans und seinen blauen Seemannstroyer. Für sein Alter sah er unverschämt gut aus, eher wie Mitte fünfzig und keineswegs wie sechsundsechzig.

»Onkel Hannes, hier sind wir!«, Flos aufgeregte Stimme hallte über den Bahnsteig. So schnell es der große Rucksack und ihre fehlende Kondition zuließen, lief sie in seine ausgebreiteten Arme. Er war nur knapp einen Kopf größer als sie, aber Flo hatte immer das Gefühl, dass nichts und niemand auf der Welt ihr etwas anhaben konnte, wenn sie bei ihm war.

»Moin, min Deern«, Hannes betrachtete Flo kritisch. »Du bist ja nur noch Haut und Knochen und blass bist du; aber nach ein paar Wochen an unserer guten Nordseeluft wird sich das sicher schnell ändern. Ich freue mich in jedem Fall, dass du da bist.« Dann fügte er hinzu: »Den *Onkel* kannst du getrost weglassen, sonst fühle ich mich so alt.«

»Geht klar, Onkel Hannes, äh, ich meinte nur Hannes«, stotterte sie und wurde rot.

Doch er lachte nur und stupste sie freundschaftlich in die Seite. »Nur kein Stress, es macht nichts, wenn du es ab und zu vergisst.«

Als Flo jetzt in sein von Wind und Wetter gegerbtes Gesicht blickte, merkte sie, wie sehr sie sich auf die Zeit mit ihm freute. Inzwischen hatte auch Paul Bosquet seine Tochter eingeholt und die beiden Männer begrüßten sich ebenfalls. Wie selbstverständlich schulterte Hannes den schweren Rucksack, bei ihm sah es aus, als wöge er kaum etwas. Flo war heilfroh, das Gewicht von den Schultern zu bekommen, denn der kleine Sprint vorher hatte ihre Beine kurzerhand in Wackelpudding verwandelt, und sie fühlte sich leicht zittrig.

Der angrenzende Parkplatz war gut gefüllt. Hannes ging zielstrebig die Autoreihen entlang, bis er schließlich vor einer uralten, ziemlich verbeulten himmelblauen Ente stehen blieb. Zu dritt zwängten sie sich in den kleinen Wagen, und Flo wurde auf dem Rücksitz unter dem Gepäck und einer Menge Einkäufe fast begraben. Hannes hatte die Gelegenheit scheinbar genutzt und sie mit Vorräten für die nächsten Wochen eingedeckt.

Während sie unter ohrenbetäubendem Geknatter über die Schnellstraße röhrten, hing Flo ihren eigenen Gedanken nach. Sie war so gespannt auf das Schleusenhaus, das sie nur aus Erzählungen und von Bildern kannte. Endlich kam der Deich in Sicht, und kurze Zeit später erreichten sie auch den Hafen von Moorfleet. Fischkutter und Freizeitboote lagen hier Seite an Seite.

Auf einem kleinen Platz wurde gerade ein Bauern- und Kunsthandwerkermarkt abgehalten. Einheimische und Touristen schlenderten an den Ständen vorbei und betrachteten die ausgestellten Waren. Es war so viel los, dass sie nur im Schritttempo vorwärtskamen. Hannes passte sich geduldig den Fußgängern an, die keine Anstalten machten, aus dem Weg zu gehen. Dann war es geschafft, sie ließen den Trubel hinter sich und bogen in einen schmalen Weg ein. Flo seufzte unwillkürlich erleichtert auf.

»Jetzt wird es ruhiger«, ließ sich Hannes' Stimme vernehmen. »Nun kommt nur noch unser Leuchtturm mit dem Tonnenhof, und danach sind wir schon da.«

T. S.

Der Friseurtermin gestern hatte sich definitiv gelohnt, zufrieden strich er sich über die kurzen Haare und das glatt rasierte Kinn. Jetzt sah er nicht nur zehn Jahre jünger aus, er fühlte sich auch so; und das erste Mal seit langer Zeit empfand er wieder echte Lebensfreude. Der Besuch in dem kleinen, aber feinen Salon hatte ihm gutgetan, es hatte eine familiäre Atmosphäre geherrscht, und neben ihm war nur noch eine junge Frau dagewesen. Sie hatte so aufgeregt und fröhlich von ihrer bevorstehenden Reise erzählt, dass sie ihn mit ihrer Begeisterung angesteckt hatte.

Nun überlegte er sich tatsächlich, ob er nicht auch verreisen sollte. Jetzt, wo er nicht mehr befürchten musste, dass Salvatore da Costa ihn aufspürte und seine Aufzeichnungen zurückverlangen könnte, standen ihm so viele Möglichkeiten offen. Während der letzten Jahre hatte er sein Anwesen nur verlassen, um verschiedenen Spuren nachzugehen, aber so etwas wie Urlaub oder Ferien hatte es nicht gegeben.

Spontan beschloss er, genau das jetzt zu tun. Unschlüssig überlegte er, wo es hingehen sollte: Berge oder Meer? Oder vielleicht doch lieber eine Städtereise? So kam er nicht weiter. Kurzentschlossen schnappte er sich seine Hausschlüssel und machte sich auf den Weg. Wenig später stieß er die Tür eines Reisebüros auf, die Dame hinter dem Tresen lächelte ihn zuvorkommend an.

FLO

»Aussteigen, wir sind da!« Hannes hielt vor einem roten Backsteinhaus, das mit Reet gedeckt war. Gespannt schaute Flo sich um. Das also war das alte

Schleusenhaus, in dem sie wohnen würde. Es war das einzige weit und breit, überhaupt war es hier nach dem regen Treiben im Ort fast einsam.

Flo gefiel, was sie sah, das Haus strahlte etwas Standfestes aus, als könne kein Sturm oder Hochwasser ihm etwas anhaben. Zudem war das ganze Grundstück durch einen Zaun aus Latten und Treibholz vor allzu neugierigen Blicken geschützt. Wie frisch und klar es hier roch, ganz anders als daheim in Basel. Gierig sog sie die Luft in ihre Lungen.

»Hey, lass mir auch noch was davon übrig!«, Paul Bosquet grinste seine Tochter amüsiert an.

Gemeinsam luden die Männer das Gepäck aus und trugen es zum Haus. Neben der Eingangstür stand eine alte Gartenbank zwischen üppig blühenden Malven und Lavendelsträuchern. Flo bekam sofort Lust, sich darauf niederzulassen. Genüsslich schloss sie die Augen und hielt das Gesicht in die Sonne, von der hatte sie während ihrer Krankheit viel zu wenig abbekommen.

»Ich hatte ganz vergessen, wie schön es hier ist«, Paul Bosquet setzte sich neben seine Tochter und tat es ihr gleich.

Hannes trat zu ihnen: »Na dann, willkommen im Möweneck, Flo, du wirst sehen, der Name passt perfekt. Einer unserer Vorfahren hat das Haus so getauft. Tatsächlich wimmelt es hier meist von Seevögeln.«

Bereits jetzt war Flo wie verzaubert von dem, was sie sah. Hannes öffnete die schwere Holztüre und ließ seine Gäste mit einer einladenden Geste eintreten. Sie hatte erwartet, dass es eng und düster im Haus wäre, daher blieb sie verblüfft stehen. Die untere

73

Etage bestand, abgesehen von einem kleinen Bad, aus einem lichtdurchfluteten einzigen Raum. Obwohl das Haus nicht sehr groß war, entstand auf diese Weise der Eindruck von Weite. Verstärkt wurde dieser noch durch eine breite Fensterfront, welche fast die gesamte Rückseite einnahm. Sie gab den Blick auf eine hölzerne Veranda frei, auf der mehrere gemütlich aussehende Stühle um einen Tisch gruppiert waren.

Verschiedene Tontöpfe mit blühenden Pflanzen buhlten um die Aufmerksamkeit des Betrachters. Es musste wunderbar sein, hier zu frühstücken. Die Terrasse ging in den Garten über und im Schatten einer riesigen, alten Eiche standen zwei Strandkörbe. Das Ganze sah so einladend aus, dass Flo sich nur widerstrebend umdrehte, um das Innere des Hauses näher zu betrachten.

Doch auch hier konnte sie nur staunen, ein steinerner Kamin trennte den Wohnbereich von der Küche, die auch gleichzeitig als Esszimmer diente. Ein enormer Holztisch, der aussah, als hätte er schon immer hier gestanden, bildete das Herzstück. Flo strich mit der Hand über die glatte Oberfläche und fragte sich, was dieser Tisch wohl in seinem langen Leben schon alles erlebt hatte. Er könnte sicherlich eine Menge Geschichten erzählen, von den Menschen, die an ihm gesessen hatten. Anstatt Stühlen gab es zwei Küchenbänke mit blau-weiß gestreiften Kissen. Hier musste man sich einfach wohlfühlen.

Im Wohnbereich standen zwei alte Ohrensessel vor einem riesigen Bücherregal, das sich über eine ganze Wand erstreckte. Einer der Sessel war zu Flos freudiger Überraschung bereits besetzt. Eine orange-farbene Katze von enormem Ausmaß schien hier ihren Mittagsschlaf zu halten. Erst bei näherem Hinsehen bemerkte sie, dass sie nicht allein war, eng angeschmiegt lag ein kleines schwarzes Kätzchen.

Hannes, der Flos Blick gefolgt war, meinte: »Das sind Whisky und Gin. Ich hoffe, du magst Katzen?«

Sie schaute ihn entgeistert an: »Mögen? Ich liiiiebe Katzen!« Mit zwei, drei schnellen Schritten war sie bei den schlafenden Tieren. Behutsam, um die beiden nicht zu erschrecken, kniete sie sich vor den Sessel. Als sie vorsichtig über ihr Fell strich, wurde sie mit einem zweistimmigen Schnurren belohnt.

»Dat geft dat doch nich, so was habe ich bei den beiden ja noch nie erlebt. Normalerweise lassen sie Fremde nicht an sich ran.« Hannes war ehrlich erstaunt.

Wie zur Bestätigung flitzten die Katzen davon, als sich jetzt auch Paul Bosquet dem Sessel näherte.

»Siehst du, bei deinem Vater haben sie Reißaus genommen. Aber kommt, ihr wollt sicher sehen, wo Flo die nächsten Wochen schlafen wird!«

Er führte sie eine steile, enge Holztreppe hoch ins Obergeschoss. Er wies auf eine Tür am Ende des Ganges. »Dort schlafe ich, daneben befindet sich das Bad und Flos Zimmer ist da drüben. Es ist recht klein, aber dafür hat es den schönsten Ausblick im ganzen Haus.«

Hannes hatte nicht übertrieben, Flo konnte sowohl die Schleuse mit der Hafenausfahrt als auch den Deich und das Watt sehen. Dahinter erstreckte sich die Nordsee wie ein flimmerndes Band. Sie beobachtete einige Fischkutter, die in der Ferne unterwegs waren, dann schaute sie sich in ihrem Zimmer um.

Der ganze Raum strahlte Gemütlichkeit aus, eine Wand war in einem warmen Gelbton gestrichen. Ein kluger Kopf hatte die Dachschräge geschickt genutzt und Regale angebracht, die nach oben immer schmaler wurden. Im obersten standen einige Bücher, die anderen waren leer und boten Platz für ihre persönlichen Dinge. In einer Ecke stand ein kleiner Schreibtisch. Flo beschloss, ihn vors Fenster zu schieben, dann konnte sie aufs Wasser blicken, wenn sie daran arbeitete. Müde, aber glücklich, ließ sie sich auf das schmale Bett fallen, das an der Längsseite des kleinen Zimmers stand, und schloss die Augen, um sich nach der langen Fahrt für einen Moment auszuruhen.

Der Strand lag einsam und verlassen da. Die Sonne stand noch hoch am Himmel, und helles Sonnenlicht blendete Flos Augen; die Hitze waberte in Schichten über den heißen Sand. Kleine Wellen umspülten ihre Füße und brachten wunderbare Abkühlung. In der Ferne erstreckte sich eine Steilküste, die ins Meer mündete. Die Stimmung war friedlich, fast zeitlos, außer dem Rauschen der Wellen und des Windes war nichts zu hören. Weit oben am Himmel kreisten zwei Vögel. Flo beschattete mit der Hand ihre Augen, um sie besser sehen zu können, aber sie waren nur als kleine schwarze Punkte zu erkennen, die mit ihr zu wandern schienen.

Ab und zu blieb sie stehen, um einen Stein oder eine Muschel näher zu betrachten. Sie stieß auf einen kleinen Bach, der sich seinen Weg zum Meer suchte. Das Wasser war eiskalt und stach wie mit Nadeln in ihre Beine. Zum Glück war es nicht sehr tief, und sicher würde sie den schmalen Fluss mit wenigen Schritten überqueren können.

Irgendetwas stimmte nicht. Obwohl der Wasserlauf nicht sehr breit war, kam das andere Ufer einfach nicht näher, sie müsste doch längst drüben sein. Mit jedem Schritt fiel ihr das Gehen immer schwerer, als würde sie eine unsichtbare Kraft daran hindern, vorwärtszukommen. Ein stechender Schmerz durchzuckte ihre Füße.

Mit einem Schrei fuhr Flo aus dem Schlaf und schaute in zwei leuchtende Augen. Es dauerte einen Moment, bis ihr einfiel, wo sie war; sie begriff, dass es Gins Augen waren, die sie angriffslustig anblinzelten. Die kleine Katze saß direkt vor ihr.

»Puh, hast du mich erschreckt! Wieso liege ich unter diesem Monstrum von Decke, das Ding wiegt ja mindestens zehn Kilo.« Jetzt erst bemerkte Flo, dass nicht die Decke so schwer war, sondern vielmehr Whisky, die majestätisch auf ihren Beinen thronte. Die orangefarbene Katze machte ganz den Eindruck, als wäre dies ihr Stammplatz.

»Kein Wunder, dass ich geträumt habe, meine Beine würden erdrückt«, dachte Flo und streckte sich. Noch während sie sich bemühte, richtig wach zu werden, wurde ihre Aufmerksamkeit erneut auf Gin gelenkt. Diese starrte sie mit ihren funkelnden Augen wie ein garstiger Kobold an, während ihr Hinterteil dabei gefährlich hin- und her wackelte.

»Untersteh dich!«, warnte Flo mit strenger Stimme. Sie hatte die Worte kaum ausgesprochen, als das kleine schwarze Ungeheuer einen Angriff auf ihren rechten Fuß startete, der unter der Decke hervorlugte. Wieder durchzuckte Flo ein stechender Schmerz.

»Du warst das also!«, mit einem Sprung war Flo aus dem Bett. »Na warte, dir werde ich es zeigen!«

»Miau«, kam die freche Antwort von Gin, dann raste sie mit hochaufgestelltem Schwanz wie ein geölter Blitz davon, dicht gefolgt von Flo, die natürlich keine Chance hatte, die vierbeinige Übeltäterin zu erwischen. Lachend und außer Atem beschloss sie, ihre Füße in Zukunft besser zu schützen.

Alltag im Möweneck

FLO

Früh am nächsten Morgen brachten Flo und Hannes Paul zum Bahnhof. Ihr wurde das Herz schwer. Würde sie es so lange ohne ihre Familie aushalten? Was, wenn sie Heimweh bekam? In diesem Moment fuhr der ICE nach Hamburg ein und Paul Bosquet schloss seine Tochter noch einmal fest in die Arme. Sie winkte dem Zug eifrig hinterher; bis er in der Ferne verschwunden war. Tröstend legte Hannes eine Hand auf Flos Schulter.

»Ein guter Freund von mir hat einmal gesagt, man muss Abschied nehmen, damit man sich auf das Wiedersehen freuen kann. Was hältst du von einem zweiten Frühstück? Ich kenne da einen Bäcker, der macht die besten Brötchen in der Region.«

KIKI
Zur selben Zeit in München

Verdammt, was war bloß los mit ihr? Seit drei Tagen war sie aus Moorfleet zurück, und seitdem hatte sie nicht einen brauchbaren Satz zustande bekommen, dabei war der Abgabetermin für den Artikel über den korrupten Bürgermeister bereits heute. Normalerweise fiel es Kiki nicht schwer, andere Leute durch den Dreck zu ziehen; schon gar nicht in einem Fall wie diesem. Der saubere Herr Bürgermeister hatte das kontaminierte Gelände einer ehemaligen Farbenfabrik als teures Bauland deklariert, und ein satter Gewinn war dabei in seine eigene Tasche geflossen. Nun sollte ausgerechnet hier eine Siedlung mit Einfamilienhäusern entstehen. Wenn sie gute Arbeit leistete, dann würde der Bürgermeister nie wieder einen Fuß in sein Rathaus setzen.

Warum tat sie sich dann so schwer mit dem Artikel? Eine leise Stimme in ihrem Hinterkopf fragte, ob es mit ihrer Reise nach Moorfleet zusammenhängen konnte. Hannes Friedrichsen und sein Schleusenhaus gingen ihr einfach nicht aus dem Kopf. Wie eine Raubkatze im Käfig tigerte sie jetzt durch ihr schickes Loft direkt an der Isar.

Normalerweise liebte Kiki den minimalistischen Stil ihrer Einrichtung. Nichts Persönliches, kein überflüssiger Schnickschnack, keine lästigen Staubfänger, alles in Schwarz-Weiß und Grautönen gehalten, dazu passend einige moderne Maler, die sie als wertsteigernde Anlage gekauft hatte. Seit sie aus Moorfleet zurück war, sah sie die Wohnung mit anderen Augen. *Kalt* und *herzlos* waren die Adjektive, die ihr durch den Kopf schossen. Wie hatte sie sich hier all die Jahre zu Hause fühlen können?

»Gar nicht!«, war die ehrliche Antwort ihres Herzens. Sie musste sich eingestehen, dass die Wohnung nie ein wirkliches Heim für sie gewesen war. Ein

Vorzeigeobjekt, etwas zum Angeben, das ja, aber mehr auch nicht.

»Nun gut«, Kiki seufzte, diesem Problem, so es, denn eines war, würde sie sich später widmen. Jetzt galt es, den Artikel zu Papier zu bringen. Ihr fiel Shakespeare ein. Er hatte es in seiner berühmten Grabrede des Marcus Antonius geschafft, den Caesarmörder Brutus auf ganz subtile Weise zu beschuldigen, ohne direkt auf ihn zu zeigen. Genauso würde sie es mit dem Bürgermeister machen. Wenig später saß sie an ihrem Laptop, und ihre Finger flogen geradezu über die Tastatur.

Vierzig Minuten später las sie den Artikel ein letztes Mal durch, bevor sie ihn abschickte. Jetzt hieß es abwarten, entweder sie hatte gerade einen Volltreffer gelandet oder sie hatte es voll vergeigt.

FLO

Da Flo noch immer schnell ermüdete, entwarfen Hannes und sie einen Plan, in dem sich Schulstunden mit Ruhepausen sowie Spaziergängen am Meer abwechselten. Schnell fanden die beiden zu einer Alltagsroutine. Nach dem Frühstück arbeitete Flo zunächst für zwei, drei Stunden den versäumten Schulstoff auf, zum Ausgleich ging es anschließend an die frische Luft. Wenn es das Wetter halbwegs zuließ, machten sie sich zu Fuß auf den Weg, oft schauten sie auf einen Klönschnack im Kontrollturm der Schleuse vorbei. Flo liebte das Wort *Klönschnack*, besonders nachdem sie erfahren hatte, dass es sich dabei um einen gemütlichen kurzen Austausch unter Freunden handelte. Auch wenn Hannes seit einigen Monaten offiziell in Rente war, zog es ihn nach wie vor an den Ort, an dem er fast sein ganzes Leben verbracht hatte. Meist ging es anschließend ans Meer.

Bei Flut liefen sie unter der wachsamen Beobachtung der dort grasenden Schafe auf dem Deich, manchmal mussten sie sich dabei regelrecht gegen den Wind stemmen, dann wieder kam er von hinten und schob sie vor sich her. Jeden Tag weiteten sie ihre Strecke ein bisschen aus.

Bei Ebbe zogen sie Schuhe und Strümpfe aus und gingen ins Watt. Beim ersten Mal quietschte Flo erstaunt auf, als sie die feuchte, braune Masse zwischen ihren nackten Zehen fühlte, doch schon bald fand sie Gefallen an dem ungewohnten Untergrund, der mal fest, mal eher weich und glitschig war.

Obwohl die Luft jetzt im Juni an den meisten Tagen schon recht warm war, empfand Flo den Wattboden als erstaunlich kühl, besonders wenn sie frühmorgens hinausliefen, stach sie die Kälte wie mit Nadeln. Bei einer ihrer ersten Wattwanderungen stellte Flo erstaunt fest: »Es brennt wie Feuer, aber ich fühle mich wunderbar lebendig.«

Hannes schmunzelte: »Ja, manchmal erzeugt die Kälte Wärme, sie durchblutet deine Beine.«

Das Mittagessen bereiteten sie gemeinsam zu. Hannes war ein begnadeter Koch, und Flo fand langsam wieder zu ihrem gewohnten Appetit zurück. Danach stand eine ausgiebige Mittagspause auf dem Plan. Bei gutem Wetter legte Flo sich in den Garten, manchmal fanden sich auch die Katzen Whisky oder

Gin ein, um ihr dabei Gesellschaft zu leisten.

»Ihr Verräter«, hatte Hannes lachend gemeint, als die beiden sich bereits am zweiten Tag wie selbstverständlich an Flo anschmiegten, als hätte sie schon immer zum Haushalt gehört.

An den Nachmittagen wiederholte sich das Programm vom Vormittag. Es zeigte sich, dass Hannes ein hervorragender Lehrer war; geduldig erklärte er Flo die einzelnen Lektionen und beantwortete ihre Fragen. Mit seiner Hilfe kam sie schnell voran und hatte in erstaunlich kurzer Zeit einen Großteil des fehlenden Stoffs aufgeholt. Je nach Wetter fand der Unterricht draußen auf der Terrasse oder drinnen in der gemütlichen Küche statt.

Der alte Holztisch diente nicht nur für die Mahlzeiten, sondern war je nach Bedarf Arbeitsplatz, Werkbank oder in Flos Fall Schreibpult für die Hausaufgaben. In den Tisch waren mehrere Schubladen eingelassen, und Hannes bewahrte hier alles auf, für das er sonst keinen rechten Platz wusste.

Zu den Besonderheiten des Möwenecks gehörte, dass seine Einrichtung eine bunte Mischung aus verschiedenen Jahrhunderten zu sein schien. Jeder der Bewohner hatte dem Haus seine ganz persönliche Note verliehen, ohne die seiner Vorgänger auszuradieren. Der Herd, ein eisernes, verschnörkeltes Ding, das sich wahlweise mit Gas oder Holz heizen ließ, sah in Flos Augen fast mittelalterlich aus. Nur mit der modernen Technik hatte Hannes es nicht so. Seine einzigen Zugeständnisse waren eine Hightech-Kaffeemaschine und eine gute Musikanlage. Damit konnte Flo gut leben, dagegen war es ein weitaus größerer Schock, dass das Schleusenhaus in einem totalen Funkloch lag.

T. S.

Er hatte tatsächlich eine Reise gebucht, auch wenn es nicht ganz einfach gewesen war, das Richtige für ihn zu finden. Obwohl er seit dem Tod von Salvatore da Costa nicht mehr unter akutem Verfolgungswahn litt, mochte er noch immer keine Menschenmengen. An einem überfüllten Touristenort wollte er ebenso wenig Urlaub machen, wie in einem nichtssagenden Hotelzimmer in irgendeiner Großstadt. Er war schon kurz davor gewesen, aufzugeben, als die Dame im Reisebüro den entscheidenden Vorschlag gemacht hatte: »Wie wäre es mit einer Schiffspassage?«

»Eine Kreuzfahrt?«, hatte er entsetzt gefragt, allein der Gedanke hatte in ihm Platzangst ausgelöst.

»Aber nein«, hatte sie ihn sofort beruhigt und erklärt, »ich habe an einen kleineren Frachter gedacht. Wir haben eine Liste von Flussfahrtschiffen, die ab und zu Kabinen an Privatpersonen vermieten.«

Nun war er seit zwei Tagen an Bord der Louise. Die Mannschaft, bestehend aus Kapitän Philippe Dubois sowie Frederik, einem hünenhaften Dänen, und Nicklas, dem Smutje, hatte ihn ohne großes Tamtam freundlich willkommen geheißen und ihm seine kleine Kajüte im hinteren Teil des Schiffes gezeigt. Ein bisschen hatte ihn der winzige, karg möblierte Raum an seine Zelle im Knast erinnert; und es hatte ihn erleichtert zu wissen, dass er die Louise jederzeit wieder verlassen konnte, wenn es ihm hier nicht mehr gefiel. Doch zu seiner eigenen Überraschung mochte er das Leben an Bord.

FLO

»Mit deinem Internet stimmt etwas nicht, ich bekomme einfach keine Verbindung.«

Amüsiert beobachtete Hannes Flo, wie sie mit ihrem Handy in der Hand von einer Ecke des Schleusenhauses zur anderen lief, schließlich ihr Glück im Garten und sogar auf dem Deich versuchte, bevor sie zu ihm zurückkehrte.

»Wieso? Es ist doch alles bestens«, er machte ein unschuldiges Gesicht. Auf ihren fragenden Blick hin deutete er wortlos auf einen Spruch, der an einem der Küchenschränke hing: *Viereckige Zeit ist tote Zeit!*

»Wie soll ich das verstehen? Was hat das mit dem Internet zu tun?«, fragte Flo verwirrt.

»Kennst du *Momo* von Michael Ende? Er hat den Roman 1973 geschrieben und war damit seiner Zeit weit voraus.«

Flo schüttelte den Kopf. »Er gehört zu den Büchern, die ich schon seit Langem lesen möchte.«

»Wenn das so ist …« Hannes ging zielstrebig zum Bücherregal, zog nach kurzem Suchen einen Band heraus und reichte ihn ihr. »Dann will ich dir nicht zu viel von seinem Inhalt verraten. Wenn du das Buch gelesen hast, wirst du verstehen, was ich meine. Nur so viel, egal ob Handy, Laptop oder Tablet, diese Dinger sind wie die Grauen Herren in *Momo*. Sie stehlen uns unsere Zeit, ohne dass wir es bemerken. Aber um gleichwohl deine Frage zu beantworten: Es stört mich überhaupt nicht, dass wir hier kein Internet haben, auf die meisten der sogenannten *News* kann ich getrost verzichten.«

Flo hatte Hannes bisher selten so ernst wie bei diesem Thema erlebt. Anfangs fiel es ihr schwer, und sie griff immer wieder nach ihrem Handy, und steckte es jedes Mal frustriert wieder weg. Zu ihrer eigenen Verwunderung stellte sie jedoch bald fest, dass man tatsächlich erstaunlich gut ohne *all das viereckige Zeug* auskommen konnte. Sie nutzte die handyfreie Zeit zum Lesen oder streifte durchs Schleusenhaus und betrachtete die zahlreichen Zeichnungen und Bilder, die überall hingen. Sie zogen Flo wie magisch an, und sie nahm sich vor, diese in den nächsten Wochen noch genauer zu studieren, um von den verschiedenen Stilen etwas zu lernen.

Ein Bild verursachte ihr Gänsehaut, es war darauf auf den ersten Blick ein ganz gewöhnlicher Strand mit ein paar Dünen und tiefhängenden Wolken zu sehen. Sie hatte ihn sofort wiedererkannt, es war der Strandabschnitt, von dem sie direkt nach ihrer Ankunft geträumt hatte. Flo wusste noch nicht einmal zu sagen, weshalb sie sich so sicher war, doch es bestand für sie kein Zweifel. Wie kam es, dass genau dieser Strand auf dem Bild zu sehen war? Sie hatte es doch erst heute entdeckt, oder hatte ihr Unterbewusstsein es wahrgenommen, als sie die Treppe hinaufgegangen war? Das konnte fast nicht sein!

»Lass mich raten, du malst auch?« Hannes war unbemerkt hinter sie getreten.

Flo war froh, nicht länger über das Bild nachdenken zu müssen, ein bisschen unheimlich war ihr das Ganze schon. Jetzt war sie erst mal neugierig, was er mit seiner Bemerkung gemeint hatte, und fragte: »Wieso auch? Wer malt denn noch?«

Zu Hause war Flo die Einzige, die Freude am Malen und Zeichnen hatte.

»Naja, quasi alle. Wusstest du nicht, dass du aus einer kunstbesessenen Familie stammst? Die meisten Bilder und Zeichnungen, die du hier im Haus findest, hat einer deiner, besser gesagt, unserer Vorfahren gemalt. Natürlich gab es auch einige, die nicht malen konnten, die haben dann Bilder gekauft. Es ist Tradition bei den Friedrichsen, dass jede Generation ihre eigenen Werke hinzufügt. Fast so etwas wie eine Ahnengalerie, nur mit dem Unterschied, dass es keine Porträts, sondern Landschaftsbilder sind, ein, zwei sind auch von mir dabei.«

Flo schluckte, sie hatte nicht erwartet, dass Hannes' Worte sie so aufwühlen würden. Mit ihrer kreativen Ader hatte sie sich manchmal in ihrer eigenen Familie wie fremd gefühlt. Ihre Eltern verband die Liebe zur Geschichte, sie konnten sich stundenlang über historische Fakten austauschen und dabei alles um sich herum vergessen. Auch ihre Brüder verstanden sich trotz des Altersunterschieds bestens und fachsimpelten über Sport oder die neusten Modelle von irgendwelchen langweiligen Autos.

Sie dagegen hatte niemanden, mit dem sie ihre Leidenschaft teilen konnte. Es hatte eine Zeit gegeben, da hatte sie sich gefragt, ob sie womöglich bei der Geburt vertauscht worden war. Und nun stellte sich heraus, dass sie gar nicht allein mit ihrer Liebe zur Malerei war. Die Bilder und Zeichnungen im Schleusenhaus berührten etwas in ihrem Innersten, denn sie sprachen von ihrer eigenen Sehnsucht nach dem Norden und dem Meer. Flo fragte sich, ob ihr Leben anders verlaufen wäre, wenn sie hier im Möweneck hätte aufwachsen dürfen.

Bis zu diesem Augenblick war ihr nicht bewusst gewesen, dass sie immer das Gefühl gehabt hatte, nicht am richtigen Platz oder in der richtigen Familie zu sein. Ihr war, als hätte Hannes mit seinen Worten diese unterschwelligen Zweifel zum Schweigen gebracht und damit eine unsichtbare Last von ihrem Herzen genommen. Mit seiner feinfühligen Art spürte Hannes, wie aufgewühlt Flo war und legte ihr sanft einen Arm um die Schulter.

»Was hältst du davon, wenn ich uns einen Seelentröster zubereite, und du erzählst mir in Ruhe, was dich gerade so aus der Fassung gebracht hat. Meine Mutter hat mir immer einen gemacht, wenn ich Kummer hatte. Nach ihrem Tod hat mein Vater ihn dann für mich zubereitet, aber das war irgendwie nicht dasselbe.«

Flo wusste zwar nicht so genau, was ein Seelentröster war, aber es klang nach etwas, das sie jetzt dringend gebrauchen konnte. Da der Kloß in ihrem Hals noch immer so groß war, dass sie ihrer Stimme nicht so recht traute, nickte sie einfach und folgte Hannes in die Küche. Er kramte in diversen Schränken, förderte Schokolade, Vanille, Zimt und roten Pfeffer zutage. Sobald die Milch warm war, fügte er nach und nach alle Zutaten hinzu. Andächtig beugten sich die beiden über den Topf und beobachteten, wie sich die Schokolade langsam auflöste und braune Muster in die Milch malte.

Wenig später saßen sie im Garten, zwei dampfende Becher vor sich auf dem Tisch. Als Flo vorsichtig an der heißen Schokolade nippte, schmeckte sie tatsächlich nach Kindheit und einer tröstenden Umarmung. Eine wohlige Wärme breitete sich in ihrem Körper aus.

Nach einer Weile fragte Hannes: »Magst du erzählen, was dich so aufgewühlt hat?«

Anfangs musste Flo nach den richtigen Worten suchen. Wie sollte sie ihm ihre Gefühle begreiflich machen? Er saß nur ruhig da und wartete ab, dabei schaute er sie so verständnisvoll an, dass sie den Eindruck hatte, er würde sie nicht für ihre schrägen Gedanken verurteilen. Waren ihr die ersten Sätze noch schwergefallen, so sprudelten jetzt die unterdrückten Empfindungen aus Flo heraus: die Einsamkeit innerhalb ihrer eigenen Familie, das Sich-fremd-Fühlen.

»Es ist ja nicht so, dass sie mich nicht lieben, aber manchmal fühle ich mich so allein«, schluchzte sie auf. Es war, als wäre eine verkrustete Erdschicht aufgebrochen, und all die aufgestauten Emotionen in ihr brachen sich Bahn, der Frust über den blöden Husten, das Fieber, die verpasste Klassenfahrt. Auch wenn es Hannes unendlich schwerfiel, legte er ihr nur eine Hand auf die Schulter und ließ sie weinen. Er widerstand der Versuchung, Flo zu trösten, denn er wusste aus eigener Erfahrung, dass es wichtig war, diesen Gefühlen Raum zu geben. Erst als der Tränenstrom langsam von selbst verebbte und sie zaghaft zu ihm aufblickte, wusste er, dass das Schlimmste geschafft war. Nun nahm er sie liebevoll in seine starken Arme.

»Meine tapfere kleine Flo, ich kann mir vorstellen, wie schwer das für dich gewesen sein muss. Wenn du magst, nehmen wir uns die nächsten Tage Zeit, und ich erzähle dir etwas zu den einzelnen Bildern und den Menschen, die sie gemalt haben. Außerdem möchte ich, dass auch ein Bild von dir hinzukommt, damit die Tradition fortgeführt wird. Aber jetzt gehst du erst mal den Kopf lüften, das wird dir guttun, ich werde in der Zwischenzeit das Abendessen zubereiten.«

Flo war dankbar für diesen Vorschlag, denn sie hatte das dringende Bedürfnis, jetzt allein zu sein, sie musste erst wieder mit sich selbst ins Reine kommen. Schnell schlüpfte sie in ihre Turnschuhe, und da es ein eher kühler Abend war, schnappte sie sich ihre Jacke, die an der Garderobe hing. Noch immer spürte sie die wohlige Wärme der Schokolade in ihrem Magen. Sie machte sich auf den Weg ins Watt und schaute den Seevögeln zu, die hier ihre Kreise zogen.

Als sie später an diesem Abend am Küchentisch beisammensaßen, kam Flo noch einmal auf die Ereignisse des Nachmittags zu sprechen. Es gab etwas, das sie seitdem beschäftigte.

»Das damals mit deiner Mutter, was genau ist da passiert, ich meine …?«, stockend brach Flo ab. Hatte sie überhaupt das Recht, Hannes danach zu fragen? Sie wusste nur, dass er seine Mutter verloren hatte, als er noch ziemlich klein gewesen war. Klang es nicht furchtbar sensationslüstern, wenn sie wissen wollte, was seinerzeit geschehen war?

Einmal mehr schien er ihre Gedanken erraten zu haben: »Frag ruhig, Flo! Die Vergangenheit, so grausam sie auch auf den ersten Blick scheinen mag, formt uns zu den Menschen, die wir sind. Es liegt an uns, ob wir durch einen Schicksalsschlag wachsen oder ob wir an ihm zerbrechen. Ein kluger Mensch hat einmal gesagt: ‚Es ist, wie es ist, und es wird, was du daraus machst.‘ Ich habe nicht viele Erinnerungen an meine Mutter, aber die wenigen sind dafür umso kostbarer, der Seelentröster ist eine davon.«

Eine friedliche Stille legte sich nach diesen Worten wie eine Decke über den Raum, und für einen Moment war nur das Ticken der Sekunden zu hören, die verstrichen. Da Hannes so offen über seine Mutter gesprochen hatte, fand Flo den Mut, weiterzufragen: »Hat man jemals herausbekommen … Ich meine…«, sie brach ab.

»Du willst wissen, ob Svantjes Leichnam gefunden wurde?«, half er ihr. Sie nickte, dankbar, dass er ihre unausgesprochene Frage verstanden hatte.

»Nein, wir wissen bis heute nicht, was genau, oder wie es sich zugetragen hat. Der Zweifel und die Ungewissheit waren es, an denen mein Vater damals fast zerbrochen wäre. Svantje muss eine ungewöhnliche Schönheit gewesen sein, aber flatterhaft wie ein Schmetterling. Es hieß, dass alle Männer in Moorfleet ein bisschen in sie verliebt waren. Als die beiden heirateten, war dies eine kleine Sensation, zumal mein Vater ja deutlich älter war als sie. Es gab mehr als einen, der sich gefragt hat, ob die Ehe halten würde. Es war nicht so, dass Svantje Knut nicht geliebt hat, aber …«, Hannes geriet ins Stocken und suchte nach den richtigen Worten, bevor er schließlich weitersprach, »… Svantje zog es immer wieder fort, raus in die Natur; dann war sie für ein paar Tage verschwunden, streunte wie eine wilde Katze in der Natur herum, bis sie schließlich wieder nach Hause kam. Erst nach meiner Geburt wurde sie sesshafter, ruhiger; manchmal aber war der Drang nach Freiheit zu übermächtig, und sie musste ihm nachgeben. Sie schlief dann unter freiem Himmel oder ging nachts für ein paar Stunden ins Watt.«

Es entstand eine Pause, während Hannes seinen Erinnerungen nachhing. Dann fuhr er fort: »Aber du hast gefragt, was damals passiert ist. Es war in der Nacht des 31. Januars 1953, als eine gewaltige Sturmflut an der Nordseeküste tobte. Wie immer bei Sturmfluten wurde die Schleuse im Hafen geschlossen. Knut, dein Großvater, trug als erster Schleusenwärter die Verantwortung im gesamten Hafenbereich. In jener Nacht hat das ganze Dorf gemeinsam gegen die Naturgewalten angekämpft. Mehr als einmal sah es so aus, als würden die Deiche den Wassermassen nicht standhalten können. Als in den frühen Morgenstunden des ersten Februars endlich die Ebbe einsetzte, schien das Schlimmste überstanden zu sein und die Männer kehrten zu ihren Familien heim.

Mein Vater war zunächst nur erstaunt, mich allein im Möweneck vorzufinden, doch mit jeder Stunde, die verging, ohne dass Svantje nach Hause kam, wuchs seine Sorge. Irgendwann machte er sich auf die Suche nach ihr, aber niemand hatte sie gesehen oder etwas gehört. Es gab eine groß angelegte Suchaktion, sie fanden nicht den kleinsten Hinweis, von meiner Mutter fehlte jede Spur.

Monatelang hoffte mein Vater auf ein Wunder, aber Svantje blieb verschwunden; sie muss in jener Sturmnacht aus irgendeinem Grund das Haus verlassen haben und ein Opfer der Fluten geworden sein. Da ihre Leiche nie gefunden wurde, fehlte der Nachweis für ihren Tod, und Knut konnte noch nicht einmal richtig um sie trauern.

Nicht zuletzt wegen mir hat er mit seinem Leben weitergemacht, auch wenn er häufig nicht wusste, wie er den nächsten Tag überstehen sollte. Der Gedanke an ein Kindermädchen oder gar eine neue Frau war für ihn unerträglich. Mein Vater nahm mich stattdessen einfach mit zur Arbeit in die Schleuse, ich bin quasi dort aufgewachsen. Die Schleusenwärter waren meine Familie.

All das änderte sich erst, als Knut an einem kalten Frühjahrsmorgen des Jahres 1971 deine Großmutter Laura aus dem Hafenbecken fischte, in das sie unvorsichtigerweise gefallen war. Zwischen den beiden war es Liebe auf den ersten Blick. Mein Vater hat einmal gesagt: ‚Das Meer hat mir eine Liebe genommen und eine andere dafür geschenkt.'

Nur wenige Wochen nach dem Vorfall zog Laura zu uns, und keine zwölf Monate später wurde deine Mutter geboren. Bald darauf übernahmen Knut und Laura den Hof ihrer Eltern im Schwarzwald. Mein Vater überließ mir das Schleusenhaus und ich wurde erster Schleusenwärter. Ich hätte niemals gedacht, dass er freiwillig aus Moorfleet weggehen würde.«

Hannes schwieg, er schien in Gedanken weit weg zu sein. Diesmal war es Flo, die einfach nur dasaß und abwartete. Als er fortfuhr, war seine Stimme rau und belegt:

»Einmal, ich war vielleicht acht oder neun Jahre alt, habe ich das Gespräch zweier Frauen mit angehört. Obwohl sie mich bemerkt haben, sprachen sie ungeniert weiter. Sie nannten Svantje eine läufige Hündin und mich einen Bastard. Zu Hause habe ich dann die ganze Geschichte meinem Vater erzählt. Noch heute überläuft mich ein Schauer, wenn ich an diese Szene zurückdenke. Knut war weiß wie die Wand und seine Augen nahmen einen fast mörderischen Ausdruck an. Viele Menschen brüllen und werden laut, wenn sie wütend sind, nicht so mein Vater.

Seine Stimme war fast nur noch ein Flüstern: ,Hannes, glaubst du das? Glaubst du, dass du ein Bastard bist?'

Ich wusste nicht, was ich darauf antworten sollte, aber was dann kam, werde ich wohl nie vergessen. Er befahl mir: ,Zieh deine Schuhe aus, sofort!'

Während ich noch mit meinen Schnürsenkeln kämpfte, hatte mein Vater sich bereits mit einer ungestümen Bewegung seiner eigenen Schuhe entledigt. Er stellte seine großen weißen Füße neben meine kleinen, die braun und dreckig waren vom vielen Barfußlaufen.

,Siehst du es?', hat er gefragt und mich fast geschüttelt, so aufgeregt war er. Erst habe ich nichts verstanden, aber dann habe ich es gesehen: Die kleinen Zehen unserer linken Füße sind beide etwas kürzer. Er hat mich schweigend beobachtet, bis er sicher war, dass ich begriffen hatte, was er meinte. Nie werde ich das Gefühl des Triumphes in seiner Stimme vergessen, als er dann sagte:

‚Hannes, dies ist der Beweis, dass ich dein Vater bin, auch dein Großvater und Urgroßvater hatten einen verkürzten Zeh.‘

Etwas habe ich an diesem Tag gelernt, Flo. Die Dinge sind nicht immer so, wie sie scheinen, und im Zweifelsfall frage lieber die, die es wirklich wissen müssen, als einem Gerücht Glauben zu schenken!«

Eine einzelne Träne stahl sich aus Flos Augen, und es schnürte ihr die Kehle zu, bei dem Gedanken, wie es für den kleinen Hannes gewesen sein musste. Fassungslos suchte sie nach den richtigen Worten: »Wie grausam von diesen Frauen, so über dich und Svantje zu sprechen.«

»Kein Grund zu weinen«, Hannes fing die Träne mit seinem Zeigefinger wie ein kostbares Geschenk auf. »Ich glaube, es war einfach Gedankenlosigkeit, vielleicht auch eine Spur Neid und Unverständnis. Letztendlich liegt es immer an uns selbst, ob wir uns durch einen Menschen oder ein Ereignis Schmerz zufügen lassen oder ob wir es als eine Chance sehen. Rückblickend ist mir an diesem Tag ein Geschenk zuteilgeworden.«

»Wieso? Wie meinst du das?«

Hannes lächelte. »Von dem Tag an sind die Hänseleien meiner Klassenkameraden wie Regentropfen an einer Glasscheibe von mir abgeperlt. Außerdem habe ich beschlossen, niemals einen Menschen wissentlich durch meine Worte zu verletzen. Es sind

solche Erlebnisse, die uns formen und unsere Persön-
lichkeit reifen lassen.«

Mit einem Mal verstand sie, was er meinte. Kurz
zögerte Flo, dann zog sie schweigend ihre eigenen
Schuhe und Strümpfe aus und streckte ihm ihre Füße
hin. Er brauchte nur einen Blick darauf zu werfen.

»Du auch?«

Sie nickte. »Ich bin die Einzige in unserer Familie, und ich kam mir immer unvollständig vor.«

»Oh, meine kleine wunderbare Flo, für mich
warst du schon immer großartig, aber *das*«, er deutete
auf ihre Füße, »macht dich in meinen Augen perfekt.«

KIKI

»Frau von Borch, Sie sind ein Teufel! Der Artikel ist
brillant, er stellt den Bürgermeister bloß, ohne ihn direkt zu beschuldigen oder zu verurteilen, das überlassen Sie getrost der Leserschaft. Ich habe unsere
Rechtsabteilung konsultiert, der Beitrag wird jeder
juristischen Klage standhalten.«

Julian Hagestolz, der Leiter der Abteilung für
Weltweite Presse, durchmaß sein Büro mit stolzge-
schwellter Brust, als hätte er diesen Geniestreich
höchstpersönlich vollbracht.

Hagestolz war ein skrupelloser, machthungriger
Emporkömmling, und man munkelte, für den Erfolg
seines Blattes würde er über Leichen gehen. Kikis
Artikel gehörte eigentlich nicht in sein Ressort, und
sie war sich sicher, dass er noch ein anderes Ziel

verfolgte. Daher fragte sie jetzt rundheraus:

»Sie haben mich doch nicht hierher zitiert, um mir dies mitzuteilen; was wollen Sie wirklich von mir?«

Der Leiter zögerte nur unmerklich, dann gab er zu: »Uns sind Informationen zugespielt worden, die politisches Fingerspitzengefühl verlangen. Wenn an der Sache etwas dran ist, können wir die Story groß rausbringen; aber wenn wir nicht sauber recherchieren, besteht die Gefahr, dass sie uns um die Ohren fliegt. Es ist eine ziemlich heiße Kiste.«

Bei den letzten Worten starrte Hagestolz lüstern auf ihren Busen.

»Du widerliches, notgeiles, kleines Schwein!«, dachte Kiki. Am liebsten wäre sie von ihrem Besucherstuhl aufgesprungen und aus dem Büro gestürmt, aber sie war nicht so dumm, auf seine Provokation zu reagieren. Stattdessen antwortete sie kühl:

»Ihre Sekretärin soll mir die entsprechenden Unterlagen zusammenstellen. Ich verreise für einige Tage, wenn ich zurück bin, gebe ich Ihnen Bescheid, ob ich den Auftrag übernehme.«

Schwarze Möwe - weißer Rabe

FLO

Eine Woche nach Flos Ankunft meinte Hannes nach dem Frühstück:»Ich finde, heute lassen wir den Unterricht ausfallen, schließlich ist Samstag und du hast so fleißig gearbeitet. Es ist Markt und wir brauchen neue Vorräte. Wenn du magst, kann ich dir gleichzeitig auch etwas mehr vom Ort zeigen.«

Nur zu gerne willigte Flo ein, die Aussicht auf einen Einkaufsbummel war verlockend. Durch die täglichen Spaziergänge war Flos Kondition zurückgekehrt und sie freute sich auf den Ausflug. Es herrschte reges Treiben auf dem Platz am Hafen.

Sie schlenderten an den verschiedenen Ständen vorbei und betrachteten die Auslagen. Einer mit Töpferwaren gefiel Flo besonders gut, spontan erstand sie einen extra großen Kaffeebecher, der mit verschiedenen Kräutern bemalt war. Er war wie für Hannes gemacht. Schnell versteckte sie ihn in ihrem Rucksack, um ihn später damit zu überraschen.

An einem anderen Stand mit Schmuck entdeckte Flo ein paar wunderschöne Ohrringe in Form von

Seesternen, die sie für Merle kaufte. Währenddessen füllte Hannes ihren Vorrat an frischem Gemüse auf. Als er merkte, dass Flos Kräfte nachließen, schlug er ihr vor, auf einer Bank am Hafen zu warten, während er die restlichen Besorgungen erledigte.

Dankbar suchte Flo sich ein schattiges Plätzchen unter den Bäumen, die am Hafenbecken standen. Von hier aus konnte sie den Fischern bei ihrer Arbeit zusehen. Es war spannend, die Kutter zu beobachten, die von ihren Fangfahrten zurückkehrten. Meist wurden sie von einem Schwarm aufgeregt kreischender Möwen begleitet, welche die Boote in der Hoffnung auf leichte Beute umkreisten. Einer der Kutter legte direkt vor Flo an, und sie staunte ob der erstaunlichen Größe und Wendigkeit der Vögel. Eine Möwe war im Gegensatz zu den anderen tiefschwarz. Der Vogel fiel nicht nur durch seine Farbe, sondern auch durch seine riskanten Flugmanöver auf. Er wagte sich dichter als alle anderen an die Fischer. Flo musste lachen, als einer der Männer ihm einen kleinen Fisch zuwarf.

Dann überschlugen sich die Ereignisse. Als hätte der Vogel ihr Gelächter gehört, änderte er unversehens seine Flugbahn und schoss wie ein schwarzer Pfeil direkt auf Flo zu. Obwohl das Ganze nicht länger als ein paar Sekunden dauerte, erlebte sie das Folgende wie in Zeitlupe. Alles ging so schnell, dass ihr keine Zeit zum Reagieren blieb. Sie wollte schreien, sich wegducken, doch sie saß nur wie versteinert da und erwartete den unvermeidlichen Zusammenstoß. Einen Sekundenbruchteil befand sie sich Auge in Auge mit dem Vogel. Dann streifte sie ein Flügel, und gleich darauf war die schwarze Möwe wieder im

Pulk der anderen Vögel verschwunden. Nur langsam löste Flo sich aus ihrer Erstarrung, ihre Knie zitterten, und ihr Herz stolperte, als wäre es aus dem Takt geraten.

Zum Glück entdeckte sie wenig später Hannes, der beladen mit weiteren Tüten und Taschen auf sie zukam. Flo wollte ihm erzählen, was passiert war, doch sie wusste nicht recht wie. Sie hatte das eigenartige Gefühl, dass die schwarze Möwe es bewusst auf sie abgesehen hatte. Ergab das einen Sinn? Oder hatte sie es sich nur eingebildet? Gedankenverloren hörte sie Hannes nur mit halbem Ohr zu, der ihr aufzählte, was er alles erstanden hatte. Darüber vergaß sie beinahe die Begegnung mit der schwarzen Möwe – das jedoch sollte sich bald ändern.

An diesem Nachmittag saßen sie wieder gemeinsam am Küchentisch; Hannes blätterte in einer Fachzeitschrift über Nautik, während Flo sich mit einigen Algebra-Aufgaben abmühte. Gedankenverloren spielte sie mit ihrem Bleistift und beobachtete dabei Gin, die im offenen Küchenfenster hockte und sich höchst sonderbar benahm. Flo konnte sie abwechselnd schnurren und miauen hören, nun mischte sich noch ein eigenartiges Keckern hinzu, das wie eine aus dem Takt geratene Nähmaschine klang.

Flos Neugier war geweckt, sie näherte sich vorsichtig dem Fenster. Direkt vor der kleinen schwarzen Katze hockte ein erstaunlich großer Vogel. Einen Augenblick lang glaubte Flo, es sei einer der vielen Seevögel, die so häufig ums Schleusenhaus kreisen. Aber dieser hier hatte die Gestalt eines Raben, auch wenn sein Gefieder schneeweiß war.

»Gibt es überhaupt weiße Raben?«, fragte sie sich. »Vielleicht so etwas wie ein Albino?«

Flo verhielt sich völlig still. Der Rabe hatte den Kopf schief gelegt, als wolle er Gins Vortrag lauschen. Er schien keine Angst zu haben, die Katze machte auch keine Anstalten, den Vogel anzugreifen. Dies war umso erstaunlicher, da Whisky und Gin gefürchtete Jägerinnen waren, die mit großem Eifer allen Vögeln fauchend hinterherjagten, welche die Unvorsichtigkeit besaßen, zu dicht an die beiden heranzufliegen.

Irgendwie musste Flo sich bewegt haben, denn wie auf ein Kommando wendeten beide Tiere die Köpfe in ihre Richtung. Zum zweiten Mal an diesem Tag befand sie sich unversehens Auge in Auge mit einem Vogel. Die des Raben waren tiefblau, und er schaute sie mit einer Intensität an, die Flo erschaudern ließ.

Weshalb hatte sie das eigenartige Gefühl, einer Prüfung unterzogen zu werden? Konnte das sein, oder ging die Fantasie hier gerade mit ihr durch? Der Rabe neigte noch einmal den Kopf, öffnete dann seine Flügel und erhob sich in die Luft. Flo schaute ihm nach, als er sich einem Schwarm Möwen anschloss und mit ihnen in Richtung Meer verschwand.

»Erde an Flo, was ist los? Du siehst aus, als hättest du eine Erscheinung gehabt«, Hannes war neben sie getreten, um zu schauen, was es dort Interessantes zu sehen gab, konnte aber nichts entdecken.

»Glaubst du an übersinnliche Zufälle?«, die Frage war Flo ungewollt entschlüpft. Sie war sich noch immer nicht sicher, ob sie Hannes von den beiden

Begegnungen erzählen sollte.

Jetzt war er neugierig: »Weshalb fragst du, hast du einen Geist gesehen? Ich habe noch von keinem Gespenst im Möweneck gehört, auch wenn die Treppenstufen manchmal ganz schön knarren. Aber ich bin mir sicher, dass es Dinge gibt, die sich mit bloßer Mathematik oder Physik nicht erklären lassen.«

Abschätzend schaute Flo Hannes an, was wenn er sie auslachte? Sie schalt sich eine feige Närrin, sie hatte ihm bereits ihr Innerstes offenbart, als sie ihm neulich ihr Herz ausgeschüttet hatte. Daher nahm sie jetzt ihren Mut zusammen.

»Nein, ein Gespenst habe ich nicht gesehen, es sei denn, ein weißer Rabe und eine schwarze Möwe fallen unter diese Kategorie.«

»Ich glaube, das musst du mir genauer erklären, ich komme da gerade nicht so ganz mit«, er schaute sie abwartend an. Also erzählte Flo von den zwei Begegnungen, auch wenn es selbst in ihren Ohren ziemlich schräg klang. Hannes antwortete nicht sogleich, sondern dachte in seiner besonnenen Art erst einen Augenblick nach.

»Ein weißer Rabe und eine schwarze Möwe, sagst du? Was für eine eigenartige Kombination, gleichwohl klingelt es bei mir. Lass mich überlegen …«, nachdenklich kratzte er sich am Kopf.

»Mir geht es ähnlich; ich bin mir fast sicher, dass sie mich an irgendetwas erinnern. Es ist wie bei einer Person, von der man glaubt, dass man sie schon einmal gesehen hat, aber nicht weiß, wann und wo.«

Flo hatte das Gefühl, dass die Lösung zum Greifen nahe war, doch sie kam einfach nicht darauf.

Während der nächsten Tage vergaß Flo die Frage nach dem Raben und der Möwe, dafür rückte ihr bevorstehender Geburtstag in den Fokus.

»Hast du besondere Wünsche oder gibt es Traditionen, die dazugehören?«, wollte Hannes wissen.

Um ehrlich zu sein, sah sie dem Tag mit gemischten Gefühlen entgegen. Er schien dies zu spüren, denn er meinte liebevoll:

»Wir werden uns etwas Schönes für dich ausdenken. Warum rufst du nicht mal wieder zu Hause an, deine Eltern werden sich freuen, von dir zu hören.«

An diesem Nachmittag hatte Flo ein langes Telefonat mit ihrem Vater, sie erzählte ihm vom Alltag im Schleusenhaus und er berichtete, was es Neues in Basel gab. Als Hannes und sie später zu einem Abendspaziergang aufbrachen, stellte sie fest:

»Du hattest einmal mehr recht, das Gespräch mit Papa hat mir wirklich gutgetan, ich fange an, mich auf meinen Geburtstag zu freuen.« Nach einer kurzen Pause fügte sie hinzu: »Es war einfach alles so anders geplant, und es verwirrt mich, dass es sich so verdammt gut und richtig anfühlt, hier bei dir im Möweneck zu sein.«

Spontan nahm Hannes sie in seine Arme. Seine Stimme war belegt:

»Ich weiß, was du meinst, mir geht es ähnlich, manchmal vergesse ich, dass du erst seit ein paar Wochen hier bist.«

KIKI

Da es ein milder Abend war, saß sie jetzt auf ihrem Balkon in der Hafensuite und studierte die Unterlagen, welche ihr die Sekretärin des *Wirtschaftsjournals* zusammengestellt hatte. Unter ihr auf dem Deich herrschte noch immer reges Treiben; gedämpftes Lachen und Kindergeschrei drangen an ihr Ohr, doch sie nahm es kaum wahr. Wie immer, wenn sie arbeitete, konnte sie alles um sich herum komplett ausblenden. Daher bekam sie jetzt auch nicht mit, wie Hannes Friedrichsen mit einer jungen Frau an seiner Seite das Schleusenhaus verließ und sich ebenfalls auf den Weg zum Strand machte.

FLO

Wieder lief Flo am Flutsaum entlang. In der Ferne erkannte sie die mittlerweile vertraute Silhouette der kleinen Hügelkette. Die Stimmung war diesmal eine völlig andere. Dunkle, mächtige Wolken jagten, getrieben von einem kräftigen Wind, am Himmel dahin. Die Weite des menschenleeren Strandes löste in ihr ein Gefühl der Einsamkeit aus, und sie kam sich unendlich klein, fast verloren vor. Der Wind zerrte gierig an ihren Kleidern, als wolle er sie in eine bestimmte Richtung drängen. Wellen rollten unablässig an den Strand, und das kalte Wasser umspülte ihre Beine und stach sie wie mit Nadeln, gleichwohl spürte sie eine enorme Energie, die sie durchströmte.

Es war ihr, als würde sie von den Kräften um sich herum gespeist. Unbewusst hielt Flo nach den beiden Vögeln Ausschau.

Da! Die Wolkendecke riss auf und gab ein Stück stahlblauen Himmel preis, und dort, hoch oben, flogen sie, zwei kleine Punkte am Horizont. Sie schienen mit dem Wind und den Wolken um die Wette zu fliegen. Sie wollte es ihnen gleichtun, und wie von selbst fing sie an zu laufen; immer schneller jagten ihre Füße über den nassen, harten Sand. Ihr Herz klopfte heftig gegen ihre Brust.

Flo erwachte davon, dass sie erbärmlich fror; ihre Bettdecke lag zusammengeknüllt auf dem Boden. Durch das geöffnete Fenster drang ein hässlicher Wind in ihr Zimmer, und Regen trommelte unablässig aufs Dach. Ein verschlafener Blick auf ihren Wecker sagte ihr, dass es erst kurz nach sechs war. Sie war noch immer völlig benommen von der Intensität des Traumes, er hinterließ in ihr ein Gefühl diffuser Dringlichkeit. Waren die zwei Vögel, die sie am Horizont gesehen hatte, der weiße Rabe und die schwarze Möwe gewesen? Sie wollte das Ganze schon als bloße Einbildung abtun, doch dann stutzte sie, und das Blut gefror ihr in den Adern.

T. S.

Mit der Hand fuhr er sich über das nasse Gesicht, hatte er tatsächlich im Schlaf geweint? Was war bloß los mit ihm? Er hatte wirres Zeug geträumt, konnte sich jedoch nur vage daran erinnern. Ein scharfer Schmerz durchfuhr seine Brust. Waren dies etwa die Vorzeichen eines Herzinfarkts? Nein, es war eine andere Art von Schmerz, wurde ihm klar. Es war Sehnsucht! Einzelne Bruchstücke des Traumes trieben langsam an die Oberfläche seiner Erinnerung, wie Blätter auf dem Wasser.

Er hatte von seiner Tochter geträumt, sie war wieder sein kleines Mädchen gewesen, das freudestrahlend auf ihn zulief. Doch als er sie in seine Arme schließen wollte, war sie es gar nicht, sondern die junge Frau, der er neulich im Friseursalon begegnet war. In letzter Zeit geriet er ständig ins Grübeln, und immer öfter musste er an früher denken. Es war, als wäre seine Vergangenheit zum Leben erwacht und wirbelte nun die Gegenwart durcheinander.

Wie anders sein Leben hätte verlaufen können, wenn er nicht vor so vielen Jahren auf die schiefe Bahn geraten wäre. Seine anfangs so glückliche Ehe hatte sich zunehmend zu einem Alptraum entwickelt.

Als er mit neunzehn die süße und vor allem unverschämt reiche Silvia kennenlernte, war es Liebe auf den ersten Blick gewesen; das zumindest hatte er damals geglaubt. Erst viel später, während seiner Jahre im Gefängnis, hatte er begriffen, dass es Silvia nur darum gegangen war, dem strengen Elternhaus zu entfliehen. Sein Schwiegervater hatte gleichwohl versucht, das junge Paar an sich zu binden, und hatte ihm eine Stelle im eigenen Unternehmen gegeben. Es hatte Jahre gegeben, da war er glücklich gewesen.

Doch während er nach außen das perfekte Leben

geführt hatte, war seine Ehe zunehmend erkaltet und das einst so erfolgreiche Unternehmen durch die Konkurrenz des asiatischen Marktes immer mehr von der Spitze verdrängt worden.

Also hatte er sich ein zweites Standbein als Nachtclubbesitzer aufgebaut und begonnen, ein Netz aus Intrigen und Erpressungen zu spinnen. Darin war er verdammt gut gewesen, bis er zu habgierig geworden war und alles wie ein Kartenhaus zusammengebrochen war. Noch heute schmeckte die Erinnerung bitter, gleichwohl bereute er die Ehe mit Silvia nicht, denn aus ihr war etwas Wunderbares entstanden: seine Tochter.

FLO

Zitternd betastete Flo den Stoff. Das konnte doch nicht sein, der Saum ihrer Schlafanzughose war eindeutig feucht und sandig. Es war, als griffe eine unsichtbare Hand nach ihrem Herzen – sie hatte doch die ganze Nacht in ihrem Bett gelegen. Oder etwa nicht? Von dem Strand hatte sie doch bloß geträumt, sie war nicht dort gewesen. Ihr Verstand suchte fieberhaft nach einer logischen Erklärung, dann seufzte sie erleichtert auf. Bestimmt lag es an dem Regen, der durch das offene Fenster gekommen war, ja, so musste es sein.

Warum nur fiel ihr ausgerechnet jetzt der Fiebertraum vor einigen Wochen ein? Damals hatte es im ganzen Zimmer nach frischen Kräutern geduftet.

Flo merkte, wie sich alles in ihr sträubte. Sie

beschloss, die ganze Angelegenheit auf später zu verschieben, eilte ins Bad und stellte den Regler der Dusche auf die höchste Stufe. Dankbar ließ sie das heiße Wasser auf ihren Körper prasseln, bis er vor Hitze dampfte und jeder Gedanke an Vögel und mysteriöse Strände fortgespült wurde.

Die versteckte Botschaft

Da bei dem Wetter an Rausgehen nicht zu denken war, entschied Flo spontan, sich heute einen Faulenzertag zu gönnen und nur das zu machen, wozu sie Lust hatte, ein verlockender Gedanke. Als sie runter in die Küche kam, blickte Hannes sie erstaunt an.

»Nanu, schon wach? Wolltest du heute nicht ausschlafen, oder habe ich das falsch in Erinnerung?«

»Hempf«, Flo gab einen unverständlichen Laut von sich. Sie fühlte sich noch immer benommen von dem Traum und überlegte, ob sie ihm davon erzählen sollte. Gerade hatte sie sich dazu durchgerungen, als dieser meinte:

»Du musst leider allein frühstücken, ich bin auf dem Sprung zum Kontrollturm, die haben da einen Engpass. Ich hoffe, das ist in Ordnung!«, er sah dabei höchst zufrieden aus, und es war ihm deutlich anzusehen, wie sehr er sich darauf freute.

»Natürlich, mach dir einen schönen Tag mit den alten Kollegen!«, versicherte sie ihm.

Wenig später fiel die Haustür ins Schloss, und sie war allein. Unschlüssig überlegte Flo, was sie jetzt unternehmen könnte. Der Regen hielt sich hartnäckig, und eigentlich wäre der Tag ideal, um die längst überfälligen Postkarten an Freunde und Verwandte zu schicken, aber sie konnte sich nicht dazu durchringen. Ihr fiel wieder ein, dass sie schon lange die Bilder und Zeichnungen im Möweneck hatte studieren wollen. Hannes hatte ihr erzählt, dass das Schleusenhaus seit Generationen im Besitz der Friedrichsens war. Flo faszinierte die Vorstellung, dass all die Werke hier mit ihrer Familie zusammenhingen.

Sie begann ihren Rundgang im Erdgeschoss, schlenderte von Bild zu Bild, bestaunte die Vielfalt der Motive und Techniken. Die meisten waren Landschaftsbilder. Die Stile waren ganz unterschiedlich, einige Bilder waren von fast fotografischer Genauigkeit, andere eher abstrakt oder minimalistisch. Flo arbeitete sich systematisch vor. Nach der Küche und dem Wohnzimmer folgten der Flur und das kleine Treppenhaus.

Plötzlich blieb sie wie angewurzelt stehen und ihr Puls schoss in die Höhe. Da, im oberen Flur war es, eine kleine, unscheinbare Kohlezeichnung, vielleicht vierzehn mal zwanzig Zentimeter.

KIKI

Sie räkelte sich in ihrem Kingsize-Bett. Kurz vor elf, Zeit aufzustehen, wenn sie noch etwas zum Frühstück bekommen wollte. Kiki öffnete die Jalousien und warf einen Blick aus dem Fenster, angewidert verzog sie das Gesicht. Regen! Aber sie war ja nicht wegen des Wetters hier, sondern um endlich in der

Sache mit dem Schleusenwärter weiterzukommen. Doch bevor sie sich auf den Weg zu ihm machte, galt es zunächst noch, einiges zu erledigen.

Kiki war wahrlich kein mitfühlender Mensch, aber wenn die Unterlagen vor ihr auf dem Tisch der Wahrheit entsprachen, dann war das eine riesige Schweinerei. Sie würde alles daransetzen, dass die Öffentlichkeit davon erfuhr und die Verantwortlichen zur Rechenschaft gezogen wurden. Allerdings wäre es nicht leicht, dies nachzuweisen, und sie würde äußerst diskret vorgehen müssen. In dieser Hinsicht hatte Julian Hagestolz recht gehabt, das Ding war wirklich eine verdammt heiße Kiste. Sie brauchte dringend Informationen. Kurz entschlossen wählte sie die Münchner Nummer des *Wirtschaftsjournals*.

FLO

Ungläubig starrte Flo die Zeichnung an. Da sie schwarz-weiß war, hatte sie ihr bisher keine große

Aufmerksamkeit geschenkt. Fast wäre sie auch jetzt achtlos daran vorbeigelaufen, aber dort waren sie: die schwarze Möwe und der weiße Rabe!

Ihr Herz begann schneller zu schlagen, endlich hatte sie die Antwort auf die Frage, wo ihr die zwei Vögel schon einmal begegnet waren. Das musste sie sofort Hannes erzählen, der würde Augen machen. Sie stürmte los, hielt jedoch sofort wieder inne. Mist! Ausgerechnet heute musste Hannes in der Schleuse aushelfen. Ob sie das Bild gleichwohl abhängen durfte? Flo zögerte, ihre Finger strichen über das leicht verstaubte Glas und fuhren die Signatur in der unteren Ecke nach: *E.F.*, dazu die Jahreszahl 1914. Hannes könnte ihr vielleicht sagen, wer sich hinter den Initialen verbarg.

Ihre Neugier gewann die Oberhand, vorsichtig nahm Flo das Bild von seinem Haken und trug es in die Küche. Nachdem sie das Glas und den Rahmen mit einem feuchten Lappen abgestaubt hatte, drehte sie es um, in der Hoffnung, auf der Rückseite noch mehr zu erfahren. Es konnte doch kein Zufall sein, dass sie hier ein Bild mit dem weißen Raben und der schwarzen Möwe fand, welches vermutlich einer ihrer Vorfahren vor hundert Jahren gemalt hatte.

Was hatte es mit den vertauschten Farben auf sich? Welche Rolle spielten diese Tiere? Und was hatte ihre Familie mit der ganzen Geschichte zu tun? Die dringendste Frage aber war: Was, wenn ihre eigenartigen Träume gar keine waren? Doch was waren sie dann? Das waren ziemlich viele Fragen, es wurde Zeit, ein paar Antworten zu bekommen.

»Flo, haaaallo Florentine, hörst du mich?«

Sie war so in ihren Überlegungen versunken gewesen, dass sie jetzt erst Hannes bemerkte, der heftig vor ihrem Gesicht auf und ab wedelte.

»Was machst du denn hier?«, entfuhr es ihr, »wieso bist du schon wieder zurück? Ich habe erst heute Nachmittag mit dir gerechnet.«

»Na, das nenn' ich mal eine Begrüßung! Ich kann auch wieder gehen, wenn ich störe.«, in gespielter Empörung verdrehte er die Augen.

»Nein, nein!«, Flo wurde rot. »So habe ich das nicht gemeint, aber schau mal!« Aufgeregt deutete sie auf die Zeichnung. Hannes beugte sich über das Bild und betrachtete es einen Moment, dann schnappte er verblüfft nach Luft.

»Donnerlittchen, wo hast du denn das gefunden?«

»Na, es hängt doch bei dir im oberen Flur«, Flo sah ihn ehrlich erstaunt an.

»Nun wohne ich schon mein ganzes Leben in diesem Haus und mir ist das Bild noch nie richtig aufgefallen. Florentine Bosquet, du bist eine echte Spürnase«, anerkennend klopfte er ihr auf die Schulter.

»Schau mal, da ist eine Signatur! Weißt du, wofür die Initialen *E.F.* stehen?«, Flo wies auf die untere Ecke der Zeichnung. »Gibt es hier im Haus vielleicht einen Stammbaum unserer Familie?«

Bedauernd schüttelte er den Kopf. »Das nicht, aber lass mich mal überlegen.«

Aus einer der Küchenschubladen kramte Hannes einen Stift und Papier. Flo verhielt sich ganz still, während er vor sich hinmurmelte, Zahlen und Namen aufschrieb und wieder durchstrich. Bald zeugten mehrere zerknüllte Blätter von seiner Anstrengung.

Schließlich legte er den Stift beiseite.

»So müsste es stimmen.«

Beide beugten sich über das Blatt, während Hannes erklärte: »Unsere Familiengeschichte ist etwas verworren, am besten wir gehen rückwärts vor. Schau, das ist euer Zweig, da bist du mit deinen Geschwistern sowie deine Eltern Marlene und Paul.«

Hannes zeigte auf die rechte, obere Seite des Stammbaums. Auf gleicher Höhe hatte er auf der anderen Seite seinen eigenen Namen geschrieben, dieser stand seltsam allein. Die Frage, warum er nie geheiratet und eigene Kinder bekommen hatte, durchfuhr Flo wie ein unerwarteter Stich. Sie versuchte, sich weiter auf seine Ausführungen zu konzentrieren.

»Siehst du, hier ist mein Vater Knut mit seiner ersten Frau Svantje und mit deiner Großmutter Laura«, er deutete auf die entsprechende Zeile. »Bis hierhin ist die Sache klar, aber leider für unsere Frage auch nicht wirklich relevant, denn all diese Personen wurden nach 1914 geboren oder waren damals noch so jung, dass sie als Maler des Bildes nicht in Frage kommen.

Jetzt wird es spannend, mein Großvater war Enno und dessen Vater wiederum hieß Eike Friedrichsen. Damit haben wir gleich zwei Personen, die in Frage kommen. Wenn wir wüssten, welcher von beiden es ist, könnten wir versuchen, etwas mehr über sein Leben herauszubekommen, und warum er ausgerechnet dieses Motiv gewählt hat. Ich mache mir mal Gedanken, wer uns mehr über die beiden erzählen könnte.«

»Und bis dahin? …«, wollte Flo wissen.

»… schauen wir uns das Ganze mal genauer an«,

vollendete Hannes ihren Satz.

Nachdenklich betrachtete er das Bild von allen Seiten. Es steckte in einem einfachen, recht klobigen Holzrahmen, der von metallenen Klammern gehalten wurde. Vorsichtig löste Hannes die Rückseite und nahm behutsam die Zeichnung heraus. Das Bild war auf einer Holzplatte aufgeklebt, die gleichzeitig als Rückwand diente. Etwas ratlos drehte er sie hin und her. Ihre Aufregung machte der Enttäuschung Platz.

Wahrscheinlich hätte das Bild sein Geheimnis niemals preisgegeben, wenn sich nicht Whisky und Gin in diesem Augenblick eine wilde Verfolgungsjagd durch die Küche geliefert hätten. Die beiden Katzen rasten in ihrem ungestümen Spiel über Bänke und Tische und stießen dabei ein Wasserglas um.

»Himmeldonnerwetter nochmal!«, fluchte Hannes verärgert und versuchte, das Bild zu retten. Aber er war nicht schnell genug, eine Ecke war dennoch feucht geworden, und dort löste sich jetzt das Papier von seiner Unterlage.

»Schau nur, da ist was auf der Rückseite!«, aufgeregt wies Flo auf die nasse Stelle.

T. S.
An Bord der Louise

Kapitän Dubois hatte die *Louise* mit sicherer Hand in den kleinen Hafen des Sägewerkes gesteuert. Jetzt standen er und seine Crew trotz des Dauerregens an Deck und begleiteten das Löschen der Ladung. Ein Baumstamm nach dem anderen wurde von den

Greifzangen des Krans gepackt und auf ein Förderband gehoben, um von dort direkt in die Werkhallen transportiert und verarbeitet zu werden. Das Dröhnen der großen Sägeblätter war bis unter Deck zu hören.

Gerne hätte er sich jetzt die Beine bei einem kleinen Landgang vertreten, aber nicht bei dem Wetter. Hier gab es eh nicht viel zu sehen. In diesem Abschnitt schlängelte sich die Weser durch ein riesiges Naturschutzgebiet, nur von kleinen Dörfern und Städten ab und zu unterbrochen. Die Monotonie der Strecke hatte etwas sehr Beruhigendes und er merkte, dass er so zufrieden wie seit Jahren nicht mehr war. Es erstaunte ihn noch immer, wie wohl er sich an Bord fühlte.

Einem inneren Bedürfnis folgend, ging er in seine Kabine und holte die kleine Aktentasche hervor, in der er die Abschrift und das Amulett aufbewahrte. Vorsichtig wickelte er das Schmuckstück aus dem unscheinbaren Lederbeutel, achtsam darauf bedacht, es nicht mit der Hand zu berühren.

Oh, er erinnerte sich noch ganz genau an das Gefühl des Triumphes, als er damals im Tausch gegen die vierzigtausend den kleinen Beutel erhalten hatte. Ihn nicht an Ort und Stelle zu öffnen, hatte ihn fast übermenschliche Kräfte gekostet, aber je weniger Menschen um die Macht des Sonnenamuletts wussten, desto sicherer war er. Also hatte er sich stattdessen zu seinem Motorrad begeben und war ohne ein weiteres Wort davongebraust.

Daheim hatte er eine böse Überraschung erlebt. Anfangs hatte er sich am Ziel all seiner Träume geglaubt, die *Schwarze Sonne* war wie versprochen in dem Beutel gewesen, er hatte sie sofort wiedererkannt. Sie war mit der Zeichnung in seinen Unterlagen identisch gewesen. Mit vor Aufregung zitternden Fingern hatte er sie aus ihrem Versteck befreit und von allen Seiten betrachtet.

Von dem Stein in der Mitte war ein eigentümliches Leuchten ausgegangen, und als er sich das Schmuckstück übergestreift hatte, konnte er fast augenblicklich eine eigenartige Wärme spüren. Zunächst hatte er gemeint, es sei Einbildung, doch der Stein hatte auf seiner nackten Haut angefangen zu glühen, und er war gezwungen gewesen, ihn sich vom Körper zu reißen. Dort, wo die *Schwarze Sonne* zum Liegen gekommen war, hatte sich eine tiefe Brandwunde gebildet.

Also hatte er den Stein wieder eingewickelt und in seinem Safe verstaut. Seine Hoffnung, es handele sich um eine einmalige Reaktion, hatte sich leider nicht bestätigt. Ganz im Gegenteil, es war mit jedem Mal schlimmer geworden. War es anfangs nur die Berührung gewesen, so hatte ihm schon bald der bloße Anblick Kopfschmerzen verursacht.

Heute war das Bedürfnis, den Stein zu berühren, so übermächtig und drängend, dass er ihm nachgab. Noch immer versetzte der Anblick des Sonnenamuletts ihn in kindliches Staunen. Als er die *Schwarze Sonne* jetzt aus dem Beutel holte und in die Hand nahm, begann der Stein wie gewohnt auf seinen Körper zu reagieren, fing aus seinem Inneren heraus an zu leuchten, und die Wärme in seiner Hand nahm stetig zu. Er schloss die Augen, saß nur ganz still da und wappnete sich gegen den Schmerz und die Hitze, die unweigerlich folgen würden. Sekunden verstrichen, wurden zu Minuten, bis ihm bewusstwurde, dass etwas anders war. In der Vergangenheit hatte er stets den Eindruck gehabt, der Stein greife ihn an, versuche ihn zu verletzen. Doch nicht so diesmal.

FLO

»Ha, ich glaube, du hast recht!«, triumphierte Hannes und hielt das Bild in die Höhe. Auf der Rückseite, zwischen der Zeichnung und der Holzplatte, war noch etwas anderes. Ganz, ganz vorsichtig und mit unendlicher Geduld trennte er die Zeichnung von der Unterlage. Immer wieder musste er innehalten, um zu verhindern, dass das Papier zerriss. Endlich war es geschafft, und Flo stieß einen erleichterten Seufzer aus; sie hatte unbewusst die Luft angehalten. Auf der Rückseite des Bildes war ein linierter Zettel aufgeklebt, er sah aus, als wäre er aus einem Schulheft oder einer Kladde gerissen. Das Blatt war alt und vergilbt, und die Schrift war an einigen Stellen verblasst, doch zum Glück noch immer erkennbar.

»Magst du es vorlesen?«, bat Hannes.

Mit ihrer klaren, melodiösen Stimme begann Flo zu sprechen. Es war, als flößen die Worte durch sie hindurch:

Øland, du verwunschenes Land im Meer,
dich zu finden, ist so leicht
und doch so schwer.
Wer nicht reinen Herzens ist,

der wird dich niemals finden,
und wer nicht glaubt,
was du bist,
für den wirst du für immer verschwinden.
Doch Reisender, bist du in Not,
suchst Hilfe
oder fürchtest gar den Tod,
so wird Øland für dich zum Rettungsort.
Und geht es dir wieder gut,
so musst Du wieder fort.

Als Flo geendet hatte, war es einen Moment ganz still in der Küche, nur das Summen einer Fliege war zu hören, die unbeeindruckt ihre Runden zog.

Hannes fand als Erster seine Sprache wieder: »Ich habe ja mit vielem gerechnet, aber nicht hiermit. Was für ein eigenartiges Gedicht.«

Flo nickte, zweifelnd meinte sie: »Es klingt wie eine Art Botschaft oder Warnung. Aber warum hat sie dein Groß- oder Urgroßvater ausgerechnet hinter diesem Bild versteckt? Ich frage mich, was ist an dem Text so geheim?«

Noch während sie darüber nachdachten, knurrte Hannes' Magen laut und vernehmlich und durchbrach damit die angespannte Atmosphäre. Flo musste kichern. »Ich glaube, es ist Zeit für eine Denkpause.«

Auch Hannes musste lachen. »Da hast du wohl recht, lass mich mal sehen, was der Kühlschrank noch hergibt.«

Wenig später durchzog ein herrlicher Duft die Küche. Hannes hatte Brotscheiben in feinem

Olivenöl und reichlich Knoblauch geröstet, dazu gab es einen Salat mit Ziegenkäse und Pinienkernen.

»Wie hast du das bloß wieder auf die Schnelle hinbekommen?« Flo verdrehte genüsslich die Augen.

Nach dem Essen schlug Hannes vor: »Wie wäre es jetzt mit einem kleinen Verdauungsspaziergang, der Regen hat nachgelassen und die frische Luft wird uns guttun.«

Flo nickte zustimmend und wenig später machten sich die beiden auf den Weg.

KIKI

Kritisch betrachtete Kiki von Borch ihr Spiegelbild, der Friseurbesuch hatte sich gelohnt, auch wenn der Tölpel von Chef ihr tatsächlich einen Kurzhaarschnitt hatte aufschwatzen wollen. Das hatte sie kategorisch abgelehnt und sich stattdessen die Haare komplett durchfärben lassen. Jetzt gab es kein einziges graues Haar mehr auf ihrem Kopf und alles saß perfekt. Außerdem hatte sie einen schicken Hosenanzug in einer der Boutiquen entdeckt, der ihre schlanke Figur bestens zur Geltung brachte.

Zufrieden machte sie sich auf den Weg in Richtung Schleusenhaus. Sie hatte bewusst darauf verzichtet sich vorher anzumelden, es sollte eine Überraschung werden. Unterwegs hatte sie genug Zeit zum Nachdenken, sie musste sich bald entscheiden, ob sie den Auftrag vom *Wirtschaftsjournal* annehmen wollte.

Gestern hatte sie noch die halbe Nacht mit

Recherchen über den Pharmakonzern *COHAMI* zugebracht. Die Firma *Company Of Health And Medical Increasement* gehörte laut eigenen Angaben zu den führenden Herstellern von Pharmazeutika im Bereich der Krebsbehandlung. Der Hauptsitz der Firma lag in Lissabon, dort sollte Kiki mit dem Vizepräsidenten des Unternehmens ein Interview führen. *COHAMI* warb auf seiner Homepage damit, in Kürze ein neues Medikament mit dem vielversprechenden Namen *My Healing* auf den Markt bringen zu wollen. Durch die Einnahme könnten die Heilungschancen um bis zu sechzig Prozent gesteigert werden, so das Unternehmen. Alle Tests seien zur vollsten Zufriedenheit verlaufen, man rechne noch im laufenden Quartal damit, an die Börse zu gehen.

Diese Aussagen standen im krassen Gegensatz zu den Papieren, die Kiki vorlagen. Die Mappe, die ihr Hagestolz hatte zukommen lassen, enthielt mehrere Berichte von schweren Missbildungen und Fehlgeburten, die auf die Einnahme von *My Healing* während der Schwangerschaft zurückzuführen waren. Wenn die Unterlagen der Wahrheit entsprachen, dann hatte das Unternehmen die Forschungsergebnisse wissentlich gefälscht. Kiki mochte sich lieber nicht vorstellen, was passieren würde, wenn man in Lissabon Wind davon bekam, dass sie im Besitz dieser Unterlagen war. Sie musste Gewissheit erlangen, bevor sie den Auftrag übernahm. In der vergangenen Nacht hatte sie unter ihrem Decknamen *Sally* das Darknet aufgesucht und dort ein paar Fragen gestellt.

Sie war so in Gedanken versunken, dass sie nicht weiter auf ihre Umgebung achtete, daher entging ihr auch, dass Hannes Friedrichsen in Begleitung einer jungen Frau ihren Weg kreuzte; auch er bemerkte die Journalistin nicht.

FLO

Sie waren von ihrem Spaziergang zurück und bereit, sich erneut dem geheimnisvollen Text zu widmen. Hannes schlug vor:

»Lass uns erst mal überlegen, was wir bereits wissen. Erstens, der Zettel wurde hinter diesem Bild vermutlich vor gut hundert Jahren versteckt. Zweitens schau dir mal die Schreibweise des Namens Øland an! Das Ø ist ein Buchstabe, der in den meisten skandinavischen Ländern vorkommt. Im Dänischen und Schwedischen ist es nicht nur ein Buchstabe, sondern gleichzeitig das Wort für *Insel*, also bedeutet Øland so viel wie Inselland. Drittens, es gibt verschiedene Orte, die so heißen, der bekannteste ist eine beliebte Urlaubsinsel in Schweden, aber ich wage stark zu bezweifeln, dass diese in dem Gedicht gemeint ist. Schließlich heißt es im ersten Abschnitt: *Øland, du verwunschenes Land im Meer, dich zu finden, ist so leicht und doch so schwer.* Die schwedische Insel Øland ist weder verwunschen, noch ist sie schwer zu finden. Bleibt also die Frage, welcher Ort sonst damit gemeint sein könnte?«

An dieser Stelle brach Hannes in seinen Erläuterungen ab, denn Flo saß nur da und starrte ihn mit offenem Mund an.

»Stimmt etwas nicht?«, wollte er wissen.

»Es ist nur, dass du so viel weißt, mir schwirrt einfach der Kopf.«

In seinem Eifer, das Rätsel zu lösen, hatte Hannes völlig vergessen, dass Flo noch immer schnell ermüdete. Daher meinte er jetzt zerknirscht: »Es ist ja auch schon spät. Warum machen wir nicht morgen weiter?«

Liebevoll schaute er sie an. Erst jetzt bemerkte Flo, was für ein langer und emotionaler Tag es gewesen war, die Müdigkeit überfiel sie mit Macht, daher nickte sie dankbar und machte sich auf den Weg in ihr Zimmer.

Bevor sie ins Bett schlüpfte, trat sie nochmals ans Fenster und öffnete es. Die Luft war nach dem Regen herrlich frisch und klar. Ein kräftiger, erstaunlich warmer Wind hatte die dunklen Wolken vertrieben und damit den Himmel für die ersten Sterne freigemacht, die jetzt in der zunehmenden Dunkelheit ihre angestammten Plätze einnahmen. Sie merkte, wie die Anspannung und Aufregung der vergangenen Stunden von ihr abfielen. Ob sie wohl heute wieder von dem Strand und den Vögeln träumen würde? Ja, sie rechnete beinahe damit. Aber in dieser Nacht schlief Flo fest und traumlos, selbst Whisky und Gin, die sich einen Platz in ihrem Bett ergattert hatten, konnten ihren Schlaf nicht stören.

Besuch

FLO

Die Sonne hatte bereits eine ordentliche Wegstrecke auf ihrer täglichen Laufbahn zurückgelegt, als Flo sich genüsslich im Bett streckte. Sie liebte den Moment der Schwebe zwischen Träumen und Wachen; diesen kostbaren Augenblick, wenn der neue Tag noch wie ein unbeschriebenes Blatt vor einem lag und in der Fantasie alles möglich war. Sie liebte es, zu beobachten, wie die ersten Gedanken des Tages gleich Luftblasen in einer Flüssigkeit an die Oberfläche ihres Bewusstseins stiegen. Gerade dachte sie erleichtert, dass ihre Klasse jetzt auf Abschlussfahrt war und sie es etwas ruhiger angehen lassen konnte. Dies verursachte ihr ein freudiges Kribbeln in der Magengegend, das sich noch verstärkte, als sie an die frischen Brötchen dachte, die es hoffentlich wieder zum Frühstück geben würde.

Mitten in die Vorstellung der ofenwarmen Brötchen, dick mit Butter bestrichen, platzten die Erinnerungen an den gestrigen Tag, die Entdeckung der beiden Vögel auf der Skizze und das versteckte Blatt mit dem geheimnisvollen Gedicht.

Alles war so aufregend gewesen, doch gleichwohl waren sie nicht richtig vorwärtsgekommen. Es war, als steckten sie in einer Sackgasse fest und hätten etwas Entscheidendes übersehen. Sollten sie heute noch weiter versuchen, herauszubekommen, was hinter der ganzen Sache steckte, oder jagten sie einem Hirngespinst nach? Mit gemischten Gefühlen betrat Flo die Küche, in der es bereits herrlich nach frisch aufgebrühtem Kaffee duftete.

»Moin, du Langschläferin«, begrüßte sie Hannes. »Ich dachte, du wachst nie mehr auf.«

»Wieso, so spät ist es ja nun auch wieder nicht!«, empörte sich Flo.

Nachdem sie eine Weile in einvernehmlichem Schweigen gefrühstückt hatten, kam Hannes direkt zur Sache: »Wie sieht es aus? Willst du gleich mit dem Schulstoff anfangen, oder wollen wir noch ein bisschen Detektiv spielen und versuchen, herauszubekommen, was es mit dem Gedicht und den Vögeln auf sich hat?«

»Meinst du das ernst?«, Flo merkte, wie sie die Aufregung erneut packte.

»Du solltest mittlerweile wissen, dass ich an weitaus mehr glaube als das, was durch die Wissenschaft schwarz auf weiß bewiesen ist. Ich bin fest überzeugt, dass es einen Grund gibt, warum ausgerechnet du den Vögeln begegnet bist, es ist kein Zufall, dass du gestern die Zeichnung gefunden hast. Für jeden anderen wäre das Bild völlig belanglos, denn es ist weder besonders aussagekräftig noch von hoher Qualität. Aber für dich hatte es eine ganz konkrete Bedeutung, weil du den beiden Vögeln ebenfalls begegnet bist. Vielleicht hat derjenige, der die Botschaft dort versteckt hat, …«

Seine Ausführungen wurden jäh unterbrochen, denn in diesem Augenblick ertönte ein durchdringendes Tuten. Anstatt einer klassischen Klingel war es im alten Schleusenhaus der Ton eines Nebelhorns, welcher Besucher ankündigte.

»Sei so gut und schau mal nach, wer es ist«, bat Hannes.

Flo lugte durch das Bullauge, das in der Haustür eingelassen war, und blickte in das verzerrte Gesicht einer Frau, die mit angestrengtem Lächeln vor der Tür stand. Letzteres entgleiste, als sie, nicht wie erwartet Hannes Friedrichsen, sondern eine junge Frau mit frecher Igelfrisur in verwaschenen Jeans und mit einem übergroßen Sweatshirt erblickte.

Die sofortige und heftige Abneigung war gegenseitig und weckte in Flo das spontane Bedürfnis, Hannes zu beschützen. Es war ein stilles Kräftemessen, das hier ausgefochten wurde. Keine der beiden wollte nachgeben und den ersten Schritt machen.

Flo, die normalerweise die Höflichkeit in Person war, blieb mit vor der Brust verschränkten Armen in der Tür stehen. Während sie darauf wartete, was nun geschehen würde, konnte sie ihr Gegenüber genauer studieren. Die Frau mochte Mitte fünfzig sein, sie trug einen cremefarbenen Hosenanzug mit zweireihiger Perlenkette und teure Schuhe. Ihr Make-up war raffiniert und ihre Haare saßen tadellos. In der Hand hielt sie eine Flasche Champagner. Sie passte so wenig zu der rustikalen Umgebung des Möwenecks wie eine Giraffe ins Pinguingehege.

Das Auffälligste an ihr waren ihre tiefgrünen Augen. In einem anderen Gesicht hätten sie faszinierend gewirkt, aber nicht bei dieser Frau. Flo hatte das Gefühl, von einem grünen Eisstrahl getroffen zu werden, der sich direkt in ihr Herz bohrte und sie von innen zu erfrieren drohte. Sie wusste nicht, wie lang der Moment des gegenseitigen Taxierens gedauert hatte, dann brach die andere das Schweigen, ihre Stimme klang arrogant und herablassend.

»Guten Morgen, ich bin Kiki von Borch, und wer sind Sie, wenn ich fragen darf?«

Flo ließ sich mit ihrer Antwort Zeit, betont lässig an den Türrahmen gelehnt, meinte sie:

»Ich bin Flo und ich wohne momentan hier«, wobei sie Letzteres besonders betonte. Das schien der Frau nicht im Mindesten zu gefallen, denn sie verzog missmutig die Mundwinkel. Flo konnte förmlich sehen, wie sie ihre verschiedenen Möglichkeiten abwog, dann ging ein Ruck durch ihren Körper.

»Darf ich?«, ohne eine Antwort abzuwarten, drängelte sie sich vorbei und marschierte mit schnellen Schritten zielstrebig in Richtung Wohnbereich.

Flo wollte Hannes warnen, aber das war nicht möglich, denn von ihm fehlte jede Spur. Auch die Unterlagen über Øland waren verschwunden, wie sie mit einem schnellen Blick feststellte. Nur seine Kaffeetasse stand noch einsam und verlassen da.

»Wo ist Herr Friedrichsen?« Die Frau verlor wirklich keine Zeit.

»Keine Ahnung«, erwiderte Flo wahrheitsgemäß in einem möglichst gelangweilten Ton.

»Und wann er wiederkommt, wissen Sie auch

nicht?«

»Nö«, langsam begann Flo das Gespräch Spaß zu machen und sie gefiel sich in der Rolle des verstockten Teenagers.

»Dann warte ich eben.« Kiki von Borch machte es sich in einem der Sessel bequem und schlug ihre langen Beine übereinander. Schneid hatte die Frau, das musste man ihr lassen.

Flo überlegte fieberhaft, wie sie mit der Situation am besten umgehen sollte. Sie konnte unmöglich nur untätig hier rumsitzen, bis Hannes wieder auftauchte. Wie es schien, war er nicht erpicht auf ein Zusammentreffen mit dieser Person, daher beschloss Flo, ein Mittagessen zuzubereiten. Vielleicht würde das die Frau dazu bewegen, wieder zu verschwinden.

Ihre gute Erziehung drängte sie, Kiki von Borch etwas anzubieten, aber sie unterdrückte den Impuls und warf stattdessen einen Blick in die Gemüsekiste, in der sie ihre Vorräte aufbewahrten. Sie entschied sich für gefüllte Paprika mit Reis. Demonstrativ drehte sie ihr den Rücken zu, sollte die blöde Kuh doch da sitzen bleiben, bis sie Wurzeln schlug.

Eine halbe Stunde später war Flo gerade im Begriff, die überbackenen Paprika aus dem Ofen zu holen, als ein spitzer Schrei sie herumfahren ließ. Das Bild, welches sich ihr bot, war in der Tat erstaunlich. Kiki von Borch war scheinbar im Begriff gewesen, sich nach oben zu schleichen. In ihrer Eile hatte sie Whisky übersehen und war der Katze versehentlich auf den Schwanz getreten.

Auf so brutale Weise in ihrem Schönheitsschlaf gestört, war diese, gleich einem Dämon, der unversehens zum Leben erwacht, fauchend auf den Eindringling losgegangen. Ihre spitzen Krallen hatten sich zielsicher in den Knöchel des Störenfrieds versenkt. Eine hässliche Laufmasche in dem feinen Gewebe bewies eindrücklich ihre Effizienz.

Schlimmer als der materielle Schaden war für Kiki von Borch jedoch offenbar der Imageverlust. So kurz vor dem vermeintlichen Ziel auf diese Weise gestoppt zu werden, war mehr, als sie vertrug. Wutentbrannt trat sie den Rückzug an, gleich darauf fiel die Haustür mit einem lauten Knall ins Schloss.

»Ist sie weg?«, Hannes steckte vorsichtig den Kopf durch die Terrassentür.

»Ja, zum Glück, viel länger hätte ich es auch nicht mit ihr ausgehalten. Eine schreckliche Person, was wollte sie von dir?«

Gequält stöhnte er auf: »Ich habe ja nicht geahnt, auf was ich mich da einlasse, sonst hätte ich der Reportage niemals zugestimmt.«

»Was meinst du damit?«

»Ach, die wollten für das *Magazin* einen Bericht über meine Arbeit als Schleusenwärter machen, und wie es damals war, als ich angefangen habe. Kiki von Borch war die Journalistin, die das Interview geführt hat. Sie …«, an dieser Stelle brach Hannes ab und wurde rot.

»Also …?« Flo konnte sich ein Grinsen nicht verkneifen.

Er räusperte sich mehrmals. »Sie …, sie scheint irgendwie Gefallen an mir und dem Schleusenhaus gefunden zu haben. Kiki von Borch ist wiederholt unter fadenscheinigen Ausreden hier aufgetaucht. Ich hatte eigentlich gedacht, ich hätte ihr deutlich zu verstehen gegeben, dass es keine gute Idee ist, dass sie nochmals wiederkommt.«

»Hannes, ich glaube, du darfst beim nächsten Mal noch viel deutlicher werden!«, Flo grinste jetzt übers ganze Gesicht, wurde jedoch sogleich wieder ernst. »Aber ich gebe zu, diese Frau hat etwas Furchteinflößendes. Wenn ich nicht tatkräftige Unterstützung durch Whisky bekommen hätte, säße sie wahrscheinlich noch immer mit ihrem teuren Champagner hier und würde auf dich warten.«

»Champagner?«, echote Hannes entsetzt. »Was wollte sie denn damit? Ich trinke keinen Champagner, ich finde, das Zeug schmeckt scheußlich.«

Flo stellte sich vor, wie Kiki von Borch hierhergekommen war, mit dem festen Entschluss, Hannes' Herz zu gewinnen. Der Vormittag musste auf ganzer Linie eine herbe Enttäuschung für sie gewesen sein. Ein Lachen bahnte sich in ihr seinen Weg an die Oberfläche, das ebenso perlend und sprudelnd, wie der Champagner war. Anfangs waren es nur einige kleine Bläschen der Belustigung, doch das Bild der liebestrunkenen Kiki und Whiskys beherztes Eingreifen war auch einfach zu komisch gewesen. Flos Lachen war so ansteckend, dass Hannes sich nicht dagegen wehren konnte, und schon prustete auch er los. Es dauerte eine geraume Weile, bis Flo sich so weit beruhigt hatte, dass sie ihm erzählen konnte, was sich in seiner Abwesenheit genau zugetragen hatte.

»Himmel, bin ich froh, dass du die Tür geöffnet hast und nicht ich«, gestand Hannes.

»Was Kiki von Borch wohl glaubt, in welchem

Verhältnis wir zueinanderstehen? Sieht man uns an, dass wir verwandt sind, oder denkt sie am Ende, ich wäre deine Geliebte?« Bei diesem Gedanken musste Flo wieder kichern, dennoch meinte sie: »Du solltest diese Frau nicht unterschätzen, sie hat etwas an sich, dass es einem eiskalt den Rücken runterläuft.«

»Dann hast du es also auch gespürt?« Hannes schaute Flo nachdenklich an. »Ich hatte kein gutes Gefühl bei dem Gedanken, dass sie unsere Unterlagen über Øland findet. Ich kann sie einfach nicht einschätzen. Doch genug davon, jetzt brauche ich dringend eine Pause, außerdem möchte ich wissen, was hier so lecker duftet.«

T. S.

»Halb zehn?«, ungläubig starrte er auf seine Armbanduhr, das war doch nicht möglich. Sonst wachte er immer gegen sechs Uhr auf, pünktlich wie ein Schweizer Uhrwerk. Gestern war es noch nicht einmal spät geworden. Das Löschen der Ladung hatte länger als erwartet gedauert, zudem war es durch den garstigen Regen extrem anstrengend gewesen. Daher hatte Kapitän Dubois entschieden, an diesem Tag nicht weiterzufahren, sondern allen eine Pause zu gönnen. Sie waren in dem nahegelegenen Städtchen Holzhausen vor Anker gegangen.

Den halbherzigen Vorschlag, auswärts essen zu gehen, hatte der Smutje jedoch empört abgelehnt. Stattdessen waren sie von ihm mit einem Fünf-Gänge-Menü verwöhnt worden, das keinen

Vergleich mit der internationalen Spitzenküche zu scheuen brauchte. Sie hatten eine angeregte Unterhaltung über die verschiedensten Themen geführt.

Die Frage, was er selbst so mache, hatte ihn völlig unerwartet getroffen. Er war, was menschliche Gesellschaft anging, einfach aus der Übung. Im ersten Moment hatte er die anderen mit einer billigen Ausrede abspeisen wollen, doch diese Männer hatten so aufrichtig und ehrlich aus ihrem eigenen Leben erzählt, dass es ihm falsch vorgekommen wäre.

Mit einem Mal war es ihm ein Bedürfnis gewesen, ihnen von seiner dunklen Vergangenheit zu berichten. Er hatte von dem gesellschaftlichen Druck gesprochen und wie es ihn berauscht hatte, andere mit ihren Verfehlungen zu erpressen. Unumwunden hatte er zugegeben, dass Menschen unter ihm hatten leiden müssen. Einzig das Manuskript und seine Suche nach den zwölf sagenumworbenen Amuletten hatte er verschwiegen.

Die Männer hatten ihm zugehört, ohne ihn zu verurteilen. Dubois hatte ihm eine Hand auf die Schulter gelegt und gemeint: »Danke für deine Offenheit. Bei uns an Bord wird keiner nach seiner Vergangenheit beurteilt, sondern nur danach, wie er sich hier verhält. Was das angeht, bist du ein gern gesehener Gast, da haben wir hier schon ganz anderes erlebt.«

Die ehrlichen Worte des Kapitäns hatten ihn unerwartet berührt. Gestern Abend hatte ihm das Herz wehgetan, schlichtweg weil er nicht mehr gewohnt war, es zu benutzen.

FLO

Hannes steckte sich gerade genüsslich den letzten Bissen Paprika in den Mund, als der durchdringende Ton des Nebelhorns ein weiteres Mal ertönte. Flo hoffte inständig, dass es nicht Kiki von Borch war, die zurückkam. Vorsichtig spähte sie durch das Bullauge. Zu ihrer Erleichterung standen dort drei Männer in Hannes' Alter, daher öffnete sie. Sie schienen nicht weiter erstaunt, auf Flo zu treffen, und stellten sich höflich vor:

»Moin, wir sind Sönke, Jan und Helge.«

Sie sahen wunderbar harmlos aus, und Flo trat zur Seite, um sie einzulassen.

»Moin, wo geiht di dat?«, begrüßten sie jetzt auch Hannes. Dieser wirkte ziemlich verdattert, daher fragte Jan skeptisch:

»Sag mal, hast du etwa unseren Skatnachmittag vergessen?« Erklärend fügte er hinzu: »Wir haben seit fünfunddreißig Jahren einmal im Monat unsere Skatrunde. Früher haben wir um Pfennigbeträge gespielt, heute sind es Cent, ansonsten hat sich nicht viel geändert. Einmal im Jahr wird der Topf geleert, und wir gehen von dem Geld richtig fein essen.«

»Und dieser Skatnachmittag ist heute?«, wollte Flo wissen.

Hannes nickte leicht verlegen, besann sich dann aber auf seine guten Manieren und wandte sich an seine Freunde: »Darf ich euch meine Nichte vorstellen? Florentine ist für ein paar Wochen mein Gast.«

»Dat weet wi doch al«, winkte einer der drei ab. »Halb Moorfleet spricht davon, dass du jetzt Besuch im alten Schleusenhaus hast.«

»Wenn das so ist«, etwas unschlüssig stand Hannes da.

»Geh du ruhig spielen, ich mache hier klar Schiff und schnappe mir anschließend ein gutes Buch!«, nahm Flo ihm die Entscheidung ab.

Skeptisch wiegte Hannes den Kopf hin und her, dann erhellte ein Strahlen sein Gesicht. Zufrieden wandte er sich an seine Freunde:

»Macht es euch schon mal gemütlich, ich bin gleich bei euch!«

Wie selbstverständlich bedienten sich die Männer am Kühlschrank und verschwanden im Garten. Als sie wieder allein waren, schlug Hannes triumphierend vor:

»Einstein! Du könntest den Nachmittag mit Einstein verbringen, schau doch mal dort in den kleinen Eckschrank im Wohnzimmer!«

»Wer, bitte schön, ist Einstein?«, wollte Flo wissen, sie verstand kein Wort. Gleichwohl blickte sie in die angegebene Richtung. Erst jetzt fiel ihr auf, dass in die Wand ein kleiner Schrank eingelassen war. Neugierig öffnete sie die Türe; es dauerte einen Moment, bis sich ihre Augen an die Dunkelheit gewöhnt hatten, dann entdeckte sie einen uralten Computer.

Hannes war hinter sie getreten.

»Hast du Einstein gefunden? Er führt hier ein verborgenes Dasein. Schalte ihn doch schon mal ein, er braucht ein paar Minuten, ehe er betriebsbereit ist!«

Der Name *Einstein* passte hervorragend, der Computer musste bereits Sammlerwert haben. Es war ein riesiges Ungetüm, und es verging eine gefühlte Ewigkeit, bis er endlich hochgefahren war, dabei brummte er wie ein Düsenjet kurz vor dem Start. Hannes schaltete ein Modem ein, und ein quietschendes Pfeifen ertönte, als sich der Computer ins Internet einwählte.

»So, jetzt bist du online, aber ich muss dich warnen, das Ding hat die Geschwindigkeit einer Weinbergschnecke.«

»Hannes, du Verräter, du hast mir kein Wort davon gesagt, dass du einen Computer hast. Ich dachte, wir haben hier ein totales Funkloch?«, entrüstete sich Flo.

»Haben wir ja auch, deshalb musst du dich ja übers Telefon einwählen. Viel Spaß, du findest uns im Garten, wenn etwas ist.«, mit diesen Worten verließ er sie und eilte zu seinen Skatbrüdern.

Fast ehrfürchtig rief Flo ihre E-Mails auf und verbrachte eine glückliche Stunde damit, die ganzen Nachrichten zu beantworten, die sich in der letzten Woche angesammelt hatten. Anschließend gab sie das Wort *Øland* in die Suchmaschine ein, es wurden über fünfundneunzigtausend Einträge gefunden. Zu ihrer Enttäuschung drehten sich die meisten um die schwedische Urlaubsinsel Øland – so kam sie nicht weiter.

Als Nächstes gab sie nur den Buchstaben Ø ein. Nach einigem Rattern spuckte Einstein wieder seine Resultate aus: über eine Million Einträge. Wie Hannes bereits richtig gesagt hatte, war Ø nicht nur ein Buchstabe, sondern auch das dänische Wort für *Insel*. Außerdem fand Flo etwas darüber, dass Ø als Zeichen für den Durchschnitt oder die Leere verwendet wurde. Das war zwar interessant, aber wirklich hilfreich war es auch nicht, daher schickte sie Einstein wieder in den Schlafmodus und verstaute alles sorgfältig, bevor sie den Schrank verschloss.

KIKI

Zur gleichen Zeit saß Kiki von Borch keine zwei Kilometer entfernt im *Hafenhotel* und zog Bilanz, dabei ging sie schonungslos ehrlich mit sich ins Gericht. Es war katastrophal verlaufen, sie wollte, nein, sie musste Hannes Friedrichsen und das Schleusenhaus bekommen. Schon bei ihrem ersten Besuch hatte sie erkannt, welche Möglichkeiten sich ihr hier boten. Ihr erster Impuls war es gewesen, das Gebäude zu kaufen, aber mittlerweile war ihr bewusst geworden, dass Friedrichsen niemals dazu bereit wäre.

Also hatte sie entschieden, ihn einfach zu heiraten, um so an das Haus zu kommen. Wenn sie seiner überdrüssig wurde, würde sie bestimmt Mittel und Wege finden, den Mann wieder loszuwerden. Momentan reizte sie die Vorstellung, sein Herz zu gewinnen. Sie war jetzt sechsundfünfzig, und es wurde langsam Zeit, den nächsten Abschnitt ihres Lebens zu planen, da kamen ihr das Schleusenhaus und sein Besitzer gerade recht.

Doch heute hatte da, wie aus dem Nichts, dieses junge Ding bei Hannes in der Tür gestanden und ihren schönen Plan gehörig durcheinandergewürfelt. Darauf war sie nicht vorbereitet gewesen.

Flo, allein schon der Name klang albern, obwohl,

beim Thema Namen sollte sie wohl besser ganz still sein. Dass ihre Eltern sie auf den Namen Krimhilde hatten taufen lassen, würde sie nicht mal unter Folter zugeben, genauso wie sie stets leugnete, mit Karl von Borch verwandt zu sein. Der Skandal um ihren Vater war seinerzeit monatelang das Topthema in den Medien gewesen. Das Bild der uniformierten Beamten, die ihn in Handschellen abführten, hatte sich unauslöschlich in ihre Kinderseele gebrannt.

Die Leute waren ihm auf den Leim gegangen, allen voran ihre Mutter. Wie später in der Presse zu lesen war, wurden ihm Menschenhandel, Erpressung und Prostitution sowie Geldwäsche in großem Stil vorgeworfen.

Der scheinbar so ehrenwerte Karl von Borch hatte ein Doppelleben geführt, welches diese Bezeichnung wahrlich verdiente. An den Wochenenden war er ein fürsorglicher Vater und liebevoller Ehemann gewesen, der sich für seine Familie aufopferte und die sonntägliche Messe besuchte. Unter der Woche hatte er im 120 Kilometer entfernten Köln gelebt, um dort mit seiner Investmentfirma das nötige Geld für den aufwendigen Lebensstil der Familie zu verdienen.

Davon zumindest waren alle ausgegangen, bis zu jenem besagten Sonntag, als die ganze hässliche, ungeschminkte Wahrheit ans Licht kam. Ja, die Investmentfirma hatte tatsächlich existiert, aber das große Geld hatte er damit nicht verdient. Sie war vielmehr sein Alibi gewesen, um ungestört seiner Betätigung als Bordellbesitzer nachkommen zu können.

Polizei und Staatsanwaltschaft hatten das *Paradise* monatelang observiert und akribisch Fakten zusammengetragen, bevor es zur Anklage gekommen war. Die Last der Beweise war erdrückend gewesen, und der Prozess hatte für landesweites Aufsehen gesorgt.

Karl von Borch hatte das heimische Anwesen bis auf den letzten Winkel mit Hypotheken belegt, weshalb Mutter und Tochter quasi über Nacht ohne einen Pfennig Geld und ohne ein Dach über dem Kopf dagestanden waren. In der Anonymität der Großstadt hatten sie einen Neuanfang gewagt. Kiki hatte sich völlig hinter ihren Schulbüchern verschanzt, mit dem Erfolg, dass sie die Schule als Jahrgangsbeste abschloss. Ihren Vater hatte sie nie wiedergesehen.

Langsam tauchte Kiki von Borch aus ihrer Reise in die Vergangenheit auf. Warum musste sie ausgerechnet heute an ihren Vater denken? Die Erinnerungen an ihn hatte sie irgendwo im hintersten Winkel ihres Herzens, wie in einem Panzerschrank, sorgsam verschlossen. Seit der Geschichte mit ihrem Vater hatte sie nie wieder etwas für einen Mann empfunden. Und nun musste sie sich eingestehen, dass sie sich verliebt hatte.

»Das ist eine gottverdammte Scheiße!«, Kiki hieb mit solcher Wucht auf den Tisch, dass sie augenblicklich schmerzverzerrt das Gesicht verzog. Wie hatte das passieren können? Und dies ausgerechnet ihr, die stets sorgsam darauf achtete, nichts und niemanden in ihr Herz zu lassen.

Als wäre dies noch nicht schlimm genug, war jetzt auch noch diese Flo aufgetaucht. Im ersten Moment hatte sie angenommen, sie sei Hannes' Putzfrau.

Vielleicht eine junge Studentin, die sich etwas Geld dazuverdienen wollte, doch wie es aussah, hatte sie sich getäuscht. Das junge Ding stellte ein zusätzliches Problem dar, aber sie wäre nicht Kiki von Borch, wenn sie jetzt aufgeben würde. Ihr Blick fiel auf den Champagner, kurzentschlossen entkorkte sie ihn und nahm direkt einen tiefen Schluck aus der Flasche.

FLO

Da im Garten noch immer fleißig Skat gespielt wurde, beschloss Flo, ins Watt zu gehen. Die warmen Temperaturen und ein strahlend blauer Himmel hatten viele Menschen nach draußen gelockt, und es herrschte reges Treiben. Zum Glück waren in Höhe des Schleusenhauses nur wenige unterwegs, sodass Flo ungestört ihren Gedanken nachhängen konnte. Sie hatte sich die Kopie des geheimnisvollen Gedichtes eingesteckt, auch wenn sie es schon fast auswendig konnte. Immer wieder nahm sie sich einzelne Abschnitte vor und kaute darauf herum, wie auf einem Kanten harten Brots.

Wieso konnte etwas leicht und gleichzeitig schwer zu finden sein? Was war ein reines Herz? Konnte man etwas, das man nicht besaß, durch Unglauben für immer verlieren? Noch ein Gedanke ließ Flo nicht los: Gab es eine Verbindung zwischen dem Text und ihren eigenartigen Träumen? Warum kamen darin immer wieder derselbe Strand und die Vögel vor, und was war mit jenem Fiebertraum, der zu ihrer Heilung geführt hatte? Die brennendste aller Fragen aber war: »Was, wenn dies alles gar kein Traum war?«

Dieser Gedanke war so absurd, dass ihr Verstand ihn gleich wieder verwerfen wollte, doch wie von selbst kamen ihr die Worte in den Sinn: »*Wer nicht glaubt, was du bist ...*«

Vielleicht war genau das damit gemeint, wenn sie nicht bereit war, den Gedanken zuzulassen, dass ihre Träume mehr als nur Träume waren, dann würde sie nie etwas finden. Während Flo tief in ihre Überlegungen versunken durchs Watt wanderte, bemerkte sie nicht, dass hoch am Himmel eine schwarze Möwe ihre Kreise zog und jeden ihrer Schritte verfolgte.

T. S.

Sie hatten Bremen erreicht, offiziell endete hier seine Reise auf der Louise. Die Zeit an Bord hatte ihn verändert, besonders die Gespräche mit Philippe Dubois hatten ihm gutgetan. Zu seiner Überraschung hatte der Kapitän ihm angeboten, noch länger zu bleiben. Gerne hätte er die Einladung angenommen, aber es zog ihn heim und er wollte dort nach dem Rechten sehen.

Außerdem war ihm bewusst geworden, dass er einige grundsätzliche Entscheidungen treffen musste, wie es mit seinem Leben weitergehen sollte. Dazu brauchte er Zeit und Ruhe. Wollte er weiter nach den Schmuckstücken forschen, oder sollte er die Suche danach ein für alle Mal beenden? Er würde noch einmal mit aller Sorgfalt die Aufzeichnungen des Schmiedes Rorik studieren. Ihm war klar geworden, dass er seine Suche bisher aus den falschen Gründen betrieben hatte. Habgier und das Streben nach Macht waren keine gute Triebfeder.

Seine Reisetasche war gepackt und alle waren an Deck gekommen, um ihn zu verabschieden. Der Kapitän überreichte ihm eine kleine Nachbildung des Frachters sowie einen Umschlag.

»Darf ich?«, fragte er, und als dieser nickte, öffnete er ihn. Darin befand sich ein Gutschein für eine Woche Urlaub auf der Louise. Er war sprachlos, denn er wusste, dass Dubois auf die zusätzlichen Einnahmen durch zahlende Gäste angewiesen war.

»Ich komme bestimmt wieder«, versprach er. Dann reichte er allen zum Abschied die Hand und stieg in das wartende Taxi, das ihn zum Bahnhof bringen würde.

Die Aufzeichnungen des Schleusenwärters

FLO

Flo hatte schlechte Laune, als am nächsten Morgen um kurz nach sieben ihr Wecker klingelte. Zwar konnte sie es jetzt ruhiger angehen lassen, da durch die Abschlussfahrt ihrer Klasse kein neuer Schulstoff mehr dazu kam, aber sie wusste noch immer nicht, ob sie all die verpassten Prüfungen nachholen musste.

Wenn sie ehrlich war, gab es noch einen anderen Grund für ihre gedrückte Stimmung. Die Tatsache, dass sie in Sachen Øland keinen Schritt weitergekommen war, frustrierte sie zutiefst. Der gestrige Abend mit Hannes und seinen Freunden hatte richtig Spaß gemacht. Bis in die Nacht hatten sie zusammengesessen und über Gott und die Welt geredet. Doch als Sönke, Jan und Helge sich zu späterer Stunde verabschiedeten, hatte Hannes das versteckte Gedicht nicht mehr angesprochen, sondern war direkt ins Bett gegangen. Flo hatte den Eindruck, dass er die ganze Geschichte auf sich beruhen lassen wollte. Verübeln konnte sie es ihm nicht, es klang ja selbst in ihren Ohren alles ziemlich haarsträubend.

Noch immer in Gedanken versunken, setzte sie sich an den Frühstückstisch und stocherte lustlos in ihrem Rührei herum. Die Enttäuschung, dass sie nach wie vor keine Erklärung für ihre Träume und die seltsamen Vorkommnisse hatte, verdarb ihr den Appetit. Hannes hingegen sprühte nur so vor purer Lebensfreude, entweder hatte er ihre schlechte Laune nicht bemerkt oder sie störte ihn ganz einfach nicht. Zufrieden pfiff er vor sich hin, während er seelenruhig wartete, bis sie ihr Frühstück beendet hatte.

»Wie sieht es aus? Bist du bereit für den nächsten Schritt des Rätsels?«

Flo traute ihren Ohren nicht, irgendetwas musste passiert sein.

Tatsächlich meinte Hannes jetzt: »Du ahnst nicht, was ich entdeckt habe. Es hat mir einfach keine Ruhe gelassen, also bin ich heute Nacht nochmals aufgestanden. Irgendetwas an der Platte, auf der das Bild aufgeklebt war, kam mir die ganze Zeit komisch vor. Als Rückseite des Rahmens erschien mir das Holz ungewöhnlich dick. Siehst Du?«, er wies auf eine Stelle am Rand. »Es ist fast nicht zu sehen, aber hier sieht es aus, als wären zwei verschiedene Holzarten zusammengeleimt.«

Hannes ließ Flo mit dem Finger über das Holz fahren. »Jetzt drück fest zu!«

Als sie seiner Anweisung folgte, löste sich die Querseite und gab den Blick in einen kleinen Hohlraum frei, in dem etwas zu stecken schien.

»Das ist ja wie ein Geheimfach«, rief Flo begeistert.

»Hier«, Hannes reichte ihr eine flache Zange,

welche er bereits parat gelegt hatte. Bei den ersten Versuchen rutschte sie ab oder griff ins Leere, dann bekam Flo etwas zu fassen. Vorsichtig, Zentimeter für Zentimeter, zog sie ein schmales Päckchen aus der Öffnung. Zum Vorschein kam ein kleines Lederbüchlein. Der Umschlag war abgewetzt und an manchen Stellen bereits recht beschädigt, als wäre er vom häufigen Gebrauch abgenutzt. Auf der Vorderseite war ein Segelschiff mit drei Masten abgebildet.

Würden sie jetzt endlich mehr erfahren? Als sie das dünne Buch aufschlug, sprang ihr auf der ersten Seite, die nun schon vertraute, verschnörkelte Handschrift des Gedichtes ins Auge.

Sie reichte es Hannes. »Weißt du, was das ist?«

Er warf nur einen Blick darauf. Erstaunt meinte er: »Das ist ein Schleusen-Bulletin, wie sie früher geführt wurden, heute werden die Daten natürlich längst per Computer erfasst.«

»Ein was?«, Flo konnte mit dem Begriff nichts anfangen.

»Dies ist ein Buch, in dem die Schiffsbewegungen und Vorkommnisse im Hafenbereich festgehalten werden«, erklärte Hannes und wies auf die Überschrift. »Hier steht es: *Schleusen-Bulletin, Moorfleeter Schleuse*. Das Wappen darunter ist der amtliche Stempel der Hafenmeisterei.«

Er blätterte um. »Ja, schau, es ist tatsächlich ein Schleusenjournal! Siehst du die verschiedenen Spalten? Die erste Kolonne ist für die Wasserstände bestimmt. Die zweite gibt Auskunft, wann die Schleuse geschlossen wurde, und hält besondere Vorkommnisse wie Springfluten fest. Die letzte Spalte vermerkt die fremden Schiffe, die in Moorfleet vor Anker gegangen sind.«

An dieser Stelle unterbrach ihn Flo: »Aber warum versteckt jemand so ein Buch? Das macht überhaupt keinen Sinn, was ist denn daran so geheimnisvoll?«

Auch Hannes wusste keine Antwort. »Ich kann auf den ersten Blick auch nichts Ungewöhnliches entdecken«, er reichte Flo das Buch zurück.

Tatsächlich sahen alle Seiten gleich aus, als sie diese durchblätterte. Dann stutzte sie. »Schau mal, hier ist etwas anders«, Flo deutete auf eine Seite ziemlich am Ende des Buches.

Schweigend las Hannes mehrere Minuten, bis sie es kaum noch vor Spannung aushielt und ihn am Ärmel zupfte.

»Was steht da? Um was geht es?«

»Wie bitte?«, erst jetzt wurde er sich ihrer Gegenwart wieder bewusst, es war, als wäre er in Gedanken meilenweit fort gewesen.

Entschuldigend meinte er: »Ich bin gleich so weit, dann erkläre ich dir alles. Das Ganze hängt irgendwie mit unserer Familie zusammen. Es scheint, als hätte mein Urgroßvater Eike hier eine Art Botschaft hinterlassen. Ich werde noch nicht so recht schlau daraus. Am besten, ich lese es dir vor. Kannst du dich noch fünf Minuten gedulden? Ich glaube, unter diesen Umständen brauche ich einen Kaffee mit einem ordentlichen Schuss Rum darin. Das Ganze haut mich doch ziemlich von den Socken.«

Flo musste wohl oder übel warten, bis Hannes endlich so weit war. Als die dampfende Tasse vor ihm auf dem Tisch stand, begann er ihr vorzulesen:

Moorfleet im Frühjahr 1914

Ich schreibe diese Zeilen in der Hoffnung, dass sie niemals in falsche Hände gelangen mögen. Lange habe ich gezögert, aber ich sehe keinen anderen Ausweg mehr. Über Jahrhunderte wurde Ølands Geheimnis nur mündlich von einer Generation zur nächsten weitergegeben, so wie ich es von meinem Vater Leif Friedrichsen überliefert bekommen habe und er zuvor von seinem.

Von meinen Kindern ist einzig mein Sohn Enno hiergeblieben und wie ich Schleusenwärter geworden. Er ist mir ein guter Sohn, und lange war ich mir sicher, er würde der nächste Hüter Ølands werden. Doch so sehr es mich auch schmerzt, er ist nicht dazu berufen, denn er hat die Zeichen nicht gesehen und wurde nicht auserwählt. Ob mein Enkel Knut es einst sein wird, vermag ich nicht zu sagen. Ich selbst bin alt und spüre, mir bleibt nicht mehr viel Zeit. Mein Gehirn vernebelt sich zusehends, und ich habe Angst, nicht mehr die richtigen Worte zu finden. Das geheime Wissen darf nicht verloren gehen, aber ich merke, ich muss wohl besser der Reihe nach berichten. Ich will versuchen, alles so niederzuschreiben, wie es sich zugetragen hat und wie es mir erzählt wurde.

Als mein Vater mir das Geheimnis anvertraute, war ich bereits ein junger Mann. Meine Geschwister waren längst ausgezogen, und es war beschlossene Sache, dass ich, wie bereits zuvor mein Vater und mein Großvater, den Beruf des Schleusen- und Hafenmeisters erlernen sollte. Ich war mit meinem Los zufrieden.

Der Tag, an dem ich von Øland erfuhr, hat sich für immer in mein Gedächtnis eingeprägt, und noch heute, so viele Jahrzehnte später, kann ich mich daran erinnern, als wäre es gestern gewesen. Es war ein heißer Sommertag im August 1842, als wir uns wie gewöhnlich frühmorgens auf den Weg zur Schleuse machten. Auf einem der Poller am Hafen saß eine tiefschwarze Möwe, ich machte meinen Vater auf das Tier aufmerksam. Er blieb abrupt stehen, dabei schaute er mich mit einem Blick an, den ich damals nicht recht zu deuten wusste. Es lagen verschiedene widersprüchliche Emotionen darin: Erstaunen, Erleichterung, Aufregung. Nach einem Moment des Schweigens fragte er mich: ‚Hast du auch einen weißen Raben gesehen?‘«

»Stopp! Warte mal, habe ich das richtig verstanden?«, Flos scharfe Stimme unterbrach Hannes. »Sowohl Eike als auch sein Vater Leif haben den Raben und die Möwe gesehen? Das kann doch gar nicht sein. Wenn Eike damals ein junger Mann war, muss das vor mehr als hundertfünfzig Jahren gewesen sein. Ich begreife das alles nicht, kein Vogel wird so alt.«

»Nein, da hast du recht« stimmte Hannes ihr zu. »Gleichwohl scheinen die Möwe und der Rabe schon damals eine entscheidende Rolle gespielt zu haben. Immerhin hat Eike das Bild gemalt und es als Versteck für seine Aufzeichnungen gewählt. Er muss darauf vertraut haben, dass die Vögel nur der rechten Person den Weg zeigen.«

»Meinst du, Eno oder Knut haben davon gewusst?«, fragte Flo.

Hannes schüttelte den Kopf. »Ich denke nicht, zumindest haben sie mir gegenüber nie ein Wort davon erwähnt. Es ist alles ziemlich merkwürdig, je tiefer wir in die Geschichte eintauchen, desto mysteriöser wird es. Lass uns weiterlesen, vielleicht sehen wir dann klarer!«

»*Vater hatte mich bei seiner Frage nach dem weißen Raben scharf beobachtet. Tatsächlich war mir mehrfach einer aufgefallen. Meine Reaktion schien ihm Antwort genug, denn er fuhr fort: ,Eike, ich habe lange auf diesen Tag gewartet. Ich habe immer geglaubt, dein Bruder Nils würde mein Nachfolger, aber wie es aussieht, bist du derjenige, der erwählt wurde. Geh heute allein zur Schleuse, es gibt einige Dinge, die ich in die Wege leiten muss! Wir stechen morgen in See.'*

Noch vor Sonnenaufgang setzten wir am nächsten Tag die Segel und nahmen Kurs auf die offene Nordsee. Die Gode Tied, unser kleines Segelboot, war nicht für größere Touren gemacht, aber das Wetter war ideal. Es wehte ein frischer Wind, und wir kamen schnell voran. Bald war die Küste nur noch als ein winziger Strich am Horizont zu sehen. Wir waren vielleicht eine oder auch zwei Stunden gesegelt, als mein Vater sich an mich wandte: ,Ich muss dir für kurze Zeit die Augen verbinden. Bitte vertrau mir, es ist nur zu deinem Schutz! Später, wenn du deine eigene Wahl getroffen hast, werde ich dir alles erklären.'

Ich wollte protestieren, immerhin war ich kein kleines Kind mehr, mit dem man Blindekuh spielte, außerdem war hier weit und breit nichts zu sehen. Doch was blieb mir anderes übrig? Meine anderen Sinne nahmen jetzt die Umgebung umso deutlicher wahr. Ich fühlte den Wind und die Sonne in meinem Gesicht, hörte das gleichmäßige Geräusch des Bootes, welches das Wasser durchschnitt. Dann veränderte sich der Rhythmus, geriet ins Stocken. Wenig später spürte ich zu meiner Überraschung, wie unser Boot auf Sand auflief.

Wie konnte das sein? Hier war weit und breit keine Insel. Mein Vater ließ mich die Binde abnehmen, und ich traute meinen Augen nicht. Wir ankerten an einem einsamen Strand. Das war unmöglich, noch vor wenigen Minuten hatten wir uns auf offener See befunden.

Staunend sah ich mich um, hier war ich noch nie gewesen, so viel war sicher. Wir zogen das Boot an Land; das Wasser war an dieser Stelle eher flach und ging mir nur bis zu den Knöcheln. In der Ferne zeichnete sich eine hohe Dünenkette ab, die bis dicht ans Meer reichte.

‚Komm mit!‘, mein Vater gab mir ein Zeichen ihm zu folgen, schweigend machten wir uns auf den Weg. Ich suchte die Gegend nach vertrauten Merkmalen ab. Fehlanzeige – weder sah ich Behausungen noch andere Spuren von Menschen. Das ganze Land schien unbewohnt.

Wir stießen auf einen kleinen Wasserlauf, dem wir folgten. Zunächst ging es über Dünen und hügeliges Heideland; einen Weg im eigentlichen Sinne gab es nicht. Bei unserer Ankunft war der Himmel noch bedeckt gewesen, doch nun brannte eine erbarmungslose Sonne auf uns herab. Vereinzelte Birken und andere Laubbäume brachten etwas Leben in die ansonsten eher eintönige Landschaft. Der Weg stieg leicht, aber stetig an. *Immer wieder begegneten wir zutraulichen Kaninchen, die keinerlei Scheu vor uns zeigten. Einmal sah ich in der Ferne eine Herde wilder Pferde, ansonsten schienen wir hier vollkommen allein zu sein.*

Die meiste Zeit über wanderten wir schweigend und hielten nur ab und zu im Schatten eines Baumes kurz inne, um ein paar Schlucke aus unseren Feldflaschen zu nehmen. Wann immer ich mich umdrehte und zurückblickte, sah ich das Meer als ein schimmerndes, blaues Band in der Ferne glitzern. Ich fühlte mich klein und verloren. Noch nie war ich weiter als eine Tagesreise von zu Hause fortgewesen, und jetzt befand ich mich auf einer Insel, von deren Existenz ich bis vor wenigen Stunden noch nicht einmal etwas geahnt hatte.

Ich weiß nicht, wie lange wir so unterwegs waren, und verlor jegliches Zeitgefühl. Wir folgten weiter dem Bach und gelangten auf eine Hochebene, die sich vor uns erstreckte. Geblendet vom grellen Sonnenlicht, musste ich für einen Moment die Augen schließen.

Als ich sie wieder öffnete, schrak ich zurück, denn ich blickte direkt in eine Wand aus Feuer. Daraus ragten Steine wie Bergspitzen aus einem Nebelmeer empor. Obwohl wir noch ein ganzes Stück entfernt waren, konnte ich die ungeheure Hitze spüren, die davon ausging. Schwindel erfasste mich, ich wäre gestürzt, wenn mein Vater mich nicht aufgefangen hätte. Mit ein paar schnellen Schritten war er beim Bach, schöpfte Wasser mit der hohlen Hand und flößte es mir ein. Es schmeckte herrlich frisch, und der Schwindel ließ augenblicklich nach.

Als ich jetzt den Blick hob, war das Feuer

verschwunden. Vor uns lag ein See. Rund um das Ge-
wässer waren große Felsquader zu einem Steinkreis an-
geordnet. Es mussten dieselben sein, die ich eben noch
im Flammenmeer gesehen hatte. Blumen blühten zwi-
schen den Steinen, das geschäftige Brummen von Insek-
ten und Vogelgezwitscher erfüllten die Luft.

Wie konnte das sein? Hatte ich mir das Feuer nur
eingebildet? Ich wusste nicht, was mir unwirklicher er-
schien: die Feuersbrunst, welche hier noch vor wenigen
Augenblicken gewütet hatte, oder dieses Bild des Frie-
dens, das sich mir nun bot.

Mein Vater beugte sich besorgt zu mir. ‚Ich hätte
dich warnen sollen, auf Øland schieben sich die Zeiten
manchmal übereinander, wie Bilder, die sich überla-
gern. Ich werde es dir später erklären, doch komm, wir
sind fast am Ziel, ich denke, wir werden erwartet!'

Er wies auf einen uralten Baumriesen, der am Ufer
des kleinen Sees stand. Seine mächtige Krone spannte
sich wie ein schützendes Dach und spendete wohltuen-
den Schatten. Ich hatte noch nie einen so gewaltigen
Baum gesehen.

‚Setz dich!', mein Vater deutete auf einen Stein am
Fuße des Stammes. Eindringlich fuhr er fort: ‚Eike,
höre mir jetzt gut zu, es ist von größter Wichtigkeit, dass
du verstehst, was hier vor sich geht! Diese Insel war
schon immer ein Ort, an dem Kräfte wirken, die weit
über die Vorstellung des Verstandes hinausgehen. Un-
sere Vorfahren gehörten zu den ersten Siedlern. Sie ha-
ben sich durch einen heiligen Eid dazu verpflichtet, das
Geheimnis mit ihrem Leben zu schützen. Doch vor mehr
als vierhundert Jahren ist es zu einer Katastrophe

gekommen: Das Heiligtum der Insel, der kraftspendende Kristall, wurde zerstört. Es hätte nicht viel gefehlt, und ganz Øland wäre vernichtet worden. Seit jenem schrecklichen Tag liegt ein Fluch auf unserer Familie, und wir sind untrennbar mit diesem Ort verbunden. Solange dieser Bann nicht gebrochen wird, sind wir dazu bestimmt, die Hüter der Insel zu sein.'

Mein Vater schaute mich einen Augenblick lang ernst und zugleich liebevoll an, dann griff er nach kurzem Zögern unter sein Hemd und holte das Amulett hervor, das er stets trug.

‚Dies ist eines von zwölf Amuletten. Es ist das Zeichen, dass ich einer der Hüter Ølands bin. Die Kette ist wie ein Vertrag, ein Versprechen. Sie verleiht mir Schutz, ja sogar eine gewisse Macht, doch zugleich bindet sie mich Zeit meines Lebens an meine Aufgabe und an die Insel.'

Unzählige Male schon hatte ich als Kind das Amulett bewundert und versucht, danach zu greifen, doch mein Vater hatte mich stets liebevoll, aber bestimmt davon abgehalten. Es sah wie gemalt aus, obwohl es aus unzähligen winzigen Steinen zusammengesetzt war. Es zeigte ein nächtliches Meer sowie zwei Vögel, die vor einem riesigen Vollmond durch die wolkenverhangene Nacht flogen. In dem Moment kam mir ein Gedanke.

‚Sind das der weiße Rabe und die schwarze Möwe?'

Mein Vater nickte zufrieden. Man stelle sich mein Erstaunen vor, als er jetzt die Kette abstreifte und mir reichte. Schnell wollte ich die Hand zurückziehen, doch er beruhigte mich sogleich.

‚Keine Sorge, dieses Amulett ist meins, solange ich

lebe, aber kannst du seine Kraft spüren?'

Tatsächlich schien der Stein von innen heraus zu leuchten und zu pulsieren, auch hatte ich das Gefühl, dass sein Licht wie ein Energiestrom auf mich überging.

Mein Vater fuhr fort: ‚Wenn du dich entschließt, der nächste Hüter von Øland zu werden, dann wirst du ebenfalls ...‘«

»Was ist? Warum liest du nicht weiter?«, Flo zupfte Hannes energisch am Ärmel. »Du kannst doch nicht mitten im Satz aufhören.«

Eben noch hatte sie gemeint, sie selbst hielte das Amulett in den Händen, nun wurde sie – mir nichts, dir nichts – in die Gegenwart zurückkatapultiert. Auch Hannes schüttelte sich, als müsse er wieder zur Besinnung kommen.

»Weiter? Es geht nicht weiter, schau selbst!«

Flo beugte sich über das Buch und sah, was er meinte. Dies war die letzte beschriebene Seite.

»Das kann doch nicht wahr sein!«, sie wollte es einfach nicht glauben.

»Vielleicht wurde Eike beim Schreiben gestört oder jemand hat die restlichen Seiten herausgetrennt«, vermutete Hannes.

»Und jetzt? Es ist zum Haareraufen, immer wenn wir denken, der Lösung einen Schritt näher gekommen zu sein, tun sich neue Fragen auf. Die ganze Sache wird immer verworrener. Mir langt es!«

Wie zur Bestätigung ihrer Worte stampfte Flo mit dem Fuß auf. »Ich brauche eine Pause, ich brauche etwas Handfestes, bei dem es keinen doppelten

Boden oder versteckte Botschaften gibt. Ich, ich …
ich brauche Schokolade!«

»Das ist eine gute Idee«, stimmte Hannes zu. »Mir
ist auch nach einem richtigen Zuckerschock zumute,
und ich weiß auch schon, wo wir den bekommen.«

KIKI

Sie stieß einen anerkennenden Pfiff aus. Auf das
Darknet war Verlass, ganz im Gegensatz zu Julian
Hagestolz, der ihr nicht hatte sagen können oder wollen, von wem er seine Informationen über den Pharmakonzern *COHAMI* erhalten hatte. Also hatte Kiki
auf eigene Faust recherchiert und nach einigem Zögern entschieden, einen Köder auszulegen. Das war
zwar riskant, führte aber hoffentlich wesentlich
schneller zum gewünschten Erfolg. Im Darknet
wurde alles gehandelt, was auf legalem Wege nicht
zu bekommen war, in ihrem Fall vertrauliche Informationen über *My Healing*. Wenn sie etwas Nützli-
ches erfahren wollte, musste sie im Gegenzug auch
etwas Interessantes bieten, also hatte sie einen kleinen Auszug der Forschungsergebnisse angeboten,
natürlich in verschlüsselter Form. Gerade wollte sie
den Chatroom wieder verlassen, als eine Nachricht
für sie aufpoppte; sie stammte von einem Don Juan.

»Sally, are you online?«

Sie schrieb ein *Yes* zurück.

»Can we communicate via phone?«

Was? Er wollte mit ihr telefonieren? Das war ungewöhnlich. Hektisch kramte Kiki ihr Prepaid-

Handy hervor, welches sie sich genau für solche Fälle zugelegt hatte. Schnell schaltete sie es ein. Neun Prozent, verdammt, das würde für ein längeres Telefonat nicht reichen; außerdem musste sie sich überlegen, wie sie vorgehen wollte. Sie brauchte mehr Zeit.

»In two hours?«, schlug sie vor. Zwei Stunden sollten reichen. Instinktiv hielt sie die Luft an, während sie auf seine Antwort wartete.

»Okay, give me your number!«

Ehe sie es sich anders überlegen konnte, tippte sie ihre Nummer ein und drückte die Enter-Taste.

Das Zeichen des Boten

FLO

»Oh, war das lecker, ich glaube, für die nächsten drei Wochen habe ich genug Süßes gehabt«, Flo schleckte zufrieden ihre Gabel ab.

Hannes hatte Wort gehalten und sie kurzerhand mit zur *Sturm-Kate* genommen. Das kleine Reetdachhaus schmiegte sich eng an den Deich, als wolle es dort Schutz vor Wind und Wetter suchen. Das beliebte Café lag am Rand von Moorfleet und war bis auf den letzten Platz besetzt gewesen. Flo hatte schon befürchtet, sie müssten unverrichteter Dinge wieder nach Hause gehen. Aber die Wirtin hatte aus einem Winkel einen weiteren winzigen Tisch gezaubert, und sie hatten mehrere Waffeln, dick mit Schokoladensoße und Sahne vertilgt.

Als sie jetzt ins Freie traten, schaute Hannes prüfend zum Himmel. »Das Wetter ändert sich, hoffentlich kommen wir trocken nach Hause, bevor es richtig losgeht.«

Noch schien zwar die Sonne, aber am Horizont zogen bereits erste, dunkle Wolken auf und der Wind hatte mächtig aufgefrischt. Hier auf dem Deich konnte Flo seine Kraft spüren. Er zerrte an ihren

Kleidern, als wolle er sie zur Eile antreiben, und die Schafe, die vorhin noch friedlich gegrast hatten, waren jetzt eng zusammengerückt und hatten die Köpfe eingezogen.

Aus purer Lebensfreude begann Flo zu rennen, bis sie das Gefühl hatte, ein Teil des Windes zu sein. All die wirren Gedanken an Øland waren wie weggeblasen. Schwer atmend und außer Puste hockte sie sich schließlich ins Gras, um auf Hannes zu warten, der durch ihren wilden Lauf weit zurückgefallen war. Es wurde ganz ruhig und still in ihr. All die Fragen und Zweifel waren einer neuen Zuversicht gewichen. Allerdings musste sie auch feststellen, dass sie ihre Kräfte wieder einmal gehörig überschätzt hatte, deshalb ließ sie es jetzt langsamer angehen. Bald erreichten sie das Zentrum des Ortes.

KIKI

Das kleine gelbe Telefonhäuschen mitten im Dorfkern von Moorfleet war schon lange außer Betrieb. Heute diente es als eine Tauschbörse für ausgelesene Bücher; jemand hatte zusätzliche Regalbretter angebracht, sogar eine Grünpflanze gab es.

Jetzt stand Kiki von Borch in der kleinen Kabine und nickte zufrieden. Hier war sie vor unerwünschten Lauschern sicher und zugleich vor Wind und Wetter geschützt. Sie tat so, als studiere sie die ausgelegten Bücher. Immer wieder kontrollierte sie unauffällig ihr Handy. Als es endlich klingelte, hätte sie es beinahe vor Schreck fallen gelassen, sie hatte schon fast nicht mehr mit dem Anruf gerechnet.

»Sally?«, fragte eine Männerstimme, die ihr merkwürdig vertraut vorkam. Als der Fremde jetzt fortfuhr: »Are you alone? Sind Sie allein?«, wusste sie, dass sie sich nicht getäuscht hatte. Das Bild eines gutaussehenden, schlanken Mannes Ende vierzig tauchte vor ihrem inneren Auge auf.

Ungewollt entschlüpfte ihr sein Name: »Marco?!« Sie hörte, wie er scharf die Luft einsog, daher sprach sie hastig weiter: »Don't worry, keine Sorge, wir kennen uns aus Paris«, erklärend fügte sie hinzu: »Die Verleihung des internationalen Pressepreises 2007, wir waren Tischnachbarn.«

Das war nur die halbe Wahrheit, denn Marco und sie waren zu späterer Stunde erst in einer Bar und anschließend in seinem Bett gelandet. Aber darauf würde sie ihn bestimmt nicht hinweisen. Sie erinnerte sich, der Sex mit ihm war umwerfend gewesen. Gleichwohl hatte sie sich noch in der Nacht in ihr eigenes Hotelzimmer zurückgeschlichen, denn sie war nicht der Typ für ein gemeinsames Frühstück am Morgen danach.

»Quü-Quü?«, in Marcos Stimme schwangen Überraschung und Freude mit. Die lustige Art, wie der Franzose mit portugiesischen Wurzeln ihren Namen aussprach, zauberte ihr ungewollt ein kleines Lächeln ins Gesicht.

»Mais oui, c'est moi, aber ja, wer sonst?«, sie hatte automatisch begonnen, Französisch, Deutsch und Englisch durcheinander zu würfeln. An diesem kleinen Spiel hatten sie schon damals vor sieben Jahren Freude gehabt.

»Das ist wirklich eine Überraschung«, Marco klang gleichermaßen erfreut und erstaunt.

Kiki brauchte einen Moment, ehe ihr bewusst wurde, dass die Ausgangslage für ihre Nachforschungen nun eine völlig andere war. Marco Inacio hatte den Ruf eines brillanten Journalisten, nicht umsonst hatte er neben ihr zu den Preisträgern gehört. Sie wusste, dass er für mehrere große, französische Zeitungen als Auslandskorrespondent tätig war. Er beherrschte mindestens acht oder neun Sprachen fließend und verfügte über ein breites Netz an Verbindungen und Kontakten.

Dass ausgerechnet er hinter dem Pseudonym *Don Juan* steckte, war ein echter Glücksfall. Einen Haken hatte das Ganze: Sie konnte jetzt nicht mehr anonym oder verdeckt agieren, sondern musste die Karten offen auf den Tisch legen, jedoch nicht am Telefon. Spontan erklärte sie: »Wir müssen reden, aber nicht am Handy! Können wir uns in Hamburg treffen?«

»Hamburg?«, Marco klang verblüfft. »Du willst wirklich, dass ich nach Hamburg komme? Wann?«

»Wie wäre es mit morgen?«

»C'est fou, das ist völlig verrückt!«, die Begeisterung in seiner Stimme strafte seine Worte Lügen. »Gib mir etwas Zeit, ich melde mich nachher wieder bei dir!«

Keine fünf Minuten später kündigte das Piepen ihres Handys den Eingang einer Textnachricht an: *Hamburg, Deichtorhallen, 14.30 Uhr,* las sie.

Das war wirklich schnell gegangen! Sie verließ die ehemalige Telefonkabine und trat auf die Straße. In Gedanken war sie noch immer bei dem Gespräch mit Marco, als sie plötzlich Hannes und das junge Mädchen in der Menge erblickte.

FLO

In der Fußgängerzone herrschte reges Treiben. Der Wetterumschwung hatte die meisten Urlauber vom Strand vertrieben, nun bevölkerten sie die zahlreichen Restaurants und Cafés oder waren auf der Jagd nach Schnäppchen und Andenken. Mitten unter ihnen entdeckte Flo Kiki von Borch. Wenn sie nicht sofort ihren Kurs änderten, mussten sie zwangsläufig mit ihr zusammenstoßen. Sie wandte sich an Hannes, um ihn zu warnen, doch der war verschwunden.

Eben war er noch an ihrer Seite gewesen. Suchend scannte sie die Menge. Da! An der Ecke vom Rathausplatz stand Hannes und starrte wie gebannt in den Himmel. Sie hastete die wenigen Schritte zu ihm zurück und zupfte ihn am Ärmel, aber er beachtete sie kaum, sondern deutete nur mit der Hand nach oben.

Es dauerte einen Moment, bis Flo begriff, was er meinte, und ihr Herz setzte für ein paar Atemzüge aus, um dann doppelt so schnell, wie ein Pferd im wilden Galopp wieder loszupreschen. Dort oben flogen sie, Seite an Seite, die schwarze Möwe und der weiße Rabe.

Die zwei Vögel schienen mit dem Wind zu spielen. Immer wieder ließen sie sich pfeilschnell zu Boden fallen, um dann im letzten Moment abzudrehen und mit der nächsten Böe wieder emporzusteigen.

Wie hypnotisiert verfolgte Flo ihr Flugspiel.

Dann kam Leben in sie. »Hannes, Achtung, Kiki kommt direkt auf uns zu!«, ohne zu überlegen, zerrte sie ihn in das nächstbeste Geschäft. Es war eine Boutique für Damenunterwäsche. Ausgerechnet! Nervös spähte Flo durch das Schaufenster zur Straße.

»Mist!«, Kiki von Borch musste sie gesehen haben, denn sie hatte ihren Kurs geändert und steuerte jetzt zielstrebig auf den Laden zu. Geistesgegenwärtig gab Flo Hannes einen Schubs, sodass er fast gänzlich von einem Ständer mit Spitzenunterhöschen verdeckt wurde. Sie selbst beugte sich, scheinbar interessiert, über eine Vitrine, in der aufwendig bestickte Seidendessous zu schwindelerregenden Preisen angeboten wurden.

Instinktiv hielt sie den Atem an. Ob Kiki von Borch noch vor dem Schaufenster stand? Flo wagte es nicht, sich umzudrehen und nachzuschauen, dann kam ihr eine Idee. Sie wandte sich an die Verkäuferin, eine ältere, feingekleidete Dame: »Gibt es hier einen Hinterausgang? Bitte, es ist wichtig, wir wollen nicht gesehen werden.«

Kopfschüttelnd wies die Frau auf eine Tür im rückwärtigen Teil des Ladens. Flo befreite den noch immer verdatterten Hannes aus seinem ungewöhnlichen Versteck und zerrte ihn zum rettenden Ausgang. Keine Sekunde zu früh, denn in diesem Augenblick betrat Kiki von Borch das Geschäft.

Sie konnten noch die empörte Stimme der Besitzerin hören: »Diese Geliebten werden auch immer jünger, das Mädchen war keine achtzehn, und die arme Ehefrau sitzt wahrscheinlich ahnungslos daheim und weiß von nichts.«

T. S.

Er war wieder zu Hause! Auf der siebenstündigen Fahrt von Bremen nach Basel hatte er genug Zeit gehabt, um nachzudenken, wie es mit seinem Leben weitergehen sollte. Noch war er zu keiner endgültigen Entscheidung gekommen. Zu frisch waren die Eindrücke von seiner Reise auf der *Louise* und etwas von der alten Angst steckte noch immer in ihm.

Durch das jahrelange Versteckspiel hatte er einen Teil seiner Identität verloren, er war zu einer Art Chamäleon geworden, das sich ständig seiner Umgebung anpasste, nur um nicht entdeckt zu werden.

Mehr aus alter Gewohnheit machte er seinen üblichen Kontrollgang durch Haus und Garten. Sein Rasen und ein Großteil seiner Pflanzen waren in einem erbärmlichen Zustand. Hier in Basel hatte es seit fast drei Wochen nicht geregnet und Mensch und Natur sehnten einen Wetterumschwung herbei. Auf der *Louise* hatte der Fahrtwind stets für eine frische Brise gesorgt. Hier dagegen schien die Luft zu stehen, gleichwohl war es schön, wieder zu Hause zu sein; dass er so empfand, überraschte ihn.

Spontan beschloss er, sich einen Gärtner oder Studenten zu suchen, der ihn zukünftig bei der Arbeit unterstützte. Für heute würde er das Wässern selbst übernehmen.

»Puh, das war knapp!«, Hannes wischte sich den imaginären Schweiß von der Stirn. »Ich fürchte nur, morgen weiß halb Moorfleet, dass wir in dem Laden waren, die Besitzerin ist eine ausgemachte Klatschtante. Ich kann nur hoffen, dass sie mich nicht erkannt hat.«

»Es tut mir wirklich leid«, Flo wirkte aufrichtig zerknirscht. »Ich hatte ja keine Ahnung, was das für ein Laden ist.«

»Halb so wild«, meinte Hannes schmunzelnd, »es war jedenfalls mal eine ganz neue Erfahrung, so zwischen der Reizunterwäsche.«

Prüfend blickte er zum Himmel, der zusehends dunkler wurde. »So ein dummer Zufall, dass wir ausgerechnet jetzt Kiki von Borch begegnen mussten. Wenn sie nicht aufgekreuzt wäre, hätten wir den Vögeln folgen können. Komm, lass uns heimgehen, es fängt gleich an zu regnen!«

Sie waren erst wenige Schritte gelaufen, als wie aus dem Nichts die Möwe wie ein schwarzer Pfeil auf sie zugeschossen kam. Sie flog so dicht über sie hinweg, dass Hannes erschrocken den Kopf einzog.

»He, was soll das!«, schimpfte er, ließ dabei den Vogel aber nicht aus den Augen.

Sie brauchten kein Wort der Verständigung, sondern machten auf dem Absatz kehrt und folgten dem schwarzen Punkt am Himmel. Immer wieder flog der Vogel dicht über sie hinweg, wie um sich zu vergewissern, dass sie noch immer da waren. Vorbei an der Fischereigenossenschaft und einem Laden für

Bootszubehör ging es hinein ins Hafengelände. Dann, mit einem Mal, war die schwarze Möwe verschwunden, von dem Vogel fehlte jede Spur.

»Himmeldonnerwetter noch mal, das gibt es doch nicht!«, Hannes wurde langsam ungehalten. Noch während er die Umgebung mit den Augen absuchte, wies Flo triumphierend auf einen Poller unweit von ihnen.

»Da schau mal, wen wir da haben!«

Der weiße Rabe saß dort, als habe er nur auf sie gewartet, er stieß ein heiseres *Kraa Kraa* aus.

Flo zuckte bei diesem Laut unwillkürlich zusammen. »Hannes, ich glaube, er will uns etwas sagen, ich bin mir fast sicher, dass es etwas zu bedeuten hat.«

Suchend schauten sie sich nach allen Seiten um, vor ihnen lagen ein paar Kutter und dümpelten sacht im Wasser. Auf der anderen Seite der Straße befanden sich ein Andenkenladen, das Heimatkundemuseum und eine Fischräucherei sowie Lagerhallen, nichts davon war wirklich speziell. Wieder ließ der Rabe seinen durchdringenden Ruf ertönen.

»Er kann doch nicht wollen, dass wir ihm Fisch kaufen«, meinte Hannes spaßhaft, »und ins Museum will er uns bestimmt auch nicht schicken.«

Ratlos schauten sie sich an, mussten aber einsehen, dass sie hier nicht weiterkamen. Inzwischen hatte ein feiner Nieselregen eingesetzt. Unverrichteter Dinge machten sie sich auf den Heimweg. Dabei wurde Flo das Gefühl nicht los, etwas Entscheidendes übersehen zu haben.

An diesem Abend war die Stimmung im alten

Schleusenhaus gedrückt, und Flo hatte zu nichts mehr Lust. Daher war sie dankbar, als Hannes sein Saxofon hervorholte. Müde in einen Sessel gekuschelt, lauschte sie den samtweichen Tönen des Instruments.

Der Strand lag einsam und verlassen da. Die tiefhängenden Wolken schienen mit dem Meer zu verschmelzen, kleine Wellen schwappten träge ans Ufer. Diesmal wusste Flo sogleich, wo sie war, in der Ferne erblickte sie die nun schon vertraute Hügelkette. Der nasse Sand unter ihren Füßen war fest und griffig, sodass sie gut vorankam. Automatisch hielt sie nach den beiden Punkten am Himmel Ausschau, doch vergeblich. Ein wehmütiges Gefühl der Sehnsucht erfasste sie. Vor sich im Sand entdeckte sie eine wunderschöne, schwarze Feder und hob sie auf. Ob sie von ihrer Möwe stammte?

»Flo, Zeit fürs Bett, min Deern!«, Hannes stand vor ihrem Sessel und strich ihr sanft über die Schulter. Müde wankte sie in ihr Zimmer und schlief dort sofort wieder ein.

Die Legende
der vergessenen Insel

FLO

Am nächsten Morgen wurde Flo davon geweckt, dass die beiden Katzen ihr Bett mal wieder zu ihrer persönlichen Spielwiese erkoren hatten. Ohne Rücksicht auf Verluste jagten sie durch den Raum; Whisky hatte etwas im Maul und Gin versuchte es, ihr abzunehmen.

»Bitte, nicht schon wieder eine Maus oder gar einen Vogel«, stöhnte Flo schlaftrunken und versuchte, zur Besinnung zu kommen. Dann, mit einem Schlag, war sie hellwach, denn was die große orangefarbene Katze da im Maul hielt, war kein Tier, sondern eine wunderschöne schwarz-blaue Feder.

»Gib sie her!«, Flos Stimme duldete keinen Widerspruch. Ohne auf die empörten Proteste zu achten, entwendete sie den verblüfften Katzen kurzerhand ihr Spielzeug. Vorsichtig strichen ihre Finger über die Feder, sie glänzte wie schwarzes Gold und war samtweich. Ein eisiger Schauer lief Flo über den Rücken. Wie kam die Feder aus ihrem Traum hierher? Oder war es reiner Zufall? Ihr Verstand sperrte sich hartnäckig gegen die leise Stimme in ihr, die sie aufforderte, endlich die Grenzen in ihrem Kopf niederzureißen.

Unwillkürlich dachte sie an die Nacht zurück, als sie das erste Mal von Øland geträumt hatte, damals hatte Muriel die Kräuter verbrannt, und am nächsten Morgen war sie sich sicher gewesen, deren Duft in ihrem Zimmer zu riechen. Dann war da die Geschichte mit dem nassen Schlafanzugsaum und jetzt diese Feder. So langsam gingen Flo die Erklärungen aus. Wieder kam ihr die Zeile aus dem Gedicht in den Sinn: *Wer nicht glaubt, was du bist, für den wirst du für immer verschwinden.*

Bedeutete dies, dass sie anfangen musste, in völlig neuen Bahnen zu denken? Würde sie sonst Gefahr laufen, das Rätsel niemals zu lösen?

In zwei Tagen war Flos sechzehnter Geburtstag, und im Moment wünschte sie sich nichts sehnlicher, als hinter das Geheimnis dieser sagenumwobenen Insel zu kommen. Immer wieder strich sie über die Feder, wie um sich zu vergewissern, dass sie real war. Es widerstrebte ihr, diese aus der Hand zu legen, daher nahm sie kurzentschlossen ein Stück Lederband und hängte sie sich um den Hals, sodass sie in Höhe ihres Herzens zu liegen kam.

Die Berührung schien etwas in ihrem Innersten auszulösen, es war, als wäre die Feder der Schlüssel zu einem verborgenen Wissen. Plötzlich passte alles zusammen. Wenn sie akzeptierte, dass hinter ihren seltsamen Träumen und der Begegnung mit den Vögeln ein tieferer Sinn lag, dann waren Rabe und Möwe womöglich so etwas wie Boten; nur dass sie gestern zu engstirnig gewesen waren, um die versteckte Nachricht zu begreifen. Die schwarze Möwe hatte sie in den Hafen gelockt, wo der weiße Rabe direkt vor dem Museum auf sie gewartet hatte.

»Hannes, Hannes, es ist das Museum!«, aufgeregt stürmte Flo die Treppe hinunter in die Küche, wo es bereits herrlich nach frischem Kaffee duftete.

»Dir auch einen schönen guten Morgen, und wovon sprichst du bitte schön?«

Sie hatte jetzt keine Zeit für Formalitäten. »Überleg doch mal, wo, wenn nicht im Heimatkundemuseum, finden wir mögliche Aufzeichnungen über die Zeit vor hundert Jahren und damit auch über Eike und sein Leben! Das muss es sein, was der Rabe gemeint hat. Bitte, lass uns sofort dem Museum einen Besuch abstatten, wir haben doch nichts zu verlieren!«

Hannes hatte Mühe, den aufgeregten Ausführungen zu folgen. Deshalb bat er: »Nun mal langsam, min Deern! Erstens hat das Museum noch geschlossen, und zweitens geht mir das alles eindeutig zu schnell. Jetzt erzähl mal schön der Reihe nach, was los ist!«

In der nächsten halben Stunde berichtete Flo ausführlich von ihren Träumen, angefangen von dem Fiebertraum, von dem nassen Schlafanzugsaum, bis hin zu dem gestrigen. »Ich weiß, das klingt alles ziemlich wirr«, gab Flo zu. »Ich bin mir ja selbst nicht sicher, was ich davon halten soll.«

Dann löste sie das Band und holte die schwarze Feder unter ihrem Pulli hervor.

»Die ist wirklich wunderschön«, bestätigte Hannes und strich sachte mit dem Finger darüber. »Ich kenne mich ein bisschen mit Vögeln aus, diese Feder ist tatsächlich ungewöhnlich, und ich kann sie nicht so ohne Weiteres zuordnen. Vielleicht sollten wir tatsächlich in das Museum gehen; wenn es dumm läuft und wir nichts weiter herausbekommen, dann haben wir wenigstens einen netten Nachmittag verbracht. So langsam bin ich es leid, dass ständig neue Fragen auftauchen. Ich denke, es wird Zeit, dass wir ein paar Antworten erhalten.«

Jubelnd fiel Flo ihm um den Hals. »Danke, ich wusste, du würdest mich nicht im Stich lassen.«

Hannes musste lachen, ob ihres Übermuts. »Nicht so stürmisch, immer langsam mit den wilden Pferden! Ich schlage vor, du nutzt den Vormittag für deine Hausaufgaben, später machen wir uns auf den Weg.«

Das Wetter zeigte sich an diesem Morgen wieder von seiner besten Seite. Kleine Schäfchenwolken trieben träge am Himmel dahin, selbst der Wind hatte es heute nicht eilig, und die Fahnen an der Hafenausfahrt hingen beinahe reglos in der Luft, als warteten sie darauf, dass endlich etwas passierte.

Flo hatte Mühe, ihre Ungeduld zu zähmen; wie ein Kind, das auf Weihnachten wartet, wanderte ihr Blick immer wieder zur Uhr, während sie sich mit dem verpassten Schulstoff abmühte. Die Zeiger krochen mit unerbittlicher Langsamkeit vorwärts und ließen sich auch durch ihr innerliches Drängen nicht zur Eile antreiben. Endlich war es kurz vor zwei Uhr, und damit Zeit für ihren Besuch im Museum.

KIKI

Wann war sie das letzte Mal so aufgeregt gewesen? Kiki von Borch hätte es nicht zu sagen vermocht. Sie hatte sich gestern noch im Internet schlau gemacht; bei den Deichtorhallen handelte es sich um ein bekanntes Museum direkt im Zentrum von Hamburg, in unmittelbarer Nähe des Bahnhofs. Daher hatte sie sich entschieden, den Zug zu nehmen.

Sie war fast eine halbe Stunde zu früh, doch Marco wartete bereits vor dem Eingang auf sie. Kiki erkannte ihn sofort wieder, er trug eine dunkle Jeans zu einem schwarzen Rollkragenpulli sowie eine getönte Sonnenbrille. Sie musste zugeben, dass der Mann unverschämt gut aussah, er war in den letzten sieben Jahren nicht etwa gealtert, sondern eher noch attraktiver geworden. Zur Begrüßung musste sie sich auf die Zehenspitzen stellen, damit er ihr die in Frankreich üblichen Wangenküsse geben konnte, denn er überragte sie noch um einiges.

»Ma belle Quü-Quü«, Marco strahlte sie an. »Was für eine Freude, dich wiederzusehen.«

Wie selbstverständlich hakte er sich bei ihr unter, während sie sich zum Eingang begaben.

FLO

Um zum Moorfleeter Heimatkundemuseum zu gelangen, mussten sie zunächst den Hafen umrunden. Flo wäre am liebsten den ganzen Weg bis dorthin gerannt, so eilig hatte sie es. Als das unscheinbare rote

Backsteingebäude endlich in Sicht kam, gab es für sie kein Halten mehr, und sie stürmte los. Es war allerdings reine Kraftverschwendung, denn Hannes war vor einem der Kutter stehen geblieben und unterhielt sich in aller Seelenruhe mit einem Fischer. Normalerweise amüsierte es Flo, wie viele Menschen in Moorfleet Hannes kannten, sie war sogar ein bisschen stolz darauf. Aber heute hätte sie ihn am liebsten weitergezerrt. Endlich hatte er sein Gespräch beendet und kam zu ihr.

»Hinnerk sagt, da braut sich noch vor dem Wochenende was richtig Großes zusammen. Du musst wissen, sein linkes Knie ist zuverlässiger als jede Vorhersage des Deutschen Wetterdienstes, das heißt, wir müssen heute oder morgen den ganzen Garten sturmfest machen. Doch komm, jetzt wollen wir erst mal schauen, ob deine Theorie von den zwei Vögeln als Wegweiser stimmt!«

Gemeinsam stießen sie die schwere Glastür auf und betraten den Vorraum des Museums. Ein alter Mann saß an der Kasse und las in einem Buch. Er grüßte mit einem knappen *Moin*, händigte Hannes die gewünschten Tickets aus und versank augenblicklich wieder in seine Lektüre.

Das Museum erstreckte sich über zwei Etagen. In der unteren waren historische Schiffsmodelle sowie allerlei Bootszubehör ausgestellt. Es gab Anker, Taue, alte Flaggen und Fischernetze zu bestaunen; daneben waren Bojen, Seezeichen sowie ein altes Funkgerät zu sehen. Die Schiffsmodelle reichten von mittelalterlichen Hansekoggen bis hin zu modernen Hochseekuttern und einer Nachbildung des

Seenotrettungskreuzers. Im oberen Stock waren vor allem Seekarten und maritime Bilder aus verschiedenen Jahrhunderten untergebracht.

Zum Glück gab es an diesem Nachmittag nur wenige Besucher, sodass sie sich in Ruhe umschauen konnten. Eine Familie mit zwei quengelnden Kleinkindern und einem gelangweilten Teenager schlenderte lustlos von einem Exponat zum nächsten. Eine schnatternde Horde Damen, vermutlich ein Kegelklub oder eine Turngruppe, war mehr an der eigenen Unterhaltung, als an dem Museum interessiert, und Flo atmete erleichtert auf, als die Gruppe dieses wieder verließ.

Sie selbst wanderte aufmerksam von Stück zu Stück, doch sie fand nicht wirklich einen Hinweis, der sie weitergebracht hätte. In einer Vitrine im Obergeschoss entdeckte sie schließlich Chroniken von Moorfleet. Sie wies darauf.

»Schau mal, da ist auch ein Band, der die Jahre 1911 bis 1915 enthält, genau der Zeitraum, der uns interessiert! Ob wir darin etwas über das Leben von Eike Friedrichsen erfahren werden?«

Hannes schlug vor: »Ich werde den Mann an der Kasse fragen, ob er uns die Vitrine aufschließt.«

Nach längeren, zähen Verhandlungen erhielten sie die Erlaubnis, die Chronik über Nacht auszuleihen, allerdings nur unter der Bedingung, sie gleich am nächsten Tag zurückzubringen. Zufrieden verließen sie das Museum, ihr Weg führte sie erneut durch den Moorfleeter Hafen. Der alte Fischer saß noch immer auf seinem Kutter und flickte Netze; sie grüßten im Vorbeigehen und hatten schon fast das Ende des

Hafenbeckens erreicht, als Hannes unvermittelt stehenblieb.

»Ich Dösbaddel!«, er hieb sich mit der flachen Hand auf die Stirn.

Flo sah ihn erstaunt an: »Was ist ein Dösbaddel?«

»So ein Dummkopf wie ich. Komm, wir müssen zurück zu Hinnerk! Wenn jemand etwas über dein Øland weiß, dann er; seine Familie lebt seit vielen Generationen hier.«

Zum Glück war es nicht weit, und sie konnten die Silhouette des Fischers noch immer an Deck sehen.

»Moin«, grüßte Hannes, sobald sie dicht genug bei dem Kutter waren. »Wir sind es nochmal. Ich habe eine Frage an dich.«

Hinnerk sah erstaunt von seiner Arbeit auf; als er Hannes erkannte, erhellte sich sein Gesicht.

»Na, dann kommt mal an Bord, ihr zwei!«

Er wies mit einer einladenden Geste auf die kleine Bank neben der Kajüte, dann wandte er sich wieder seiner Flickarbeit zu, und für einige Minuten war nur das kratzende Geräusch zu hören, wenn die gebogene Nadel durch die zerrissenen Stellen der Netze fuhr. Weder Hannes noch Hinnerk machten Anstalten, die Unterhaltung fortzuführen, und Flo begriff instinktiv, dass hier ein ganz eigener Rhythmus herrschte.

Alles hatte seine Zeit, und mit jeder Minute, die das Schweigen andauerte, wurde es auch in ihr ruhiger. Man hätte fast glauben können, Hinnerk hätte ihre Anwesenheit vergessen, doch dann legte er seine Arbeit beiseite.

Unvermittelt wandte er sich an sie: »Wat wöht jüm wissen?«

»Weißt du etwas über eine Insel, die es im Mittelalter hier vor der Küste gegeben haben soll?«, Hannes hatte seine Frage bewusst neutral gestellt.

»Eine Insel? Hier vor unserer Küste?«, Hinnerk wollte schon den Kopf schütteln, hielt aber mitten in der Bewegung inne. »Warte mal, da war doch diese Legende.«

»Was für eine Legende?«, fragte Hannes gespannt.

Flo meinte förmlich zu sehen, wie der alte Fischer in seinem Gedächtnis nach Einzelheiten kramte.

»Es gab da so eine Geschichte über die verlorene …«, er stockte, »… nein, vergessene Insel.«

»Eine vergessene Insel?«, hakte Hannes nach, dabei versuchte er, sich seine Aufregung nicht anmerken zu lassen.

Wie bei jedem guten Erzähler nahm die Stimme des Fischers jetzt einen geheimnisvollen Ton an, als er fortfuhr: »Ich war noch ein kleiner Junge, als mir mein Großvater die Legende der vergessenen Insel erzählte. Es heißt, dass es vor langer, langer Zeit tatsächlich eine Insel vor unserer Küste gegeben haben soll; doch eines Tages war sie verschwunden. Als die Boote wie gewöhnlich in See stachen, war die Insel nicht mehr da. Sie suchten vergeblich und mussten schließlich umkehren.«

»Verschwunden?«, Hannes sah Hinnerk skeptisch an. »Eine Insel verschwindet doch nicht so einfach.«

»Ja und nein«, der alte Fischer wiegte bedächtig den Kopf. »Tatsächlich gab es immer wieder Seeleute, die davon berichteten, dass sie in höchster Not auf einer fremden Insel gestrandet seien. Das

Eigenartige dabei war, dass sie sich meist nach ein, zwei Tagen an nichts mehr erinnern konnten. Deshalb sprach man auch von der vergessenen Insel. Den wenigen, die an ihrer Geschichte festhielten, hat man nicht geglaubt, man hielt ihre Erzählungen für Seemannsgarn. Mein Großvater hat steif und fest behauptet, dass er einen Fischer kannte, der schon einmal auf dieser Insel gewesen sei.«

»Kannst du dich daran erinnern, ob er den Namen des Mannes genannt hat oder wie diese eigenartige Insel hieß?«, wollte Hannes wissen.

Der Fischer dachte einen Augenblick lang nach. Sein Gesicht nahm einen listigen, fast argwöhnischen Ausdruck an. »Weshalb wollt ihr das denn alles wissen?«

»Och«, Hannes klang gelangweilt, »es ist nicht weiter von Belang. Es war nur neulich die Rede davon, als ich abends im Störtebeker auf ein Bier vorbeigeschaut habe.«

Demonstrativ blickte er auf seine Uhr. »Ich glaube, wir sollten langsam los und den Garten sturmfest machen, kommst du, Flo?«

Sie verabschiedeten sich von dem Fischer und machten sich auf den Heimweg zum Schleusenhaus. Flo wartete, bis sie sicher sein konnte, dass Hinnerk, der ihnen nachdenklich hinterherschaute, sie nicht mehr hören konnte. Dann erst ergriff sie das Wort.

»Meinst du, Øland und die vergessene Insel sind ein und dieselbe?«

Hannes nickte bedächtig. »Genau das gilt es herauszufinden.«

175

KIKI

Nur ihr großer Zeh und ihr Gesicht schauten aus dem Schaumbad heraus. Kiki war zurück aus Hamburg und räkelte sich in der Luxusbadewanne ihrer Suite und zog Bilanz. Es gab so einiges, über das sie in Ruhe nachdenken musste.

Sie hatte heute Nachmittag nach dem Besuch der Deichtorhallen Hagestolz informiert, dass sie erst weitere Nachforschungen anstellen wolle, bevor sie eine endgültige Entscheidung bezüglich des Interviews mit dem Vorstandschef von *COHAMI* treffen könne. Hagestolz war zwar alles andere als begeistert gewesen, hatte dies aber wohl oder übel so hinnehmen müssen.

Das Treffen mit Marco Inacio war in mehrerer Hinsicht ziemlich erstaunlich gewesen. Er hatte ihren Verdacht bezüglich der gefälschten Forschungsergebnisse bestätigt, denn ihm lagen ähnliche Informationen vor. Er war schon länger an der Sache dran. Deshalb war er auch hellhörig geworden, als er im Darknet auf Kikis Dokumente gestoßen war.

Blieb die Frage, wie sie weiter vorgehen sollten. Marco war der Meinung, dass sie zusätzliche Beweise bräuchten, bevor sie damit an die Öffentlichkeit gingen. Es war ihnen beiden klar, dass sie äußerst diskret vorgehen mussten. Er hatte versprochen, einige Kontakte in der Pharma-Szene anzuzapfen und sich wieder bei ihr zu melden.

Neben dem beruflichen Aspekt gab es auch noch die persönliche Seite zu bedenken. Kiki konnte nicht leugnen, dass die Chemie zwischen ihnen noch immer stimmte und sie Marco äußerst anziehend fand. Mit Hannes Friedrichsen geisterten somit zurzeit gleich zwei Männer durch ihren Kopf, beziehungsweise ihr Herz. Wie hatte das ausgerechnet ihr passieren können? Sie hatte sich immer damit gebrüstet, gegen jede Form von Emotionen immun zu sein, und jetzt das!

Apropos Hannes Friedrichsen – noch immer konnte sie nicht so recht glauben, was sich da gestern in der Fußgängerzone abgespielt hatte. Sie hatte die beiden in der Boutique nur knapp verfehlt. Später hatte sie dann Hannes und das Mädchen auf dem Weg zum Hafen entdeckt, aber da waren sie schon zu weit weg gewesen, als dass eine Verfolgung noch Sinn gemacht hätte. Was sie da wohl gewollt hatten?

Kiki ließ nochmals heißes Badewasser nach. Sie wollte nicht so einfach ohne Weiteres glauben, dass sie sich dermaßen in Hannes Friedrichsen getäuscht hatte. Die Frau in ihr war bei dem Gedanken, dass er ein Verhältnis mit einer Minderjährigen haben könnte, wie vor den Kopf gestoßen. Ihre professionelle Seite mahnte sie, keine voreiligen Schlüsse zu ziehen. Es konnte hundert gute, andere Gründe für den Besuch der Boutique gegeben haben. Dass ausgerechnet sie dieser Grund gewesen war, ahnte sie indes nicht.

»Genug gebadet«, beschloss Kiki und schlüpfte in bequeme Kleidung. Sie würde noch einen kurzen Spaziergang am Deich machen und anschließend im hoteleigenen Restaurant etwas essen.

FLO

Zuhause im Möweneck begannen sie die Einträge zu studieren, verglichen Geburts- und Sterberegister. Hannes entdeckte dabei den ein oder anderen bekannten Moorfleeter Familiennamen. Schließlich wurde er fündig und wies auf die entsprechende Spalte: *Eike Friedrichsen, Sohn von Leif und Rieke Friedrichsen, geboren 1825, verstorben am 15. Juli 1914 im Alter von neunundachtzig Jahren.*

Flo stutzte. »Das bedeutet, dass Eike nach seinem letzten Eintrag in das Schleusenjournal nur noch wenige Wochen gelebt hat.«

Hannes nickte. »Dies ist vielleicht auch der Grund, weshalb er den Text nicht mehr fertig geschrieben hat. In der Chronik steht leider nichts über die Todesursache, aber wir können wohl davon ausgehen, dass er eines natürlichen Todes gestorben ist. Immerhin wurde er 89 Jahre alt, was für damalige Verhältnisse ein mehr als stattliches Alter war. Er hat ja in seinen Aufzeichnungen auch angedeutet, dass es ihm gesundheitlich nicht gut ging.«

Flo stöhnte auf. »Bringt uns das Ganze jetzt wirklich weiter? Ich habe das Gefühl, wir drehen uns im Kreis oder haben etwas Entscheidendes übersehen.«

»Okay, zurück auf Feld eins!«, Hannes krempelte unternehmungslustig die Ärmel seines Hemdes hoch. »Lass uns nochmals ganz von vorne anfangen und zusammentragen, was wir bisher herausbekommen haben!«

Er überlegte einen Augenblick, wie um seine

Gedanken zu sortieren. Dann legte er los: »Es gibt vier verschiedene Quellen, aus denen unsere Informationen stammen.«

Er nahm seine Finger zu Hilfe, während er aufzählte: »Erstens Eikes Bericht und das Gedicht, welches wir hinter dem Bild gefunden haben. Zweitens sind da unsere Begegnungen mit der schwarzen Möwe und dem weißen Raben, drittens Hinnerks Legende der vergessenen Insel und viertens deine Realträume oder wie auch immer du sie nennen willst.«

Flo bekam einen dicken Kloß im Hals, als ihr klar wurde, dass Hannes ihre eigenartigen Träume nicht als bloße Einbildung abtat. Nein, er war bereit, das Unmögliche für möglich zu halten.

»Alles in Ordnung mit dir, Flo?«

Mit seiner feinfühligen Art hatte er bemerkt, wie aufgewühlt sie war. »Wenn es dir zu viel wird, können wir eine Pause machen.«

»Nein, bitte, mach weiter!«, noch war Flo nicht bereit, sich mit der Frage zu beschäftigen, weshalb sie sich Hannes hatte anvertrauen können, jedoch nicht ihren Eltern.

»Also gut«, fuhr dieser fort, »ich glaube, es ist wichtig, dass wir bereit sind, auch völlig absurden Ideen eine Chance zu geben, wenn wir hier etwas erreichen wollen. Frei nach dem Motto: *Glaube nicht, was du denkst, und denke nicht, was du glaubst.*«

»Oder wie es im Gedicht heißt: *Wer nicht glaubt, was du bist, für den wirst du für immer verschwinden*«, stimmte Flo zu.

Hannes nickte: »Was nicht heißt, dass wir nicht strukturiert vorgehen sollten. Eikes Gedicht und seine versteckte Botschaft im Schleusenjournal, weisen gewisse Parallelen zu Hinnerks Legende der vergessenen Insel auf. Leider hat Eike seinen Bericht niemals beendet, oder wenn doch, dann fehlen Teile davon. Wir können nicht mit Bestimmtheit sagen, ob Øland und die vergessene Insel ein und dieselbe sind. Wenn wir jedoch davon ausgehen, dann muss diese sich zumindest früher hier irgendwo vor der Küste befunden haben.«

Verblüfft hielt er inne. »Warum bin ich da nicht schon früher draufgekommen?«

»Auf was?«, wollte Flo wissen.

»Wir sollten versuchen, herauszubekommen, ob auf alten Seekarten aus dem Mittelalter eine Insel eingezeichnet ist.«

Flo nickte begeistert, wandte aber ein: »Was ich jedoch noch nicht verstehe: Wenn die Insel einst hier vor der Küste lag, warum hat sie dann einen dänischen oder schwedischen Namen?«

»Das ist leicht erklärt«, meinte Hannes. »Früher waren das Mittelhochdeutsche, das Englische sowie das Dänische und unser heutiges Plattdeutsch sich sehr ähnlich. Nimm zum Beispiel das Wort *Tag*. Nur im Hochdeutschen ist es ein *T* am Anfang. Im Dänischen und Plattdeutschen ist es ein *D*, dort heißt es *Dag*. Somit war auch das *Ø* als Wort für Insel hier im Sprachgebrauch weit verbreitet.

Aber zurück zu Eike, er spricht von einem Fluch, der auf der Insel und unserer Familie liegt. Wie es aussieht, wurde alles, was damit zusammenhängt, lange Zeit nur mündlich von einer zur nächsten Generation weitergegeben.«

Es entstand eine kurze Pause, während Hannes seine Gedanken sortierte. »Kommen wir zu dem weißen Raben und der schwarzen Möwe. Eike hat sie nicht nur gesehen, sie waren für ihn so wichtig, dass er sie als Versteck für die Botschaft benutzt hat.

Wir beide sind den zwei Vögeln ebenfalls begegnet, sie scheinen mit dir zusammenzuhängen, denn ich habe sie nie zuvor bemerkt. Zudem sind sie, laut Eike, ebenfalls auf dem Amulett von seinem Vater Leif zu finden. Damit ist klar, dass sie eine wichtige Rolle spielen, außerdem haben sie uns ins Museum geführt. Bleibt noch die Frage, was es mit den zwölf Amuletten auf sich hat. Was ist mit Leifs Amulett nach seinem Tod geschehen? Ist es noch im Besitz unserer Familie und wo befinden sich die anderen elf?«

»Warte!«, unterbrach Flo ihn aufgeregt. »Ich bin mir sicher, dass ich eines der Amulette bereits gesehen habe. Als ich …«, an dieser Stelle geriet sie kurz ins Stocken. Selbst bei Hannes fiel es ihr schwer, über die Nacht mit dem Fiebertraum zu sprechen. Flo holte noch einmal tief Luft und fuhr dann entschlossen fort: »Als ich so hohes Fieber hatte, bin ich in dieser Nacht irgendwie nach Øland gekommen, und da habe ich diese Frau getroffen, Muriel. Ich habe dir doch davon erzählt, dass sie mir geholfen hat. Kurz bevor ich in mein Bett zurückgekehrt bin, ist mir ihr Amulett aufgefallen. Es war wie ein Baum geformt, dessen Wurzeln und Krone einen Kreis bildeten. Es erstrahlte in einem eigenartigen Licht, das kräftig und sanft zugleich war. Ich erinnere mich so genau, weil es eine Farbe hatte, die ich nie zuvor gesehen habe.«

Hannes hatte aufmerksam zugehört. »Es scheint sich um eines der zwölf Amulette zu handeln und vom selben Künstler wie das Mondamulett von Leif erschaffen worden zu sein.

Damit kommen wir zu unserer letzten Informationsquelle: deine Träume. Wir wissen nicht, warum oder wie, aber es scheint eine Möglichkeit zu geben, im Schlaf nach Øland zu gelangen und Dinge von dort in unsere Welt mitzunehmen, zumindest bei dir funktioniert es. Dass du einen Strandabschnitt der Insel auf einer der Zeichnungen wiedererkannt hast, ist sicherlich kein Zufall. Es beweist, dass schon andere Mitglieder unserer Familie vor dir dort waren. Vielleicht sollten wir alle Bilder im Haus genauer studieren, um herauszufinden, ob noch weitere Øland zeigen.«

Flo staunte: »Hannes, du bist ein Zauberkünstler, in meinem Kopf hat bis jetzt ein heilloses Durcheinander geherrscht, wie lauter Fäden, die miteinander verknotet waren. Nun hast du an ein paar losen Enden gezogen, und siehe da, das Ganze beginnt sich zu entwirren.«

Sie fühlte sich in die Zeit ihrer Kindheit zurückversetzt, wenn Hannes sie mit einer seiner Erzählungen von Elfen, Kobolden oder Meeresungeheuern in eine Welt voller Abenteuer entführt hatte. Damals hatte sie ihm jedes Wort geglaubt.

Und heute? War sie bereit, an Øland zu glauben? Würde sie es schaffen, ihren kritischen Verstand zum Schweigen zu bringen? Bilder aus ihrer Kindheit von dem Garten in der Kopernikusstraße und Raffi stiegen in ihr hoch, auch er hatte nur in ihrer Fantasie existiert und doch war er so real gewesen. Die Erinnerung an ihren Freund aus Kindertagen zauberte ein unerwartetes Lächeln auf ihr Gesicht.

Flo war so in ihre eigenen Gedanken versunken gewesen, dass sie Hannes' letzten Ausführungen gar nicht mehr richtig gefolgt war, er schien auf eine Antwort von ihr zu warten.

Entschieden meinte er: »Okay, Schluss für heute! Du bist ja völlig fertig.«

Tatsächlich war sie halb verhungert, es mussten mehrere Stunden vergangen sein, seit sie zurückgekehrt waren. Das Frühstück war jedenfalls mindestens drei Ewigkeiten her, und sie fühlte sich völlig unterzuckert. Hannes durchwühlte bereits ihre Vorratsschränke und brachte eine XXL-Packung Gummibärchen zum Vorschein. Ungeniert griff er mit beiden Händen hinein, Flo tat es ihm gleich. Eine Weile herrschte einvernehmliches Schweigen.

»Besser?«, fragte Hannes, nachdem der erste Hunger gestillt war. Flo konnte nur nicken, da sie sich gerade eine weitere Handvoll Gummibärchen genehmigt hatte.

Spontan schlug er vor: »Weißt du was, heute bleibt die Küche kalt und ich lade dich zum Essen in den Ort ein. Was hältst du von Pizza?«

Als sie sich später an diesem Abend auf den Heimweg machten, schickte sich die Sonne gerade an, im Meer zu versinken. Friedlich schlenderten sie durch die Fußgängerzone zum Deich. An der Strandpromenade hielten sie inne, um das Farbspektakel, das sich ihnen bot, zu genießen. Es war, als hätte ein Maler einen ganzen Eimer roter Farbe über den

Himmel ausgeleert und diese zum Flambieren ange-
zündet. Hannes hatte seinen Arm um Flos Schulter
gelegt, während sie einfach nur schweigend dastan-
den und zusahen, bis die Dunkelheit sich anschickte,
die Farben wieder auszuradieren.

Die Gestalt von Kiki von Borch, die hinter einem
der Strandkörbe stand und sie beobachtete, bemerk-
ten sie nicht.

T. S.

Die ersten fernen Donner hatten ihn geweckt, nun
stand er am geöffneten Fenster und beobachtete das
Naturspektakel, das sich ihm bot. Wind war aufge-
kommen und türmte die Wolken zu riesigen Bergen
auf, das Rauschen der Bäume schwoll an, Blätter wirbelten durch die Luft, bis der Himmel wie auf ein
Kommando seine Schleusen öffnete und der langer-
sehnte Regen einsetzte. Die rissige, ausgetrocknete
Erde konnte die Wassermassen, die jetzt in wahren
Sturzbächen niederprasselten, kaum aufnehmen.

Nach einer halben Stunde war alles
vorbei, das Gewitter war weitergezogen und hatte
die Schwüle mitgenommen. Zurückgeblieben war
die frische, kühle Luft, die sich über die dampfende
Erde legte. Nur mit Unterhose bekleidet begab er sich
auf einen Rundgang durch den Garten, der in neuer
Pracht erstrahlte. Dies verdankte er Antonio, er hatte
sein Inserat beim Einkauf am schwarzen Brett entdeckt. Spontan hatte er die angegebene Nummer an-
gerufen und jetzt hatte er nicht nur einen Gärtner,

sondern auch noch eine Haushaltshilfe. Der junge Italiener hatte gleich seine Schwester Catarina mitgebracht, und das Geschwisterpaar hatte sich mit Feuereifer an die Arbeit gemacht. Die beiden waren ihm auf Anhieb sympathisch gewesen, voller Verwunderung hatte er feststellen müssen, dass er das Zusammensein genossen hatte.

Irgendetwas hatte sich unmerklich in den letzten Wochen verändert, auch hatte er begonnen, wieder häufiger an früher zu denken. Noch war er sich nicht sicher, was er von diesen neuen Gefühlen halten sollte, die wie zarte Pflänzchen in ihm zu keimen begonnen hatten. Sein Herz und seine Seele waren genauso verdorrt wie sein Garten und lechzten nach menschlicher Nähe. Vielleicht war der Moment gekommen, ein paar alte Gewohnheiten abzulegen und neue Wege zu gehen. Höchst irritiert über diese ungewohnten Gedanken, begab er sich zurück ins Haus.

FLO

Die Sonne stand bereits hoch am Himmel und warf neugierige Blicke durch Flos Fenster, als sie am nächsten Morgen erwachte. Sie griff unter ihr Kopfkissen und zog die schwarze Feder hervor. Diese hatte sie am vergangenen Abend dort hingelegt, in der Hoffnung, wieder von dem Strand und den Vögeln zu träumen – aber Fehlanzeige. Eigentlich hätte sie es wissen müssen, dass sich solche Träume nicht erzwingen ließen.

Sie fand Hannes im Garten, in der einen Hand

seine obligatorische Tasse Kaffee, in der anderen das Telefon.

»Flo, gut, dass du kommst, dein Vater ist in der Leitung«, er reichte ihr den Apparat.

»Guten Morgen, mein Kind, ich wollte nur hören, ob bei euch alles in Ordnung ist«, ließ sich Paul Bosquet vernehmen.

»Aber warum denn, Papa?«, Flo war ehrlich erstaunt.

»Na, wegen des Sturmtiefs, das morgen kommen soll. Sie haben sogar eine Unwetterwarnung für die deutsche Nordseeküste herausgegeben, da wollte ich sichergehen, dass euch der Sturm am Ende nicht überrascht.«

Flo musste sich gewaltig anstrengen, um alles Lachen aus ihrer Stimme zu verbannen, als sie jetzt ernst antwortete:

»Aber Papa, wir haben doch Hinnerks linkes Knie, das hat schon vor Tagen Alarm geschlagen, dagegen sind die vom Wetterdienst die reinsten Lahmschnecken.«

Jetzt konnte sie ein Kichern nicht länger unterdrücken, zumal sie aus den Augenwinkeln sah, wie Hannes in gespielter Verzweiflung die Hände verwarf. Ihre Fröhlichkeit war einfach ansteckend, auch Paul Bosquet musste jetzt in Basel ganz breit schmunzeln.

»Na, wenn das so ist, dann ist ja alles in bester Ordnung, fliegt mir bloß nicht weg!«

Später an diesem Vormittag begannen sie, den Garten sturmsicher zu machen. Als Erstes schleppten sie alle Blumentöpfe in die Küche. Jetzt duftete es im ganzen Haus herrlich nach Thymian und Zitronen-melisse. Dann mussten die zwei Strandkörbe dran glauben, sie wurden Rücken an Rücken gegeneinan-dergestellt und mit einem starken Schiffstau umwi-ckelt. Zu guter Letzt stapelten sie die Gartenmöbel in dem kleinen Schuppen hinter dem Haus.

»So, ich glaube, wir sind fertig, nun kann der Sturm kommen«, zufrieden schaute Hannes sich im Garten um, der jetzt ziemlich leer wirkte. Flo bekam eine leise Ahnung davon, wie es hier wohl im Winter sein mochte, und sie ertappte sich bei dem Gedanken, dass sie das Möweneck gerne einmal bei Schnee er-leben würde. Aber bis dahin wäre sie längst wieder zurück in der Schweiz. Warum schmerzte diese Vor-stellung so sehr? Sie wusste doch, dass sie nur ein paar Wochen zur Kur hier war, außerdem hatte sie ihre Familie und ihre ganzen Freunde in Basel. Wie ein Hund, der ein lästiges Ungeziefer nicht loswird, blieb das Bild eines winterlichen Schleusenhauses hartnäckig in ihrer Vorstellung.

»Florentine Bosquet, wo bist du denn jetzt schon wieder mit deinen Gedanken?«, Hannes wedelte mit dem Gartenhandschuh vor ihrem Gesicht. »Du neigst in letzter Zeit reichlich oft zu Tagträumen. Was ist es denn diesmal?«

Ehe sich Flo zurückhalten konnte, sprudelten die Worte aus ihr heraus: »Ich hab' mich gefragt, wie es hier im Winter aussieht, wenn alles verschneit ist, vielleicht an Weihnachten.«

Es kam wirklich nicht oft vor, dass Hannes sprachlos war, aber jetzt war er es. Die Vorstellung, wie sie zusammen Weihnachten feierten, berührte etwas ganz tief in seinem Innern.

Er hatte sich nie einsam gefühlt, sondern war stets zufrieden mit seinem Leben gewesen, doch in diesem Moment erwachten in ihm zarte Bilder, wie ferne Träume. Hannes spürte, dass es einer dieser kostbaren Momente war, in denen das Schicksal für einen Augenblick seine Schwingen ausbreitet und alles möglich erscheint. Liebevoll nahm er Flo in den Arm.

»Danke für diesen schönen Gedanken. Vielleicht magst du ja in den Weihnachtsferien zu mir kommen.«

Er hatte *besuchen* sagen wollen, aber Flo war schon längst kein Besuch mehr, sie gehörte einfach hierher! Obwohl sie noch keine drei Wochen bei ihm war, fühlte es sich so an, als hätte sie schon immer im Schleusenhaus gelebt.

Roriks Geschichte

T. S.

Nach seinem nächtlichen Streifzug durch den Garten hatte er lange geschlafen; nun saß er an seinem neuen Lieblingsplatz im Schatten der alten Eiche. Antonio hatte gestern auf sein Geheiß eine Bank hier aufgestellt. Vor ihm lag die Abschrift des Dokuments, das er vor Jahren in jener Pokernacht gewonnen hatte.

Es waren die mittelalterlichen Aufzeichnungen eines Schmiedes namens Rorik. Dieser hatte um 1487 damit begonnen, eine Art Tagebuch zu führen. Bisher hatte er sich nur für die zwölf Amulette interessiert, die darin beschrieben wurden, denn jenen Schmuckstücken wurden ungewöhnliche Kräfte nachgesagt. Die abstruse Familiengeschichte hatte er bestenfalls überflogen oder gar nicht gelesen. Doch heute wollte er sich genau dafür Zeit nehmen. Schon nach wenigen Minuten war er völlig in den Bericht eingetaucht und vergaß alles um sich herum.

Øland, Mittsommer 1487

Undurchdringliche Finsternis umgab Rorik, und im ersten Augenblick wusste er nicht, wo er sich befand. Dann kehrte die Erinnerung zurück: die Höhle, der heilige Stein. Sie waren wie jedes Jahr hier zusammengekommen, um Mittsommer zu feiern und ihren Bund mit der Insel aufs Neue zu besiegeln. Seine Mutter hatte die rituellen Worte gesprochen, so wie es der Brauch verlangte. Dann, mitten in der Zeremonie, war plötzlich Ulfur erschienen, das Gesicht wutverzerrt, mit einem Hass in den Augen, wie er ihn nie zuvor bei dem Freund erlebt hatte. Und danach ...?

Es war, als würde sein Verstand ihm den Zugang zu den folgenden Ereignissen verweigern. So sehr er sich auch anstrengte, da war nur Leere in seinem Kopf und das vage Gefühl, dass etwas Unfassbares passiert war. Sein ganzer Körper schmerzte. Warum lag er hier im Dunkeln und konnte sich nicht bewegen? Erst jetzt fiel Rorik auf, dass außer ihm niemand mehr hier zu sein schien. Wo waren die anderen? Laut rief er ihre Namen, aber nur die Stille antwortete ihm.

Panik erfasste ihn, er konnte sein eines Bein nicht bewegen, es war zwischen zwei Felsbrocken eingeklemmt. Mühsam brachte er sich in eine halbsitzende Position, dann sah er es: Der mannshohe Kristall, das Herz der Insel, war zerstört. An seiner Stelle ragte ein abgesplitterter Stumpf aus dem Boden, der Anblick erinnerte an das amputierte Bein eines Mannes. Übelkeit erfasste Rorik.

Nun war keine Zeit zum Grübeln, er musste überlegen, was als Erstes zu tun war. Durch eine Öffnung im Höhlendach erblickte er die Sterne, die bereits verblassten; die Dämmerung hatte eingesetzt. Jetzt um Mittsommer waren die Nächte kurz, und Rorik schätzte, dass es auf die vierte Stunde zuging. Er musste es irgendwie schaffen, sein Bein zu befreien, und sich auf die Suche nach den anderen machen. Nach mehreren Versuchen gelang es ihm schließlich. Mühsam robbte er ein Stück weg, bis er aufstehen konnte. Vorsichtig betastete er jetzt das verletzte Bein, es schien nichts gebrochen zu sein. Als er probehalber auftrat, stellte er erleichtert fest, dass er laufen konnte.

Mittlerweile war es so hell, dass Rorik sich in der Höhle umschauen konnte. Jetzt wurde das ganze Ausmaß der Verwüstung sichtbar. Überall lagen Trümmer und Felsbrocken herum, und er fragte sich, ob mit der Zerstörung des Steins auch die heilende Kraft der Insel erloschen war. Dieser besonderen Energie war es zu verdanken, dass auf Øland Verletzungen bei Mensch und Tier auf wundersame Weise viel schneller heilten. Auch Pflanzen gediehen hier besser als auf dem Festland und brachten reiche Ernte.

Seine Familie hatte das Geheimnis des Kristalls stets bewahrt. Auch er und seine Geschwister hatten schwören müssen, dieses notfalls mit ihrem Leben zu schützen. Von dieser Höhle aus entsprangen die vier Flüsse, welche die Insel mit Frischwasser versorgten. Seine Mutter Beeke hatte stets vermutet, dass sich mit den Wasserläufen auch die besondere Energie des Steins über ganz Øland verbreitete.

Nun war von dem Kristall nicht mehr als der Sockel übriggeblieben. Rorik bückte sich unter Schmerzen und hob einen faustgroßen Steinsplitter auf, der vor ihm auf dem Boden lag. Später würde er zurückkommen, um nach weiteren Stücken zu suchen, doch jetzt musste er versuchen, herauszubekommen, wo die anderen waren.

Als er aus der Höhle ins Freie trat, blieb er abrupt stehen. Obwohl die Dämmerung erst eingesetzt hatte, war alles um ihn herum in ein grelles, gleißendes Licht getaucht. Immer wieder zuckten Blitze, und der riesige Vollmond, der noch hoch am Himmel stand, hatte eine blutrote Färbung angenommen. Vor dem Eingang staute sich Wasser, ein kleiner See hatte sich gebildet, wahrscheinlich hatten Steine und Geröll einen der vier Wasserläufe blockiert. Er watete ans Ufer und schaute sich weiter um. War die Verwüstung in der Höhle bereits erschreckend gewesen, so schien sie hier noch um ein Vielfaches verheerender. Mannsgroße Felsbrocken lagen wahllos verstreut in der Landschaft, als hätte ein Riese mit Bauklötzen um sich geworfen. Dann stutzte er. Die größten der Felsquader bildeten eine Art Kreis, in dessen Mitte jetzt die Höhle mit dem See lag.

»Sie stehen da wie Wächter«, schoss es ihm durch den Kopf. Von den Steinen ging eine fast menschliche Präsenz aus, sie wirkten, als hätten sie seit Jahrhunderten so dagestanden. Ein Schauer lief Rorik über den Rücken. Was war hier bloß geschehen? Noch immer sah er keine Menschenseele. Wo waren seine Eltern, die Geschwister? Lebten sie noch? Und Ulfur? Unschlüssig überlegte er, wo er zuerst suchen sollte. Bis zum Unterdorf, wo sich das Sommerlager befand, war es selbst bei guter Verfassung fast eine Stunde Fußmarsch. Der Aufstieg zum Oberdorf war zwar kürzer, würde mit dem verletzten Bein aber ebenfalls nicht einfach werden.

Er und seine Geschwister verbrachten, wie die meisten Bewohner Ølands, den Sommer in der größeren

Siedlung direkt an der Küste. Erst im Herbst, wenn nur noch eine Handvoll Familien auf der Insel blieben, zogen sie für den Winter zurück ins Oberdorf, wo seine Eltern Beeke und Halvar das ganze Jahr über lebten.

Nach kurzem Zögern machte Rorik sich auf den Weg zum Haus seiner Eltern. Wo er sich auch umblickte, bot sich ihm ein ähnliches Bild des Schreckens. Immer wieder musste er über verstreut liegende Felsbrocken und entwurzelte Bäume klettern, umgeknickt wie Streichhölzer. Über allem lag eine fast schon gespenstische Stille, er sah kein einziges Lebewesen, einfach nichts.

Da ertönte ein freudiges Bellen, und Erleichterung durchströmte Rorik, als seine geliebte Hündin Freya auf ihn zustürmte. Überglücklich sprang sie an ihm hoch. Dankbarkeit erfasste ihn, jetzt war er wenigstens nicht mehr ganz allein. Er war noch nicht weit gekommen, als jemand seinen Namen rief.

»Rorik, warte, wir haben schon überall nach dir gesucht!«; beim Klang der vertrauten Stimme seines Zwillingsbruders wirbelte er herum.

»Hraban, Gott sei Dank. Was ist passiert? Wo sind die anderen?«

Anstatt einer Antwort deutete dieser auf Roriks blutverschmiertes Bein. »Bist du verletzt?«

»Halb so schlimm. Doch sag, geht es allen gut?«

Sein Bruder zögerte mit seiner Antwort einen Atemzug zu lang. »Ilvy hat eine kleine Verletzung am Fuß, ein Steinsplitter hat sich in ihren linken Zeh gebohrt. Sie wird eine Zeit lang nicht gut laufen können, aber wenn die Wunde sauber versorgt wird, sollte sie schnell heilen; Mutter kümmert sich darum, sie ist unverletzt geblieben. Ich habe die beiden ins Oberdorf geschickt.«

»Und Vater? Was ist mit ihm?« Rorik sah den Schmerz in den Augen seines Bruders. Unfähig, die grausame Wahrheit in Worte zu fassen, schüttelte dieser nur in stummer Verzweiflung den Kopf. Mit einer heftigen, fast brutalen Geste schloss ihn sein Bruder in die Arme und vergrub sein Gesicht an seiner Schulter. Eine gefühlte Ewigkeit standen sie so da, in stiller Trauer vereint. Schließlich löste Hraban sich und begann stockend zu berichten: »Es war ein unglücklicher Zufall, dass Halvar ein herabstürzender Felsbrocken am Kopf getroffen hat. Er war sofort tot.«

»Tot?«, er sollte seinen Vater nie wieder sehen? Nie mehr mit ihm lachen oder scherzen, nie mehr gemeinsam ein Pferd mit ihm beschlagen? Wie benommen stand er da, bis Hraban behutsam meinte:

»Komm, wir wollen ihn begraben und dann müssen wir zum Unterdorf und schauen, was aus den wenigen anderen geworden ist, die nicht zu Mitsommer aufs Festland gefahren sind!«

»Warte, was ist mit Ulfur?«, Rorik hatte Mühe zu sprechen, zu tief war der Schock.

»Ulfur?«, sein Bruder spie den Namen wie ein übelschmeckendes Kraut aus. »Der elende Verräter ist entweder tot oder geflohen. Was interessiert es mich? Von ihm fehlt jede Spur.«

»Verräter?«, Rorik verstand nicht, was sein Bruder meinte. Er konnte sich einfach nicht erinnern, was in der Höhle passiert war. Weshalb sollte Ulfur ein Verräter sein? Er bat: »Bitte erzähle mir, was genau sich zugetragen hat! Es ist, als würde mein Herz sich weigern, sich an die Geschehnisse zu erinnern.«

»Ich bin mir auch nicht wirklich sicher, was passiert ist«, gestand Hraban. Seine Wut war verraucht und hatte einer tiefen Trauer Platz gemacht. Etwas ruhiger fuhr er fort: »Wir waren in der Höhle. Mitten in den Feierlichkeiten kam Ulfur, er war mit einem Mal einfach da und hat uns und den heiligen Stein verflucht.«

Verwirrt unterbrach Rorik seinen Bruder: »Verflucht? Aber warum? Was haben wir ihm getan?«

»Ich weiß es doch auch nicht, ich dachte, er wäre unser Freund«, Tränen schimmerten in den Augen seines Zwillingsbruders. »Er muss uns und unser Tun schon eine ganze Weile heimlich beobachtet haben. Als Mutter die ersten Worte des heiligen Bundes sprach, trat er plötzlich in unseren Kreis.«

»Und dann?«, fragte Rorik atemlos.

»Ulfur hob an zu sprechen, und plötzlich war da dieses Beben, das stärker und stärker wurde. Es gab einen grellen Blitz, gefolgt von einem ungeheuren Knall und einer Druckwelle. Überall flogen Gesteinsbrocken.«

Es war, als hätten Hrabans Worte das Tor zu seinen eigenen Erinnerungen aufgestoßen. Mit einem Mal sah Rorik alles wieder deutlich vor sich, die ganze Szene. Doch da war etwas gewesen, das nicht ins Bild gepasst hatte, nicht Ulfurs Erscheinen, nein, es war die Reaktion seiner Mutter. Er mochte sich täuschen, aber einen Augenblick lang hatte es so ausgesehen, als wäre Beeke bei Ulfurs Anblick erschrocken. Auch auf das Gesicht seines Vaters hatte sich ein Schatten gelegt, wie eine Wolke, die unversehens die Sonne verdunkelt.

Er würde später darüber nachdenken, jetzt galt es,

Halvar zu begraben. In diesem Moment ertönte ein vertrautes Krächzen, und nur wenige Augenblicke später landete ein Vogel auf Hrabans Schulter.

»Odin?«, fragte Rorik unsicher. Fast hätte er den Raben seines Bruders nicht wiedererkannt, denn sein tiefschwarzes Gefieder war über Nacht strahlend weiß geworden. Nur die eisblauen, klugen Augen waren dieselben geblieben.

Hraban nickte bekümmert. »Ja, er ist es tatsächlich. Es muss mit dem zusammenhängen, was letzte Nacht passiert ist, auch wenn ich es nicht verstehe.«

Nachdem Odin seinem Herrn einmal liebevoll am Ohr geknabbert hatte, flog er ein kleines Stück davon und ließ sich auf einem Stein am Ufer des neu gebildeten Sees nieder. Auf diesem hockte ein großer schwarzer Vogel, dessen einer Flügel in einem unnatürlichen Winkel abstand. Dem Aussehen nach musste es eine Möwe sein, wenngleich auch hier die Farbe nicht passte.

Vorsichtig näherte Rorik sich dem verletzten Tier, das keine Anstalten machte zu fliehen.

Leise sprach er auf es ein: »Hallo, meine Hübsche, du hast sicher Schmerzen, warte, ich helfe dir.«

Mit geschickten Handgriffen schiente er den gebrochenen Flügel, das Tier hielt ganz still. »Ich werde dich Nox nennen, denn du bist so dunkel wie die Nacht!«

Dann erst wandte er sich an seinen Bruder: »Wie kann es sein, dass dein Odin strahlend weiß ist und diese Möwe tiefschwarz? Was ist hier bloß passiert, welche Macht hat das bewirkt?«

Er hob eine schwarze Feder auf, welche die Möwe verloren hatte und fragte: »Wäre dies nicht ein guter

Platz, um Vater zu beerdigen?«

Hraban nickte; schweigend machten sich die beiden Brüder an die Arbeit.

Øland, am 22. September 1487

Drei Monate waren seit jener Schreckensnacht vergangen, heute war Herbstanfang, und sie würden nicht arbeiten, sondern der Toten gedenken. Neben ihrem Vater hatten sie ein halbes Dutzend weiterer Menschen beerdigen müssen. Dass es nicht mehr waren, verdankten sie einzig dem Umstand, dass die meisten Insulaner zu Mittsommer ihre Familien auf dem Festland besucht hatten. Die wenigen, die zurückgeblieben waren, hatte der Tod ohne Vorwarnung ereilt, und sie waren wie Blätter im Wind dahingerafft worden.

Rorik hatte in ihre Gesichter geblickt, in jedes einzelne. Er hatte erwartet, Angst und Panik darin zu finden, aber der Tod hatte alle Emotionen weggewischt. Jetzt stand er zusammen mit seinen Geschwistern und seiner Mutter Beeke am Ufer des Sees im Schatten einer kleinen Eiche. Sie hatten das Bäumchen im Gedenken an Halvar gepflanzt, und es war bereits ein gutes Stück gewachsen. Zumindest so nah an der Höhle schien noch etwas von der alten Kraft des Kristalls zu existieren.

Mittlerweile lebten sie alle zusammen in Beekes Haus. Wenige Wochen nach der Katastrophe waren Rorik, Hraban und Ilvy zu ihrer Mutter ins Oberdorf zurückgekehrt. Heute begaben sie sich noch einmal zur Hochküste und suchten den Horizont ein letztes Mal nach Schiffen ab. Wider besseres Wissen hatten sie bis

zuletzt gehofft, dass die anderen Siedler nach Øland zu-
rückkehren würden; doch niemand war gekommen. Mit
dem Herbstanfang begann die dunkle Jahreszeit und
keiner würde mehr die Überfahrt zur Insel wagen.

In den ersten Tagen nach dem großen Knall war das
Meer aufgewühlt gewesen und eine riesige rotfarbene
Nebelwand hatte über der Insel gehangen. Selbst die
Sonne war mit dunklen, blutigen Schatten bedeckt ge-
wesen und hatte wie ein riesiger schwarzer Ball am
Himmel gehangen. Irgendwann hatte sich der rote Ne-
bel verzogen und sie hatten in freudiger Erwartung
nach den vertrauten Booten Ausschau gehalten. Mit je-
dem Tag, der verging, war die Hoffnung auf die Rück-
kehr ihrer Freunde kleiner geworden.

Hraban und er hatten ihrerseits versucht, die Über-
fahrt aufs Festland zu wagen. Doch bereits nach kurzer
Zeit hatten sie unverrichteter Dinge wieder umdrehen
müssen. Es war gewesen, als hielte sie ein unsichtbares
Band auf der Insel gefangen. Ihr kleines Segelboot war
nicht von der Stelle gekommen. Sie selbst hatte eine
plötzliche Atemnot, Herzrasen und Schwindel erfasst.
Nur unter Aufbietung ihrer letzten Kräfte war es ihnen
gelungen, zum rettenden Ufer zurückzukehren und es
hatte Tage gedauert, bis es ihnen wieder besser ging.
Beeke vermutete, dass dies mit Ulfurs Fluch zusammen-
hing.

In jenen ersten Wochen nach der Katastrophe waren
sie alle vier von Trauer gezeichnet. Besonders schlimm
stand es jedoch um Ilvy, seine sonst so fröhliche, kleine
Schwester verließ kaum noch das Haus. Sie war blass
und abgemagert, meist lag sie wie abwesend im Bett und

antwortete nicht, wenn er sie ansprach. Oft hörte er sie des Nachts in ihrer Kammer verzweifelt weinen.

Um seine Mutter stand es nicht viel besser; zwar bemühte sie sich, ihren Teil zum Überleben beizutragen, aber auch sie war nur noch ein Schatten ihrer selbst. Sie schien innerhalb einer Nacht um Jahre gealtert zu sein. Und er selbst? An ihm nagte noch immer der Zweifel, was in jener Nacht wirklich passiert war. Mehrfach hatte er versucht, Beeke darauf anzusprechen, doch sie war ihm jedes Mal ausgewichen. Es schien ihm, als trüge seine Mutter, neben der Trauer um seinen Vater, noch eine unsichtbare Last mit sich.

An diesem letzten Sommerabend saßen sie noch lange am Strand zusammen, keiner von ihnen mochte ins Oberdorf zurückkehren. Mit der Sonne war auch die Hoffnung auf die Wiederkehr der Freunde untergegangen, und instinktiv suchten sie Trost in ihrer kleinen Gemeinschaft, jetzt hatten sie nur noch einander. Rorik entfachte ein Feuer, irgendwann zog Hraban seine Schalmei aus der Rocktasche und begann, eine traurige Weise darauf zu spielen. Die sanften Töne mischten sich mit den Flammen, welche sich ihren Weg in den immer dunkler werdenden Himmel suchten.

Als der letzte Akkord verklungen war, setzte Hraban das Instrument ab. »Es ist keiner gekommen, wie soll es jetzt mit uns weitergehen?«

Es war Beeke, die ihm entschieden antwortete: »Wir werden, so gut es geht, versuchen zu überleben und glücklich zu sein, das sind wir den Toten schuldig, sie können es nicht mehr. Ich bin mir sicher, euer Vater hätte es so gewollt.«

Rorik war erstaunt, welche Entschlossenheit aus ihrer Stimme sprach. Allerdings hatte ihn nichts und niemand auf ihre nächsten Worte vorbereitet.

»Ich weiß, Ilvy und ich waren euch in der letzten Zeit keine große Hilfe, aber das wird sich jetzt ändern. Nachdem sich die verdammte Übelkeit endlich gelegt hat, sind wir bereit, unseren Teil beizutragen.«

»Übelkeit? Welche Übelkeit?«, wovon sprach seine Mutter? Waren die zwei Frauen etwa krank? Beeke schien seine Gedanken erraten zu haben, denn ein kleines Lächeln huschte über ihr Gesicht.

»Schau nicht so besorgt, deine Schwester und ich erwarten beide ein Kind.«

Alles drehte sich in Roriks Kopf, wie konnte das sein? Benommen fragte er: »Du, ihr ... bekommt ein Kind?«, er konnte es noch immer nicht ganz begreifen. »Wann, wieso?«

Ilvy grinste: »Ich dachte, du weißt, wie man Kinder macht.«

Jetzt mussten sie alle lachen, es war das erste Mal seit langer Zeit, dass sie einen Grund zur Freude hatten. Dennoch wurde Ilvy gleich darauf wieder ernst. »Anfangs konnte ich es nicht glauben, ich habe mir nichts dabei gedacht, als meine Monatsblutung ausblieb. Erst als Beeke mir erzählte, dass sie ein Kind erwartet, dämmerte es mir, dass auch ich in anderen Umständen bin. Unsere Töchter werden ohne ihre Väter aufwachsen müssen.«

Diesmal war es Hraban, der verwirrt fragte: »Töchter? Woher wisst ihr, dass es Mädchen werden?«

»Wir wissen es einfach«, antwortete Beeke schlicht.

Rorik spürte, wie ihn eine unerwartete Welle der Freude ergriff, spontan stand er auf und umarmte die zwei Frauen. »Ich freue mich; ich freue mich wirklich und möchte versuchen, den Mädchen ein guter Ersatzvater zu sein.«

Dann kam ihm ein weiterer Gedanke: »Weiß Ulfur ...?«, er deutete auf Ilvys Bauch, der sich tatsächlich bereits ganz leicht unter ihrem Gewand abzeichnete.

Sie schüttelte traurig den Kopf. »Nein, woher? Ich weiß es ja selbst erst seit Kurzem.«

»Fehlt er dir?«, fragte Rorik sanft.

Tränen schimmerten in ihren Augen und er hörte deutlich den Schmerz in ihrer Stimme, als sie jetzt meinte: »Ich frage mich die ganze Zeit, ob ich die Katastrophe hätte verhindern können, wenn ich Ulfur früher von der Höhle und dem Kristall erzählt hätte. Aber ich war ja an unseren Eid gebunden, ich begreife noch immer nicht, weshalb er so reagiert hat.«

Rorik hatte bei Ilvys letzten Worten seine Mutter sehr genau beobachtet. Einen Augenblick lang hatte es so ausgesehen, als wolle Beeke etwas erwidern, doch sie schwieg beharrlich und schaute nur betreten zu Boden.

Spontan fasste er einen Entschluss: »Ich werde die ganze Insel absuchen; wenn Ulfur noch lebt, werde ich ihn finden und ihm von seiner Tochter erzählen.«

Frühherbst 1487
In jenen Wochen hatte Rorik genug Zeit, über die Ereignisse der Mittsommernacht nachzudenken. Da Ilvy und Beeke ein Kind erwarteten, wollte, nein, musste er einen

Weg finden, wie sie mit Ulfurs Fluch leben konnten. Deshalb kehrte er, wann immer möglich, zur Höhle zurück. Der Anblick des zerschmetterten Kristalls verursachte ihm noch immer fast körperliche Schmerzen, doch er half ihm zugleich, denn er hielt die Erinnerung an das Geschehene lebendig. Auch fühlte er sich Halvar hier am nächsten. Oft hielt er innerlich Zwiesprache mit seinem Vater, und ihm war, als könne er seine Stimme hören, die ihm Mut zusprach.

Rorik hatte beschlossen, die Geschehnisse der Mittsommernacht im wahrsten Sinne des Wortes in Stein zu meißeln, indem er sie in die Höhlenwand eingravierte. Auf diese Weise wären sie für spätere Generationen bewahrt. Er war sich sicher, dass Beeke und Ulfur der Auslöser für die Katastrophe gewesen waren, auch wenn er noch immer nicht verstand, weshalb.

Zunächst schrieb er alles mit Kohle an die Wand. Nachdenklich betrachtete er sein Werk. Leise murmelte er die vertrauten Worte des Heiligen Bundes. Mit Hilfe seiner Geschwister und Beeke hatte er auch Ulfurs Fluch rekonstruiert. Jetzt zwang er sich, auch diesen laut auszusprechen. Mit einem Mal wurde es ihm klar: Beeke und Ulfur hatten nicht nacheinander, sondern gleichzeitig gesprochen. Dadurch hatte sich ein ganz neuer Sinn ihrer Worte ergeben.

Genau das war es, begriff er plötzlich; es war, als hätte man zwei Chemikalien gemischt und so eine unvorhersehbare Reaktion hervorgerufen. Er wischte alles wieder weg und begann noch einmal von Neuem. Anfangs hatte nur Beeke gesprochen:

Zu schützen den Ort, die heilige Quelle,
dies sei unser Wunsch und Wille.
Wir rufen der vier Elemente himmlische Macht.
Wir rufen den Wind,
der die Flamme des Feuers entfacht,
den Stein, der die ewige Quelle bewacht.
Wir rufen die Sonne bei Tag,
den Mond und die Sterne bei Nacht,
auch eurer sei heute gedacht.
Vereint im Kristall ein Funke der göttlichen Glut ...

Wie bei einem Kanon, hatte an dieser Stelle Ulfur mit
seiner tiefen kräftigen Stimme eingesetzt:
Verflucht seist du, Beeke,
verflucht sei dein eigen Fleisch und Blut!
Verflucht sei auch dein Hab und Gut!

Beeke hatte noch versucht dagegen zu halten:
Du schenkst uns Gesundheit, Kraft und den Mut.
Unser Denken und Handeln sei rein,
Øland, dir zu dienen, ist unser Ziel allein ...

An dieser Stelle war sie verstummt und nur noch Ulfurs
hasserfüllte Stimme war zu hören gewesen:
Niemals wirst du die Herrscherin dieser Insel sein.
Gebunden seist du fortan an diesem Ort,
musst bleiben, darfst nimmer fort.
Erst wenn der Mond sich mit der Sonne verbindet,
und die Liebe den Hass überwindet.
Erst wenn du mich als den deinen erkennst
und mich bei meinem wahren Namen nennst,

wird sich der Kreislauf schließen,
werden die Energien Ølands wieder fließen.
Dann erst bist du befreit von aller Schuld und Last,
die du auf dich und die deinen geladen hast.

Rorik erschauderte, welche Kraft von diesen Worten ausging. Ihm wurde bewusst: Nur gemeinsam mit Ulfur wäre es möglich, den Fluch zu brechen. Er musste ihn, so schnell wie möglich finden. Sollte er noch leben, musste er erfahren, dass Ilvy sein Kind erwartete.

Bevor er mit der Suche nach dem ehemaligen Freund beginnen konnte, galt es jedoch zunächst, sich auf die Winterzeit vorzubereiten. Während er die Vorratskammern kontrollierte, schweiften seine Gedanken in die Vergangenheit. Seine Familie hatte stets zu den wenigen gehört, die das ganze Jahr auf Øland lebten und nicht im Herbst aufs Festland zurückkehrten. Man musste die langen, kalten Winter mögen, um bis zum Frühling durchzuhalten.

Er liebte es, wenn alles tief verschneit war und ein eisiger Wind durch die Gassen ihrer kleinen Siedlung fegte; dann war es in seiner Schmiede besonders gemütlich. Die Werkstatt hatte ihn von klein auf wie magisch angezogen, und wann immer es die Eltern erlaubten, war er zum alten Friedjof gelaufen. Stundenlang hatte er ihm bei der Arbeit zugesehen. Der riesige Blasebalg und das Auflodern der Glut hatten ihn ebenso fasziniert, wie all die schönen Dinge, die unter den geschickten Händen des Schmiedes entstanden waren.

Sobald er groß genug gewesen war, die Werkzeuge selbst zu bedienen, hatte er ebenfalls begonnen zu schmieden und von Anfang an ein beträchtliches Talent gezeigt. Als der alte Friedjof vor nunmehr fünf Jahren verstorben war, hatte Rorik seinen Platz eingenommen. Sein Ruf und seine Fingerfertigkeit hatten sich bis aufs Festland herumgesprochen.

In diesem Frühjahr war eine vornehme Reisegesellschaft eigens wegen seines Schmucks auf die Insel gekommen. Er hatte verdient wie nie zuvor. Zu der Gruppe hatte auch Ulfur gehört, dieser war ernsthaft an seiner Arbeit interessiert gewesen, denn er entstammte einer Familie von Goldschmieden, auch wenn er selbst einen anderen Weg gewählt hatte. Schon bald war daraus eine Freundschaft entstanden, und als die Gesellschaft wieder abreiste, blieb Ulfur.

Rorik vermisste den Freund. Wie schlimm musste es dann erst für Ilvy sein? Sie hatte Ulfur geliebt, oder liebte sie ihn gar immer noch? Anfangs war er erstaunt gewesen, dass sich seine Schwester zu einem deutlich älteren Mann hingezogen fühlte. Doch wenn der Altersunterschied bei ihrer Freundschaft keine Rolle spielte, warum sollte es dann in der Liebe anders sein? Die Ungewissheit, was aus Ulfur geworden war, musste hart für Ilvy sein.

In den Wochen nach der Katastrophe war ihnen keine Zeit geblieben, nach ihm zu suchen. Sie hatten die Toten begraben und das Vieh des ganzen Dorfes versorgen müssen. Schon nach wenigen Tagen waren sie gezwungen gewesen, einem Teil der Pferde, Rinder, Schafe und Ziegen die Freiheit zu schenken. Sie hatten

hilflos mit ansehen müssen, wie das Korn auf den Fel-
dern verfaulte. Immerhin würden sie diesen Winter kei-
nen Hunger leiden.

Nun wurde es Zeit, dass er sich auf die Suche
machte. Sie hatten gemeinsam entschieden, dass er der-
jenige wäre, der Ulfur aufspüren sollte. Sein Bruder
würde unterdessen daheim nach dem Rechten schauen.

Das entfernte Läuten der Türklingel riss ihn aus seiner Lektüre, nur widerstrebend legte er Roriks Aufzeichnungen beiseite. Er war so vertieft in die Geschichte gewesen, dass er alles um sich herum vergessen hatte, und brauchte einen Moment, bis er wieder im Hier und Jetzt ankam. Noch vor wenigen Wochen hätte ihn ein unangemeldeter Gast erschreckt,
heute war er eher neugierig.

Entdeckung im Museum

FLO

Noch hielt sich das Wetter, daher machten Hannes und Flo sich am frühen Nachmittag abermals zu Fuß auf den Weg, um wie versprochen die ausgeliehene Chronik zurückzubringen. Der Museumswärter begrüßte sie dieses Mal wie alte Bekannte. Während die beiden Männer einen Klönschnack hielten, wanderte Flo erneut durch die Ausstellung.

Heute war noch weniger Betrieb als bei ihrem letzten Besuch, die einzigen anderen Gäste waren ein älteres Ehepaar und eine einzelne Touristin. Flo hatte das Gefühl, gestern etwas Wichtiges übersehen zu haben. Diesmal versuchte sie nicht zu denken, sondern ließ sich einfach von ihrer Intuition leiten. Nicht suchen, sondern finden, dachte sie bei sich. Sie schlenderte durch die Räume, die ihr mittlerweile vertraut waren, blieb vor jedem Stück einen Augenblick stehen und wartete auf irgendeine Reaktion. Sie wollte schon aufgeben, als sie merkte, wie ihr Herz schneller zu klopfen begann. Es war das Modell einer mittelalterlichen Hansekogge.

»Nicht denken!«, befahl sie sich erneut selbst, während sie einfach nur abwartend dastand. Dann machte es Klick und sie war sich sicher, einen Volltreffer gelandet zu haben. Wie bei einem Puzzleteil, das man verkehrt gehalten hat und merkt, dass man es nur andersherum drehen muss, ergab plötzlich alles einen Sinn.

Kurz schaute sie sich um, das Ehepaar war nicht mehr zu sehen, und die einzelne Touristin ging gerade in den nächsten Raum weiter, sie war allein. Hastig kramte sie in ihrem Rucksack und holte das Schleusenjournal mit Eikes Aufzeichnungen hervor, sie hatte es heute Morgen einem inneren Impuls folgend eingesteckt. Am liebsten hätte sie laut aufgejubelt, denn sie hatte sich nicht getäuscht.

Das Schiff auf dem Einband war identisch mit dem Modell, vor dem sie jetzt stand. Zum Glück befand sich die Kogge nicht hinter einer der Vitrinen, sondern war nur durch eine rote Kordel gesichert. Flo beugte sich vor, um das Schild genauer zu studieren, welches am Sockel des Schiffes angebracht war.

Ol Hamburg 1845–1889, stand dort und weiter: *Die Ol Hamburg legte regelmäßig auf ihren Fahrten im Hafen von Moorfleet an.*

Ihr erster Impuls war es, Hannes zu rufen, aber damit hätte sie unweigerlich auch die Aufmerksamkeit des Wärters auf sich gezogen. Die konnte sie, bei dem, was sie jetzt vorhatte, am allerwenigsten gebrauchen. Zu ihrem Leidwesen befand sich das Schiff im ersten Raum, sodass der Mann, sie von seiner Position an der Kasse aus, gut sehen konnte. Er machte nicht den Eindruck, als verstünde er Spaß, wenn es um seine geliebten Ausstellungsstücke ging.

Daher drehte Flo sich jetzt so, dass sie ihm mit

ihrem Rücken die Sicht auf das Schiff versperrte. Mit dem Fuß verschob sie Stück für Stück den Ständer mit der Kordel, bis sie ganz nahe an das Modell kam. Dann beugte sie sich, soweit es ging, nach vorne. Wenn sie es geschickt anstellte, sollte sie die Kogge untersuchen können, ohne dass der Wärter etwas bemerkte.

Fieberhaft überlegte Flo: Wo würde sie im Schiff etwas verbergen, sodass es nicht auf den ersten Blick auffiel? Sie verglich den Einband des Schleusenjournals mit dem Modell. Wie bei diesen Suchbildern, in denen es fünf Unterschiede zu finden gilt, wusste sie plötzlich, was anders war: Es waren die Segel!

Zwei Segel der Kogge waren gehisst, das hinterste aber war aufgerollt und bildete eine unförmige Wurst. Es fiel nicht weiter auf, wenn man nicht darauf achtete. Das musste es sein! Mit einem kurzen Blick über die Schulter vergewisserte sie sich, dass die beiden Männer nach wie vor in ihr Gespräch verwickelt waren und ihr von dem Wärter keine Gefahr drohte.

Flo war fast schlecht vor Aufregung, als sie mit zitternden Fingern versuchte, das Lederband zu lösen, welches das dritte Segel zusammenhielt. Der Knoten bewegte sich keinen Millimeter. Mist, hier half nur Durchschneiden. Sie kramte in ihrem Rucksack nach dem Schweizer Taschenmesser, das sie darin verwahrte. Ein Schnitt, und das Segel war gelöst, dabei fiel ein kleines braunes Päckchen zu Boden.

In dem Moment ertönte hinter ihr eine strenge Stimme: »Was machen Sie denn dort? Es ist verboten, so dicht an die Modelle zu gehen.«

Mit einer schnellen Bewegung bückte sie sich und ließ das Päckchen in ihrer Hosentasche verschwinden, ehe der Wärter einen näheren Blick darauf werfen konnte. Ihr schlug das Herz bis zum Hals. Sie versuchte, möglichst unbeteiligt zu klingen.

»Entschuldigung, mir war nur mein Taschentuch runtergefallen«, und zu Hannes gewandt, »komm, wir sollten nach Hause, ehe das Unwetter losgeht!«

Sie ignorierte seinen fragenden Blick und schlenderte betont lässig in Richtung Ausgang.

Gleichzeitig betete sie innerlich, wie ein stilles Mantra: »Lass jetzt bloß nichts mehr schiefgehen!«

Unter den argwöhnischen Augen des Museumswärters bugsierte sie Hannes sanft, aber unerbittlich zur Tür, ihm blieb kaum Zeit, sich zu verabschieden. Aus den Augenwinkeln konnte sie sehen, wie der Wärter skeptisch in Richtung Hansekogge blickte. Als sich die schwere Glastür hinter ihnen schloss, atmete Flo erleichtert auf.

Sobald Hannes sich sicher war, dass niemand sie hören konnte, wollte er wissen: »Was, um Himmelswillen, ist los mit dir? Man könnte meinen, du hättest gerade den Raub der Kronjuwelen oder etwas Ähnliches begangen.«

Flos Antwort fiel gequält aus, als stünde sie unter einer unsichtbaren Folter: »Das weiß ich selbst noch nicht so genau, lass uns bitte ganz schnell von hier verschwinden!«; mit diesen Worten machte sie sich so eilig auf den Heimweg, dass Hannes kaum mit ihr Schritt halten konnte.

KIKI

Kiki von Borch stand in der Tür des Museums und schaute Flo und Hannes nach, die davonstürmten, als wäre der leibhaftige Teufel hinter ihnen her. Was war da los? Sie hatte nicht gewagt, sich lange im selben Raum mit ihnen aufzuhalten, auch wenn sie in der Jeans und dem blauen Hoodie sowie der Baseballkappe und der überdimensionalen Sonnenbrille fast nicht zu erkennen gewesen war. Daher hatte sie nicht richtig mitbekommen, was genau sich ereignet hatte, auch wenn sie sich ziemlich sicher war, dass es sich um etwas Verbotenes gehandelt hatte. Ärgerlicherweise schien der Wärter ebenfalls Verdacht geschöpft zu haben, denn er beäugte misstrauisch die Hansekogge, vor der eben noch Flo gestanden hatte. Gleich musste er das durchtrennte Band entdecken, das immer noch auf dem Boden vor dem Schiff lag.

»Entschuldigen Sie bitte, könnten Sie mir wohl etwas zu diesem spannenden Radargerät erzählen!«, Kikis Stimme war zuckersüß, während sie auf ein uraltes, verbeultes Gerät ganz am anderen Ende des Raumes zeigte.

Der Trick funktionierte tatsächlich, denn der Mann vergaß die Hansekogge und setzte zu einer komplizierten Erklärung an. Kiki zwang sich, in regelmäßigen Abständen zustimmend zu nicken, und interessierte Grunzlaute von sich zu geben. Währenddessen dachte sie bei sich: »Hannes Friedrichsen, ich habe was gut bei dir.«

Sie konnte sich selbst nicht erklären, warum sie den beiden geholfen hatte, aber es fühlte sich richtig und gut an. Zum Glück setzte das Eintreffen eines neuen Gastes dem ausschweifenden Geschwätz des Wärters ein Ende. Während er zur Kasse eilte, ließ Kiki blitzschnell das zerschnittene Lederband, das noch immer auf dem Boden vor dem Schiff lag, in ihrer Hosentasche verschwinden.

FLO

Da Flo ein solches Eiltempo eingeschlagen hatte, musste Hannes sich wohl oder übel bis zu Hause gedulden, ehe er seine Neugierde stillen konnte. Er hatte erst gemerkt, dass etwas nicht stimmte, als der Wärter anfing zu schimpfen. Natürlich hatte Flo ihn mit ihrer Unschuldsmiene nicht täuschen können, dafür kannte er sie mittlerweile viel zu gut. So viel stand fest, sie musste etwas ziemlich Spektakuläres entdeckt haben.

Nachdem sie sich ihrer Jacken entledigt hatten, kam er daher direkt auf ihren Besuch im Museum zu sprechen: »Jetzt zu den Kronjuwelen oder was auch immer du da hast mitgehen lassen, raus mit der Sprache, Florentine Bosquet!«

Also berichtete Flo von den identischen Schiffen: »Ich war mir fast sicher, dass es kein Zufall ist. Daher habe ich versucht, die Hansekogge so unauffällig wie möglich zu untersuchen, bis ich das aufgerollte Segel entdeckt habe. Mir war sofort klar, dass etwas darin versteckt sein muss. Aber dieser blöde Wärter hat immer wieder zu mir rüber geschaut und der Knoten ließ sich einfach nicht öffnen. Also habe ich das Band kurzerhand durchgeschnitten. Die Gelegenheit war einfach zu günstig.«

Hannes starrte Flo sprachlos an: »Du hast … was?!?«, er schüttelte ungläubig den Kopf. »Und was war jetzt in dem Segel versteckt?«

»Bitte schön, deine Kronjuwelen!«, mit diesen Worten förderte sie ein kleines flaches Päckchen aus ihrer Hosentasche zutage und reichte es ihm.

»Lass uns mal sehen, was da drin ist!«, meinte Hannes neugierig.

Gespannt schlug Flo das Leder zur Seite. Vor ihnen lag ein Amulett. Es war weder *Die Nacht*, die Eikes Vater Leif besessen hatte, noch Der *Lebensbaum*, der Muriel gehörte.

Verblüfft rief Hannes aus: »Das gibt es doch nicht! Die schwarze Möwe und der weiße Rabe!«

Sprachlos schaute Flo auf das Schmuckstück. Es zeigte tatsächlich die beiden Vögel. Dort, wo sich ihre Flügelspitzen berührten, war ein wunderschöner Stein eingefasst, der in verschiedenen Blau- und Grüntönen zu leuchten schien.

Hannes klang fast ehrfürchtig: »Dann hattest du also doch recht. Die Möwe und der Rabe haben uns nicht ohne Grund zum Museum geführt. Ich begreife noch immer nicht, wie das möglich ist. Das Amulett ist wunderschön, vermutlich hat es Eike gehört.«

Flos Stimme war belegt, als sie jetzt fragte: »Ist das der Beweis, dass es Øland tatsächlich gibt und die Legende von der vergessenen Insel, mehr als nur eine schöne Geschichte ist?«

»Schau mal, hier ist noch etwas«, Hannes wies auf einen Zettel, der mehrmals zusammengefaltet war. Er glättete das Papier, welches mit einer fein säuberlichen Handschrift eng beschrieben war, und begann vorzulesen:

»Vor drei Tagen haben wir meinen geliebten Eike beerdigt, und er fehlt mir mit jedem Atemzug. Wir wussten beide, dass es so kommen würde, und doch hat mich niemand auf den Schmerz vorbereitet. Ich habe funktioniert, wie es von mir erwartet wurde. Ja, ich war sogar dankbar für all die Dinge, die es nach seinem Tod zu regeln gab, sonst hätte ich die Tage wohl nicht überstanden. Nun gilt es noch, seinen letzten Wunsch zu erfüllen, sein Amulett braucht einen sicheren Ort, wo es gut versteckt ist, bis die Zeit kommt, dass ein anderer es trägt. Ich musste Eike versprechen, dass ich niemandem etwas davon erzähle, nicht einmal unserem Sohn Enno, und Knut ist eh noch zu klein.

Eikes Schutzstein darf nicht auch noch verloren gehen. Noch immer fehlt jede Spur von Leifs Amulett. Wir wissen noch immer nicht, was nach seinem Tod damit geschehen ist. Heute Nacht werde ich das Amulett an einen Ort bringen, wo es nur jemand findet, der die Zeichen zu deuten weiß, ich werde es in der alten Hansekogge verstecken. Es wird Zeit, dass dies alles ein Ende hat. Gott schütze uns!

Levke Friedrichsen im August 1914«

Nachdem Hannes geendet hatte, faltete er das Blatt so behutsam wieder zusammen, als könnte eine heftige Bewegung den Zauber dieser Zeilen brechen. Die Zeit schien stillzustehen, es war, als gäbe es kein

Gestern und kein Morgen. Nur diesen Augenblick, in dem sie beide die Tragweite des eben Gelesenen zu verstehen versuchten. Es war Hannes, der sie in die Wirklichkeit zurückholte, indem er in seiner unnachahmlichen trockenen Art meinte: »Gegen das hier sind die Kronjuwelen kalter Kaffee. Das ist …«

»… echt krass!«, ergänzte Flo. »Meinst du, ich sollte das Amulett behalten?«

»Wenn es jemandem zusteht, dann dir, du hast es schließlich gefunden. Aber ich bin mir nicht sicher, ob du es gefahrlos tragen kannst. Nach allem, was wir bisher darüber wissen, können wir die Folgen, die es mit sich bringt, nicht wirklich abschätzen.«

Flo nahm es in die Hand, als könne sie durch die Berührung eine Antwort erhalten.

»Ich kann nichts Besonderes spüren. Ob der Stein womöglich seine Wirkung verloren hat? Ich werde ihn gleichwohl tragen«, beschloss sie. »Es fühlt sich richtig an.«

Sie löste die Schnur, an der schon die Feder hing, und fügte das Amulett mit den zwei Vögeln hinzu.

Die Suche

T. S.

Die Wandlung, welche sein Leben zurzeit erfuhr, war erstaunlich; es waren die Geschwister Antonio und Catarina, die ihm vorhin einen unangekündigten Besuch abgestattet hatten.

»Noch nicht sauber genug«, hatte die kleine resolute Frau ihm in gebrochenem Deutsch erklärt und sich, ohne seine Antwort abzuwarten, in die Arbeit gestürzt. Jetzt, drei Stunden später, glänzte sein Haus; Antonio hatte unterdessen damit begonnen, das Unterholz im hinteren Teil des Gartens zu roden. Das Ergebnis war verblüffend, er erkannte das Gelände kaum wieder.

Nun, wo er wieder allein war, wollte er wissen, wie es Rorik und seiner Familie ergangen war. Was war damals bloß geschehen? Auch hatte er lange über den weißen Raben und die schwarze Möwe gegrübelt. Er schlug die Abschrift auf und begann erneut zu lesen. Wieder war er nach wenigen Sätzen von Roriks Aufzeichnungen so gefesselt, dass er den Eindruck hatte, ein Teil der Geschichte zu sein und diese gleichsam mitzuerleben.

Øland, im Herbst 1487

Die Suche nach Ulfur gestaltete sich weitaus schwieriger als erwartet. Zwar konnte man mit einem guten Pferd Øland in zwei bis drei Tagesreisen umrunden. Doch was er schon in den ersten Wochen nach der Katastrophe geahnt hatte, wurde für Rorik nun zur traurigen Gewissheit. Das natürliche Gleichgewicht der Insel war zerstört.

An manchen Orten waren es nur subtile Anzeichen, die auf den ersten Blick kaum auffielen, andere Bereiche dagegen erkannte er fast nicht wieder. Neulich war Rorik unversehens von einem heftigen Schneesturm überrascht worden. Er hatte ihn nicht kommen sehen, auch war es noch viel zu früh dafür im Jahr. Erst nach stundenlangem Umherirren hatte er den richtigen Weg gefunden. Tags darauf war er im Süden bei einem seiner Kontrollgänge in ein ihm völlig unbekanntes Sumpfgebiet geraten und von einem plötzlichen Gefühl der Sinnlosigkeit ergriffen worden. Fast hätte er seinem Leben an Ort und Stelle ein Ende bereitet. Erst das beherzte Eingreifen seiner treuen Hündin, Freya, hatte ihn dazu gebracht, diesem schrecklichen Sumpf den Rücken zuzukehren. Der Osten der Insel schien dagegen vom Feuer dominiert. Mehrfach hatte er aus der Ferne verbrannte Abschnitte gesehen.

Schon vor Wochen hatte er seiner Familie erklärt: »Es scheint mir, als wären die Elemente auf Øland nicht mehr ausgewogen. Doch es sind nicht nur die äußerlichen Veränderungen, die mir Sorge bereiten, vielmehr sind es die Gefühle und Emotionen, welche die Dominanz der einzelnen Elemente hervorruft. Das macht mir

Angst.«

Anfangs hatten die anderen ihn noch rundum ausgelacht und für verrückt erklärt. Doch heute hatte Rorik seinen Bruder gebeten, ein verbranntes Steinfeld näher in Augenschein zu nehmen. Dieser war völlig verstört heimgekommen, denn er war beim Durchqueren von einer alles verzehrenden Eifersucht befallen worden. Erst nach Stunden hatte er sich so weit beruhigt, dass er sich getraut hatte, zu seiner Familie zurückzukehren.

Rorik entschied, dass es Zeit wurde, den anderen von seinen Plänen zu berichten. Ihm war eine Idee gekommen, wie man vielleicht einen Teil der alten Ordnung wiederherstellen könnte. Gleich am nächsten Tag bot sich ihm die ideale Gelegenheit.

Es war Halvars Geburtstag und sie hatten beschlossen, gemeinsam sein Grab am See zu besuchen. Das Wetter war ungewöhnlich mild für Mitte November und eine fahle Sonne schickte ihre Strahlen über das Wasser. Lange standen sie schweigend im Schutze der kleinen Eiche. Rorik vermisste seinen Vater schmerzlich; auch die anderen mussten mit den Tränen kämpfen. Als sie sich auf den Heimweg machten, bat er:

»Bitte, wartet noch einen Augenblick, ich möchte euch etwas zeigen.«

Er führte die kleine Gruppe zu einer Stelle am Ufer, von der aus die Insel in der Mitte des Sees gut zu erreichen war. Seine Familie musste die Dringlichkeit hinter seinen Worten gespürt haben, denn sie folgten ihm in das kalte Wasser, ohne weitere Fragen zu stellen.

Noch während sie überlegten, was er auf der Insel wollte, schob Rorik zum Erstaunen der anderen den dicken Efeuvorhang beiseite, hinter dem sich der Eingang zur Höhle verbarg. Schnell entzündete er einige Fackeln, sodass Beeke und seine Geschwister sich im Inneren umblicken konnten. Sie waren seit jener Schreckensnacht nicht mehr hier gewesen, und er konnte ihre Beklemmung spüren. Schweigend lasen sie die Inschrift.

Rorik wandte sich an Beeke und Ilvy: »Ich möchte, dass das Wissen um die Geschehnisse für eure Kinder und Kindeskinder erhalten bleibt. Nur so werden sie einst in der Lage sein, den Fluch zu brechen.«

Tränen standen in den Augen seiner Schwester, als sie zu ihm trat und ihn in stillem Dank umarmte. Einen Moment verharrten sie so, dann fuhr Rorik fort: »Das Wissen ist das eine, die Mittel und Wege sind das andere.« Er wies auf eine Ecke. Dort lagen auf einem Tuch fein säuberlich aufgereiht alle Splitter und Fragmente des zerstörten Kristalls, welche er bisher in mühevoller Kleinarbeit gesammelt hatte.

»Was hast du damit vor?«, fragte Beeke neugierig.

»Ich möchte versuchen, dem Kristall der Kraft neues Leben zu schenken, denn ich bin sicher, dass noch etwas von seiner alten Energie existiert.«

»Wie soll das gehen?«, sein Bruder war skeptisch.

»Könnt ihr euch erinnern, dass Vater einmal davon gesprochen hat, der Kristall wäre wie das fünfte Element, da er Wasser, Feuer, Luft und Erde in sich vereint. Hier an diesem Ort treffen Himmel und Erde zusammen, und die Gegensätze des Universums sind in Harmonie verbunden. Als Ulfurs und Mutters Worte in jener Nacht aufeinandertrafen, wurde nicht nur der Stein der Kraft, sondern auch das göttliche

Gleichgewicht zerstört. Ich habe damit begonnen, Ton und Lehm aus den verschiedenen Teilen Ølands zusammenzutragen, und ich möchte, dass ihr mir dabei helft. Ich werde euch erklären, weshalb das wichtig ist.«

Er wandte sich an seine Schwester: »Ilvy, von dir weiß ich, dass du darüber nachdenkst, die Insel zu verlassen, sobald dein Kind auf der Welt ist. Auch ich bin mir nicht sicher, ob ich bleiben möchte. So sehr ich Øland liebe, so kann ich doch auf Dauer nicht ohne andere Menschen leben. Wir sind durch Ulfurs Fluch an diesen Ort gebunden. Aber ich glaube, dass ich einen Weg gefunden habe, wie wir diesen umgehen können. Wenn wir hier im Herzen der Insel in Liebe gemeinsam etwas erschaffen, wird immer ein Teil von uns mit Øland verbunden sein. Zugleich schenkt uns der Kristall einen Teil seiner alten Kraft. Seht her!«

Rorik griff unter sein Hemd und förderte ein Amulett zutage. Es bestand aus einem roten, flachen Stein in der Größe einer Kinderfaust, der in einen silbernen Ring aus Flammen eingefasst war.

»Dies ist einer der Steinsplitter des Kristalls der Kraft. Für mich als Schmied ist mein Element das Feuer, daher habe ich diesen Flammenstein gewählt. Seit ich ihn trage, ist es, als hätte er die Schwingung meines Herzens angenommen.«

Er legte das Amulett in die flache Hand, schloss kurz die Augen und konzentrierte sich. Fast augenblicklich begann sich die Oberfläche des Steins zu verändern, sie war jetzt beinahe durchsichtig, und in seinem Innern wurde ein Flammenmeer sichtbar. Gleichzeitig schien die Temperatur im Raum um mehrere Grad zu steigen.

Dann war der Moment vorbei, und das Amulett war wieder nichts weiter als ein Schmuckstück.

»Wie jedes Ding hat auch dieses Amulett zwei Seiten. Solange ich den Stein trage, schenkt er mir zusätzliche Energie. Ich kann mich sogar mit einem Boot von der Insel entfernen, doch sobald ich das Amulett ablege, schwinden meine Kräfte. Auch habe ich herausgefunden, dass nicht jeder Stein zu mir passt. Es ist wie bei den Menschen, es gibt welche, die tun uns gut, andere dagegen schaden uns.«

Einen Augenblick lang herrschte verblüfftes Schweigen, während seine Familie versuchte zu begreifen, was Rorik hier in aller Stille vollbracht hatte. Hraban fand als Erster seine Sprache wieder.

»Das ist in der Tat erstaunlich. Vielleicht hast du tatsächlich einen Weg gefunden, wie wir die Insel verlassen können.«

Øland, im Dezember 1487
Nachdem es keine Arbeit mehr auf den Feldern gab und auch alle Kräuter und Heilpflanzen gesammelt waren, beschlossen sie, dass Hraban seinen Bruder auf der Suche nach Ulfur begleiten sollte. Stück für Stück umrundeten sie gemeinsam die gesamte Insel.

Als sie an diesem Morgen aufbrachen, hing der feuchte Nebel wie eine klebrige Wolke über allem. Immerhin war der Schnee der vergangenen Tage geschmolzen. Sie würden die Pferde nehmen, damit sie rascher vorwärtskämen. Diesmal wollten sie über Nacht wegbleiben; ihr Ziel war eine Höhle auf der anderen Seite der Insel. Roriks Hündin Freya begleitete sie.

Es dämmerte bereits, als sie ihr Ziel erreichten. Bald war ein kleines Feuer entfacht und die Pferde versorgt. Das Brot und den mitgebrachten Käse teilten sie gerecht untereinander. Da sie müde waren von dem stundelangen Ritt über das unwegsame Gelände, sprachen sie nicht viel, sondern bereiteten schweigend ihr Nachtlager vor. Gleichwohl hatte Rorik das Gefühl, dass dieser Tag sie einander wieder nähergebracht hatte.

Die letzten Monate waren für sie alle nicht einfach gewesen und sie hatten sich immer wieder gestritten. Jetzt vermeinte er wieder das unsichtbare Band zu spüren, das ihn seit Geburt an mit Hraban verband. Im Einschlafen fragte sich Rorik, ob sie morgen wohl endlich eine Spur von Ulfur finden würden.

Die Kälte hatte sie früh geweckt und sie brachen zeitig auf. Gegen Mittag kamen sie an einen Strandabschnitt, der ihnen völlig unbekannt war. Hraban zügelte sein Pferd und schlug vor: »Lass uns hier Rast machen und etwas essen!«

»In Ordnung, unsere Pferde brauchen auch eine Pause«, willigte Rorik ein und streichelte seiner Stute Ragna über die schweißnasse Flanke. Prüfend sah er sich nach allen Seiten um. »Was denkst du, wo genau wir uns hier befinden?«

»Ich nehme an, wir haben vorhin die Spitze der Insel umrundet und nähern uns dem Oberdorf mittlerweile von der anderen Seite«, vermutete sein Bruder.

In den letzten Stunden war die Luft merklich kälter geworden. Ein eisiger Wind fegte über den Strand und trieb einzelne Büschel Seegras vor sich her. Am Himmel türmten sich dunkle Wolken bedrohlich übereinander.

Fröstelnd meinte Rorik: »Das sieht gar nicht gut aus. Es riecht nach Schnee, wir sollten zusehen, dass wir weiterkommen und einen Rastplatz für die Nacht finden. Ich möchte auf keinen Fall im Freien schlafen müssen.«

Tatsächlich fielen bereits vereinzelte Flocken. Auch Hraban verspürte wenig Lust, noch länger in der Kälte auszuharren. Sie bestiegen ihre Pferde und schlugen ein zügiges Tempo an. Bald näherten sie sich einem großen Felsen, der weit ins Wasser ragte. Er versperrte den Blick auf den dahinterliegenden Strand. Je näher sie kamen, desto mächtiger erhob er sich vor ihnen.

Enttäuscht meinte Hraban: »Hier kommen wir nicht durch. Uns wird nichts anderes übrigbleiben, als uns ins Landesinnere zu wenden und das Hindernis auf diese Weise zu umgehen. Lass uns diesem Pfad folgen, wenn wir Glück haben, finden wir in den Wäldern im Hinterland einen Unterschlupf für die Nacht.«

Erneut blickte Rorik besorgt zum Himmel. Der Schnee fiel jetzt in immer dichteren Flocken, und sie konnten die Zügel kaum mehr in den erstarrten Händen halten. Seine Hündin drängte sich dicht an die Pferde. Im Stillen dankte er seiner treuen Stute, die ihn, ohne zu murren trug. Sobald sie den Strand verlassen hatten und sich im Schutze der Dünen befanden, ließ zumindest der eisige Wind etwas nach. Gleichwohl zitterten sie vor Kälte und waren dankbar, als sie ein kleines Gehölz erreichten. Tannen wechselten sich nun mit anderen Laubbäumen ab, und es wurde eine Spur wärmer.

Plötzlich ließ ein schauriges Geheul Pferd und Reiter erschreckt innehalten. Ein riesiger, schwarzer Wolfshund war vor ihnen auf den Pfad getreten und versperrte ihnen den Weg. Das Tier machte keine Anstalten, die kleine Gruppe anzugreifen, sondern musterte sie nur aufmerksam.

»Ruhig, mein Mädchen!«, versuchte Rorik, seine aufgebrachte Stute Ragna zu beruhigen, und auch Hraban hatte alle Hände voll zu tun, seinen Rapur im Zaum zu halten. Dann geschah etwas ganz und gar Erstaunliches, Freya und der fremde Wolfshund begrüßten sich wie alte Freunde und sprangen aneinander hoch. Das Silbergrau seiner Hündin mischte sich mit dem Tiefschwarz des fremden Tieres. Ehe sie es sich versahen, waren die beiden im Unterholz verschwunden, und sie mussten ihnen wohl oder übel folgen.

Sie fanden Ulfur vor einem überhängenden Felsvorsprung, er war mehr tot als lebendig. Der fremde Wolfshund hatte sie direkt zu ihm geführt. Sobald sie die leblose Gestalt entdeckten, sprangen sie von den Pferden, noch ehe diese richtig zum Stehen gekommen waren. Rorik kniete sich zu ihm. Das ehemals glatte Gesicht war jetzt fast vollständig von einem Bart verdeckt, seine Haare standen wild in alle Richtungen ab, und er stank entsetzlich. Ulfurs ganzer Körper schien zu glühen, und unter der dreckverkrusteten Kleidung zeichnete sich ein Blutfleck auf seiner Brust ab.

Rorik versuchte, sich seinen Ekel nicht anmerken zu lassen, als er sich jetzt zu ihm beugte: »Mein alter Freund, du hast dich aber ganz schön gehen lassen! Komm, wir bringen dich heim, dort bekommst du erst mal ein schönes heißes Bad!«

Beim Klang von Roriks Stimme hatte Ulfur die

Augen geöffnet. Er blickte die beiden Brüder ängstlich und verwirrt an. Dann klärte sich sein Blick, als er sie erkannte. Das Sprechen fiel ihm sichtlich schwer:

»Seid ihr es wirklich? Warum seid ihr gekommen? Ich dachte, dies wäre ein schöner Platz zum Sterben.«

Hraban brauste auf: »Das hättest du wohl gerne, so leicht kommst du uns nicht davon, du schuldest uns noch eine Erklärung! Was sollte das in der Höhle!? Wir waren deine Freunde, und ich dachte, du liebst Ilvy!«

Auch wenn sein Bruder ihm aus dem Herzen sprach, versuchte Rorik doch, ihn zu beschwichtigen. »Lass gut sein für den Moment! Wir müssen ihn so schnell wie möglich zur Siedlung bringen. Ich hoffe es ist noch nicht zu spät.«

Die einbrechende Dunkelheit zwang ihn, für heute Schluss zu machen. Aber er hatte eh genug, über das er nachdenken wollte, ihm schwirrte der Kopf. Wie mussten sich die zwei Brüder gefühlt haben, dem Mann zu helfen, der für den Tod ihres Vaters verantwortlich war? Das Schicksal dieser Familie berührte ihn mehr, als er gedacht hatte. Automatisch wanderten seine Gedanken zu seiner eigenen Tochter. Er musste mit den Tränen kämpfen, als ihm bewusstwurde, wie sehr er sie noch immer vermisste. Ob es noch eine Chance für ihn gab, sie jemals wiederzusehen?

Geburtstags-Überraschungen

FLO

Hinnerks Knie und der Deutsche Wetterdienst hatten rechtbehalten. Am Morgen des 21. Juni fegte ein heftiger Wind über die Nordsee, der kurz davor war, sich zu einem ordentlichen Sturm auszuwachsen. Flo wurde davon wach, dass er an den Fensterläden rüttelte, als begehre er Einlass.

»Geburtstag! Ich habe heute Geburtstag!«

Mit einem Schlag war sie hellwach und zog sich in Windeseile an. Immer zwei Stufen auf einmal nehmend, rannte sie die Treppe hinunter, um dort mit offenem Mund staunend stehenzubleiben.

Auf einer strahlend weißen Tischdecke stand eine Vase mit frischen Blumen sowie eine Geburtstagstorte, auf der sechzehn Kerzen brannten. Daneben lagen mehrere liebevoll eingepackte Geschenke. Hannes hatte anstatt seines blauen Troyers, den er stets trug, einen schicken roten Pullover an, auch seine Jeans sah verdächtig neu aus. Er sang aus voller Kehle *Zum Geburtstag viel Glück*, wobei er mit den

Kerzen um die Wette strahlte.

»Alles Gute zum Geburtstag, meine kleine Flo! Es kommt mir wie gestern vor, dass du in Windeln durch die Gegend geflitzt bist, und jetzt steht da eine junge, wunderhübsche Frau vor mir. Wo ist nur die Zeit geblieben? Möchtest du frühstücken oder lieber erst Geschenke auspacken?«

»Geschenke!«, kam die prompte Antwort.

Hannes grinste: »Na, da bin ich aber froh, ich bin nämlich mindestens so gespannt wie du.«

»Wo kommen die denn alle her?«, sie schaute noch immer verblüfft auf den Berg an Päckchen. Flo war sich sicher, dass in den letzten Tagen nur belanglose Briefe in der Post gewesen waren. Sie entschied sich, mit einem dünnen, flachen Geschenk anzufangen. Das Papier mit den Baufahrzeugen kam ihr nur allzu bekannt vor. Sie hatte es im letzten Jahr extra zu Felix' Geburtstag besorgt. Damals hatte er sich beinahe mehr über die Verpackung als über den Inhalt gefreut.

Offenbar hatte es nicht mehr ganz gereicht, und Felix hatte dies durch Unmengen an Klebeband ausgeglichen. Er musste mehrere Rollen verbraucht haben, so wie es aussah. Es rührte Flo, dass ihr kleiner Bruder sich solche Mühe mit dem Geschenk gegeben hatte. Im Innern lag ein gerahmtes Foto, auf dem ihre ganze Familie mit Müller zu sehen war. Sie mussten das Bild extra für sie aufgenommen haben. Auf der beiliegenden Karte stand in seiner krakeligen Handschrift: »*HERLICHEN GLÜKWUNSCH ZUM GE-BRUSTAG. ICH VERMIESE DICH.*«

»Ach Felix, ich vermisse euch auch alle«, Flo

hatte einen dicken Kloß im Hals.

Im zweiten Päckchen befand sich ein Buch, es war der neueste Band ihrer Lieblingsserie. Auf der beiliegenden Karte las sie: *Für meine Lieblingsschwester, genieße deinen Tag, Lukas!*

Sie musste schmunzeln, das war mal wieder typisch für ihren großen Bruder, so etwas zu schreiben. Das nächste Geschenk musste von Merle sein, jedenfalls trug es ihre Handschrift. Als sie es öffnete, verschlug es ihr endgültig die Sprache. In einer wunderschönen Schachtel lagen 28 Briefbögen. Jeder einzelne trug die Überschrift: *Was ich an dir mag.*

Wie es aussah, hatte Merle die ganze Klasse und einige Lehrer gebeten, aufzuschreiben, was sie an Flo schätzten. Ihr kamen fast die Tränen, als sie die ersten Seiten zu lesen begann und sie beschloss, den Rest später in aller Ruhe anzuschauen. Einen amtlich aussehenden Brief, der das Schullogo trug, öffnete sie allerdings sofort. Eilig überflog sie die wenigen Zeilen:

Liebe Florentine

Wir gratulieren dir zu deinem sechzehnten Geburtstag. Aufgrund deiner guten, schulischen Leistungen im letzten Halbjahr haben wir uns entschieden, dich ohne Abschlussprüfungen in die elfte Klasse zu versetzen. Werde schnell wieder gesund! Du fehlst uns!

Deine Klassenlehrerin, Cordula Stahnke

Flo stieß einen Jubelschrei aus und hüpfte ausgelassen durch den ganzen Raum.

»Gratuliere, Mädchen, das ist wirklich eine

fantastische Nachricht!«, Hannes freute sich fast noch mehr als sie selbst.

Das letzte Päckchen war das größte. Es enthielt einen wunderschönen Pullover in verschiedenen Grün- und Blautönen. Er fühlte sich wunderbar weich und kuschelig an und passte wie angegossen.

»Wow, du siehst großartig aus!«, Hannes pfiff anerkennend. »Auf mein Geschenk musst du noch ein bisschen warten.«

»Du hast mich doch bereits mit all dem hier reich beschenkt«, Flo wies mit der Hand auf den Geburtstagstisch. »Aber eins musst du mir doch verraten. Wie ist es dir gelungen, dies in aller Heimlichkeit vorzubereiten? Ich habe nichts, aber auch gar nichts, davon mitbekommen.«

Hannes strahlte: »Wozu hat man schließlich Freunde, die bei der Deutschen Post arbeiten? Sönkes Tochter war so lieb und hat alle Päckchen und Briefe für dich zurückbehalten. Und Jans Frau Marianne hat den Kuchen nach dem Rezept von Marlene gebacken. Du sollst doch heute nicht auf deinen traditionellen Geburtstagskuchen verzichten müssen. Komm, lass ihn uns direkt anschneiden!«

Flo hatte schon wieder einen dicken Kloß im Hals – wie viel Mühe Hannes sich gegeben hatte! Wie sollte sie ihm bloß dafür danken? Ihr fiel der Kaffeebecher ein, den sie neulich heimlich auf dem Markt für ihn gekauft hatte, er lag noch immer gut versteckt in ihrem Zimmer.

»Ich bin gleich wieder da, schneid du schon mal den Kuchen an!«, mit diesen Worten stürmte sie nach oben und war kurz darauf zurück. «Hier, ich habe auch etwas für dich, hoffentlich gefällt er dir.«

»Für mich?«, Hannes strahlte. »Der kommt von der Töpferin auf dem Bauernmarkt, stimmt's? Ich habe schon ein paar Mal damit geliebäugelt.«

Etwas später schaute er auf die Uhr. »Ich denke, es ist Zeit für dein Geburtstagsgeschenk.«

KIKI

Sie gab sich noch genau vierundzwanzig Stunden, wenn sie bis dahin keine brauchbaren Erfolge erzielt hatte, würde sie das Projekt Hannes Friedrichsen abblasen. Ein mittlerweile ziemlich teures Unterfangen, wie sie sich eingestehen musste. Sie war wirklich nicht arm, aber langsam ging der Aufenthalt ganz schön ins Geld. Immerhin war sie sich inzwischen recht sicher, dass er und die junge Frau kein Liebespaar waren. Gleichwohl faszinierte sie der vertraute Umgang der beiden.

Noch ein anderes Thema beschäftigte Kiki. Heute war Samstag, am Montag musste sie zurück in München sein, dann erwartete Hagestolz sie in seinem Büro. Wenn sie den Auftrag annahm, würde sie für das Interview nach Lissabon fliegen müssen. Sie hatte sich noch immer nicht endgültig entschieden, und hoffte, dass Marco bis dahin noch etwas über COHAMI und My Healing herausbekam.

Jetzt galt es aber erst mal, hier in Moorfleet klare Verhältnisse zu schaffen. Zu ihrem Leidwesen hatte der Deutsche Wetterdienst für den heutigen Nachmittag eine Unwetterwarnung ausgegeben. Das würde ihre Aufgabe nicht gerade einfacher machen. Sie konnte vom Glück sagen, dass ihr Zimmer ihr nicht nur freien Blick auf den Deich und das Watt gewährte, sondern auch auf die Hafenausfahrt mit dem Schleusenhaus. Bereits gestern hatte sie beobachtet, wie Hannes und das Mädchen im Garten alles sturmfest gemacht hatten. Heute hatten sich die beiden noch nicht blicken lassen. Kein Wunder, es wurde mit jeder Stunde kälter und ungemütlicher. Den Sommer an der Küste hatte sie sich wirklich anders vorgestellt. Herbst traf es wohl besser.

Da! Im Möweneck tat sich etwas, wie es aussah, waren Hannes und diese Flo im Begriff, das Haus zu verlassen. Kiki ballte die Hand zur Siegerfaust. Jetzt kam endlich Bewegung in die Geschichte. Vielleicht würde sie gleich mehr erfahren.

FLO

»Leider müssen wir für dein Geburtstagsgeschenk die gemütliche Küche verlassen und raus in das Schmuddelwetter da draußen.«, Hannes schaute Flo entschuldigend an.

Sie stiegen in seine alte Ente. Die Fahrt endete jedoch schon nach wenigen hundert Metern, als sie nicht wie sonst am Moorfleeter Leuchtturm vorbeifuhren, sondern direkt davor parkten. Zum Leidwesen der Touristen war er für die Allgemeinheit gesperrt und durch einen Zaun vor allzu neugierigen Urlaubern geschützt. Hannes öffnete jetzt die Tür und bat sie mit einer einladenden Geste einzutreten.

Eine geschwungene Treppe führte nach oben.

Der Turm war zum Glück mit etwas mehr als zwanzig Metern nicht allzu hoch, gleichwohl geriet Flo etwas aus der Puste und ließ sich, oben angekommen, dankbar auf die Rundbank fallen, die sich einmal um den ganzen Turm erstreckte. In der Mitte stand ein Tisch, auf dem zwei große, gebogene Spiegel auf einer Drehscheibe montiert waren. Sobald es dunkel wurde, würde der Leuchtturm seine Tätigkeit aufnehmen, verblüfft schaute Flo auf die zwei kleinen Glühbirnen davor.

»Wie? Das ist alles? Damit wird der helle Strahl erzeugt, den ich jeden Abend übers Wasser huschen sehe?« Flo klang fast ein wenig enttäuscht.

»Ja, ich weiß, das ist nicht sehr romantisch. Einen Leuchtturmwärter gibt es hier auch schon seit fast vierzig Jahren nicht mehr. Das wird heute alles automatisch von der Zentrale des Wasser- und Schifffahrtsamtes in Tönning gesteuert. Dafür ist der Blick von hier oben einmalig.«

Hannes hatte nicht übertrieben, die Aussicht war wirklich atemberaubend. Das stürmische Meer mit seinen weißen Schaumkronen und der tosende Wind übten eine fast magische Anziehungskraft auf sie aus. Flo hätte es am liebsten den Seevögeln gleichgetan und wäre mit ihnen dicht über die Wasseroberfläche geschossen. Hannes riss sie aus ihren Gedanken.

»Nicht nur der Blick ist hier oben umwerfend, auch die Internetverbindung ist die beste in ganz Moorfleet«, mit diesen Worten hob er den Pappkarton an, der vor ihnen auf dem Tisch gestanden hatte. Darunter befand sich ein aufgeklappter Laptop, auf dem Bildschirm war zu Flos Verblüffung ihre ganze Familie zu sehen.

»Na endlich kann ich meinem Geburtstagskind persönlich gratulieren«, ertönte jetzt die Stimme von Paul Bosquet. Flo konnte es nicht fassen, ausgerechnet Hannes, der Computermuffel, hatte dies für sie organisiert.

Fast eine halbe Stunde lang sprach sie mit ihren Eltern, Lukas und Felix und bedankte sich für die Geburtstagsgeschenke. Ihr kleiner Bruder strahlte, als sie ihm sagte, wie sehr sie sich über das Foto gefreut hatte. Den Höhepunkt allerdings bildete Müller: Beim Anblick seiner geliebten Flo brach der Kater in lautes Schnurren aus. Vergeblich versuchte er, in das viereckige Ding zu klettern, in dem sein Lieblingsmensch steckte. Er konnte einfach nicht begreifen, weshalb Flo ihn nicht streichelte und zu ihm kam. Paul Bosquet griff schließlich zu einer List und lenkte den Kater mit einem Stück frischen Lachs ab.

Hannes hatte sich während des Telefonats die meiste Zeit im Hintergrund gehalten. Aber er musste schon zugeben, es hatte etwas, wenn man die Menschen, die man liebte, nicht nur hören, sondern auch sehen konnte. Vielleicht sollte er sich auch so ein Teil anschaffen, es wäre schön, auf diese Weise ab und zu mit Flo zu sprechen, wenn sie wieder in der Schweiz war.

Sein alter Freund Philippe Dubois fiel ihm ein, der französische Kapitän lag ihm schon seit Längerem damit in den Ohren, dass er sich endlich ein ordentliches Internet anschaffen sollte. Bei dem Gedanken an ihn stahl sich ein Lächeln auf Hannes' Gesicht. Jahrelang war Dubois regelmäßig in Moorfleet vor Anker gegangen. Sein damaliger Frachter hatte zu den größten Schiffen gezählt, die den Hafen anliefen. Das Schleusen hatte jedes Mal für Aufsehen gesorgt, denn es war Millimeterarbeit, das Schiff durch die enge Hafeneinfahrt zu manövrieren. Anfangs hatten sich die beiden Männer nur auf beruflicher Ebene geschätzt, da die Zusammenarbeit von beiden Seiten Vertrauen erforderte. Mit der Zeit war eine lose, später eine engere Freundschaft daraus entstanden. Das lag mittlerweile über 20 Jahre zurück. Inzwischen war Dubois mit seinem neuen Frachter, der Louise, nur noch auf den Flüssen Europas unterwegs und kam nicht mehr nach Moorfleet. Doch ihre Freundschaft bestand noch immer.

Hannes schrak aus seinen Überlegungen, als er merkte, dass Flo ihn erwartungsvoll anblickte. Belustigt meinte sie: »Diesmal warst aber du derjenige, der geträumt hat.«

»Stimmt«, musste er zugeben, »möchtest du jetzt den zweiten Teil deines Geschenks bekommen?«

Was für eine dumme Frage, natürlich wollte Flo. Sie warf noch einen letzten, langen Blick auf die tosende Nordsee, als wolle sie das Bild auf ihre Netzhaut brennen. Der Wind packte sie mit Macht, als sie wieder ins Freie traten. Sie war gespannt, wo es jetzt hingehen würde.

Moorfleet war an diesem Morgen wie leergefegt, die meisten Urlauber hatten es sich in ihren Ferienwohnungen oder Hotelzimmern gemütlich gemacht.

Nur einige wenige hatte der Sturm auf den Deich gelockt. Schnell hatten sie den Ort hinter sich gelassen.
Gut zwanzig Minuten später erreichten sie die
nächste Kleinstadt, Hannes parkte den Wagen und sie
machten sich zu Fuß auf den Weg. Dem großen Ein-
kaufszentrum und einem Wollladen zeigte Hannes
die kalte Schulter, auch die Bäckerei samt Eiscafé
ließ er links liegen.

Das nächste Geschäft sah wie ein Trödelladen
aus. Im Schaufenster buhlten Werkzeuge, Antiquitä-
ten sowie eine Ansammlung unglaublich hässlicher
Gartenzwerge um die Aufmerksamkeit des Betrachters. Zu Flos Erstaunen betrat Hannes zielstrebig den
Laden. Irgendwo in den Tiefen ertönte ein melodi-
sches Glockenspiel.

Es verschlug ihr schier die Sprache, jeder Zentimeter war vollgestopft mit einem abenteuerlichen
Sammelsurium. Altmodische Lampenschirme und
verstaubte Sessel standen einträchtig neben Elektro-
geräten, die noch aus dem letzten Jahrhundert stammen mussten. Eine Abteilung enthielt Töpfe aller
Art, Blumentöpfe, Kochtöpfe, sogar Nachttöpfe waren darunter vertreten. Hier schien die Zeit stehen geblieben zu sein.

»Was bitte schön ist dies für ein Geschäft?«, Flo
konnte sich die Frage einfach nicht verkneifen.

»Ziemlich speziell, was?«, Hannes lachte. »Ich
finde diesen Laden auch immer wieder ganz erstaunlich, warte ab, du wirst schon sehen!«

Flo war skeptisch. Hier sollte ein Geschenk auf
sie warten? Der nächste Raum, den sie betraten, gehörte ganz und gar den Gartenzwergen. Sie wurde

von einem Schauer erfasst, in ihren Augen ähnelte er einem Gruselkabinett, von dem man Alpträume bekam. Hannes nahm ein besonders hässliches Exemplar in die Hand.

»Wie wäre es mit diesem entzückenden Rehkitz mit dem Zwerg in Jägertracht? Würde dir dies gefallen?«, er schaffte es, ganze drei Sekunden erwartungsvoll zu schauen, bevor er zu Flos Erleichterung losprustete. Einen Moment lang hatte sie sich gefragt, ob er ihr ernsthaft diese Scheußlichkeit zum Geburtstag schenken wollte.

Plötzlich war Hannes verschwunden, und es dauerte einen Augenblick, bis Flo die steile Wendeltreppe entdeckte, die ins Obergeschoss führte. Welche Kuriositäten sie wohl hier erwarten würden? Doch dann riss sie die Augen auf. Sie war im Paradies gelandet. Auch hier waren die Regale randvoll gestopft, aber nicht mit Trödel, sondern mit Pinseln, Stiften, Farben, Öl, Acryl, Aquarell, Pastell und Kreiden. Daneben gab es tonnenweise Papier, Staffeleien und jedes nur erdenkliche Zeichenmaterial.

»Na, gefällt es dir? Schau dich ruhig um!«, meinte Hannes zufrieden, als er ihr strahlendes Gesicht sah.

Das hier war schlichtweg der Wahnsinn, Flo konnte ihr Glück nicht fassen. Im Geist überschlug sie ihre Barschaft. Bisher hatte sie kaum etwas von dem Taschengeld ausgegeben, das ihre Eltern ihr mitgegeben hatten. Jetzt zahlte es sich aus, dass sie so sparsam gewesen war. Da gutes Zeichenmaterial ein kleines Vermögen kostete, würde sie gleichwohl sehr sorgfältig auswählen müssen. Ganz langsam ging sie durch den Raum, studierte Preisschilder und machte sich innerlich Notizen, was sie auf jeden Fall haben wollte. An mehreren Stellen standen Körbe in verschiedenen Größen bereit, damit die Kunden ihre Einkäufe darin deponieren konnten.

»Den darfst du einmal mit allem füllen, was dein Herz begehrt, die Rechnung geht auf mich«, Hannes, der sie die ganze Zeit schweigend beobachtet hatte, reichte ihr jetzt einen Korb mittlerer Größe.

Sprachlos starrte Flo auf den Korb in ihren Händen. Da keine brauchbare Reaktion von ihr kam, fragte er vorsichtig nach: »Du magst doch Farben, oder?«

Endlich kam Leben in sie. »Das ist einfach der Wahnsinn! Du könntest mir keine größere Freude machen.«

Fast andächtig schritt sie die Regale ab, verglich, probierte. Hannes machte es sich unterdessen in einem Sessel bequem und beobachtete sie mit Genugtuung. Schließlich wählte Flo einige Tuben von den Acrylfarben, ein paar Ölkreiden sowie mehrere verschiedene Pinsel aus. Hannes ließ sich von ihr geduldig die Vor- und Nachteile verschiedener Fabrikate erklären, dann schüttelte er nur milde den Kopf und verdoppelte die Menge.

»So, und jetzt brauchst du auch noch etwas, auf das du malen kannst«, mit diesen Worten wandte er sich den Papieren und Leinwänden zu.

Fast zwei Stunden verbrachten sie in der Abteilung, auch hier bestand Hannes darauf, dass sie ordentlich zulangte. Zum Schluss wählte Flo noch eine kleine Tischstaffelei aus, die wollte sie von ihrem eigenen Geld bezahlen. Es war eine gute Alternative zu den großen, teuren Staffeleien, und sie könnte diese später wieder mit nach Basel nehmen. Kurz wurde ihr das Herz schwer bei dem Gedanken an daheim. Sie vermisste ihre Familie und Freunde, aber die Vorstellung, dass ihre Zeit in Moorfleet bald zu Ende wäre, tat zu ihrem eigenen Erstaunen fast noch mehr weh. Hannes riss sie aus ihren Grübeleien, indem er ihr die Staffelei abnahm.

»Eine gute Wahl, gib sie mir!«, damit wandte er sich zur Kasse. Als Flo protestieren wollte, meinte er nur: »Ach, nun lass mir doch die Freude, dich ein bisschen zu verwöhnen.«

Was sollte sie gegen solch ein Argument vorbringen? Daher fiel sie ihm einfach glücklich um den Hals. Dann bat Flo ihn noch kurz zu warten, ihr war nämlich eine Idee gekommen, die sie sogleich in die Tat umsetzte. Sie kehrte mit einem kleinen Päckchen unter dem Arm zurück, verriet ihm aber nicht, was sich darin befand. Gemeinsam verließen sie wenig später den Laden.

Der Sturm hatte während der letzten Stunden nochmals deutlich an Stärke zugenommen. Viele der anderen Geschäfte waren bereits geschlossen. Einige Besitzer hatten sogar Holzbretter vor die Schaufenster genagelt, um diese vor herabstürzenden Ästen und Ziegeln zu schützen. Außer ihnen war kaum noch jemand unterwegs, und der Wind trieb sein Unwesen mit allem, was er in die Finger bekam. Eine Bierdose rollte scheppernd von einer Straßenseite zur anderen. Leere Mülleimer torkelten ziellos umher. Hannes stieß einen Pfiff aus.

»Zeit, schnellstens nach Hause zu kommen, Flo!

Das wird heftiger, als ich gedacht habe.«

T. S.

Er musste verrückt sein, total verrückt. Was bitte schön machte er hier – in einem Tierheim? Er wollte doch gar kein Tier! Der Artikel aus der Zeitung war schuld. Es war darin um den zu erwartenden Ansturm an Hunden und Katzen gegangen, die jedes Jahr regelmäßig mit Beginn der Sommerferien ausgesetzt wurden. Nun ließ er sich von Patricia herumführen; die junge Frau erklärte ihm, dass sie zu den Freiwilligen gehörte, die an den Wochenenden die bezahlten Mitarbeiter unterstützten, denn dann kamen erfahrungsgemäß die meisten Interessenten.

Tatsächlich waren an diesem Samstagvormittag noch etliche Familien sowie ein älteres Ehepaar auf der Anlage. Alles machte einen sauberen und freundlichen Eindruck, aber es war auch deutlich, dass das Heim bereits jetzt aus allen Nähten platzte. Gerade kamen sie an einer Tür mit der Aufschrift *Stubenhocker* vorbei, das erweckte seine Neugier.

»Wer oder was sind denn *Stubenhocker*?«

Patricia lachte: »Das sind schwer vermittelbare Tiere, die entweder zu alt, krank oder verhaltensgestört sind und die keiner haben möchte.«

»Darf ich mir die Tiere mal anschauen?«, bat er.

»Ja, na klar. Kommen Sie!«, bereitwillig öffnete die Helferin die Tür. Wenn sie über seine Bitte erstaunt war, so ließ sie es sich nicht anmerken. Vor ihnen lag ein Gang mit Zwingern auf beiden Seiten.

Obwohl die Hunde eingesperrt waren, konnte man sehen, dass sich jemand Mühe gegeben hatte, es ihnen so behaglich wie möglich zu machen. Die meisten Tiere hatten Spielzeuge und Hundebetten.

Bei ihrem Eintreten begann ein vielstimmiges Bellen, was zu einer ohrenbetäubenden Kakophonie führte. Erst langsam kehrte wieder Ruhe ein, während die Helferin an alle Leckerli verteilte. Er schritt die Reihe der Zwinger ab, der vorletzte schien leer zu sein. Erst auf den zweiten Blick entdeckte er die Hündin. Sie hatte sich in die hinterste, dunkle Ecke gedrängt, sodass sie fast völlig mit dem Boden verschmolz.

Patricia war neben ihn getreten: »Das ist Ruby, eine zweijährige Mischlingshündin. Ursprünglich hatte ich gedacht, wir könnten sie recht rasch vermitteln, aber sie hat Angst vor Menschen und lässt niemanden so richtig an sich ran.«

In diesem Moment piepte der Pager an ihrem Gürtel. Sie warf einen Blick darauf. »Kann ich Sie einen Moment mit den Tieren allein lassen? Ich muss kurz zur Pforte.«

Unschlüssig schaute er sich um, während er wartete. Irgendetwas an Ruby erinnerte ihn an sich selbst. Die Tür des Zwingers war nur durch einen Riegel gesichert, spontan schob er sie vorsichtig auf. Die Hündin hob bei seinem Eintreten nur einmal kurz den Kopf, um sich dann sogleich wieder abzuwenden. Es war diese Geste der Resignation, mit der sie sein Herz gewann. Still setzte er sich neben das verängstigte Tier auf den Boden und wartete einfach ab.

Als Patricia wenig später zurückkam, bot sich ihr

ein erstaunliches Bild. Ruby saß mit aufgestellten Ohren da und lauschte aufmerksam der leisen Stimme des Mannes, dabei wedelte sie vorsichtig mit dem Schwanz. Gerade konnte sie noch seine letzten Worte hören:

»Na, meine Hübsche, du würdest wohl gerne raus hier?«

Eine halbe Stunde später waren alle nötigen Papiere unterschrieben.

FLO

Während draußen der Sturm tobte und die Wellen krachend gegen die Deiche anrollten, hatten Flo und Hannes es sich mit den Katzen zusammen im Möweneck gemütlich gemacht. Ein fröhliches Feuer prasselte im Kamin und der Küchentisch war übersät mit Skizzen und angefangenen Bildern.

Sie hatte es kaum erwarten können, nach Hause zu kommen und die neuen Farben und Stifte auszuprobieren. Dabei war sie von einem regelrechten Kreativitätsrausch ergriffen worden, sie experimentierte, probierte aus und vergaß darüber völlig die Zeit und ihre Umwelt. Selbst als Whisky mit einem gezielten Hieb ihrer Tatze eine Blechdose mit ungeheurem Getöse von der Anrichte fegte, hob sie nicht einmal den Kopf. Die beleibte, orange Katze war beleidigt, ihr Futternapf war leer und sie verstand einfach nicht, weshalb sie nicht hinausdurfte. Hannes hatte kein Risiko eingehen wollen und beschlossen, die beiden drinnen zu lassen, bis der Sturm nachließ.

»Na gut, ihr zwei, ich will mal nicht so sein«, er förderte zwei kleine Baldriansäckchen aus einem der Küchenschränke zutage. Binnen kürzester Zeit befanden sich Whisky und Gin in einem Zustand seliger Verzückung. »Treibt es nicht zu wild, Mädels!«, mahnte Hannes und musste kichern, denn die zwei benahmen sich durch die berauschende Wirkung des Baldrians tatsächlich wie unter Drogen. Sie vollführten die abenteuerlichsten Sprünge und warfen dabei ihre Säckchen in die Luft.

Da nun alle im Haus zufrieden und beschäftigt waren, holte Hannes sein Saxofon hervor und entlockte dem Instrument weiche, sehnsüchtige Töne, die von Fernweh und fremden Ländern erzählten.

Flo hatte alles um sich herum vergessen, gleichwohl nahm sie doch die Klänge des Saxofons unbewusst wahr. Sie griff nach einer noch unberührten Leinwand; ohne dass sie es merkte, wandelte sie die Musik in Farben um. Es war kein bewusstes Malen, vielmehr schien der Pinsel wie von selbst über die leere Fläche zu fliegen. Die Landschaft, welche unter ihren Händen entstand, war ihr fremd, und doch folgte sie einem unbestimmten inneren Drang.

Der verführerische Duft nach frischem Knoblauch, Rosmarin und Zitrone holte Flo in die Gegenwart zurück. Es war ihr, als käme sie von weit, weit weg. Sie blickte auf und sah Hannes in der Küche mit Pfannen und Töpfen hantieren.

»Was zauberst du da wieder Leckeres?«, Flo legte den Pinsel beiseite.

»Dein Geburtstagsessen. Aber lass mich erst mal sehen, was du gemalt hast!«

Hannes wischte sich seine Hände an der Schürze ab und trat zu der Leinwand, die auf der kleinen Staffelei auf dem Tisch stand. Das Bild zeigte eine Gebirgskette, die in eine flachere Ebene mündete. Über einem See kreisten fünf Vögel.

Lange stand Hannes nur schweigend da, endlich fragte er: »Flo, kennst du diesen Ort?«

Verwundert schüttelte sie den Kopf: »Nein, weshalb fragst du?«

»Weil ich ihn kenne, aber das ist eine lange Geschichte. Vielleicht erzähle ich sie dir ein andermal«, seine Stimme hatte bei seinen letzten Worten hart geklungen, viel härter als beabsichtigt. Brüsk drehte er sich um und ging zum Herd zurück. Er brauchte jetzt einen Augenblick allein, um sich zu sammeln. Seine Gedanken surrten wie ein aufgeregter Bienenschwarm in seinem Kopf. Wie konnte das sein, dass Flo ausgerechnet diesen Ort gemalt hatte? Er hatte nie jemandem davon erzählt.

KIKI

Ihr lief die Zeit davon, wenn nicht bald etwas Entscheidendes passierte, würde sie unverrichteter Dinge heimfahren müssen. Eine Vorstellung, die Kiki von Borch zutiefst missfiel. Seit Stunden saß sie nun schon vor dem Teleobjektiv und beobachtete durch den Sucher das Schleusenhaus. Allerdings gab es nicht sonderlich viel zu sehen. Vorhin waren die beiden beladen mit einigen Einkaufstaschen zurückgekehrt. Seitdem hielten sie sich im Innern auf.

Einzig Hannes war ein paar Mal herausgekommen, wie es aussah, wollte er sichergehen, dass draußen alles in Ordnung war. Tatsächlich schwankte die riesige Eiche bedenklich, der Baum würde gewaltigen Schaden anrichten, wenn er auf das Dach des Möwenecks krachte. Der Sturm hatte noch nicht seinen Höhepunkt erreicht, sondern nahm von Stunde zu Stunde weiter zu.

Die Schleusentore zur Hafenausfahrt hatte man bereits in den frühen Morgenstunden geschlossen, und die Nordsee war wie leergefegt. Alle Ausflugsfahrten waren abgesagt und auch die Fischer blieben an diesem Tag zu Hause. Am Nachmittag hatte die Polizei auch den Deich gesperrt, denn es gab immer wieder Unvorsichtige, die viel zu dicht ans Wasser gingen. Mittlerweile war es bereits früher Abend, und Kikis Magen knurrte beharrlich. Sie würde sich jetzt beim Zimmerservice etwas zu essen bestellen und anschließend eine Entscheidung treffen. Sie war es gründlich leid, untätig hier rumzusitzen.

FLO

Hannes fuhr sich mit der Hand übers Gesicht. Was war bloß los mit ihm? Eben hatte er sich unmöglich benommen, und dies ausgerechnet an Flos Geburtstag. Der Anblick der Bergkette mit den fünf Vögeln hatte ihn völlig unerwartet getroffen. Er war ihr eine Erklärung schuldig, deshalb drehte er sich jetzt wieder zu ihr um.

Flo stand noch immer stocksteif an derselben

Stelle. Wie ein verschrecktes Reh starrte sie ihn aus weit aufgerissenen Augen an, und er sah, dass sie mit den Tränen kämpfte. Was war er doch für ein Idiot!

Mit zwei, drei schnellen Schritten war er bei ihr.

»Entschuldige, du hast nichts falsch gemacht. Es ist nur, dass ich nicht damit gerechnet habe. Dieser Ort bedeutet mir sehr viel!«, Hannes musste schlucken. »Ich verspreche dir, es ist alles in Ordnung. Aber lass uns bitte erst essen, anschließend sollst du die ganze Geschichte hören!«

Flo nickte. »Einverstanden, ich räume nur schnell das Chaos hier weg.«

Sie wusste noch immer nicht, was eigentlich los war und konnte sich nicht erklären, weshalb das Bild eine so heftige Reaktion bei Hannes hervorgerufen hatte. Es waren doch nur ein paar Vögel und eine Hügelkette. Nun gut, sie würde sich gedulden müssen. Da konnte sie genauso gut die Mahlzeit genießen.

Hannes hatte Flammkuchen zubereitet und alle unterschiedlich belegt. Neben der klassischen Variante mit Speck und Zwiebeln gab es eine vegetarische Version mit Grillgemüse sowie eine provenzalische mit Ziegenkäse und gerösteten Nüssen. Natürlich durfte ein Salat mit frischen Kräutern nicht fehlen. Auch wenn sie darauf brannte zu erfahren, was es mit dem Bild und der Geschichte auf sich hatte, schob sie während der nächsten halben Stunde alle Gedanken daran beiseite und ließ es sich schmecken.

Hannes war Flo dankbar, dass sie ihn nicht gedrängt hatte. Jetzt war er bereit, ihr zu erzählen, weshalb ihn das Bild so aus der Bahn geworfen hatte.

»Als mein Vater Laura, deine Großmutter, kennenlernte, da fühlte ich mich wie das fünfte Rad am Wagen. Sie waren so verliebt und hatten nur Augen füreinander. Ich dachte, ich müsste aus dem Schleusenhaus ausziehen, dieser Gedanke raubte mir fast die Luft zum Atmen. Hier war mein Zuhause, natürlich hätte ich mir eine Wohnung in Moorfleet nehmen können, aber das wäre nicht dasselbe gewesen.

Also beschloss ich, fortzugehen, so weit weg wie möglich. Meinem Vater und Laura hinterließ ich nur eine kurze Notiz, in der ich ihnen meinen Entschluss mitteilte. Mit jedem Kilometer, den ich mich von zu Hause entfernte, wurde ich unglücklicher, doch ich zwang mich, weiterzureisen, war rastlos, verlor mich selbst.

Das sollte sich erst ändern, als ich nach Tibet und Nepal kam – die dortige Bergwelt übte eine nie gekannte Faszination auf mich aus. Gleichzeitig war ich kurz davor, dem Wahnsinn zu verfallen. Ich hatte mein ganzes bisheriges Leben an der Küste verbracht und hier gab es kein Meer, keinen geraden Horizont, auf dem sich das Auge ausruhen konnte. Dennoch spürte ich die ungeheure Energie, die von dieser Landschaft ausging. Ich war wie besessen, ein Grenzgänger, immer mit einem Fuß über dem Abgrund.

Dann, eines Tages, passierte es: Ich hatte eine längere Bergtour geplant, doch schon kurz nach meinem Aufbruch zogen dichte Wolken und Nebel auf. Ich verlor die Orientierung und geriet in ein Geröllfeld, rutschte ab und fiel mehrere Meter in die Tiefe. Ohne fremde Hilfe wäre ich verloren gewesen.«

Flo starrte Hannes schockiert an. Es war ihr, als läge sie selbst in der Felsspalte, und ihr Herz pochte hart gegen ihre Brust. Sag: »Wie wurdest du gerettet?«.

Er ließ sich mit der Antwort Zeit: »Ich bin kein gläubiger Mensch, aber als ich da lag und Stunde um Stunde verging, habe ich gebetet. Das Letzte, was ich sah, waren fünf majestätische Greifvögel, die über mir kreisten. Ich flehte diese Herrscher der Lüfte um Hilfe an, dann verlor ich das Bewusstsein.

Als ich wieder zu mir kam, lag ich in der Jurte eines alten Weisen. Auch er hatte die Vögel und ihr eigenartiges Verhalten bemerkt. Diesem Umstand verdanke ich es, dass ich noch am Leben bin. Sechs Wochen blieb ich bei Raju und seiner Tochter Kamala, sie gaben mir den Namen *Fünfvogelmann*.

In dieser Zeit heilte nicht nur mein Bein, sondern auch meine Seele. Kamala war eine hervorragende Pflegerin und faszinierende, junge Frau. Obwohl sie in mich verliebt war, muss sie gespürt haben, dass ich nicht auf Dauer bleiben konnte. Eines Morgens meinte sie in ihrem gebrochenen Englisch:

‚You have to go home. Someone is waiting for you.‘

Ich sollte gehen, weil jemand auf mich wartete? Ich spürte, dass sie recht hatte, es war Zeit, heimzukehren. In den Bergen Nepals hatte ich meinen Frieden gefunden, mein Platz aber war hier in Moorfleet.

Den Augenblick, als ich endlich mein Meer, die Nordsee, erblickte und das Möweneck in Sicht kam, werde ich wohl nie vergessen. Noch blieb die Sorge, was Laura und mein Vater zu meiner Rückkehr sagen würden. Als ich die Tür öffnete, stand mein Vater mit einem winzigen Säugling im Arm auf der Schwelle. Er war kalkweiß im Gesicht.

Monatelang hatte er vergeblich auf ein Lebenszeichen von mir gewartet, damals gab es ja noch keine Handys oder Internet. Nach allem, was er mit meiner Mutter durchgemacht hat, muss es für ihn eine Qual gewesen sein, eine grausame Ironie des Schicksals. Es war wie eine Wiederholung der Geschichte, als ich so einfach über Nacht verschwunden war.«

Hannes machte eine kurze Pause, ehe er fortfuhr:

»Ich war damals ein egoistischer, hirnverbrannter Trottel. Ich weiß nicht, was ohne Laura passiert wäre. Als sie mich so in meinen dreckigen Reisekleidern, unrasiert und übernächtigt, in der Tür stehen sah, meinte sie mit einem triumphierenden Lächeln:

‚Siehst du, Knut, ich habe dir doch gesagt, dass Hannes rechtzeitig zurück sein wird.‘

Mit diesen Worten nahm sie ihm sanft das Baby ab und legte mir das winzige Bündel in den Arm. Deine Mutter hatte wenige Stunden zuvor das Licht der Welt erblickt. Ich kann nicht sagen, was mich in diesem Moment mehr berührt hat, Lauras Großherzigkeit oder das Gefühl, Marlene im Arm zu halten. Ich konnte nicht anders, als deine Mutter vom ersten Augenblick an mit meinem ganzen Herzen zu lieben, und wurde mit Freuden ihr Patenonkel.

An jenem Abend hatten Knut und ich ein langes Gespräch, in dem er mir mitteilte, dass Laura und er beschlossen hätten, auf den Hof ihrer Eltern im Schwarzwald zu ziehen und mir das Schleusenhaus zu überlassen. Das war fast mehr, als ich an einem

Tag an Glücksgefühlen verkraften konnte.«

Flo schmeckte Salz auf der Haut, erst jetzt wurde ihr bewusst, dass sie weinte.

»Oh, Hannes!«, war alles, was sie herausbrachte. Sanft wischte er ihre Tränen fort.

»Weine nicht, ich habe diese Geschichte noch nie jemandem erzählt! Es war einfach nie der rechte Zeitpunkt und auch nicht der rechte Mensch, bis heute.«

Wortlos ging Flo zu der kleinen Staffelei, nahm das Bild herunter und reichte es Hannes.

»Danke«, war alles, was er herausbrachte.

Auf Beekes Spuren

T. S.

Er wusste nicht, was ihn mehr überraschte, die Tatsache, dass er jetzt einen Hund sein Eigen nannte, oder dass es sich anfühlte, als wäre Ruby schon immer Teil seines Lebens gewesen. Was hatte die Mitarbeiterin im Tierheim doch gleich gesagt? Menschenscheu? Vielleicht passten sie deshalb so gut zusammen, er hatte schließlich auch viele Jahre den Kontakt zu anderen Menschen gemieden und gewöhnte sich gerade erst daran, dass er nicht mehr ständig auf der Flucht sein musste.

Bald würde es dunkel werden, daher wollte er das letzte Tageslicht nutzen, um nochmals in den Aufzeichnungen zu lesen. Die alte Eiche in seinem Garten schien ihm der richtige Ort dafür, hier hatte er das Gefühl, Rorik und seiner Familie nahe zu sein. Ruby und er hatten es sich in ihrem Schatten gemütlich gemacht. Die Hündin hatte wie selbstverständlich ihre Schnauze auf seine Füße gelegt, als wolle sie verhindern, dass er plötzlich davonlief. Vertrauensvoll blickte sie zu ihm auf. Er schlug das Buch auf und begann erneut zu lesen.

Øland, im Dezember 1487

»Er wird jetzt für ein paar Stunden schlafen, ich habe ihm etwas gegen das Fieber gegeben und die Wunde gesäubert. Mehr kann ich im Augenblick nicht für ihn tun.«

Beeke erhob sich schwerfällig von dem Lager vor dem Feuer, auf dem sie Ulfur gebettet hatten. Sorgenvoll schaute sie in die müden Gesichter ihrer Söhne, die von den Strapazen des Gewaltrittes gezeichnet waren.

»Lasst uns etwas essen und dann schlafen gehen!«, schlug sie vor und wandte sich zu der Nische, in der sie ihre Vorräte aufbewahrten. Keines ihrer Kinder machte Anstalten, ihr zu helfen. Beeke drehte sich zu ihnen um, irritiert fragte sie: »Was ist? Seid ihr nicht hungrig? Ich für meinen Teil brauche jetzt jedenfalls eine gute Schale heißer Suppe.«

Jetzt erst bemerkte sie die gedrückte Stimmung, die wie eine dicke Gewitterwolke über dem Raum lag.

»Also gut, könnt ihr mir bitte sagen, was hier los ist?«

Es war Hraban, der das angespannte Schweigen brach: »Mutter, wie kannst du nur so ruhig und gelassen sein? Du pflegst den Mann, der an Mittsommer unsere Familie verflucht hat. Wenn er uns nicht in die Höhle gefolgt wäre, würde Vater noch leben«, Wut und Unverständnis sprachen ebenso wie die Trauer aus seinen Worten.

»Ich kann deine Gefühle verstehen, aber wir sollten Ulfurs Handlung nicht verurteilen, solange wir die Gründe dafür nicht kennen. Ich kann nur erahnen, was ihn dazu gebracht hat, und ich glaube kaum, dass er

auch nur im Entferntesten ahnte, welche Auswirkungen seine Worte auf unser aller Schicksal haben würden«, mitfühlend schaute Beeke ihn an.

Hraban lachte auf, aber es war kein fröhliches Lachen. »Es ist ja nicht so, dass wir ihn nicht gefragt haben, er wollte oder konnte uns nichts erzählen.«

»Mutter, was verbirgst du vor uns?«, mischte sich jetzt auch Ilvy ein. »Du musst es uns sagen, ganz gleich, was es ist!«

Die Stille, die nun folgte, lastete schwer auf dem Raum. Beekes Blicke wanderten zwischen ihren Kindern und Ulfur hin und her. Rorik meinte darin eine leise Melancholie und sogar einen Hauch von Zärtlichkeit lesen zu können. Sollte sein Gefühl richtig sein, dann verband seine Mutter weitaus mehr mit diesem Mann, als er bisher geahnt hatte. Das Schweigen dehnte sich aus.

Dann kam Leben in Beeke, sie ging zu dem Krankenlager vor dem Feuer, dort kniete sie sich nieder. Lange Minuten verharrte sie so und betrachtete den Mann vor sich, als suche sie auf eine unausgesprochene Frage eine Antwort. Es war, als gäbe es nur die zwei. Schließlich streichelte sie ihm mit einer federleichten Berührung über das zerschundene Gesicht. Die Geste hatte etwas Intimes, Rorik hätte am liebsten weggeschaut, doch der Moment war vorüber, ehe er reagieren konnte. Als Beeke sich jetzt zu ihren Kindern umdrehte, lag eine neue Entschlossenheit in ihrem Blick.

»Also gut, ihr habt ein Anrecht auf die Wahrheit, doch zuerst sollten wir etwas essen. Wir brauchen alle eine Stärkung nach dem, was geschehen ist.«

Beekes Geschichte

»Heute nennt er sich Ulfur«, begann Beeke ihre Erzählung. »Als ich ihn, vor nunmehr zwanzig Jahren, das erste Mal traf, da nannte er sich Wulfram. Beides sind Wolfsnamen, und genau das ist er in seinem Herzen, ein einsamer, streunender Wolf.«

Sie wandte sich an ihre Tochter: »Es ist schon seltsam, dass auch du den Namen des Wolfes trägst. Wusstest du, dass Ilvy *kleine Wölfin* bedeutet? Vielleicht ist es Schicksal, dass ihr zwei euch gefunden habt. Es gab eine Zeit, da war Wulfram der beste Freund eures Vaters, sie waren fast wie Brüder.«

Verblüfft sahen ihre Kinder sie an, und Ilvy drängte: »Bitte erzähl weiter, ich möchte wissen, was dieser Mann für ein Mensch ist!«, die Sorge stand ihr bei diesen Worten ins Gesicht geschrieben.

Ihre Mutter wies zum Feuer, wo Ulfur in tiefem Schlaf auf einem Lager aus Fellen ruhte. »Wenn es ihm besser gehen würde, könnte er seine Geschichte selbst erzählen, aber so ...«, sie ließ den Rest des Satzes in der Luft schweben.

Für einen Moment war nur das Knistern der Flammen zu hören, dann fuhr Beeke fort: »Ich will euch meine Version erzählen, so wie ich die Dinge damals erlebt habe. Ihr solltet nicht zu vorschnell urteilen. Auch bitte ich euch um Geduld, ich muss etwas weiter ausholen, damit ihr die Zusammenhänge begreift.«

Beeke schaute ihre Kinder eines nach dem anderen ernst an, wie um sicherzugehen, dass sie die

Dringlichkeit ihrer Worte verstanden. Als sie jetzt sprach, schien sie in Gedanken weit weg:

»Ihr müsst wissen, ich habe nicht immer hier gelebt. Einst war ich Novizin im Kloster St. Odilien. Fast sieben Jahre habe ich dort die Klosterschule besucht. Es war im Jahre 1467, als mein Leben eine unerwartete Wendung nahm. Damals war ich ungefähr im selben Alter wie du jetzt, Ilvy. Während meiner Jahre in St. Odilien habe ich viel über Krankenpflege, das Richten von Brüchen oder die Herstellung von Heilsalben gelernt. Es waren gute Jahre, und ich stand damals kurz vor meiner Ordination. Doch je näher der Tag rückte, desto rastloser wurde ich. Der Gedanke, den Rest meines Lebens hinter den dicken Klostermauern von St. Odilien zu verbringen, erfüllte mich zusehends mit Panik. Das Gelände der Abtei lag auf einer kleinen Anhöhe unweit der Küste. Vom Kirchturm aus konnte ich an klaren Tagen die Umrisse von Øland sehen. Irgendetwas an dieser Insel zog mich magisch an.

Es erschien mir wie eine göttliche Fügung, als wenige Tage vor meinem Gelübde ein Bote aus Øland bei uns in der Klosterherberge Rast machte. Er war auf dem Weg in die Stadt, um nach einem Medikus zu suchen. Freiherr von Hohnstedt, der Leiter des Sommerlagers, hatte sich bei einem Sturz vom Pferd den Oberschenkel gebrochen. Sogleich erbot ich mich, anstatt des Medikus mit ihm zu kommen. Der arme Mann war von meinem Vorschlag so überrumpelt, dass er einwilligte. Bereits am nächsten Morgen, noch vor Sonnenaufgang, brachen wir auf. Der Abschied fiel mir nicht schwer, einzig um Eli, meine geliebte Zellengenossin und treue

Freundin, tat es mir leid.«

Beeke schwieg einen Augenblick und hing ihren Gedanken nach. Rorik dachte mit leiser Bestürzung, dass er bisher keine Ahnung vom Leben seiner Mutter gehabt hatte. Wieso hatte er sie nie danach gefragt? Für ihn war es wie selbstverständlich, dass Beeke nach Øland gehörte. Auch hatte er sich nie Gedanken gemacht, woher all ihr Wissen über die Heilkunst stammte. Jetzt schämte er sich fast ein bisschen dafür.

Seine Mutter fuhr in ihrer Erzählung fort: »Ihr könnt euch vorstellen, dass von Hohnstedt anfangs nicht sehr erfreut war, als der Bote anstatt des erwarteten Medikus mich zu ihm brachte. Doch es zeigte sich schnell, dass ich eine gute Krankenpflegerin und er ein guter Patient war. Zu meinem Glück war es ein glatter Bruch, und mit Hilfe seines getreuen Freundes Halvar gelang es mir, das Bein zu richten.«

An dieser Stelle stahl sich ein kleines Lächeln auf Beekes Gesicht. »Ja, euer Vater war damals der treueste Gefolgsmann von Hohnstedts. In den ersten Wochen wechselten Halvar und ich uns bei der Pflege des Kranken ab. Auch wenn wir kaum miteinander sprachen, entstand doch eine Verbindung zwischen uns, denn die Sorge um von Hohnstedt schweißte uns zusammen. Wir respektierten beide die Rolle des anderen.

Von Hohnstedt war im Besitz einer umfangreichen Bibliothek, und ich hatte darin die Abhandlung eines italienischen Arztes entdeckt, welche ich gerne näher studieren wollte. Daher nahm ich eines Tages meinen ganzen Mut zusammen und bat ihn, ob ich mir das besagte Buch wohl einmal anschauen dürfe. Er war erstaunt, als er erfuhr, dass ich nicht nur in der Kunst des Lesens bewandert, sondern auch des Schreibens mächtig war. Gleich am nächsten Tag ließ er mich ein Schriftstück aufsetzen.

Von da an verbrachte ich viele Stunden in seiner Schreibstube und lauschte, wenn von Hohnstedt und Halvar miteinander sprachen. Dabei ging es häufig um die Planung einer permanenten Niederlassung auf Øland. Bis zu jenem Jahr waren die Menschen stets für den Winter heim aufs Festland gekehrt.

Anfangs hörte ich nur still zu, doch mit der Zeit wurde ich mutiger und machte Vorschläge, wenn ich meinte, etwas dazu beitragen zu können. Der Freiherr merkte bald, dass meine Bemerkungen kein dummes Weibergeschwätz waren. Ich glaube, ich war noch nie in meinem Leben so glücklich wie in diesen ersten Wochen auf Øland.«

Wieder hielt Beeke in ihrem Bericht inne. Sie stand auf, dehnte ihre steif gewordenen Glieder und strich sich mit der Hand über den Bauch, der sich mittlerweile deutlich sichtbar unter ihren Kleidern abzeichnete. Rorik vermutete, dass ihr die Schwangerschaft zu schaffen machte. Seine Mutter war eigentlich viel zu alt für ein weiteres Kind. Er wusste, dass sie bei Ilvys Geburt vor sechzehn Jahren fast gestorben wäre. Umso erstaunter war er gewesen, als sie ihnen gesagt hatte, dass sie erneut ein Kind erwartete.

Bevor sie zum Tisch zurückkehrte, ging Beeke zu dem schlafenden Ulfur. Sie kniete sich vor seinem Lager nieder, um zu prüfen, ob es ihm gut ging. Erst als sie sich vergewissert hatte, dass es ihm an nichts mangelte, *fuhr sie mit ihrer Erzählung fort. Ihre Stimme hatte jetzt einen leicht abfälligen Unterton:*

»Mitten in unsere Pläne und Vorbereitungen platzte ein unerwarteter Besuch. Eine Gruppe von Edelleuten wollte der Hitze und Langeweile in der Stadt entfliehen und suchte Zerstreuung in der Sommerfrische auf Øland. Die meisten unter ihnen waren eitle Pfauen, und ich ging ihnen möglichst aus dem Weg.

Einer unter ihnen war anders, Wulfram oder Ulfur, wie ihr ihn nennt. Er interessierte sich ernsthaft für das Geschehen auf der Insel, und schon bald verband ihn eine Freundschaft mit Halvar. Auch ich kam eines Tages mit ihm ins Gespräch. Als ich erwähnte, dass ich zuvor im Kloster St. Odilien gelebt hatte, wurde er hellhörig. Man stelle sich unser Erstaunen vor, als sich herausstellte, dass meine treue Freundin Eli niemand anderes als seine Schwester war.

Immer öfter suchte jetzt auch Ulfur meine Gesellschaft, unsere gemeinsame Liebe zu Eli war wie eine unsichtbare Verbindung zwischen uns. Bald nannte man uns im Sommerlager nur noch die drei, denn meist waren wir gemeinsam unterwegs, Halvar, Ulfur und ich.

Unter der Aufsicht von Hohnstedts hatte man mit dem Bau eines neuen Gebäudes begonnen, das es so zuvor noch nie gegeben hatte. Der Mittelpunkt war ein riesiger Ofen, welcher mehrere Lebensbereiche mit Feuer und Wärme versorgen sollte. Neben den Stallungen und Wohngebäuden wurden auch die Gesindeküche und die Schmiede damit betrieben. Sozusagen ein kleines Dorf unter einem Dach.«

Aufgeregt unterbrach Rorik seine Mutter. »Es ist

unser Haus, in dem wir uns hier befinden, stimmt's?«

Beeke nickte. »Ja, du hast es erraten, und es waren euer Vater und Ulfur, welche die Pläne dafür gezeichnet haben. Ich habe in jenem Sommer die heiße Quelle entdeckt, die uns auch im Winter mit warmem Wasser versorgt. Es war mein Vorschlag, das Haus hier zu errichten, so entstand das erste Gebäude im Oberdorf. Deshalb gibt es heute die zwei Dorfteile. Für den Sommer ist die untere Siedlung besser gelegen, da sie näher am Strand und den fruchtbaren Wiesen liegt. Im Winter aber brauchen wir das Oberdorf, und wir können von Glück sagen, dass unser Haus an Mittsommer nicht wie so viele andere zerstört wurde.«

Rorik vermochte sich nicht vorzustellen, wie sie den kommenden Winter ohne dieses wunderbare Heim hätten überstehen sollen. Die Stimme seiner Mutter riss ihn aus seinen Gedanken.

»Wir drei schmiedeten Pläne für den ersten Winter auf Øland, und ich wünschte mir nichts sehnlicher, als mit meinen beiden Freunden hierzubleiben. Dann entschied sich Ulfur, aufs Festland zurückzukehren. Ich war traurig, doch meine Enttäuschung machte schnell der Vorfreude Platz. Wenige Tage später hieß es Abschied nehmen, und ich tröstete mich damit, Ulfur im nächsten Frühjahr wiederzusehen.«

Beeke hielt in ihrer Erzählung inne, sie war weit, weit weg mit ihren Gedanken und schien die Anwesenheit ihrer Kinder völlig vergessen zu haben. Wehmut lag in ihrer Stimme, als sie jetzt fortfuhr:

»Wie unschuldig und naiv wir in jenem Sommer waren, wir dachten, das Leben würde immer so weitergehen. Doch nach diesem ersten Winter waren wir nicht mehr dieselben. In all den Jahren, die ich nun schon hier lebe, habe ich nie einen vergleichbaren erlebt. Bereits Ende Oktober fiel der erste Schnee; den ganzen Januar und Februar über gab es fast ununterbrochen eisigen Frost. Wir hatten nicht mit einer solchen Kälte gerechnet, schon um Weihnachten herum waren fast all unsere Vorräte aufgebraucht. Ich weiß nicht, was schlimmer war, der Hunger oder die Kälte, es gab Tage, da dachte ich, mir würde nie wieder warm.«

Beeke war aufgestanden und ging zu dem kleinen Butzenfenster, um einen Blick in die tiefverschneite Winternacht zu werfen. Der Schneesturm hatte sich gelegt und der Mond hatte alles in glitzerndes weißes Licht getaucht. Es schien, als würde sie jenen Winter in der Erinnerung noch einmal erleben. Als sie jetzt weitersprach, war es Rorik, als sähe er seine Mutter als junges Mädchen in eben diesem Raum stehen.

»Wir überlebten nur mit knapper Not. Nie werde ich den Moment vergessen, als die Tage endlich wieder länger wurden und wir die ersten grünen Zweige entdeckten. Mit dem Frühjahr kehrten auch die anderen Siedler vom Festland zurück und mit ihnen Ulfur. Genau wie wir hatte auch er, sich während des Winters verändert, seine jugendliche Unbeschwertheit des vergangenen Sommers war wie weggeblasen.

Er beobachtete uns argwöhnisch, und schon bald wich die Freude über unser Wiedersehen einer traurigen Ernüchterung. Wir spürten wohl alle drei, dass es nicht wieder so wie vorher werden würde. Während der langen Wintermonate hatten sich meine freundschaftlichen Gefühle für Halvar in die ersten zarten Triebe der Liebe gewandelt. Genau diese Gefühle neidete uns Ulfur. Er war kein Mann, den man einfach ignorieren konnte und war es gewöhnt, dass die Frauen seinem Charme verfielen. Ich muss zugeben, dass auch mein Herz bei seinem Anblick jedes Mal ein bisschen schneller schlug.

Je länger der Sommer fortschritt, desto heftiger drängte mich Ulfur, mit ihm in seine Heimat in die Niederlande zu kommen, aber meine Entscheidung war längst gefallen. Ich wusste, dass mein Platz hier auf Øland an der Seite von Halvar war. Ulfur wollte dies einfach nicht akzeptieren.«

Beekes Erzählung geriet ins Stocken, und es tat Rorik weh, zu sehen, wie sehr seine Mutter die Vergangenheit aufwühlte. Wieder wanderte sie unruhig im Zimmer auf und ab und blieb schließlich vor dem Krankenlager stehen. Keiner im Raum wagte ein Wort zu sprechen, während Beeke mit sich rang.

Ihre Stimme klang jetzt hart, fast abweisend: »An Mittsommer geschah es. Halvar und ich hatten uns beim Eingang zur Höhle verabredet. Soweit wir wussten, war dieser Ort niemandem außer uns bekannt und wir mussten nicht befürchten, entdeckt zu werden. In jener Nacht lagen wir das erste Mal beieinander. Halvar liebte mich im Licht der Sterne mit der ganzen Zärtlichkeit, die in diesem stattlichen Mann steckte, und obwohl ich wusste, dass er vor mir schon andere Frauen gehabt hatte, gab er mir das Gefühl einzigartig zu sein. Er drängte mich nicht, sondern ließ mir die Zeit, bis auch ich bereit war, mich ihm ganz hinzugeben.

Noch während ich in seinen Armen lag und versuchte, das Wunder unserer Vereinigung ganz zu begreifen, hörten wir von Ferne das Leuten der Feuerglocke. Gleichzeitig sahen wir den rötlichen Schein aus dem Dorf zu uns in unser Versteck aufsteigen. Halvar fluchte, schlüpfte in seine Kleider und bat mich, auf ihn zu warten. Er selbst eilte ins Unterdorf um den wenigen, die nicht für die Feierlichkeiten aufs Festland heimgekehrt waren, zu Hilfe zu eilen.

Kaum war er in der Dunkelheit verschwunden, als sich Ulfur aus dem Schatten eines Baumes löste, er musste uns die ganze Zeit beobachtet haben. Nie werde ich den siegesgewissen Ausdruck in seinen Augen vergessen, als er auf mich herabblickte. Mit Wut oder Trauer hätte ich umgehen können, aber nicht mit der Kälte und Genugtuung, die aus seinen Worten sprach:

,Du wirst dich mir genauso hingeben, wie du ihm zu Diensten warst. Wenn nicht, werde ich allen im Dorf erzählen, dass ihr es wie die Karnickel getrieben habt.‘

Halvar und ich waren zwar einander versprochen, aber noch nicht vor Gott und der Welt getraut. Wir hatten von Hohnstedts Vertrauen missbraucht; Halvar hätte wahrscheinlich seine Stellung verloren und ich wäre als Hure gebrandmarkt worden. Was blieb mir also anderes übrig? Ich ließ ihn gewähren.

Da, wo Halvar zärtlich und einfühlsam gewesen war, erfuhr ich von Ulfur nur Brutalität. Er stieß so heftig in mich hinein, dass ich vor Schmerzen aufschrie. Das Gewicht seines Körpers auf meinem nahm mir die Luft zum Atmen. Seine Hände kneteten grob meine

Brüste, und ich betete, dass es schnell vorbei sein möge.«

Hraban war bei den letzten Worten seiner Mutter aufgesprungen und wollte sich auf den schlafenden Ulfur stürzen; doch ihre Stimme traf ihn wie ein Peitschenhieb:

»Nein, das wirst du nicht tun; es steht dir nicht zu. Das ist einzig und allein meine Angelegenheit, und ich habe dir gesagt, urteile nicht vorschnell!«

Beeke rannen jetzt die Tränen unaufhörlich die Wangen hinunter, doch sie merkte es nicht einmal. Rorik konnte sehen, welche Überwindung sie die folgenden Worte kosteten:

»Seine Brutalität war nicht einmal das Schlimmste. Es war mein verräterischer Körper, der trotz des Schmerzes so etwas wie Lust empfand. Mein Herz blutete und mein Verstand wütete, und doch war ich erregt.«

Wieder entstand eine Pause, in der Beeke um Fassung rang. Sie brauchte einige Minuten, bis sich ihr schneller Atem beruhigt hatte und sie mit der Erzählung fortfahren konnte: »Zum Glück hat Halvar nie erfahren, was sich in jener Nacht ereignete. Wir baten Freiherr von Hohnstedt, uns zu trauen, und wenige Tage später waren wir Mann und Frau. Ulfur hingegen bestieg noch am selben Tag ein Schiff, ich habe ihn bis zu jener Nacht in der Höhle niemals wiedergesehen.«

Die folgende Stille lastete schwer über dem Raum, unwillkürlich schauten alle zu dem Schlafenden vor dem Feuer, keiner wusste, was er sagen sollte. Gab es da überhaupt etwas hinzuzufügen? Rorik versuchte, das Gehörte mit dem Mann in Einklang zu bringen, dem er noch vor wenigen Monaten, ohne zu zögern, sein Leben anvertraut hätte. Immerhin konnte er jetzt ahnen, weshalb Ulfur so heftig reagiert hatte. Das unerwartete Wiedersehen mit Beeke und Halvar musste ihn völlig aus der Bahn geworfen haben.

War es Zufall oder Ironie des Schicksals, dass es nicht schon vorher zu einem Treffen zwischen seinen Eltern und Ulfur gekommen war? Früher oder später wären sie sich bestimmt begegnet, so groß war die Insel ja nicht. In diesem Fall war es zu spät gewesen, und die plötzliche Erkenntnis, wessen Tochter seine geliebte Ilvy war, musste ein totaler Schock für ihn gewesen sein.

Sie hatten geglaubt, Ulfur schliefe und bekäme von all dem nichts mit. Dass er wider Willen Zeuge des Gespräches geworden war, vertraute er Rorik erst Wochen später an. Seine Schmerzen waren so heftig an diesem Abend, dass sie ihn wachhielten. Er musste tatenlos mithören, wie Beeke von ihrem ersten wunderbaren Sommer in Øland erzählte. All die vielen kleinen Begebenheiten wurden an die Oberfläche seiner Erinnerungen gespült und weckten die unterschiedlichsten Emotionen in ihm.

Wohl zum hundertsten Mal fragte er sich, warum er nicht darauf gekommen war, dass Beeke und Halvar noch in Øland leben könnten. Er war ihnen seit seiner Rückkehr nicht begegnet, und die ganze Geschichte war so lange her gewesen. Er hatte einfach nicht mehr daran gedacht oder denken wollen. Wenn er zu sich selbst ehrlich war, hatte er sie verdrängt. Doch warum zum Teufel hatte er nicht erkannt, dass Ilvy Beekes Tochter war?

Erst in dem Moment, als er die beiden Frauen zusammen in ihren Festgewändern in der Höhle gesehen hatte, war es ihm wie Schuppen von den Augen gefallen. Die Ähnlichkeit zwischen ihnen war unverkennbar. Ilvy war ein jüngeres Ebenbild ihrer Mutter und die Vergangenheit war gleich einer Flutwelle über ihn hereingebrochen. Er hatte nicht mehr klar denken können und in blinder Wut gehandelt. Auch nach all den Jahren saß die Erinnerung an Beekes Zurückweisung wie ein giftiger Stachel in seiner Brust und die Vorstellung, dass sich die Geschichte mit Ilvy wiederholen könnte, hatte ihn um den Verstand gebracht. Er wusste noch immer nicht, was er glauben sollte.

Ulfur war so in seine eigenen Gedanken versunken, dass er Hrabans nächste Frage fast überhört hätte.

»Sag Mutter, sind Rorik und ich nicht im Frühjahr nach jener Sommernacht zur Welt gekommen?«

»Doch, das seid ihr, genauer gesagt am 21. März des Jahres 1469.«, Beeke schwieg einen Augenblick, bevor sie ihre nächsten Worte mit Bedacht wählte: »Ehe du weiterfragst, ich weiß es nicht oder kann es nicht mit Bestimmtheit sagen, wer euer leiblicher Vater ist. Mal war ich fest überzeugt, dass ihr Halvars Söhne seid, dann wieder habe ich mich gefragt, ob nicht Ulfur euer Vater ist.«

Das durfte nicht sein! Entsetzt starrte Rorik seine Mutter an. Halvar sollte womöglich nicht sein Vater sein. Dann kam ihm ein noch erschreckenderer

Gedanke. Was, wenn er und Hraban nur Halbbrüder waren? Er wusste einfach nicht, wie er damit umgehen sollte.

Auch Ulfur auf seinem Lauschposten gefror das Blut in den Adern. Konnte das sein? War womöglich einer der beiden sein eigener Sohn? Anfangs hatte er gestaunt, wie grundverschieden die zwei Zwillingsbrüder waren; nicht nur in ihrem Aussehen, sondern auch von ihrem Charakter her. War dies vielleicht die Erklärung dafür? Rorik war von großem Wuchs und mit seinen feuerroten Haaren eine imposante Erscheinung; zudem war er ein begnadeter Handwerker. Hraban dagegen war klein und schmächtig und gab unumwunden zu, dass er zwei linke Hände besaß. Während Rorik trotz seiner Größe keiner Fliege etwas zuleide tun konnte, war Hraban von aufbrausendem Gemüt und ein rechter Streithahn.

Ulfur musste Beeke im Stillen Recht geben. Rorik und Hraban konnten sowohl seine wie auch Halvars Söhne, sein, auch wenn er nicht gewusst hätte zu sagen, wer wem mehr ähnelte. Die Vorstellung, dass einer dieser beiden wunderbaren jungen Männer sein Sohn sein könnte, erfüllte ihn mit einem Gefühl unerwarteter Freude und stürzte ihn zugleich in tiefste Verzweiflung. Wenn das stimmte, hatte er sein eigen Fleisch und Blut verflucht.

Seit der Mittsommernacht war kein Tag vergangen, an dem er die Szene in der Höhle nicht unzählige Male wieder und wieder analysiert hatte. Noch immer war ihm völlig unklar, ob seine Worte schuld an der Katastrophe waren. So oder so hatte er mit Ilvy, Hraban und

Rorik gleich drei Menschen verraten, die ihm unendlich viel bedeuteten. Unabhängig von der Frage, ob einer der beiden sein Sohn war, bedeutete Ulfur die Freundschaft zu Rorik und Hraban unendlich viel. Sie war ebenso kostbar wie seine Liebe zu Ilvy. Er hätte mit Freuden alles, was er besaß, dafür gegeben, wenn er den Fluch hätte zurücknehmen können.

Ulfur hatte geglaubt, es könne nicht schlimmer werden, doch Ilvys nächste Worte trafen ihn in seinem Innersten, denn er war auf das, was jetzt kam, nicht vorbereitet.

»Oh, was für eine vertrackte Situation. Falls einer von Euch Ulfurs Sohn ist, dann wird er nicht nur der Onkel meines Kindes, sondern bekommt auch gleichzeitig eine Halbschwester.«

Im ersten Moment ergaben ihre Worte keinen Sinn, dann, als er es begriff, zuckte Ulfur so heftig zusammen, dass er sich beinah verraten hätte. Ilvy erwartete sein Kind, das konnte einfach nicht sein. Sie hatten doch nur ein einziges Mal ...

»Sei kein Dummkopf!«, schalt er sich innerlich selbst. Natürlich konnte es sein, er wusste schließlich, wie Kinder entstanden. Die Vorstellung schmeckte süß und bitter zugleich. Was für eine grausame Ironie des Schicksals, die Frau, die er über alles liebte, erwartete sein Kind und er hatte alles durch seine blinde Eifersucht zerstört.

Gequält stöhnte er auf, sofort waren Beeke und Ilvy bei ihm. Ihre sanften Berührungen waren mehr, als er ertragen konnte. Die Welt um ihn herum verschwand und Ulfur versank im Nichts.

Nachdenklich schloss er das Buch, die Geschichte dieser Familie berührte ihn zutiefst, besonders Ulfurs Schicksal. Er wusste, wie es sich anfühlte, das eigene Kind verraten zu haben. Doch genauso wenig, wie Ulfur seinen Fluch hatte rückgängig machen können, konnte er die Vergangenheit ungeschehen machen. Auch er hatte dem Leben seiner Tochter durch sein Verhalten unweigerlich eine andere Richtung gegeben. Und was war mit ihm selbst?

Als er vor Jahren in jener Pokernacht in Hamburg an das Manuskript gelangt war, hatte er nicht geahnt, welche Folgen daraus entstehen würden. Durch seinen überstürzten Aufbruch war er nach Basel gelangt und hatte hier in der Kopernikusstrasse ein neues Zuhause gefunden. Die Suche nach Roriks Amuletten hatte von da an seinen Alltag bestimmt. Sie hatte ihm einen neuen Lebensinhalt gegeben. Doch zugleich hatte er dadurch in ständiger Angst gelebt, dass Salvatore Da Costa ihn in seinem Versteck aufspüren könnte und sein Eigentum zurückverlangen würde.

Er war wie besessen von seiner Suche gewesen. Noch immer verstand er nicht, weshalb er dem menschlichen Aspekt in Roriks Geschichte bisher so wenig Beachtung geschenkt hatte. Er war so auf die Schmuckstücke fixiert gewesen, dass er viele Passagen des Tagebuchs in der Vergangenheit einfach überflogen hatte. Vielfach war es ihm heute bei der Lektüre so vorgekommen, als lese er ganze Abschnitte zum ersten Mal.

Es gab so vieles, worüber er nachdenken wollte, nicht nur über Ulfur, sondern auch über Roriks Rolle in der ganzen Geschichte. Dieser junge Mann hatte mit den Amuletten etwas Einzigartiges geschaffen. Er holte die *Schwarze Sonne* aus ihrem Versteck und legte sie vor sich auf den Tisch.

Noch immer versetzte ihn der Anblick des Amulettes in kindliches Staunen. Er hatte die *Schwarze Sonne* in letzter Zeit mehrfach zur Hand genommen. Nach wie vor musste er das Amulett nach kurzer Zeit zur Seite legen, aber er hatte deutlich den Eindruck, dass die Reaktionen seines Körpers nicht mehr ganz so heftig waren. Auch jetzt konnte er die Energie spüren, die von dem Stein ausging. Ohne lange nachzudenken, streifte er sich die *Schwarze Sonne* über, bis sie auf Höhe seines Herzens auf seiner Brust zu liegen kam.

Der Sturm

FLO

Hannes stand am Fenster und blickte hinaus aufs offene Meer, der Sturm, der in seinem Inneren tobte, stand dem dort draußen in nichts nach. Flo hatte sein Leben innerhalb weniger Wochen auf den Kopf gestellt, seine ruhige, geordnete Welt war seit ihrer Ankunft gehörig durcheinandergewirbelt worden. Ihre Fragen nach seiner Vergangenheit hatten längst Vergessenes in ihm wieder wachgerüttelt. Doch auch Flos Ringen um ihre eigene Identität hatte ihn tief berührt. Nun hatte Flo ihm das Bild mit den fünf Vögeln geschenkt. Wie war es möglich, dass er einzig durch sein Saxofon Spiel diese Erinnerung auf sie übertragen hatte? Und wie hing das alles mit der vergessenen Insel zusammen? Er kannte die Antworten auf all diese Fragen noch nicht. Doch eins war sicher: Er fühlte sich so lebendig wie schon lange nicht mehr.

KIKI

Der Zimmerservice hatte längst die leeren Teller wieder abgeholt, doch Kiki von Borch wusste noch immer nicht, wie es weitergehen sollte. Hatte sie sich da in etwas verrannt? Aus dem goldverzierten Spiegel schaute ihr eine Fremde entgegen. Ungeschminkt, mit dunklen Ringen unter den Augen und ungemachten Haaren. Wo war die taffe, erfolgreiche Frau geblieben, die ihr Leben im Griff hatte? Zeit zum Handeln!

Vierzig Minuten später war Kiki nicht wiederzuerkennen, diesmal nickte sie ihrem Spiegelbild zufrieden zu. Die frisch geföhnten Haare fielen in langen, braunen Wellen auf ihre Schultern, und der eisblaue Kaschmirpullover, den sie vor ein paar Tagen in einem der vielen Einkaufsläden entdeckt hatte, betonte ihre grünen Gletscheraugen perfekt. Sie nahm ihre Jacke vom Stuhl und machte sich auf den Weg.

Die Hotelhalle lag verlassen da. Die meisten Gäste waren bereits am Nachmittag abgereist, andere erst gar nicht gekommen. Am Ausgang hatte jemand ein Schild aufgehängt:

Achtung, Unwetterwarnung! Die Polizei rät dringend vom Betreten der Deiche ab. Bitte bleiben Sie im Hotel!

Stirnrunzelnd betrachtete Kiki den Warnhinweis, sollte sie etwa aufgeben? Jetzt, wo sie sich dazu entschlossen hatte, Hannes einen Besuch abzustatten. Papperlapapp, die paar Hundert Meter bis zum Möweneck würden ja wohl nicht so schlimm werden. Sie schnappte sich ein Paar der quietschgelben Gummistiefel, welche den Gästen für Wattwanderungen gratis zur Verfügung gestellt wurden, schloss den Reißverschluss ihrer Regenjacke und zurrte ihre Kapuze fest.

Als sie durch die Drehtür ins Freie trat, traf sie der Wind mit einer unerwarteten Wucht, die sie rückwärts gegen die Hauswand taumeln ließ. Aber umkehren war keine Option. Fasziniert schaute sie aufs Watt. Das Naturspektakel, welches sich ihr bot, war atemberaubend. Einige letzte Sonnenstrahlen hatten ihren Weg durch die dichte Wolkendecke gefunden und tauchten Teile der Szenerie in ein unwirkliches Licht. Den Rest hatte die Dunkelheit bereits in Beschlag genommen, sodass, ähnlich wie bei einer alten, verblichenen Schwarzweißfotografie, nur noch Abstufungen verschiedener Grautöne zu sehen waren. Schaumkronen jagten über den nassen Sand mit den Wolken am Himmel um die Wette.

Das Watt lockte sie, und nur widerstrebend wandte Kiki dem Schauspiel den Rücken zu und lief im Windschatten des Gebäudes bis zum Hafenbecken. So konnte sie einen Teil der Strecke im Schutze des Deiches zurücklegen und musste sich erst auf den letzten Metern dem Sturm entgegenstellen.

Sie war noch nicht weit gekommen, als ein eiskalter Starkregen einsetzte, dabei schien er nicht nur von oben, sondern von allen Seiten gleichzeitig zu kommen. Die Regentropfen stachen Kiki wie mit Nadeln ins Gesicht und ließen sich auch von ihrer teuren Regenjacke nicht aufhalten. Es dauerte keine zwei Minuten, und sie war völlig durchnässt.

Jeder, der halbwegs bei Verstand war, wäre spätestens jetzt umgedreht, aber Kiki war wie besessen von dem Gedanken, Hannes zu sprechen. Also lief sie verbissen weiter. Viel zu schnell war sie gezwungen, den schützenden Bereich zu verlassen. Sie duckte sich unter dem rot-weißen Flatterband und betrat den Deich. Sofort wurde sie von einer Orkanböe erfasst, die sie taumeln ließ. Erleichtert atmete Kiki auf, als sie die große Eiche bei Hannes' Haus erreichte, die wenigstens einen gewissen Schutz bot.

Wahrscheinlich wäre ihr Fehlen unbemerkt geblieben, hätte sich das *Hafenhotel* nicht entschlossen, seinen VIP-Gästen eine edle Flasche Champagner zu offerieren. Als der Etagenkellner das Zimmer verlassen vorfand, informierte er die Rezeption. Nachforschungen im hoteleigenen Restaurant, den zwei Bars, dem Leseraum sowie der Wellnessabteilung blieben erfolglos. Ein Blick auf die fein säuberlich aufgereihten Gummistiefel zeigte schnell, dass ein Paar fehlte. Inge, die Empfangsdame, die an diesem Abend Dienst hatte, zögerte nicht lange und informierte ihrerseits ihren Mann, der bei der Feuerwehr arbeitete. Damit galt Kiki von Borch offiziell als vermisst.

FLO

Das Klappern des Fensterladens riss Hannes aus seinen Gedanken. Der Sturm tobte mit unverminderter Stärke ums Haus, als wolle er dessen Standfestigkeit prüfen. Er beschloss einen weiteren Kontrollgang zu machen und schnappte sich seine Jacke. Als er die Haustür öffnete, war ihm, als wäre er in eine Waschmaschine geraten, die ihn hin- und her wirbelte. Himmel, heute war Mittsommer, da dachte man an warme, laue Sommernächte und nicht an so eine Weltuntergangsstimmung!

Wie auf seinen vorherigen Runden schritt Hannes systematisch alle vier Seiten des Hauses ab. Auf der Vorderseite schien alles in Ordnung. Als er jedoch um die Ecke bog, sah er mehrere Lücken im Reetdach. Instinktiv presste sich Hannes dichter ans Haus, um besser geschützt zu sein. Keinen Moment zu früh, wie sich herausstellte, denn im nächsten Augenblick riss der Wind ein weiteres Büschel Reet aus dem Dach und schleuderte es ihm entgegen.

Hannes fluchte und setzte seinen Rundgang fort, unwillkürlich glitt sein Blick dabei zur Schleuse auf der anderen Seite der Hafeneinfahrt. Alle Fenster im Kontrollraum waren hell erleuchtet, dort würden seine Kollegen jetzt an den Bildschirmen in Bereitschaft sein. Eine leise Wehmut erfasste ihn bei dem Gedanken an vergangene Sturmfluten, die sie gemeinsam durchgestanden hatten. Und doch wusste er, dass es richtig gewesen war, seinen Platz für die nächste Generation freizugeben.

Als er sich jetzt wieder dem Haus zuwandte, meinte er für einen Moment, eine Gestalt bei der alten Eiche zu erahnen. Er wischte sich mit der Hand das Regenwasser aus dem Gesicht, um besser sehen zu können. Aber da war niemand. Wahrscheinlich hatten ihm seine Augen einen Streich gespielt. Unwillig schüttelte er den Kopf, jetzt sah er schon Gespenster. Es wurde Zeit, dass dieser verrückte Sturm aufhörte. Zügig beendete Hannes seinen Rundgang und war froh, dass er die durchnässten Sachen wieder gegen trockene Kleider tauschen konnte. Gerade streifte er seine Schuhe ab, als mit einem Plopp das Licht im ganzen Haus ausging. Er hörte Flo im

Wohnzimmer leise aufquietschen.

»Keine Sorge, min Deern«, beruhigte er sie, »damit war fast zu rechnen. Schau mal, auf dem Tisch stehen die Sturmlampen bereits parat! Die nächsten Stunden werden wir ohne Strom und Telefon auskommen müssen. Nur gut, dass wir deinen Vater gestern schon vorgewarnt haben.«

Flo musste feststellen, Hannes und das Möweneck waren wirklich sturmerprobt. Innerhalb weniger Minuten war das Wohnzimmer in gemütliches Kerzenlicht getaucht. Aus alter Gewohnheit holte Hannes das kleine, batteriebetriebene Transistorradio aus der Schublade und schaltete es an. Es war noch auf die Frequenz des Deutschen Wetterdienstes eingestellt. Bis zu seiner Pensionierung vor einem halben Jahr hatte er die Vorhersage der Wasserstände mit ebensolcher Wachsamkeit verfolgt, wie ein Börsenmakler die Aktienkurse. Es hatte in seiner Verantwortung gelegen, dass bei Sturmfluten die Schleuse rechtzeitig geschlossen wurde. Tatsächlich hatte dieser Sturm eine Springflut im Gepäck, die es in sich hatte. Dort, wo noch vor zwei Tagen die Urlauber durchs Watt flaniert waren, überschlugen sich jetzt mehr als mannshohe Wellen. Nun hieß es, darauf vertrauen, dass die Deiche hielten.

Flo, die mit Gin auf dem Schoß in einem der Sessel bereits beinahe eingeschlafen war, lauschte der ruhigen, sachlichen Stimme des Radiosprechers, der die Wasserstände der Küstenorte durchgab. Als Moorfleet an die Reihe kam, horchte sie auf:

Das mittlere Hochwasser wird mit zwei Metern über Normal erwartet. Zudem bittet die Polizei um

Mithilfe. Vermisst wird die sechsundfünfzigjährige Kiki von Borch. Sie ist wahrscheinlich mit gelben Gummistiefeln und einer rotfarbenen Regenjacke bekleidet. Sachdienliche Hinweise nimmt jede Polizeistelle entgegen.

Hannes und Flo blickten sich verblüfft an.

KIKI

Andere hätte der Sturm vielleicht abgeschreckt, aber sie nicht. Ganz im Gegenteil, er war pures Adrenalin in ihren Adern; sie war euphorisch, fast schon berauscht. Kiki wusste nicht, wie lange sie im Schutz der alten Eiche gestanden und ins Innere des Hauses gestarrt hatte. Den Regen, der unablässig in ihre Kleidung drang, nahm sie schon längst nicht mehr wahr. Wie hypnotisiert hatte sie das Geschehen im Möweneck verfolgt.

Hannes, der Saxofon spielte, später kochte und liebevoll den Tisch deckte. Hannes, wie er Flo in seine Arme schloss und ihr mit einer sanften Geste über die Haare strich. Immer wieder Hannes; ein Stöhnen drang an ihr Ohr. Es dauerte einen Moment, bis sie begriff, dass sie es war, die da stöhnte. Sie hatte den Schmerz nicht kommen sehen. Weshalb tat es so weh?

Kiki hatte längst erkannt, dass Hannes und Flo kein Paar waren. Was diese beiden miteinander teilten, war viel größer, ging viel tiefer. Es war die Vertrautheit, die Fürsorge für den anderen in allem, was sie taten, die sie so schmerzte. Die Mauer des

Vergessens, die sie um ihre eigenen Erinnerungen errichtet hatte, zerbarst. Ein einzelnes Wort entrang sich ihrer Kehle: »Papa!«

Nun war es da, unwiderruflich entflohen aus dem Gefängnis des Schweigens, und mit ihm die Erinnerung an ein anderes Leben. Wie Blasen in einem Teich stiegen Bilder an die Oberfläche ihres Bewusstseins. Kiki sah sich selbst als kleines Mädchen, wie sie auf den Schultern ihres Vaters ritt oder wie er sie zur Begrüßung hoch in die Luft warf. Sie hatte ihn heiß und innig geliebt – tat es immer noch.

Diese Erkenntnis war so erschreckend, dass es ihr fast die Luft zum Atmen nahm. Was wohl aus ihm geworden war? Ob er noch lebte? Eines wurde Kiki in diesem Moment mit einer messerscharfen Klarheit bewusst. Wenn sie eine echte Zukunft haben wollte, egal ob mit oder ohne Hannes oder Marco, dann musste sie sich ihrer Vergangenheit stellen. Sie war es leid, in einem Panzer zu leben, der keinerlei Gefühle zuließ.

FLO

»Verdammt, diese Frau macht wirklich nichts als Ärger!«, Hannes hieb mit der Faust auf den Tisch.

Flo sah ihn erstaunt an: »Wie meinst du das? Weißt du etwa, wo Kiki von Borch sich aufhält?«

Er nickte bedächtig: »Ich hab' da so eine Ahnung, und wenn die stimmt …« Hannes ließ den Satz unbeendet und trat, von einer inneren Unruhe getrieben, ans Fenster. Missmutig grummelte er vor sich hin, während er hinaus in die Sturmnacht blickte.

»Erde an Hannes, könntest du mir bitte erklären, was los ist?«, Flo war neben ihn getreten und blickte ebenfalls auf die tosende Nordsee.

»Wenn mich nicht alles täuscht, dann habe ich dieses verrückte Huhn vorhin im Garten dabei ertappt, wie sie uns beobachtet hat. Ich habe einfach nicht begriffen, wen oder was ich da sehe.«

»Wie bitte?«, Flo traute ihren Ohren nicht. »In unserem Garten? Bei dem Wetter? Aber wozu?«

»Das wird sie uns vielleicht erzählen, wenn ich sie gefunden habe«, Hannes war bereits dabei, seine noch immer nasse Jacke wieder anzuziehen.

»Warte, ich komme mit und helfe dir suchen!«, Flo war ebenfalls aufgesprungen.

»Ich weiß nicht, ob dies so eine gute Idee ist.«

Der Gedanke gefiel ihm überhaupt nicht, andererseits war er vielleicht auf ihre Hilfe angewiesen. Daher willigte er ein: »Also gut, aber sei bitte vorsichtig, es ist wirklich garstig da draußen! Bei meinem letzten Kontrollgang hatte ich eine ziemlich unangenehme Begegnung mit herumfliegendem Reet.«

Flo versprach, gut aufzupassen. Als Hannes die Haustür öffnete, wurden sie direkt vom Sturm erfasst, es war nahezu unmöglich, geradeaus zu gehen. Der Wind kam von allen Seiten gleichzeitig und spielte mit ihnen, wie eine Katze mit einer Maus. Seine ungeheure Kraft war erschreckend und berauschend zugleich. Flo und Hannes durchstreiften jeden Winkel des Gartens, doch wo sie auch suchten, von Kiki von Borch fehlte jede Spur.

Sie wollten gerade aufgeben, als Flo etwas Gelbes

unter der Plane des Strandkorbs hervorlugen sah. Sie zupfte Hannes am Ärmel und wies in die entsprechende Richtung. Er begriff sofort, was sie meinte. Flo konnte ihre eigene Besorgnis in seinem Gesicht, wie in einem Spiegel lesen. Was würde sie erwarten? Vorsichtig hoben sie die Schutzhülle des Strandkorbs an. Darunter lag, wie ein Embryo zusammengerollt, Kiki von Borch. Hannes beugte sich zu ihr und rüttelte sie sanft an den Schultern.

»Frau von Borch?«

Sie reagierte nicht. Also sprach er lauter: »Frau von Borch, können Sie mich hören?«

Diesmal bewegte sie sich. Wie es aussah, hatte sie tief und fest geschlafen und schien im ersten Augenblick nicht zu wissen, wo sie sich befand. Dann, als sie erkannte, wen sie da vor sich hatte, wollte sie erschrocken hochfahren.

»Nicht so schnell!«, Hannes hielt sie vorsorglich fest, falls ihr schwindelig wurde. »Kommen Sie, wir bringen Sie erstmal ins Haus! Sie sind ja klitschnass.«

Er hatte jeden Ärger aus seiner Stimme verbannt und sprach freundlich, wie mit einem verängstigten Kind. Gemeinsam halfen sie Kiki von Borch auf die Beine und stützten sie.

Als Hannes die Haustür öffnete, passierte es. Gin, die nur darauf gewartet hatte, dass sich ihr eine Gelegenheit bot, flitzte wie ein geölter Blitz an ihnen vorbei und verschwand in der Dunkelheit. Flo zögerte keine Sekunde und rannte der Katze hinterher. Hannes folgte ihr auf dem Fuß. Als sie um die Hausecke bogen, konnten sie gerade noch sehen, wie Gin in Panik die Eiche hinaufjagte. Nun saß die kleine, schwarze Katze auf einem der unteren Äste und schrie erbärmlich. Das Tier zitterte vor Angst und versuchte, trotz des Sturms im Geäst Halt zu finden. Der Gedanke, dass ihr etwas zustoßen könnte, war unerträglich.

»Wir müssen sie da runterholen«, Flo musste schreien, um gegen das Tosen des Windes anzukommen. »Kannst du mir eine Räuberleiter machen?«

Hannes, der begriff, was sie vorhatte, und formte die Hände zu einem Tritt, in den Flo ihren Fuß setzen konnte. Früher war sie ständig auf irgendwelche Bäume geklettert und wäre ohne Mühe auch auf diesen gekommen. Doch jetzt war sie völlig aus der Übung. Durch den Regen war alles nass und glitschig, mehrmals wäre sie fast abgerutscht. Die Zweige der Eiche waren wie Fangarme eines Kraken, sie schlugen ihr immer wieder ins Gesicht und brachten sie aus dem Gleichgewicht. Das Ganze gestaltete sich weitaus schwieriger als gedacht, und war nicht ungefährlich.

Kurz überlegte Flo, umzukehren, doch dann wanderten ihre Gedanken an den Tag zurück, an dem sie ihren geliebten Kater Müller aus der Mülltonne gerettet hatte. Ihr Entschluss stand fest. Vorsichtig arbeitete sie sich weiter nach oben, bis sie auf gleicher Höhe mit Gin war. Zentimeter für Zentimeter schob sie sich an das verängstigte Tier heran. Ein Blick nach unten zeigte ihr, dass jetzt auch Kiki von Borch dazu getreten war. Ob aus Sensationslust, oder weil sie helfen wollte, war schwer zu sagen. Als sie nur noch wenige Handbreit von der kleinen Katze trennten, lockte sie Gin mit sanfter Stimme.

Zunächst sah es so aus, als würde diese sich nicht trauen. Dann, mit einem Mal, machte sie einen Satz direkt in Flos Arme, sodass diese Mühe hatte, nicht das Gleichgewicht zu verlieren. Sie klammerte sich mit einer Hand in den Zweigen fest, während sie mit der anderen durch das nasse Fell streichelte.

In diesem Augenblick setzte der Sturm, der in den letzten Minuten etwas nachgelassen hatte, wieder mit ganzer Stärke ein. Ein Ächzen und Stöhnen ging durch den alten Baum, und mit ohrenbetäubendem Krachen spaltete sich ein Teil der Baumkrone ab. Wie in Zeitlupe sah Flo eine grüne Wand auf sich zurasen. Sie umklammerte mit aller Kraft den Baumstamm. Schmerz explodierte in ihrer Schulter, und die Welt kippte aus den Fugen. Sie konnte sich nicht länger festhalten. Gegen ihren Willen lösten sich ihre Finger, und sie wurde mit in die Tiefe gerissen.

T. S.

»Ich komme, Kleines, ich komme!«

Er schreckte so plötzlich aus dem Schlaf, dass Ruby erstaunt aufheulte. Der Traum war ungewöhnlich heftig gewesen. Ein furchtbarer Sturm hatte getobt, und seine Tochter hatte in Todesangst um Hilfe gerufen, sie hatte zusammen mit einem fremden Mann am Fuße einer großen Eiche gestanden. Dann, war ein Teil des Baumes direkt auf sie herabgestürzt, und er war von ihrem Schrei aufgewacht.

Es war seltsam intensiv gewesen, fast wie real. Er

fragte sich, was, wenn sie tatsächlich in Lebensgefahr schwebte. Normalerweise verfolgte er ihre Publikationen in der Presse sehr genau, doch in den letzten Wochen war er so mit seinem eigenen Leben beschäftigt gewesen, dass er nachlässig geworden war.

»Kleines«, er hatte im Traum ihren Kosenamen gerufen; so hatte er seine Tochter nur genannt, wenn keiner zuhörte. Das war ihr Geheimnis gewesen. Die plötzliche Sehnsucht nach ihr drohte ihn fast zu zerreißen. Und wenn er sich einfach bei ihr meldete, Kontakt mit ihr aufnahm? Doch was, wenn sie nichts von ihm wissen wollte? Das Risiko musste er eingehen. Sollte er schreiben, anrufen oder einfach persönlich bei ihr vorbeigehen? Er beschloss, die Entscheidung auf morgen früh zu verschieben, und versuchte, wieder einzuschlafen.

FLO

Sie fiel, schwebte durch Galaxien, trieb körperlos, zeitlos dahin. Aber irgendetwas zog und holte sie unerbittlich zurück, so sehr sie sich auch dagegen wehrte, es half nichts. Mit jedem Atemzug fühlte Flo ihren Körper wieder deutlicher, er war viel zu eng und tat unsagbar weh. Sie wäre so gerne da draußen geblieben.

Nur langsam und bruchstückhaft kehrte die Erinnerung zurück. Dann, mit einem Mal, war alles wieder da: das Unwetter, Gin und der brechende Ast. Sie versuchte, einen klaren Gedanken zu fassen, aber ihr Kopf war wie vernebelt.

Nur so viel stand fest: Irgendetwas stimmte hier ganz und gar nicht, aber was? Es war zu still und zu friedlich! Der Sturm war so heftig gewesen.

Und jetzt? – Nichts! Nur Stille!

Angestrengt lauschte sie, irgendwo war das Summen eines Insekts zu hören, Wasser plätscherte leise. Wo war der Sturm geblieben? Auch spürte sie keinen Regen. Als sie jetzt die Augen öffnete, konnte sie das grüne Blätterdach des Baumes und ein kleines Stück blauen Himmels sehen, an dem weiße Schäfchenwolken gemächlich dahintrieben.

Eine neue Frage stieg in ihr auf: Wieso war es Tag? War sie etwa die ganze Nacht ohnmächtig gewesen? Langsam richtete sie sich auf, Steine kamen in ihr Blickfeld. Einige waren mannshoch oder sogar noch größer.

Steine? In ihrem Kopf schrillten sämtliche Alarmglocken. In Hannes Garten gab es keine Steine. Wo war das Haus? An dieser Stelle sollte doch das Haus stehen. Sie fuhr senkrecht hoch, was sich als Fehler erwies, denn ein stechender Schmerz durchfuhr ihren Kopf, ihr Blick verschwamm, und sie wurde von heftigem Schwindel erfasst. Eine Welle der Übelkeit ließ sie würgen.

»Langsam, nicht so schnell!«, ertönte da eine ruhige Stimme, und kräftige Hände stützten sie. Endlich ebbte die Übelkeit ab, und ihre Sicht wurde klar. Sie blickte direkt in die besorgten Augen einer Frau. Nicht irgendeiner Frau: »Muriel!«

Ihr Verstand sträubte sich gegen die Erkenntnis: ØLAND! Ja, es bestand kein Zweifel, dies war die Frau aus ihren Fieberträumen. Und wenn sie nicht alles täuschte, dann befand sie sich im Innern des Steinkreises, den sie aus Eikes Beschreibungen bereits zu kennen meinte.

»Du weißt, wer ich bin?«, riss sie Muriel aus ihren Überlegungen. Als Flo nickte, fuhr diese fort: »Ich war mir nicht sicher, wie viel du noch von deinem letzten Besuch erinnerst«, sie deutete auf den Wolfshund neben sich. »Das ist Thor, er hat auf dich und deine Freunde aufgepasst.«

»Welche Freunde?«, Flo drehte sich irritiert um, jetzt erst entdeckte sie Kiki von Borch und Hannes. Die beiden lagen Seite an Seite unter einem Berg von Decken und Fellen. Kiki sah klein und verletzlich aus, nichts Harsches oder Arrogantes war mehr an ihr. Wo war die hochnäsige Person geblieben, die noch vor ein paar Tagen so besitzergreifend in Hannes Haus umherspaziert war? Direkt neben den beiden entdeckte Flo ein schwarzes Fellbündel. Erst beim zweiten Hinsehen erkannte sie Gin, und ihr Herz krampfte sich bei dem Anblick zusammen.

»Sind sie …?«

Muriel beendete ihre unausgesprochene Frage: »Du willst wissen, ob sie tot sind?«

Flo nickte beklommen.

»Nein, aber viel hätte nicht gefehlt, das war wirklich knapp. Ihr habt mir alle vier einen ziemlichen Schrecken eingejagt, wie ihr da plötzlich im Steinkreis lagt. Die letzten zwei Tage habe ich mehr als einmal um euer Leben gebangt.«

»Zwei Tage?«, Flo wollte ihren Ohren nicht trauen, »willst du mir damit sagen, dass ich ganze zwei Tage lang bewusstlos war?«

In ihrem Inneren wirbelten die Fragen wie Blätter im Herbstwind durcheinander: Wie waren sie hierhergekommen? Wer hatte während dieser Zeit Whisky im Möweneck gefüttert? Und was war mit ihren Eltern? Sie mussten halb krank vor Sorge sein, wenn sie so lange nichts von Hannes und ihr gehört hatten. Sie wollte gerade ansetzen, ihre Gedanken in Worte zu fassen, aber Muriel kam ihr zuvor:

»Du machst dir sicher Sorgen wegen daheim, aber ich kann dich beruhigen. Ihr seid in höchster Not nach Øland gekommen, davon gehe ich zumindest aus, wenn ich bedenke, in welchem Zustand ihr bei eurer Ankunft wart. Das bedeutet, dass bei euch das Gesetz des Reisenden in Not gilt. Ihr seid damit außerhalb von Zeit und Raum gereist.«

Flo zitierte aus dem Gedächtnis: »*Doch Reisender, bist du in Not, suchst Hilfe, oder fürchtest gar den Tod. So wird Øland für dich zum Rettungsort*, ist es das, was du meinst?«

»Genau! Ihr müsst in äußerster Lebensgefahr geschwebt haben, sonst hätte das Gesetz der Insel nicht funktioniert. Als ihr nach Øland kamt, habt ihr die normale Zeit verlassen, ihr wurdet quasi herauskatapultiert, um euch vor dem Schlimmsten zu schützen. Während ihr hier seid, schreitet eure persönliche Lebenszeit weiter fort. Wenn ihr zurückkehrt, wird in eurer Zeit nicht mehr als ein Wimpernschlag vergangen sein, und ihr taucht an der Stelle wieder in euer Leben, an der ihr es verlassen habt. Deshalb dürft ihr auch nur so lange bleiben, bis es euch wieder gut geht, dann müsst ihr für dieses Mal unweigerlich zurück.«

Flo überlegte: »Wenn ich über Jahre hierbleiben würde und dann zurückkäme, würde mich keiner mehr kennen.«

Muriel nickte: »Du begreifst schnell. Es gibt Mittel und Wege, nach Øland zu kommen und die Zeitzonen anzugleichen, aber nicht dieses Mal. Daher sollten wir uns auf das Dringendste konzentrieren. Als Erstes brauchst du etwas Ordentliches in den Magen, damit du wieder zu Kräften kommst. Du musst hungrig sein.«

»Was ist mit den anderen?«, Flo deutete auf die Freunde, die noch immer tief zu schlafen schienen.

»Die drei sind noch nicht über den Berg. Wir können nichts weiter für sie tun, als abzuwarten. Ich war sehr erstaunt, dass du die Erste bist, die sich erholt hat. Du warst am übelsten zugerichtet, besonders deine linke Schulter sah schlimm aus.«

Der Ast! Flo erinnerte sich an den stechenden Schmerz, als sie getroffen wurde. Instinktiv blickte sie auf ihren Oberarm, tatsächlich war dort eine blasse Narbe zu sehen. Allerdings sah die Wunde nicht frisch aus, sondern, als wäre sie bereits vor langer Zeit verheilt. Auch war es keine Narbe im eigentlichen Sinn. Flo überlief ein Schauer, es waren die Umrisse der zwei Vögel, von Eikes Amulett.

Muriel riss sie aus ihren Gedanken: »Deine Verbindung zu Øland muss ungewöhnlich stark sein, sonst wäre die Verletzung nicht so schnell verheilt. Doch genug geredet, du brauchst eine Stärkung, dann sehen wir weiter. Meine Hütte liegt nicht weit von hier. Muriel deutete auf den großen Wolfshund:

Thor wird unterdessen auf deine Freunde aufpassen, er ist ein hervorragender Wärter.«

Als hätte er nur auf das Stichwort gewartet, sprang er mit gewaltigen Sätzen zu Gin und bremste haarscharf vor der kleinen Katze ab, nur um sich dann ganz vorsichtig an sie zu schmiegen. Er lag jetzt so dicht bei Gin, dass er fast mit ihr verschmolz, dabei war Thor darauf bedacht, ihr ja nicht wehzutun. Der Anblick der beiden zauberte ein Lächeln auf Flos Gesicht, und Muriel erging es ähnlich. Einen Augenblick standen sie schweigend so da.

Ein lautes Krächzen ließ Flo zusammenzucken. Ihr Verstand und ihre Wahrnehmung schienen ernsthaft gelitten zu haben, denn erst jetzt bemerkte sie den weißen Raben und die schwarze Möwe, die keine fünf Schritte von ihr entfernt auf einem Stein saßen. Diese beiden hier zu sehen, war fast mehr, als sie ertragen konnte. In dem Moment wurde Flo bewusst, wie sehr sie sich gewünscht hatte, dass es den Ort aus ihren Träumen wirklich gab.

Die Hütte, zu der Muriel sie führte, lag auf einer kleinen Lichtung. Um eine Feuerstelle waren ein paar grob gezimmerte Holzbänke aufgestellt und vor einem Lehmofen lagen mehrere Laib Brot zum Abkühlen. Weiter hinten konnte Flo ein paar Bienenstöcke entdecken sowie fein säuberlich angelegte Gemüse- und Kräuterbeete. Das fröhliche Gluckern eines Baches war zu hören und in der Ferne schimmerte ein Zipfel blauen Meeres.

Flo merkte, wie die Anspannung von ihr abfiel. Muriel ging zu einem Kessel, der über dem Feuer hing, und füllte zwei hölzerne Schalen. Dankbar nahm Flo eine der dampfenden Schüsseln entgegen. Der Brei war heiß und süß und schmeckte nach Kindheit. Sie brach große Stücke des noch warmen Brotes ab und stopfte es sich gierig in den Mund. Dieses einfache Mahl hatte etwas so Elementares, war Körper- und Seelennahrung zugleich.

Während sie aßen, hatte Flo genug Zeit, Muriel näher zu betrachten. Sie trug ein erdfarbenes Kleid. Heute war ihr Haar nur lose zurückgebunden. Mit seiner goldgelben Farbe, die in der Sonne schimmerte, erinnerte es an ein Kornfeld, das sich im Wind wiegte. Am liebsten hätte Flo ihre Hände darin vergraben. Und dann waren da diese tiefblauen Augen, Meeresaugen, die einem direkt in die Seele zu blicken schienen.

Doch etwas war seltsam an Muriel. In einem Moment wirkte sie wie eine weise, reife Frau, im nächsten meinte Flo, ein jugendliches Mädchen vor sich zu haben, kaum älter als sie selbst. Ob dies mit den verschiedenen Zeitzonen zusammenhing, von denen Muriel vorhin gesprochen hatte?

Wieder fiel Flos Blick auf Muriels Medaillon, das die Form eines Baumes hatte. Unwillkürlich tastete sie nach Eikes Amulett, das sie noch immer unter ihrem Pullover trug. Es gab so viel, das sie wissen wollte, ja musste. Wie waren sie hierhergekommen? Was war dies für ein Ort und wieso hatte die Narbe auf ihrem Arm die Form der zwei Vögel angenommen? Flo merkte, wie ihre Unruhe zurückkehrte.

Muriel brach das Schweigen: »Ich sehe dir an, dass du mich vieles fragen möchtest, doch zuvor muss ich ein paar Dinge von dir erfahren. Vor allem solltest du mir erzählen, was genau passiert ist.«

Sofort wurden die Bilder vom Sturm, der entflohenen Katze und ihrer gemeinsamen Rettungsaktion in Flo wieder lebendig. Das Gefühl der Unausweichlichkeit drohte sie ein zweites Mal zu überwältigen. Um nicht in Panik zu geraten, bemühte sie sich um eine möglichst sachliche Schilderung der Ereignisse. Als sie geendet hatte, griff sie nach dem Amulett und holte es zusammen mit der Feder hervor. Muriels Augen wurden groß vor Staunen.

»Das erklärt so einiges, darf ich?«, sie griff nach dem Schmuckstück. »Es trägt den Namen *Zwei Brüder,* auch wenn es natürlich die Möwe und den Raben darstellt. Rorik, der Schmied, der es seinerzeit angefertigt hat, besaß einen Zwillingsbruder, Hraban. Sie waren genauso verschieden und doch so unzertrennlich, wie es die beiden Vögel sind. Er wollte mit diesem Amulett das enge Band zwischen ihnen zum Ausdruck bringen. Ich habe mich schon gefragt, was nach Eikes Tod damit passiert ist.«

»Du kanntest Eike?« Flo war verwirrt, »aber er ist doch vor hundert Jahren gestorben?«

Muriel schüttelte nur milde den Kopf. »Es gibt vieles, was du im Moment nicht verstehen kannst. Es wird der Tag kommen, an dem ich all deine Fragen beantworte, aber fürs Erste müssen wir uns auf das Wichtigste konzentrieren. Du bist nicht allein gekommen, die Tatsache, dass ihr alle drei in dem Versuch vereint wart, Gin zu retten, hat euch aneinandergekettet. Als dies geschah, gab es keine negativen Gefühle, sondern nur den Wunsch zu helfen. Dass ihr zusammen hierherkamt, hat Vor- und Nachteile für uns. Der Vorteil ist, dass uns dies etwas Zeit schenkt, denn ihr könnt die Insel nur gemeinsam wieder verlassen. Der Nachteil ist, ich weiß nicht, ob es Tage oder vielleicht nur einige Stunden sind, die uns bleiben. Sobald deine Freunde nicht mehr in Lebensgefahr schweben, werdet ihr zurückkehren müssen.«

In diesem Moment schoss, gleich einem schwarzen Pfeil, die Möwe auf sie zu. Muriel hob ihren linken Arm, damit der Vogel darauf landen konnte.

»Das ist Nox, meine treue und kluge Gefährtin, und wie ich sehe, trägst du ihre Feder.«

»Sie ist einer der Gründe, warum ich das Amulett der *Zwei Brüder* gefunden habe«, gestand Flo.

»Das musst du mir genauer erklären«, bat Muriel.

Also erzählte Flo von ihren Begegnungen mit Rabe und Möwe, wie sie auf das Bild gestoßen war und mit Hannes' Hilfe das Gedicht auf der Rückseite entdeckt hatte.

Als Muriel von dem Geheimversteck im Rahmen und den Aufzeichnungen im Schleusenjournal hörte, pfiff sie anerkennend durch die Zähne.

»Wie raffiniert! Ich weiß jetzt von dem Versteck im Bild, aber wie bist du an das Amulett gekommen? Ich hatte schon befürchtet, es sei genau wie das von Leif verschwunden.«

Flo berichtete von dem Zusammenstoß mit Kiki von Borch in der Fußgängerzone und dass sie dadurch fast die Vögel aus den Augen verloren hätten. Die Erinnerung an Hannes, der zwischen den Spitzenunterhöschen feststeckte, ließ sie erneut kichern. Muriel war eine gute Zuhörerin, und es bereitete Flo Vergnügen, die Ereignisse bildreich auszuschmücken.

Bei der Beschreibung, wie sie das Päckchen vor den wachsamen Augen des Museumswärters aus dem Schiff gestohlen hatte, klatschte diese begeistert in die Hände und rief:

»Du gefällst mir, Mädchen, du hast wirklich Schneid! Ich bin froh, dass du durch Nox und Odin das Amulett gefunden hast.«

»Dann ist Odin der weiße Rabe?«, folgerte Flo.

»Richtig, warte einen Augenblick!«, Muriel griff in ihre Rocktasche und förderte eine weiße Feder zutage. »Hier, nimm, diese gehört jetzt dir! So wie das Amulett der *Zwei Brüder* Schwarz und Weiß in sich vereint, gehören auch diese beiden Federn zusammen.«

Die Feder schimmerte silbern im Sonnenlicht. Flo strich vorsichtig mit der Hand darüber und befestigte sie anschließend an ihrem Band.

»Danke, sie ist wunderschön!«

Sie nahm das Amulett und reichte es Muriel. Ihre Stimme klang fast schüchtern, als sie jetzt wissen wollte: »War es verkehrt von mir, es zu tragen?«

»Ganz im Gegenteil. Ich denke, der Stein hat euch das Leben gerettet und ist jetzt wieder da, wo er hingehört.«

Muriel überlegte, als müsse sie nach den richtigen Worten suchen. »Das Amulett ist wie eine Kompassnadel, die euch direkt nach Øland geführt hat. Der Stein wird immer die Bestrebung haben, sich mit seinem Ursprungsort zu verbinden. Dadurch seid ihr im Herzen der Insel gelandet.«

»Aber was ist Øland für ein Ort?«, in Flos Stimme

schwangen Zweifel und Verwirrung. Sie merkte, wie ihr Verstand einmal mehr an die Grenze dessen kam, was zu glauben er im Stande war.

Voll Mitgefühl sah Muriel sie an. »Ich weiß, das ist ganz schön viel auf einmal für dich. Die meisten Menschen, die hier waren, können sich später an nichts mehr erinnern, ganz einfach aus dem Grund, weil ihr Verstand es nicht zulässt. Deshalb nennt man Øland auch die vergessene Insel.«

Wieder erfasste Flo, was gemeint war, sie zitierte: »*Wer nicht glaubt, was du bist, für den wirst du für immer verschwinden.* Aber das beantwortet meine Frage noch nicht, was dies für ein Ort ist.«

Kurz zögerte Muriel, dann fasste sie einen Entschluss. »Was hältst du davon, wenn ich dir ein bisschen mehr von der Insel zeige? Ich glaube, es wird noch eine Weile dauern, bis deine Freunde aus ihrer Ohnmacht erwachen und dir wird es guttun, wenn dein aufgewühlter Geist erst einmal zur Ruhe kommt.«

Das Amulett

Die beiden Frauen machten sich auf den Weg und auch die schwarze Möwe erhob sich in die Lüfte und flog in Richtung Steinkreis davon. Flo schätzte, dass es später Vormittag war. Die Sonne hatte bereits an Kraft gewonnen und ihr wurde in den Jeans und dem dicken Pulli langsam warm. Also zog sie ihn aus und krempelte die Hosenbeine um. Muriel schlug ein zügiges Tempo an, was Flo ganz recht war, so brauchte sie vorerst nicht zu reden, sondern konnte ihre Gedanken sortieren. Der kleine Pfad, dem sie folgten, führte abwärts in Richtung Meer. Sie kamen an einer Wiese vorbei, auf der einige Schafe und Ziegen grasten. Die Tiere kamen blökend und meckernd auf sie zugestürmt, um sie zu begrüßen.

»Nicht so wild, meine Lieben!«, Muriel beugte sich lachend herunter, um Mäuler zu streicheln und Hälse zu kraulen.

»Laufen sie nicht weg?«, wollte Flo wissen, die nirgends einen Zaun oder eine Absperrung entdecken konnte.

»Wo sollten sie denn hin?«, fragte Muriel belustigt. »Sie schenken mir einen Teil ihrer Milch, und ich sorge im Winter dafür, dass sie einen warmen Stall haben.«

Die älteren Tiere beäugten Flo misstrauisch, aber ein junges Zicklein war mutig genug, mit seiner kleinen Schnauze ihre ausgestreckte Hand zu erkunden. Nachdem die anderen Tiere sahen, dass von dem neuen Menschen keine Gefahr ausging, umrundeten sie das Mädchen ebenfalls. Flo wäre gerne noch länger geblieben, aber Muriel mahnte zum Aufbruch.

Nach weiteren zwanzig Minuten Fußmarsch durch hügelige Heidelandschaft lag das Meer wie ein blaues, glitzerndes Band vor ihnen. Der Anblick war umwerfend, für einige Atemzüge stand Flo nur staunend da. Der weite Sandstrand vor ihr verlief in einem gestreckten Bogen, in der Ferne konnte sie die mittlerweile nun schon vertraute Hochküste erkennen. Endlich war sie wirklich und wahrhaftig an dem Strand aus ihren Träumen. Es verursachte ihr eine Gänsehaut. Sobald sie auch die letzte Dünenkette überquert hatten, sprintete Muriel los.

»Wer als erstes im Wasser ist, hat gewonnen!«

Noch im Laufen löste sie den Gürtel, und mit einer fließenden Bewegung streifte sie das Kleid über den Kopf. Flo hatte keine Chance gegen sie, doch nach kurzem Zögern folgte sie Muriels Beispiel. Schließlich gab es niemanden, der sie hätte beobachten können.

Im ersten Moment war das Wasser eisig und sie schrie auf. Nach ein paar kräftigen Schwimmzügen vergaß Flo jedoch die Kälte und warf sich immer wieder in die Wellen. Sie hatte noch nie nackt gebadet und es war ein unglaubliches Gefühl, wie das

Wasser ihren ganzen Körper umspülte. Später kraulte sie zurück an den Strand, um sich im warmen Sand trocknen zu lassen. Das Salz auf ihrer Haut bildete winzige Kristalle, die in der Sonne glitzerten.

Erschöpft, aber zufrieden schloss Flo die Augen und lauschte dem gleichmäßigen Auf und Ab der Brandung, während ihr klopfender Herzschlag langsam zur Ruhe kam. Unmerklich passte sich ihr Atem dem Rhythmus der Wellen an, ein und aus, und ein und aus. Sie wurde ein Teil des Meeres, keine Fragen, keine quälenden Gedanken mehr. Einfach sein, die Zeit wurde bedeutungslos.

Flo wachte davon auf, dass sie fröstelte, eine große Wolke hatte sich vor die Sonne geschoben. Muriel saß neben ihr im Sand und schaute sie liebevoll an.

»Na, hast du dich etwas erholt? Ich wollte dich gerade wecken. Es wird Zeit heimzugehen«; dann wies sie mit einem Lächeln auf Flos verkürzten linken Zeh. »Weißt du, dass eine unserer Vorfahrinnen einst ein Stück ihres kleinen Zehen verloren hat? Seitdem taucht dieses Merkmal immer wieder bei Mitgliedern unserer Familie auf. Ich habe mich gefreut zu sehen, dass auch du Ilvys Zeichen trägst.«

»Wie ist es dazu gekommen?«

»Das ist eine lange Geschichte, ich werde sie dir irgendwann erzählen.«

Gemeinsam traten sie den Rückweg an. Diesmal kamen sie langsamer voran, denn jetzt ging es bergauf, und im Gegensatz zu Muriel, fehlte es Flo noch immer an Kondition. Sie staunte, mit welcher

Geschicklichkeit diese über Baumwurzeln und Felsvorsprünge kletterte.

Schon nach erstaunlich kurzer Zeit erreichten sie die Holzhütte. Sie mussten auf ihrem Hinweg über die Insel einen Bogen geschlagen haben und waren nun auf direktem Wege an ihren Ausgangspunkt zurückgekehrt.

»Komm, ich möchte dir etwas geben!«, forderte Muriel sie auf.

Gespannt folgte Flo ihr ins Innere der Hütte. Durch die kleinen Fenster drang nur wenig Licht, und es dauerte einen Moment, bis sich ihre Augen an die Dunkelheit gewöhnt hatten.

Neugierig sah sie sich um. Der Raum war größer, als sie erwartet hatte, und sah richtiggehend gemütlich aus. Der Boden bestand aus Steinplatten, auf denen grob gewebte Teppiche und Felle lagen. Im vorderen Bereich befanden sich Regale mit Tonschalen, Tellern und Krügen. In der Mitte boten ein Tisch und Bänke Platz für mindestens acht Personen. Flo stellte sich vor, wie hier in früherer Zeit Menschen zusammengesessen hatten.

Muriel schob einen Vorhang beiseite und gab den Blick auf den hinteren Teil der Hütte frei. Hier befanden sich einfache Holzbetten. Zielstrebig ging sie zu einer mit Eisenbeschlägen verzierten Truhe und machte sich daran zu schaffen. Als sie sich umdrehte, hielt sie ein Kleid in den Händen, in dem verschiedene Blautöne ineinander gewebt waren. Sie reichte es Flo. Staunend betrachtete diese, wie die Illusion von fließendem Wasser entstand, als sie den Stoff leicht hin- und herbewegte.

»Ich dachte, das würde dir vielleicht gefallen«, meinte Muriel mit einem kleinen Lächeln.

»Das ist wirklich für mich?«, Flo konnte nicht glauben, dass etwas so Schönes ihr gehören sollte. »Danke, aber woher weißt du, dass ich Geburtstag habe? Das heißt, ich hatte ihn am 21. Juni, in der Nacht, als das Unglück mit dem Baum geschah.«

Erst war Muriel sprachlos, dann brach sie in schallendes Gelächter aus, das ihr fast den Atem raubte: »Natürlich! Zur Sommersonnenwende, wann denn wohl sonst! Himmel, wie viele Hinweise brauche ich eigentlich noch, bis ich begreife, dass du in jeder Hinsicht eine Tochter Ølands bist«; erklärend fügte sie hinzu: »Alle vier Kinder Beekes wurden an Mittsommer, zur Wintersonnenwende oder zum Herbst- sowie Frühlingsbeginn geboren. Das trifft auch auf fast alle Hüter zu, die Øland im Laufe der Jahrhunderte hatte. In dem Fall betrachte es als nachträgliches Geburtstagsgeschenk. Jetzt zieh es schon an, ich bin neugierig, wie es dir steht!«

Rasch schlüpfte Flo aus Jeans und Pulli und streifte das Kleid über. Es schmiegte sich in fließenden Bahnen an ihren Körper und fühlte sich einfach fantastisch an. Muriel schnappte hörbar nach Luft, als Flo sich zu ihr umdrehte. Wortlos ging sie mit ihr zu einem kleinen Spiegel, der an der Wand hing.

Schweigend staunten die beiden Frauen über das Bild, welches sich ihnen bot. Jede für sich war auf ihre Weise schön, zusammen ergaben sie ein Ganzes. Die verblüffende Ähnlichkeit, die nun sichtbar wurde, war fast unheimlich. Sie hatten beide dieselben meerblauen Augen, die sich je nach Stimmung verdunkelten oder im hellsten Azur strahlen konnten.

Doch da war noch viel mehr. Jetzt, wo sie Kleider im selben Stil trugen, konnte man deutlich sehen, dass sie auch in der Statur und dem Körperbau fast identisch waren. Auf Muriels nächste Worte war sie nicht vorbereitet: »Jetzt weiß ich, wie die Tochter ausgesehen hätte, die ich nie hatte.«

Ihre Stimme war frei von Bitterkeit, gleichwohl schwang ein Hauch von Wehmut mit und Flo hätte gerne gefragt, warum Muriel keine eigenen Kinder hatte, aber dies war nicht der rechte Zeitpunkt dafür. Stattdessen nahm sie diese einfach in den Arm, und für einen Augenblick legte Muriel ihren Kopf auf Flos Schulter. Dann war der intime Moment vorüber und ein Ruck ging durch ihren Körper, ihr Tonfall wurde wieder sachlich:

»Es wird Zeit, dass wir nach deinen Freunden sehen. Doch vorher sollst du noch deinen eigenen Stein bekommen. Ich hoffe, uns bleibt genug Zeit, bevor sie erwachen.«

»Was meinst du damit?«

»Du hast für kurze Zeit die *Zwei Brüder* getragen, dies hat dir ein gewisses Maß an Schutz verliehen, aber ich bin mir nicht sicher, ob dies der Stein ist, der für dich bestimmt ist.«

»Heißt das, ich bekomme mein eigenes Amulett?«, Flo glaubte, sich verhört zu haben.

»Ja, wenn du es möchtest.«

Flo erfasste eine unerwartete Freude, doch zugleich verspürte sie auch Furcht. Musste sie jetzt einen lebenslangen Vertrag eingehen, ohne die Konsequenzen zu kennen? Muriel spürte ihr Zögern und legte ihr beruhigend die Hand auf die Schulter.

»Keine Sorge, heute brauchst du mir nichts weiter zu versprechen, als dass du deinen Stein nicht an Dritte weitergeben wirst und Fremden nicht leichtsinnig von dem erzählst, was du hier erlebst. Als direkte Nachkommin unserer Familie bist du zur Trägerin eines Amulettes bestimmt«, sie schmunzelte. »Dass du ein Kind Ølands bist, daran besteht kein Zweifel. Ein Jurist würde sagen: Die Beweise sind erdrückend, da ist unsere verblüffende Ähnlichkeit, dein Geburtsdatum, außerdem dein verkürzter Zeh, und dass Nox und Odin dich zu den Verstecken geführt haben. Nicht zu vergessen die Tatsache, dass du dich an deinen Besuch vor ein paar Wochen erinnern kannst. Andere Menschen, die in Not sind, und nur zufällig nach Øland kommen, verlieren jede Erinnerung an die Insel, sobald sie diese wieder verlassen haben. Ich habe mich oft gefragt, weshalb das so ist. Ich glaube, nur direkte Nachkommen unserer Familie besitzen die Fähigkeit, sich zu erinnern. Es ist, als wäre unsere DNA mit der Insel verkettet. Doch komm, es wird Zeit!«

Mit dem Weg zum Steinkreis war Flo mittlerweile bestens vertraut. Kaum waren sie zwischen die großen Steine getreten, als sie ein schwarzes Bündel wie aus dem Nichts ansprang. Es war Gin! Die kleine Katze wohlbehalten in ihre Arme schließen zu dürfen, erfüllte Flo mit purer goldener Freude. Wenige Augenblicke später kam auch Thor herbeigestürmt, fast hätte der Hund sie umgeworfen, in dem ungestümen Versuch, möglichst dicht bei seiner kleinen

Freundin zu sein.

»Na, lauf schon zu deinem großen Beschützer, er ist ja regelrecht vernarrt in dich!«, Flo setzte Gin behutsam auf die Erde zurück. Ein Blick auf Hannes und Kiki zeigte ihr, dass sie noch schliefen. Doch die unnatürliche Blässe ihrer Gesichter war einer kräftigeren Farbe gewichen, sie sahen nicht mehr wie tot aus.

Jetzt wandte sie sich Muriel zu, diese deutete auf die Insel, die sich in der Mitte des Sees vor ihnen erhob und erklärte: »Das ist das Herz von Øland.«

Fast ehrfürchtig blickte Flo sich um. Der ganze Ort strahlte eine besondere Präsenz aus, der man sich nicht entziehen konnte. Die imposanten Steinriesen, die mal dichter, mal weiter weg vom Ufer standen, erinnerten tatsächlich an Wächter. Sie konnte verstehen, was Eike in seinem Bericht damit gemeint hatte. Das Wasser lag still und kristallklar vor ihnen; ein Schwarm kleiner, bunter Fische schoss vorbei und verschwand gleich darauf wieder.

»Achte darauf, wohin ich meine Füße setze, der Untergrund ist hier zum Teil tückisch!«, warnte Muriel.

Sie mussten den Saum ihrer Kleider raffen, während sie durch das hüfthohe Wasser wateten. Wenig später war es geschafft und sie erreichten das Ufer der kleinen Insel. Hinter einem Vorhang aus Efeu wurde eine Öffnung sichtbar. Flo folgte Muriel ins Innere der Höhle, nach wenigen Schritten hatte der Felsen das Tageslicht verschluckt, und Finsternis hüllte sie ein. Die Wände waren jetzt so eng, dass sie gegen das aufsteigende Gefühl der Panik ankämpfen musste. Gerade als sie glaubte, es nicht länger aushalten zu können, weitete sich der Gang, und es wurde wieder heller. Staunend sah Flo sich um.

Durch eine Öffnung in der Decke drang Tageslicht und brach sich in tausend und abertausend kleinen Kristallen, welche die Wände bedeckten, sodass sie das Gefühl hatte, in einem glitzernden Meer aus Sternen zu stehen. In der Raummitte befand sich ein runder Sockel von vielleicht anderthalb Quadratmetern Durchmesser. Wie es aussah, war er aus Ton geformt, und in seine Oberfläche waren verschiedene Kristalle eingearbeitet.

Ein seltsames Leuchten und Pulsieren ging von dem Stein aus, als wäre er lebendig. Bei genauerem Hinsehen konnte Flo zwölf Vertiefungen erkennen, die am Rand kreisförmig angeordnet waren, wie die Ziffern einer Uhr. Zusätzlich gab es eine dreizehnte in der Mitte.

In drei der Aussparungen lagen Amulette. Das erste war eine Nachbildung der Insel. Das zweite Schmuckstück zeigte eine metallene Spirale auf einem fast schwarzen Stein. Das letzte Amulett lag in der Mitte. Es bestand aus vier Steinen in unterschiedlichen Farben. Wo die vier aufeinandertrafen, war ein weiterer Stein eingefasst, der in allen nur erdenklichen Farben des Regenbogens schimmerte.

Muriel nahm jetzt Eikes Stein der *Zwei Brüder* und legte ihn in eine der leeren Aussparungen. Nach kurzem Zögern griff sie unter ihr Kleid, streifte ihr eigenes Baum-Medaillon ab und tat es zu den anderen. Nun lagen fünf Amulette dort. Unwillkürlich fragte Flo sich, wie wohl die restlichen aussehen mochten und was aus ihnen geworden war.

»Hier ist der Mittelpunkt der Insel«, erklärte Muriel. »Du hast draußen den Steinkreis gesehen, er ist das Spiegelbild in der Wirklichkeit dessen, was du hier im Kleinen erblickst. Die großen Steine an Land sind die Wächter dieses Ortes, gleichzeitig dienen sie auch als Zeichen für Eingeweihte. Sie zeigen ihnen, dass sich hier ein Kraftort befindet.«

Muriel entzündete eine Fackel, dadurch wurde eine Inschrift in der Höhlenwand sichtbar. Flo fuhr mit den Fingerspitzen über die Worte. Es war, als hätte ihre Berührung das Tor zu einer anderen Zeit geöffnet.

Dort, wo eben noch Muriel gewesen war, stand jetzt eine andere Frau, die ihr nicht unähnlich sah. Drei Männer und eine weitere Frau traten schweigend hinzu. Sie waren in lange, fließende Gewänder gekleidet, die bis zum Boden reichten. Die erste Frau begann mit einem feierlichen Sprechgesang:

»Zu schützen den Ort, die heilige Quelle,
Dies sei unser Wunsch und Wille.«

Ein Schatten fiel auf die Szene, und ein Mann trat hinzu. Nun hob auch er an zu sprechen:

»Verflucht seist du, Beeke ...!«

Dann kippte die Welt aus den Fugen, und es wurde schwarz um sie.

»Flo, bitte wach auf, du musst zurückkommen, du darfst nicht länger dableiben!«, die Dringlichkeit in Muriels Stimme brachte sie ins Hier und Jetzt zurück. »Sag mir, was hast du gesehen?«, verlangte diese.

In knappen Worten schilderte Flo, was sich vor ihren Augen abgespielt hatte.

»Du hast sie alle fünf gesehen und auch Ulfur, den letzten Mann?«, vergewisserte sich Muriel. Bewundernd meinte sie: »Deine Verbindung zu Øland ist noch viel stärker, als ich bisher angenommen habe. Du musst wissen, es ist nicht ungewöhnlich, dass sich hier die Zeitzonen verschieben oder überlagern. Du wurdest soeben Zeuge, wie es damals zur Katastrophe gekommen ist. Deshalb musste ich dich auch aus der Vision herausholen, sonst wäre vielleicht dein Leben in Gefahr gewesen.«

Flo erinnerte sich, wie Eike in seinen Aufzeichnungen von den brennenden Steinen berichtet hatte. Ihm musste es damals ähnlich ergangen sein. Auch bei ihm hatten sich die Zeiten überlagert.

Muriel fuhr fort: »Kannst du dich an den jungen Mann mit den flammend roten Haaren erinnern? Das war Rorik, Beekes Sohn. Er war es, der die Inschrift in die Wände der Höhle eingraviert hat. Zudem erschuf er den Altar, und von ihm stammen die Amulette, von denen du fünf hier siehst. Rorik hat sie für die Mitglieder seiner Familie geschmiedet. Es sind zwölf Stück wie die Ziffern auf einer Uhr oder die Monate des Jahres. Das dreizehnte welches im Zentrum liegt, war für seinen Vater Halvar bestimmt, der bei der Katastrophe ums Leben gekommen ist. Es trägt den Namen das *Fünfte Element*. Bis jetzt gab es noch nie einen Träger. Das Amulett der *Zwei Brüder*, welches du mir heute gebracht hast, gehörte einst Hraban, Roriks Zwillingsbruder. Die Überlieferung besagt, wenn alle Steine einen Träger haben und diese Menschen sich in Achtung und Liebe vereinen, kann der Fluch gebrochen werden. Es gab Zeiten, da waren es sieben Träger, und es schien, als wären wir fast am Ziel. Aber das ist lange her.«

Muriel zeigte auf den runden Altar. »Siehst du die Ausbuchtungen für die Amulette? Einige sind völlig dunkel, andere dagegen leuchten schwach, und einige strahlen kräftig.«

Jetzt, wo Muriel sie darauf hingewiesen hatte, fiel es auch Flo auf.

»Was hat dies zu bedeuten?«, wollte sie wissen.

»Amulette, welche einen Träger haben, leuchten hell, wie in meinem Fall der Lebensbaum«, Muriel deutete auf eine Ausbuchtung und dann auf eine andere. »Dies hier ist der Platz für die *Zwei Brüder*. Seit ein paar Tagen hat sein Leuchten stetig zugenommen. Ich wusste daher, dass das Amulett wieder aktiv ist, allerdings habe ich auch vermutet, dass es noch nicht von der Person getragen wird, für die es bestimmt ist, sonst wäre der Schein noch kräftiger.«

An dieser Stelle stutzte sie und trat näher an den Steinaltar heran.

»Was ist?«, fragte Flo, »stimmt etwas nicht?«

»Das ist eigenartig, siehst du das? Dies ist der Platz für die *Schwarze Sonne*. Das Amulett hat einst Beeke gehört. Eben hatte ich den Eindruck, als hätte die Ausbuchtung kurz aufgeleuchtet, wahrscheinlich habe ich mich getäuscht. Komm, es wird Zeit für deinen Schutzstein, stelle dich hierher, schließe die Augen und versuche, deinen Geist ganz leer zu machen! Öffne jetzt deine Hände, sodass die Handflächen nach oben zeigen!«

In rascher Folge legte Muriel nun ein Amulett nach dem anderen auf Flos ausgestreckte Hand. Jeder der Steine brachte eine Seite in ihr zum Klingen. Beim letzten Amulett war die Verbindung sofort spürbar. Ihr Herz schlug im Takt mit dem Pulsieren des Steines, tok, tok, tok. Töne umgaben sie, kamen aus seinem Inneren und gleichzeitig aus ihr. Wie das Auf und Ab der Brandung schwollen sie an und wurden wieder leiser.

Flo konnte der Versuchung nicht widerstehen und umschloss den Stein kurz mit ihren Händen. Nicht um seine Form zu ertasten, sondern wie, um sein Wesen ganz in sich aufzunehmen. Als sie die Hände wieder öffnete und Muriel den Stein an seinen Platz zurücklegte, spürte sie eine unerwartete Leere.

»Das war wirklich erstaunlich, als du mir …«, weiter kam Flo nicht, denn ein stechender Schmerz ließ sie aufkeuchen. Ihr Puls begann zu rasen und ihr Atem kam jetzt stoßweise.

»Was ist los? Geht es dir nicht gut?«

Flo hatte Mühe zu antworten: »Ich glaube, Kiki und Hannes, sie sind wach.«

Muriel erfasste die Situation. »Komm, wir dürfen keinen Augenblick verlieren, du musst sofort zu den anderen, hoffentlich ist es noch nicht zu spät!«

Sie sprinteten los zum Ausgang der Höhle, die scharfen Kanten der Felsen schnitten wie mit Messern in Flos Füße, aber sie bemerkte es kaum. Dann war es geschafft, und der See lag vor ihnen. Sie eilten ans Ufer, dort standen Kiki und Hannes und schauten sich in heilloser Verwirrung um.

»Hier sind wir!«, rief Flo, als sie nur noch wenige

Meter entfernt waren. In Windeseile tauschte sie das blaue Kleid gegen ihre Hose und schlüpfte in ihre Turnschuhe.

Wie selbstverständlich übernahm Muriel jetzt das Kommando: »Flo, schnell, nimm Gin und dann fasst euch bei den Händen!«

Sie drückte ihr die kleine Katze in den Arm.

»Muriel …!«

Was auch immer Flo hatte sagen wollen, sie kam nicht mehr dazu.

Zurück

FLO

Wieder hätte sie nicht zu sagen gewusst, wie lange die Reise gedauert hatte. In einem Moment standen sie noch im Steinkreis, im nächsten befanden sie sich mitten im Orkan am Fuß der alten Eiche. Der Regen und der Sturm peitschten mit unverminderter Stärke. Flo spürte den Schock, ihre linke Schulter schmerzte heftig und ihre Beine drohten unter ihr nachzugeben.

Wie es aussah, hatte sie der herabstürzende Ast mit in die Tiefe gezogen, aber zugleich ihren eigenen Sturz abgedämpft. Noch immer hielt sie krampfhaft Gin im Arm, die völlig verängstigt war. Vorsichtig reichte sie die kleine Katze Kiki, die ihr am nächsten stand. Mühsam befreiten sie sich aus dem Gewirr aus Ästen und Zweigen, in dem sie gefangen waren. Hannes starrte Flo mit schreckgeweiteten Augen an.

»Oh mein Gott, geht es dir gut? Nichts wie weg hier, ehe noch mehr passiert!«

Sie hasteten zum Haus zurück. Kiki von Borch zitterte am ganzen Körper, und Hannes war kreidebleich im Gesicht. Sobald sich die Tür hinter ihnen geschlossen hatte, polterte er los: »Dieser verdammte Sturm, das ist doch nicht normal! Wir hätten da draußen alle sterben können! Heute geht mir niemand mehr vor die Tür!«

So aufgewühlt hatte Flo Hannes noch nie erlebt. Er holte tief Luft, dann fuhr er ruhiger fort: »Ich mache uns allen jetzt erst mal eine heiße Schokolade. Flo, zeigst du bitte Kiki von Borch, wo sich das Badezimmer befindet. Ich suche ihr gleich ein paar trockene Sachen von mir raus, und dann schauen wir, wo sie heute Nacht schlafen kann.«

Wenig später saßen sie alle drei am Küchentisch und nippten an ihren Bechern. Für Kiki und sich selbst hatte Hannes noch einen kräftigen Schuss Rum hinzugefügt. Jeder hing seinen eigenen Gedanken nach, keinem von ihnen war zum Reden zumute.

Hannes versuchte ein Gähnen zu unterdrücken und wandte sich a Kiki von Borch: »Es wird Zeit fürs Bett. Ich hoffe, das ist in Ordnung, etwas Besseres kann ich Ihnen leider nicht bieten«, er wies auf eine Matratze am Boden, auf der eine zusammengefaltete Decke und ein Kopfkissen lagen.

»Danke, es ist wunderbar«, Kiki strahlte ihn an. In dem viel zu großen Hemd von Hannes sah sie klein und zerbrechlich aus.

»Dann schlafen Sie gut«, er nahm die zierliche Frau kurz in den Arm, bevor er selbst mit Flo ins Obergeschoss ging.

T. S.

Als die Vögel ihr Frühkonzert anstimmten, gab er es endgültig auf, in dieser Nacht noch schlafen zu wollen. Stundenlang hatte er sich unruhig im Bett hin und her gewälzt, während die Gedanken in seinem Kopf Karussell gefahren waren. Er machte sich gar nicht erst die Mühe zu schauen, wie spät es war, es war in jedem Fall schrecklich früh.

In dieser Nacht hatte er noch einen weiteren eigenartigen Traum gehabt. Es war um Øland gegangen, um die Höhle mit dem Kristall. Zwei Frauen, die ihm merkwürdig vertraut vorgekommen waren, hatten um den Steinsockel gestanden. Waren es Beeke und Ilvy gewesen? Er fragte sich, ob es einen Zusammenhang zwischen seinen Träumen und der *Schwarzen Sonne* gab.

FLO

Trotz der Aufregung der vergangenen Nacht wurde Hannes auch an diesem Morgen früh wach. Der Sturm hatte während der letzten Stunden an Stärke verloren und sorgte jetzt für einen beinahe wolkenlosen Himmel. Die Sonne lugte bereits schüchtern durch eines der Küchenfenster.

Zunächst überprüfte er das Telefon, die Leitung war noch immer tot. Wahrscheinlich mussten sie sich noch ein paar Stunden gedulden. Später würde er im *Hafenhotel* vorbeigehen und Bescheid geben, dass es Kiki von Borch gut ging. Auch mit Flos Eltern sollte er telefonieren, sie wären bestimmt ebenfalls für ein kurzes Lebenszeichen dankbar.

Auf Socken schlich er durchs Wohnzimmer, öffnete leise die Terrassentür und betrat den Garten.

Überall lagen abgebrochene Äste und Zweige herum, und das Dach sah an mehreren Stellen aus wie ein gerupftes Huhn. Beim Anblick der alten Eiche stockte ihm der Atem.

Der Ausdruck *einen Zacken aus der Krone brechen*, passte hier wortwörtlich, denn im oberen Teil des Baumes klaffte ein erschreckend großes Loch. Als Hannes den fast vier Meter langen Ast sah, der sie gestern nur um Haaresbreite verfehlt hatte, sog er scharf die Luft ein. Er durfte sich gar nicht ausmalen, was alles hätte passieren können.

Wenn Flo durch seine Leichtsinnigkeit etwas zugestoßen wäre, hätte er sich das niemals verziehen. Wie hatte er ihr nur erlauben können, auf den Baum zu klettern? Mit einem Schaudern wandte er sich ab und begann den Garten aufzuräumen.

Er war noch nicht weit gekommen, als sich eine Hand von hinten auf seine Schulter legte. Hannes zuckte wie ein aufgeschrecktes Kaninchen zusammen und fuhr herum. Hinter ihm stand Kiki von Borch, er hatte sie nicht kommen hören. Einen Moment lang starrten die beiden sich an, als wüssten sie nicht, wie sie mit der Situation und einander umgehen sollten. Dann huschte ein schüchternes Lächeln über Kikis Gesicht, das ihr ein fast jugendliches Aussehen verlieh.

»Ich denke, ich muss mich bei Ihnen bedanken und auf jeden Fall möchte ich mich entschuldigen. Mein Verhalten in den letzten Wochen war wohl etwas aufdringlich«, zerknirscht schaute Kiki ihn an.

»Haben Sie mich da gerade um Entschuldigung gebeten?«, Hannes traute seinen Ohren nicht. Waren ihre Worte ernst gemeint oder war dies wieder eine ihrer hinterhältigen Finten, um sich bei ihm einzuschmeicheln? Er konnte nichts Falsches in Kiki von Borchs Mimik entdecken. Überhaupt sah sie so ohne Schminke viel verletzlicher und richtig sympathisch aus. Daher meinte er nach kurzem Zögern: »In Ordnung, Entschuldigung angenommen. Wie wäre es mit einem Frühstück?«

Kiki nickte, sie war dankbar, dass Hannes ihr wegen gestern keine Szene gemacht hatte, dabei hätte er durchaus allen Grund dazu gehabt. Er hatte sie nicht gefragt, was sie in seinem Garten gewollt hatte.

Flo wurde davon geweckt, dass eine dreiste Fliege über ihr Gesicht wanderte. Aus der Küche drangen Stimmen an ihr Ohr. Wer besuchte sie so früh am Morgen? Dann erkannte sie die Stimme von Kiki von Borch. Wie aus dem Nichts brach die Erinnerung über sie herein. Der Sturm, Gin vor Angst zitternd auf der alten Eiche, ihre Rettungsaktion und …

»… Øland?!«

Hatte sie das alles nur geträumt? Flo fuhr aus dem Bett, stürmte zum Fenster und riss die Läden auf. Vor ihr lag die aufgewühlte Nordsee. Schaumkronen tanzten auf dem Wasser, noch immer fegte ein kräftiger Wind über den Deich.

Beim Anblick des verwüsteten Gartens zuckte sie zusammen. Viele der Blumen waren abgeknickt, überall lagen Äste und Müll herum, den der Wind auf seiner Reise mitgerissen hatte. Sie entdeckte einen zerfledderten Regenschirm und etwas, das wie ein halbes Zelt aussah, hing wie eine absurde Dekoration in der alten Eiche. Den Sturm hatte es also wirklich gegeben, aber was war mit Øland?

Flos Hand fuhr zu dem Lederband unter ihrem T-Shirt. Da hingen die zwei Federn, aber kein Amulett. Bilder stiegen in ihr hoch, wie sie die weiße Feder erhalten und die *Zwei Brüder* an Muriel zurückgegeben hatte. Der Moment, als sie das andere Amulett in ihrer Hand gespürt und gewusst hatte, dass es ihr Stein war. Dann war plötzlich alles ganz schnell gegangen. Sie war gezwungen gewesen, ohne den Schutzstein und ohne das blaue Kleid zurückzukehren. War die weiße Feder der Beweis dafür, dass es Øland wirklich gab, oder wurde sie gerade verrückt?

In diesem Moment traf sie die Erkenntnis wie ein Blitzschlag. Es gab tatsächlich eine Möglichkeit zu überprüfen, ob sie wirklich in Øland gewesen war: die Narbe! Wenn die noch da war, dann hatte sie endlich den Beweis, den sie brauchte. Mit zitternden Fingern streifte sie das T-Shirt über den Kopf. Eine gefühlte Ewigkeit lang starrte sie ihr Ebenbild im Spiegel an. Sie konnte nicht glauben, was sie da auf ihrem Oberarm sah. Es waren eindeutig die Umrisse der schwarzen Möwe und des weißen Raben.

Flo fröstelte, sie hatte sich einen Beweis gewünscht. Den hatte sie jetzt, doch anstatt erleichtert zu sein, fühlte sie sich mit einem Mal unendlich alt und müde. Wenn alles nur ein Produkt ihrer wilden Fantasie gewesen wäre, hätte sie es als Hirngespinst abtun können. Nun musste sie sich mit der Tatsache auseinandersetzen, dass es Øland wirklich gab. Sofort dachte sie an ihr Amulett. Das lag jetzt unerreichbar, auf einer Insel außerhalb von Raum und Zeit.

Kurz spielte sie mit dem Gedanken, sich erneut in Lebensgefahr zu bringen, um nach Øland zu gelangen, verwarf die Idee jedoch sogleich wieder. Instinktiv wusste Flo, dass sie nichts erzwingen konnte. Wenn die Insel sie nicht rief, würde sie niemals dort hingelangen, so viel stand fest. Muriel hatte zwar erwähnt, dass es andere Mittel und Wege gäbe, aber sie hatte nicht die geringste Ahnung, welche.

Flo brannte darauf, mit Hannes über die Ereignisse der vergangenen Nacht zu sprechen, doch solange Kiki von Borch da war, traute sie sich nicht, das Thema anzuschneiden. Sie war schon auf dem Weg nach unten, blieb aber auf dem Absatz der Treppe stehen, als ihr ein Gedanke kam: Konnte Kiki sich an letzte Nacht erinnern? Flo zögerte.

Gerade setzte diese zu sprechen an: »Darf ich Sie etwas …?«

»Wollen wir uns nicht duzen?«, fiel Hannes ihr ins Wort. »Nach dem, was wir letzte Nacht durchgemacht haben, erscheint es mir irgendwie passender.«

»Gerne, ich bin Kiki«, strahlte sie.

»Und ich Hannes, wie du ja bereits weißt«, er reichte ihr die Hand. »Also, was wolltest du sagen, bevor ich dich unterbrochen habe?«, kam er wieder auf ihr Anliegen zurück.

»Ich wollte Sie, nein, dich …«, Kiki schien sichtlich verlegen, dann platzte es aus ihr heraus: »Darf ich dich ab und zu anrufen? Jetzt, wo du weißt, dass ich für dich und das Schleusenhaus keine Bedrohung mehr darstelle. Ich habe dir ja schon gesagt, dass ich mich auf die Suche nach meinem Vater begeben möchte. Aber mir ist klar geworden, dass es niemanden in meinem Leben gibt, mit dem ich wirklich darüber reden könnte oder wollte.«

»Du bist doch eine begehrte Journalistin und eine wirklich hübsche dazu. Du musst doch jede Menge Kontakte und Freundschaften haben«, Hannes' Bemerkung war frei von jeglicher Schmeichelei.

Flo, auf ihrem Lauschposten auf der Treppe, fühlte sich zunehmend unwohl. Sie merkte einen kleinen Stich der Eifersucht in sich.

»Pfui, schäm dich, du solltest dich für die beiden freuen«, schalt sie sich selbst.

Sie musste irgendeinen Laut oder eine Bewegung gemacht haben, denn die Köpfe von Hannes und Kiki fuhren gleichzeitig in ihre Richtung. Jetzt gab es nur noch die Flucht nach vorne. Betont lässig ging sie die Treppe runter und gähnte dabei herzhaft, so als sei sie gerade erst wach geworden. Hannes war bei ihrem Anblick aufgesprungen und kam ihr entgegen.

»Wie geht es dir, meine mutige Katzenretterin? Hast du gut geschlafen? Komm, setz dich zu uns.«

Kiki von Borch war ebenfalls aufgestanden, ohne zu zögern ging sie auf Flo zu und reichte ihr die Hand.

»Ich sollte mich bei Ihnen entschuldigen, ich war bei unserer ersten Begegnung nicht gerade freundlich. Sie haben mich an dem Tag auf dem falschen Fuß erwischt, da ich nicht mit Ihnen gerechnet hatte. Ich heiße übrigens Kiki, ich finde, wir sollten uns ebenfalls duzen.«

Ähnlich wie zuvor bei Hannes rangen auch in Flo Skepsis und die freudige Überraschung miteinander, als Kiki von Borch sich jetzt so von einer ganz neuen, unerwarteten Seite zeigte. Flos Bauchgefühl gab den Ausschlag zu ihren Gunsten.

»Ich war ja auch nicht gerade ein Unschuldslamm«, sie lächelte schief und gab zu, »du warst so verdammt selbstsicher und arrogant, wie du da mit dem teuren Champagner vor unserer Haustür standest. In dem Moment hatte ich das Gefühl, Hannes vor dir beschützen zu müssen. Deshalb war ich so kratzbürstig.«

Die zwei Frauen blickten sich verblüfft an, keine von beiden hatte mit dieser ehrlichen Erklärung gerechnet. Die Worte waren aus Flo herausgesprudelt, ehe sie hatte darüber nachdenken können. Mit einem Mal stahl sich ein breites Grinsen auf ihr Gesicht. »Und du bist schuld, dass Hannes Bekanntschaft mit jeder Menge Spitzenunterhöschen machen durfte. Ich hoffe, er trägt kein Reizwäschetrauma davon.«

Einen Moment lang starrte Kiki sie verständnislos an, dann fiel bei ihr der Groschen. Jetzt musste auch Kiki sich ein Lachen verkneifen.

»Du meinst in dieser verstaubten Damenboutique? Das hätte ich zu gerne gesehen. Aber wie ist es euch gelungen, den Laden unbemerkt zu verlassen? Ich bin mir sicher, dass ich euch nicht habe herauskommen sehen.«

»Durch die Hintertür«, mischte sich jetzt auch Hannes ein. »Ja, meine Nichte ist wirklich nicht auf den Kopf gefallen.«

»Nichte! Das also ist eure Verbindung, ihr zwei habt mir ganz schöne Rätsel aufgegeben. Dass ihr kein Liebespaar seid, wurde mir ziemlich rasch klar.

Aber jetzt verstehe ich, warum ihr so vertraut miteinander seid. Apropos Rätsel, eins musst du mir noch verraten, Flo. Was bitte schön hast du im Museum gemacht?«

Erstaunt schauten Hannes und Flo sich an. Wieso wusste Kiki von ihrem Besuch im Heimatmuseum? Was sollten sie auf diese Frage antworten? Konnten oder wollten sie ihr von Øland erzählen? Nein, entschied Flo für sich, noch war sie nicht bereit dazu. Sie hatte Muriel das Versprechen gegeben, vorsichtig in Bezug auf das Geheimnis der Insel zu sein. Wieder fühlte sie das schmerzliche Ziehen in ihrer Brust und wünschte sich sehnlichst ihren Schutzstein herbei. Um Zeit zu gewinnen, fragte sie: »Wieso weißt du von unserem Besuch im Museum, und was hast du dort gemacht?«

»Na, euch nachspioniert! Nachdem ihr mir in der Fußgängerzone knapp entwischt seid, wurde die Journalistin in mir wach. Also habe ich mein Aussehen entsprechend angepasst, um euch in Ruhe beschatten zu können. Ich habe immer wieder festgestellt, dass die Menschen nur das sehen, was sie sehen wollen. Eine fein gekleidete Frau wäre euch sofort aufgefallen. Aber mit dem Baseballcap, der Sonnenbrille und den zerschlissenen Jeans war ich für euch nahezu unsichtbar.«

»Das warst du?«, Flo war ehrlich verblüfft.

»Ja, und ich habe dir den Arsch gerettet, Mädel«, Kiki wirkte bei diesen Worten ziemlich selbstzufrieden. Sie kramte das Lederband aus ihrer Hosentasche und legte es auf den Tisch. Seit dem Besuch im Museum hatte sie es wie einen Talisman bei sich getragen. »Kommt dir das irgendwie bekannt vor?«

Es dauerte einen Augenblick, bis Flo begriff, was sie da vor sich hatte.

»Ist dies das Lederband von dem Schiff?«

Es war mehr eine Feststellung als eine Frage.

»Richtig!«, Kiki nickte bestätigend. »Ich habe den Wärter abgelenkt und eine ellenlange, stinklangweilige Erklärung zum Thema Funkgeräte über mich ergehen lassen, damit er das Schiff nicht genauer untersucht.«

»Danke«, Flo war wirklich überrascht, »aber warum hast du uns geholfen?«

»Das wusste ich in diesem Moment ehrlich gesagt selbst nicht so genau. Es war reiner Instinkt.«

Flo fühlte sich ziemlich mies. Kiki hatte, wie es schien, einiges riskiert, um ihnen zu helfen, und sie war mit in Øland gewesen. Gleichwohl war Flo an ihr Versprechen gegenüber Muriel gebunden. Daher entschied sie sich für einen Mittelweg:

»Das mit dem Museum ist eine ziemlich lange Geschichte. Es ist quasi eine Familienangelegenheit. Ich habe …«, an dieser Stelle zögerte sie und fuhr dann fort, »… meiner Tante versprochen, mit niemandem darüber zu sprechen. Aber wenn ich sie das nächste Mal sehe, werde ich sie fragen, ob ich dir davon erzählen darf.«

»Tante?«, Flo horchte dem Klang des Wortes nach. Konnte sie Muriel als ihre Tante bezeichnen? Warum eigentlich nicht?

»Ein solches Versprechen muss man halten. Ihr könnt es mich ja wissen lassen, falls ihr eure Meinung ändert«, Kikis Stimme hatte merklich an

Wärme und Freundlichkeit verloren, und ihre alte Gefühlskälte blitzte wieder durch.

»Flo hat recht, so gerne wir dir alles erzählen würden, die Entscheidung hängt nicht von uns allein ab, es gibt Dinge, die wir zunächst klären müssen«, mischte sich jetzt auch Hannes ein. Er hatte seine Worte mit Bedacht gewählt.

Kiki erhob sich. »Ich sollte mich langsam auf den Weg machen. Übermorgen fliege ich für ein paar Tage nach Lissabon. Anschließend werde ich mich auf die Suche nach meinem Vater begeben. Es wird Zeit, dass ich mit meiner Vergangenheit Frieden schließe. Danke für alles.«

Sie umarmte Hannes kurz. Einem Impuls folgend bat sie ihn um einen Stift und ein Stück Papier. Dann wandte sie sich an Flo. »Pass auf dich auf! Hier, das ist meine ganz private Nummer, ich gebe sie nicht so ohne Weiteres raus. Solltest du jemals meine Hilfe brauchen, weißt du jetzt, wie du mich erreichst. Ich mag zwar keinen guten Eindruck als Mensch auf dich gemacht haben, aber in meinem Beruf gehöre ich zu den Besten, und ich kann schweigen.«

Das Ende von Roriks Geschichte

T. S.

Es war erst neun Uhr an diesem Sonntagmorgen, und er hatte schon alle seine Tagesaufgaben erledigt. Seit er von Antonio und Catarina beim Haushalt und im Garten Unterstützung erhielt, ging ihm die tägliche Arbeit deutlich leichter von der Hand. Da weiter nichts anlag, beschloss er, mit der Lektüre der Aufzeichnungen fortzufahren. Bei dem Gedanken an Rorik und das, was diesem vor rund fünfhundert Jahren widerfahren war, griff er unbewusst nach dem Amulett. Es grenzte an ein Wunder, dass er die *Schwarze Sonne* nunmehr seit vierundzwanzig Stunden trug, ohne dass sie seine Haut verbrannt oder ihm Kopfschmerzen bereitet hatte.

Da das Wetter heute eher kühl und bedeckt war, schob er seinen Lieblingssessel ans Fenster und machte es sich darin bequem. So konnte er immer wieder in den Garten schauen, wo sich die Baumkronen im Wind wiegten. Ruby legte sich wie selbstverständlich zu seinen Füßen nieder. Er begann zu lesen:

Øland, Wintersonnenwende 1487

Die Stimmung am Weihnachtsfest in diesem Jahr war eine eigenartige, keinem von ihnen war so recht nach Feiern zumute. Sie vermissten die Freunde, und natürlich fehlte Halvar ihnen in diesen Tagen besonders. Ulfurs Anwesenheit machte das Ganze nicht besser, auch wenn er die meiste Zeit bewusstlos war, hemmte seine Gegenwart doch ihre Gespräche. Hinzu kam die Ungewissheit, wie es weitergehen sollte. Ilvy hatte nochmals deutlich gemacht, dass sie die Insel verlassen wollte, sobald ihre Tochter alt genug für eine solche Reise wäre. Hraban sprach ebenfalls immer öfter davon, aufs Festland zu gehen. Rorik war sich bewusst, dass sie dafür ebenfalls ein Amulett brauchen würden, also hatte er in aller Heimlichkeit damit begonnen, weitere Steine zu bearbeiten.

Heute war Mittwinter, und von nun an würden die Tage wieder länger werden. Hier auf Øland waren es die Jahreszeiten, die ihr Leben bestimmten. Daher waren Mittsommer und Mittwinter ebenso wie der Frühlings- und Herbstanfang die vier Tage im Jahr, an denen die Arbeit ruhte und die Menschen der Natur für ihre Gaben dankten.

Bei Einbruch der Dunkelheit versammelten sich alle um den Tisch in der Stube. Die Frauen hatten zur Feier des Tages ein kleines Festmahl zubereitet. Anstatt der üblichen Suppe gab es heute ein ordentliches Stück Fleisch sowie ein paar Kartoffeln, zudem hatte Ilvy zwei zusätzliche Kerzen entzündet, sodass der Raum in ein gemütliches Licht getaucht wurde.

Nach dem Essen ging Rorik zu seiner Bettstatt und

kam kurz darauf mit einem kleinen Lederbeutel zurück. Behutsam wickelte er den ersten Stein aus. Dieser war flach und hatte eine grün-bläuliche Färbung mit weißen Einschlüssen. Auf dem Stein war eine kunstvolle Schmiedearbeit aufgebracht. Er wandte sich an Ilvy.

»Seit ich weiß, dass sowohl dein als auch Ulfurs Name, im Zeichen des Wolfes stehen, habe ich dieses Bild im Kopf. Du wirst das Amulett brauchen, wenn du die Insel verlassen möchtest. Ich nenne es *Wolfsnacht*.«

Mit einer schnellen Bewegung streifte er es ihr über. Er hatte die Länge des Lederbandes perfekt getroffen, denn es kam genau zwischen ihren Brüsten zu liegen.

»Konzentriere dich auf den Stein und seine Schwingung«, bat Rorik. Ähnlich wie bei seinem Feueramulett veränderte sich die Oberfläche fast augenblicklich. Jetzt sah es aus wie ein Gemälde. Ein großer Vollmond stand an einem nächtlichen, wolkenverhangenen Himmel. Im Vordergrund waren zu beiden Seiten zwei Wölfe zu sehen, die durch ein tosendes Meer getrennt waren. Ilvy hatte Tränen in den Augen.

»Kleine Schwester, ich habe nicht gewollt, dass du traurig bist, ich wollte dir eine Freude machen!«, liebevoll nahm Rorik sie in den Arm.

Jetzt musste sie gleichzeitig lachen und weinen: »Oh, das hast du doch, es ist wunderschön, und auch die Botschaft, die darin versteckt ist.«

Um seine Rührung zu überspielen, wandte sich Rorik rasch ab und griff nach dem nächsten Stück. Es war ein schwarzer Stein, auf dessen Oberfläche er eine Landschaft eingraviert hatte. Man konnte Dünen vor einem Meer erkennen, darüber stand eine große schwarze

Sonne, vor der zwei Vögel flogen. Die Verzierungen, welche die Fassung für den Stein bildeten, ähnelten den Strahlen der Sonne.

»Mutter, dieses Amulett ist für dich. Auch wenn du nicht vorhast, Øland zu verlassen, sollst du deinen eigenen Schutzstein erhalten. Er war einer der ersten, den ich nach ...«, selbst jetzt hatte Rorik Mühe, die Dinge beim Namen zu nennen. Dann zwang er sich, die Worte auszusprechen, »... den ich nach Vaters Tod gefunden habe. Er lag ganz dicht bei ihm. Ich hatte sofort die Vision von der Schwarzen Sonne, als würden auch die Gestirne trauern. Er soll dich daran erinnern, dass Halvars Liebe über seinen Tod hinaus weiterlebt.«

Schweigend dankte ihm Beeke, auch sie musste mit den Tränen kämpfen.

Ein letztes Mal griff er in den kleinen Lederbeutel, seine Stimme war kratzig und sein Blick hatte fast etwas Trotziges, als er jetzt Hraban ebenfalls ein kleines Bündel reichte.

»Da, für dich habe ich ebenfalls ein Amulett gemacht. Schau selbst, ich nenne es *Zwei Brüder!*«

Im Raum herrschte angespannte Stille, als dieser vorsichtig das Tuch entfernte. Einen Moment blickte er verblüfft auf die zwei Vögel, die gemeinsam mit ihren Schwingen einen türkisfarbenen Stein umfingen.

»Es ist ...«, weiter kam er nicht, denn Rorik fiel ihm hart ins Wort:

»Es ist wahrscheinlich nicht das, was du erwartet hast. Wenn es dir nicht gefällt, brauchst du es nicht zu tragen.«

»... es ist großartig!«, vollendete Hraban unbeirrt

seinen Satz. »Ich weiß genau, was du damit ausdrücken willst. Wir sind wie unsere zwei Vögel, unsere Gaben sind genauso erstaunlich verteilt wie die Farben deiner Möwe und meines Odins. Doch obwohl wir so verschieden sind, ist unsere Verbindung so stark, dass nichts und niemand uns auseinanderbringen kann. Da ist es auch völlig egal, wer unser Vater ist. Und jetzt komm her, damit ich dir danken kann!«, mit diesen letzten Worten zog er seinen Bruder ungestüm zu sich und umarmte ihn.

Von all dem bekam Ulfur auf seinem Lager nichts mit. Er kämpfte noch immer mit seinen eigenen Dämonen, und sein Leben hing an einem seidenen Faden. Es war Ilvy, die ihn in seinen dunkelsten Stunden ins Leben zurückholte. Am Neujahrsmorgen stellte sie sich an sein Lager, stemmte ihre Hände in die Hüften und begann, ihn ohne Vorwarnung anzubrüllen:

»Du verdammter Nichtsnutz, untersteh dich zu sterben und mich mit unserem Kind allein zu lassen! Streng dich gefälligst ein bisschen an. Falls du es noch nicht begriffen hast, hier sind vier Menschen, die um dein Leben kämpfen und denen du nicht egal bist!«

Weinend brach sie über seinem leblosen Körper zusammen. Zur Überraschung aller zeigten ihre Worte Wirkung, und Ulfur erholte sich von da an erstaunlich schnell.

Øland, Winter 1487/1488
In den folgenden Wochen herrschte eine seltsame Stimmung in der kleinen Gruppe. Die Ereignisse des

vergangenen Sommers lagen wie ein unsichtbarer Schleier über allem. Besonders Ulfur fiel es schwer, seinen alten Humor und seine Gelassenheit wiederzufinden. Meist blieb er bei Beeke und Ilvy, während Hraban seinen Bruder auf dessen Streifzügen begleitete. Wann immer es das Wetter zuließ, zogen sie los und brachten Bodenproben mit, die Rorik dann in der Höhle verarbeitete. Auch die Frauen versuchten weiterhin, ihren Teil zum täglichen Leben beizutragen. Mit zunehmender Schwangerschaft fiel es besonders Beeke schwer. Als Heilerin wusste sie um die Gefahren einer Geburt in ihrem fortgeschrittenen Alter.

Der Februar neigte sich bereits seinem Ende zu, als Rorik endlich bereit war, die Arbeit in der Schmiede wieder aufzunehmen. Seit der Katastrophe im vergangenen Sommer war der große Brennofen an den meisten Tagen kalt geblieben. Es war niemand da gewesen, der ihm hätte einen Auftrag erteilen können. Es wurden weder neue Waffen noch Pflüge gebraucht und schon gar kein Schmuck für die Reichen vom Festland.

Dies war jedoch nur die halbe Wahrheit, Schmieden bedeutete für ihn Erfüllung und Lebensfreude, und er hatte es sich schlichtweg nicht erlaubt, glücklich zu sein. Erst die Arbeit an seinem Feueramulett hatte Rorik dazu gebracht, wieder damit zu beginnen. Auch für die Amulette von Beeke, Hraban und Ilvy war er für kurze Zeit an den Amboss zurückgekehrt.

In wenigen Wochen erwarteten Beeke und Ilvy ihre Kinder, und diese würden früher oder später ebenfalls einen Schutzstein brauchen; in seinem Kopf hatten die Amulette bereits Gestalt angenommen. Nun betätigte er

den Blasebalg, der die Flammen im Kamin hell auflodern ließ.

Øland, Frühlingsanfang 1488
Voll ungläubigem Staunen hielt Rorik die winzige Mu-
riel im Arm, während Ulfur seine kleine Amber sacht
hin und her wiegte. Wie Beeke es vorausgesagt hatte,
waren es zwei Mädchen. Die beiden waren am heutigen
Tag des Frühlingsanfangs, im Abstand von nur wenigen
Stunden, zur Welt gekommen. Die beiden sahen sich
zum Verwechseln ähnlich, einzig Ambers linker Zeh
war, genau wie der ihrer Mutter, leicht verkürzt. Tiefe
Dankbarkeit und Liebe erfüllte Rorik, als Muriel mit ih-
rer kleinen Hand nach seiner großen griff. Er wusste
nicht, was die Zukunft bringen würde, aber eines wusste
er mit Sicherheit: Diesen Tag würde er nie vergessen.

Mittsommer 1488
Sie begingen den ersten Jahrestag nach der Katastro-
phe in aller Stille. Am Morgen besuchten sie zunächst
die wenigen Gräber der anderen Dorfbewohner. Ver-
geblich hatten sie gehofft, dass in diesem Jahr die
Freunde vom Festland zurückkehren würden. Zwar hat-
ten sie hin und wieder Schiffe in der Ferne vorbeiziehen
sehen, aber keines hatte sich der Insel genähert. Es war,
als wäre Øland für die Augen der Seefahrer unsichtbar.
Nun standen sie gemeinsam im Schatten der inzwischen
recht stattlichen Eiche und schmückten Halvars Grab-
stätte mit frischen Blumen – auch Ulfur war dabei.
    Beeke hatte ihm klargemacht, dass sie ihm keine
Schuld an dem gab, was geschehen war. Vielmehr war

sie überzeugt, dass sie alle Teil eines größeren Plans waren. Auch die Vergewaltigung von damals hatte sie ihm verziehen. Rorik stellte zu seinem Erstaunen fest, dass es sich richtig anfühlte, den Freund dabeizuhaben. In stiller Übereinkunft sprachen sie nicht über die Ereignisse des letzten Sommers. Sie hatten beschlossen, nach vorne und nicht zurückzublicken. Ilvy, Ulfur und Hraban hatten Beeke versprochen, wenigstens noch diesen Sommer auf Øland zu bleiben, und ihre Abreise war erst für das nächste Frühjahr geplant.

Bevor sie sich auf den Heimweg machten, bat Rorik: »Bitte, kommt noch mit mir zur Höhle!«

Während der letzten Wochen hatte er endlich die Arbeiten an dem zersplitterten Stumpf des ehemaligen Kristalls abgeschlossen. Bereits beim Betreten der Höhle waren die Wände jetzt in ein sanftes, pulsierendes Licht gehüllt. Es war nichts im Vergleich zu der alten, fast überirdischen Schönheit und Strahlkraft, die von dem Kristall ausgegangen war. Und doch war die neue Energie des geschaffenen Sockels auf ihre Weise ebenso faszinierend.

Rorik hatte sich beim Wiederaufbau für eine runde Form entschieden und die zwölf Einbuchtungen wie die Ziffern einer Uhr angeordnet. Hinzu kam eine etwas größere, dreizehnte, in der Mitte. Inzwischen war jede Aushöhlung liebevoll von ihm gestaltet und verziert worden.

»Seht ihr es?«, Rorik wies auf die Vertiefungen, vier davon leuchteten, die anderen dagegen waren dunkel. »Die Ausbuchtungen, welche zu unseren Steinen gehören, sind mit lebendiger Energie gefüllt, das bedeutet

unsere Amulette stehen in Verbindung mit diesem Ort.«

Jetzt legte er zwei neue Amulette auf den großen Sockel. Das erste war ein blauer Stein, welchen er mit feinen Drähten verziert hatte. Diese bildeten einen Baum, dessen Wurzeln und Äste so geformt waren, dass sie den ganzen Stein umrundeten. Er reichte das Amulett Beeke.

»Dies ist für deine Muriel. Der Baum soll ihr von Halvar erzählen, von seiner Liebe zum Meer, und er soll sie stets an die Eiche erinnern, unter der ihr Vater begraben liegt.«

Rorik machte eine kurze Pause, bevor er fortfuhr: »Der Baum steht auch als Symbol für den Kreislauf des Lebens. Du hast mir gesagt, Muriel wurde an dem Tag gezeugt, als Halvar starb, und ich bin sicher, ein Teil von ihm lebt in ihr weiter.«

Beeke nahm das Amulett und für einen Moment hielt sie seine Hand in einer stillen Geste des Dankes. Es bedurfte keiner weiteren Worte, denn es war bereits alles gesagt.

Rorik nahm das zweite Amulett und wandte sich an die kleine Amber: »Lange habe ich überlegt, was für dich das richtige ist. Deine wunderschönen Augen werden mich stets an die goldgelbe Färbung des Strandes kurz vor Sonnenuntergang erinnern, sie passen perfekt zu dem Stein. Wenn ihr im nächsten Jahr die Insel verlasst, wirst du noch zu jung sein, um dich an diesen Ort zu erinnern, daher habe ich versucht, die Magie Ølands in diesem Amulett für dich festzuhalten.«

Tatsächlich handelte es sich um eine Nachbildung der Insel im Miniaturformat. Neben dem Hauptstein hatte Rorik unzählige winzige Splitter und Fragmente *eingearbeitet, und wie bei einem Mosaik war, daraus ein neues Bild entstanden. Es war der Arbeit anzusehen, dass Rorik Wochen, wenn nicht sogar Monate dafür gebraucht haben musste.*

»Der ist einzigartig und wunderschön«, andächtig nahm Ilvy den Anhänger mit dem Stein stellvertretend für ihre Tochter entgegen. »Sobald Amber groß genug ist, werden wir ihr die Kette geben. Ich verspreche, dass sie alles über Øland und ihre Wurzeln erfahren wird.«

Es entstand eine kurze Pause, bevor Rorik mit einem fast unmerklichen Zögern zwei weitere Amulette in die Mitte des Sockels legte. Sie waren völlig unterschiedlich, und doch trugen beide seine Handschrift.

Das eine zeigte zwei Wölfe, die ineinander verschlungen waren. Einer weiß,- der andere schwarz, zusammen bildeten sie einen Kreis. Im Fell des weißen Wolfs befand sich eine schwarze Sonne, und der schwarze Wolf trug den weißen Mond.

Das zweite Amulett war etwas größer. Es bestand aus vier verschiedenfarbigen Steinsplittern, die mit Hilfe von kostbaren Drähten zusammengefügt waren. In der Mitte war ein weiterer, fünfter Stein eingefasst, der in den unterschiedlichsten Farben schimmerte.

»Warum noch zwei Amulette?«, sprach Beeke die naheliegende Frage aus.

Ein leises Lächeln stahl sich auf Roriks Gesicht: »Ich hatte gehofft, dass ihr fragt.«

»Das mit den Wölfen ist für Ulfur, das ist nicht weiter schwer zu erraten«, stellte Ilvy sogleich fest. »Aber das andere? Außer uns sieben lebt doch keiner mehr von uns.«

327

Dann, mit einem Mal, strahlte sie: »Jetzt weiß ich, für wen es ist und was es darstellt. Es ist das fünfte Element, und es ist Halvars Stein. Habe ich recht?«

»Ja, ich habe es in seinem Gedenken erschaffen, bis zu dem Tag, an dem es einst ein anderer tragen wird.«

Als er sich nun dem Freund zuwandte und ihm sein Amulett gab, sah Rorik, dass dieser weinte. Ulfur schämte sich seiner Tränen nicht, denn der Großmut, der ihm zuteilwurde, berührte ihn zutiefst. Er hatte Roriks Mutter vergewaltigt, seine Schwester geschwängert und die Familie verflucht. Doch anstatt ihn zu hassen, hatte dieser ihm das Amulett geschenkt, ganz einfach, weil es sich für ihn richtig anfühlte. In diesem Moment begriff Ulfur, dass er sich selbst vergeben musste, so wie diese wunderbaren Menschen es längst getan hatten.

Aus seinen Worten sprach tiefe Demut, als er sich jetzt an Rorik wandte: »Ich danke dir von ganzem Herzen für das Amulett. Durch meine Schuld wurde Halvar getötet. Ich kann ihn euch nicht zurückbringen, doch wenn ihr es erlaubt, möchte ich alles, was ich besitze, mit euch teilen. Wenn ihr Ilvy und mich begleiten wollt, so werde ich euch mit in meine Heimat in den Niederlanden nehmen; das Anwesen meiner Familie liegt nahe der Stadt Amsterdam. Rorik, ich habe dir von meinem Großvater, Adam van de Meer, erzählt. Er ist ein angesehener Bürger der Stadt. Wenn ich ihn darum bitte, wird er in der Gilde der Schmiede für dich bürgen und dir helfen, deine eigene Werkstatt aufzubauen. Auch für dich, Hraban, wird es immer genug Arbeit auf meinen Ländereien geben. Ich vertraue dir mit Freuden die

Leitung über meinen Hof und die Stallungen an. Ich selbst möchte mein restliches Leben der Aufgabe widmen, den Fluch, den ich auf euch geladen habe, zu brechen.«

Schweigend reichten sie sich die Hände und bildeten einen Kreis. Was dann geschah, hatte wohl keiner erwartet. Das Leuchten im Raum verstärkte sich, und jedes der Amulette erstrahlte in seiner eigenen Farbe. Plötzlich veränderte sich die Szene. Mit einem Mal waren da andere Menschen, fremd und doch merkwürdig vertraut. So schnell das Bild gekommen war, war es auch wieder verloschen. Rorik ahnte, dass ihm womöglich soeben ein Blick in die Zukunft gewährt worden war.

Ein Jahr später, Mittsommer 1489
Sie waren mit den ersten Sonnenstrahlen aufgebrochen. Gestern hatten sie noch gemeinsam den zweiten Jahrestag gefeiert und ein weiteres Mal ihren Bund mit der Insel erneuert. Beeke hatte die rituellen Worte gesprochen. Es war ein eigenartiges Gefühl gewesen, Ulfur anstelle seines Vaters dort stehen zu sehen. Doch die Anwesenheit von Amber und Muriel hatte es ihnen einfacher gemacht.

Im Anschluss an die Zeremonie hatten sie sich alle um Halvars Grab versammelt und waren im Schatten der Eiche gesessen, sie hatten Geschichten und Erinnerungen ausgetauscht. Geschlafen hatte in der Nacht niemand, denn sie wollten die letzten kostbaren Stunden gemeinsam verbringen. Alle waren sich bewusst, dass

Ulfurs Fluch sie untrennbar miteinander und mit der Insel verband. Während der letzten Monate hatten sie mehrere Fahrten auf die offene See unternommen und festgestellt, dass sie die Insel verlassen konnten, solange sie ihre Amulette trugen.

Rorik, Ilvy mit Amber und Hraban standen am Bug und winkten den zwei einsamen Gestalten am Strand zu, die immer kleiner und kleiner wurden, bis sie schließlich nicht mehr zu sehen waren. Erst als auch die ganze Insel aus ihrem Sichtfeld verschwunden war, drehten sie sich zu Ulfur um, der das kleine Segelboot mit sicherer Hand steuerte.

Rorik hatte lange gezögert, ob er mit den anderen an Bord gehen und die Reise wagen sollte. Er war hin- und hergerissen gewesen zwischen dem Wunsch, für Beeke und die kleine Muriel da zu sein, und der Sehnsucht nach all den Herausforderungen und Abenteuern, die auf dem Festland auf ihn warten würden.

Ursprünglich hatte Ilvy schon zum Frühlingsanfang aufbrechen wollen, aber das Wetter war ungewöhnlich kalt und stürmisch gewesen, und sie hatten den Tag der Abreise immer wieder verschoben. Zudem war Beeke der festen Überzeugung, dass für die Überfahrt nur die Tage rund um die Jahreszeitenwechsel in Frage kämen. So hatten sie beschlossen, bis zum Mittsommer zu warten. Vergeblich hatten sie versucht, ihre Mutter zu überzeugen, mit ihnen zu kommen.

»Es ist eure Aufgabe, in die Welt zu ziehen, und meine ist es, als Hüterin über Øland zu wachen«, hatte sie mit einer Bestimmtheit erklärt, die keinen Widerspruch duldete. Nach langem Hin und Her wurde entschieden, dass Muriel bei ihr bleiben würde.

Zusammen mit seinem Bruder hatte Rorik in den letzten Wochen all die Plätze ihrer Kindheit aufgesucht. Schweren Herzens hatten sie ihren Pferden die Freiheit geschenkt, denn für Ragna und Rapur war auf dem Segelboot nicht genug Platz. Auch Freya und Thor würden auf Øland bleiben. Einzig Taskin, der kleine Wolfshund, den Freya im letzten Jahr geboren hatte, sollte sie begleiten. Und Odin und Nox? Der weiße Rabe und die schwarze Möwe kreisten hoch über dem kleinen Boot. Sie hatten es den Vögeln selbst überlassen, ihren eigenen Weg zu wählen.

Roriks Blick fiel auf das Bündel mit seinen Habseligkeiten. Neben seinen Aufzeichnungen hatte er einige seiner Werkzeuge sowie verschiedene Schmuckstücke eingesteckt. Mit ihrem Verkauf würden sie genug Geld haben, um ihre Reise ins Kloster St. Odilien zu bestreiten. Auch Blumensamen, Setzlinge von Kräutern und Heilpflanzen sowie Früchte von Halvars Eiche hatten sie mit an Bord genommen. Wenn Rorik in der Fremde eine neue Heimat fand, wollte er diese im Gedenken an seinen Vater dort pflanzen.

Das Kloster St. Odilien sollte die erste Station auf ihrer Reise sein, denn Ulfur hoffte, dort seine Schwester Eli zu treffen. Es war geplant, für einige Wochen im Stift zu bleiben, bevor sie sich auf den Weg in die Niederlande machen wollten. Rorik umfasste den kleinen Lederbeutel, der an seinem Gürtel hing. Darin bewahrte er die letzten fünf Kristalle auf, die darauf warteten, ebenfalls zu Amuletten verarbeitet zu werden. Ilvy hatte ihm anvertraut, dass sie erneut ein Kind erwartete, und *so Gott es wollte, würden Hraban und er eines Tages auch ihre eigene Familie haben. Dafür waren die anderen Steine bestimmt.*

Langsam schloss er das Buch. Also hatten sie die Überfahrt tatsächlich gewagt. Er fragte sich, wie Roriks Niederschrift nach Hamburg in die Hände des zwielichtigen Salvatore da Costa geraten war. Immerhin wusste er jetzt, dass sein Amulett, die *Schwarze Sonne*, einst Beeke gehört hatte. Zu gerne hätte er erfahren, wie es aufs Festland nach Aachen in die Domschatzkammer gelangt war. Hatte Beeke zu ihren Lebzeiten die Insel doch noch verlassen, oder hatte es einer ihrer Nachkommen später hierhergebracht? Er merkte, wie das alte Jagdfieber wieder in ihm erwachte. Doch dieses Mal ging es ihm nicht um die Amulette, sondern um die menschlichen Schicksale, die dahintersteckten. Er musste wissen, wie es mit dieser Familie weitergegangen war.

Noch etwas wurde ihm überdeutlich bewusst. Er wollte wieder eine Rolle im Leben seiner Tochter spielen.

Traum oder Wirklichkeit?

FLO

Nachdem Kiki gegangen war, machten sie sich daran, den Garten aufzuräumen, gemeinsam beseitigten sie allen Müll und holten das halbe Zelt aus dem Baum. Hannes schüttelte bei diesem Anblick ungläubig den Kopf.

»Na, da hat wohl jemand eine ziemlich ungemütliche Nacht hinter sich. Wenn das Ding ganz vom Zeltplatz bis zu uns geweht wurde, hat es jedenfalls eine ganz schöne Strecke zurückgelegt. Wirf es am besten zu den anderen Sachen, das ist nicht mehr zu retten.«

Ein Hupen ertönte, und sie vernahmen das Schlagen von Autotüren. Wenige Augenblicke später kamen Sönke, Jan und Helge um die Ecke. Die drei trugen Blaumänner, Arbeitshandschuhe und allerlei schweres Gerät.

»Wir haben gehört, es werden ein paar Helfer beim Aufräumen und Ausbessern des Daches gebraucht«, unternehmungslustig schauten sich die drei Rentner um.

»Aufräumen, Dach?« Hannes war irritiert. »Woher ...?«

Weiter kam er nicht, denn ein weiterer Mann betrat den Garten und grüßte höflich:

»Moin, ich bin Dirk Petersen, Lasse Klüver schickt mich. Er sagt, ich soll mir Ihr Dach anschauen, das hat ja wirklich ganz schön was abbekommen.«

»Siehst du, ich habe doch gesagt, dein Dach wird repariert!« Jan wirkte sehr zufrieden, als wäre es das Normalste auf der Welt.

T. S.

»Zurzeit ist niemand erreichbar.«

Mist, nur der Anrufbeantworter. Nun hatte er sich endlich dazu durchgerungen, in München anzurufen, und dann war seine Tochter nicht zu Hause. Im Verlag, für den sie manchmal arbeitete, würde er heute am Sonntag niemanden erreichen. Er bezweifelte eh, dass man ihm aus Datenschutzgründen eine vernünftige Auskunft geben durfte. Mit diesen Schwierigkeiten hatte er nicht gerechnet.

Und jetzt? Wie sollte es weitergehen? Eine unpersönliche E-Mail kam für ihn nicht in Frage. Er könnte ihr höchstens unter einem fadenscheinigen Vorwand schreiben, aber das war so gar nicht sein Stil. Er würde sich noch ein paar Tage geben, bevor er zu diesem letzten Mittel griff. Nicht zu wissen, was mit seiner Tochter geschehen war, bedrückte ihn mehr, als er es für möglich gehalten hatte.

FLO

»Was für ein verrückter Tag!«, Hannes trocknete den letzten Teller ab und reichte ihn Flo zum Verräumen. Gerade hatten sich seine Skatbrüder und Dirk Petersen verabschiedet. Der Reetdachspezialist war auf Wochen ausgebucht und hatte seinen Sonntag geopfert, um Hannes zu helfen. Mit tatkräftiger Unterstützung seiner Freunde war es gelungen, die Reparaturarbeiten noch am selben Tag abzuschließen. Nach getaner Arbeit hatte Hannes für alle Pizza bestellt, und sie hatten noch lange im Garten, bis nach Einbruch der Dunkelheit zusammengesessen.

»Du hast wirklich tolle Freunde«, stellte Flo fest. »Ich kann es noch immer nicht glauben, dass ihr das Dach in nur einem Tag repariert bekommen habt.«

»Und das zu einem fairen Preis, aber für heute bin ich durch«, stöhnte er und massierte sich den Rücken.

Erst jetzt fiel Flo auf, wie alt Hannes mit einem Mal wirkte. Sie selbst hatte tagsüber mehrere Stunden geschlafen und fühlte sich noch immer zerschunden. Kein Wunder, dass er so geschafft aussah.

Hannes fuhr sich mit der Hand über die Stirn.

»Ich weiß, wir müssen über das reden, was gestern Nacht passiert ist. Aber nicht jetzt, ich bin so kaputt, dass ich keinen klaren Gedanken mehr fassen kann.«

»Mir geht es nicht viel besser. So lieb deine Freunde auch sind …«

»… so anstrengend können sie auch manchmal sein«, beendete er ihren Satz. »Dann bist du mir also nicht böse, wenn ich jetzt direkt ins Bett gehe?«

»Nein«, Flo schüttelte entschieden den Kopf. Eine Sache musste sie gleichwohl wissen: »Warte …!«, ihre Stimme klang unsicher, fast flehend.

Hannes drehte sich auf dem Treppenabsatz wieder um und schaute sie einen Augenblick lang schweigend an. Dann sagte er langsam: »Ja, Flo, ich erinnere mich an das meiste, was auf dieser verdammten Insel geschehen ist, und es macht mir eine Heidenangst, weil ich nicht weiß, wie ich damit umgehen soll.«

Mit diesen Worten ließ er sie stehen und ging in sein Zimmer.

Kiki

Kiki schloss die Tür zu ihrer Stadtwohnung in München auf. Sie ließ die Reisetasche fallen und ging in die Küche. Ein Blick in den Kühlschrank verriet ihr, dass er fast leer war. Also griff sie zum Telefon auf dem Couchtisch, um sich bei ihrem Lieblingsjapaner eine Portion Sushi zu bestellen. Er lieferte zum Glück auch am Sonntag.

Sie sah, dass der Anrufbeantworter blinkte; er zeigte drei Anrufe in Abwesenheit. Kiki drückte die Wiedergabetaste. Der erste stammte vom Hausverwalter, der vorbeikommen wollte, um ein kaputtes Heizungsventil zu reparieren. Der zweite Anruf war von ihrem Weinlieferanten, und der dritte eine unterdrückte Nummer. Der Anrufer hatte nichts draufgesprochen, sondern gleich wieder aufgelegt. Es war nur das *Tut-Tut* zu hören.

»Dann halt nicht!«, dachte Kiki und löschte die Anrufe.

FLO

In dieser Nacht schlief Flo nicht sonderlich gut. Hannes hatte die Dinge mal wieder auf den Punkt gebracht, aber das machte die Sache nicht besser. Wie sie es auch drehte und wendete, sie hatte keine Ahnung, wie es weitergehen sollte. Stunde um Stunde verging, während sie sich unruhig in ihrem Bett umherwälzte. Irgendwann musste sie doch eingeschlafen sein. Sie träumte wirres Zeug von daheim, von Raffi und dem Garten ihrer Kindheit. In einem wachen Moment fragte sie sich, warum er ausgerechnet jetzt durch ihre Träume geisterte, bevor sie wieder im Tiefschlaf versank.

Am nächsten Morgen fühlte sich Flo wie gerädert, jeder Muskel in ihrem Körper schmerzte. Lag das nun an der gestrigen Aufräumaktion oder ließ die heilende Wirkung von Øland nach?

»Moin, min Deern«, Hannes hantierte gut gelaunt an der Kaffeemaschine herum, als sie die Küche betrat. Wieso war dieser Mann morgens immer so verdammt munter? Vielleicht sollte sie es auch einmal mit einem seiner Kaffees versuchen? Flo wartete, bis er sich seine Tasse zubereitet hatte, und schnappte sie ihm vor der Nase weg, als er sie an die Lippen setzen wollte. Sein verblüffter Blick hellte ihre Katerstimmung immerhin für kurze Zeit auf. Erstaunt meinte er: »Seit wann trinkst du denn Kaffee?«

»Noch gar nicht, aber ich habe mir gedacht, ich könnte es ja mal mit einem probieren.«

»Warte!«, Hannes holte sich seinen Becher zurück. »Wenn du auch einen willst, mache ich dir einen eigenen mit schön viel Milchschaum und Schokoladenpulver. Der erste Kaffee sollte etwas Besonderes sein.«

KIKI

»Was ist jetzt? Werden Sie den Auftrag übernehmen?«, Julian Hagestolz trommelte nervös mit den Fingern auf die Tischplatte, während seine Augen immer wieder zu ihrem Ausschnitt wanderten. Kiki beglückwünschte sich im Stillen zu ihrem Outfit. Wenn sie sich mit Verlegern traf, war sie stets konservativ und dezent gekleidet. Heute jedoch hatte sie sich für Jeans und ein hautenges rotes Oberteil entschieden, das ihre Brüste vorteilhaft zur Geltung brachte. Nun beugte sie sich bewusst weit nach vorn, um Hagestolz freien Einblick zu gewähren.

»Wenn ich den Auftrag annehme, dann zu meinen Bedingungen.«

Er hatte sichtlich Mühe, sich auf das Gespräch zu konzentrieren, dementsprechend zerstreut fiel seine Antwort aus. Er stotterte fast: »A… aber natürlich, was immer Sie wollen, Frau von Borch.«

»Ich will die doppelte Bezahlung. Das ist eine verdammt große Nummer, und ich riskiere meinen Arsch für Sie. Ich werde nach Lissabon fliegen und mich mit einem befreundeten Journalisten treffen.

Danach sehen wir weiter. Und das Wichtigste: Wenn die Sache zu heiß wird, dann stelle ich alles, was ich bis jetzt herausgefunden habe, ins Netz.«

»Das ist nicht Ihr Ernst! Sie müssen verrückt sein, wenn Sie glauben, dass ich mich darauf einlasse«, Hagestolz starrte sie wutentbrannt an.

»Okay, das war's dann. Ich bin raus aus der Nummer«, Kiki erhob sich und ging zielstrebig zum Ausgang. Sie hatte schon fast die Tür erreicht, als Hagestolz sie zurückhielt:

»Also gut. Aber das mit dem Netz machen Sie nur im äußersten Notfall, und ich will vorher informiert werden.«

»Abgemacht!«, zufrieden reichte sie ihm die Hand.

FLO

»Es könnte alles so schön und friedlich sein«, dachte Flo, aber sie wusste, die Ruhe war trügerisch. Früher oder später würde sie mit Hannes sprechen müssen. Vorsichtig nippte sie an dem Kaffee. Erstaunt stellte sie fest, dass er ganz anders als das bittere Zeug schmeckte, das ihr Vater daheim trank.

»Und?«, Hannes sah sie fragend an. Er wollte eigentlich nur wissen, wie ihr der Kaffee schmeckte, für Flo aber war es das Startsignal, endlich die unausgesprochenen Ereignisse beim Namen zu nennen. Sie hatte keine Ahnung, wie und wo sie anfangen sollte, daher holte sie einmal tief Luft und sagte das Erstbeste, was ihr einfiel:

»Ich habe von Muriel ein Amulett bekommen, aber es ist nicht das von Eike aus dem Museum. Ich konnte es nicht mitnehmen, weil ihr zu früh wach wurdet, und das Kleid musste ich auch zurücklassen, dabei ist es so schön und …«

Sie brach in Schluchzen aus. Hannes kam zu ihr herüber und nahm sie in den Arm.

»Wenn ich dich richtig verstehe, geht es um Øland. Ich glaube, du erzählst am besten noch einmal ganz von vorne und bitte der Reihe nach. Ich habe nur die Hälfte von dem verstanden, was du mir da eben berichtet hast«; liebevoll schaute er sie an, während er darauf wartete, dass sie sich wieder beruhigte.

Also erzählte Flo, was sich zugetragen hatte. Angefangen von dem Moment, wo sie in Øland aufgewacht war, über die Narbe auf ihrem Arm, bis hin zu ihrer überstürzten Rückkehr, als sie fluchtartig die Höhle hatte verlassen müssen und sie ohne den Stein nach Moorfleet zurückgekehrt war.

Einen Augenblick lang war es ganz still, dann fragte Hannes: »Kann ich die Narbe mal sehen?«

Flo schob ihr T-Shirt beiseite und entblößte ihren Oberarm. Die Umrisse der zwei Vögel zeichneten sich deutlich auf ihrer Haut ab.

»Und du sagst, hier hat dich der Ast getroffen?«, zögernd fuhr er mit dem Finger darüber:

»Ja, der Schlag war echt heftig. Ich kann von Glück sagen, dass er mich *nur*«, bei diesem Wort malte Flo Gänsefüßchen in die Luft, »an der Schulter und nicht am Kopf getroffen hat. Sonst hätte mir wahrscheinlich auch Øland nicht mehr helfen können.«

»Mein Gott, Flo, du hättest sterben können!«, Hannes' Stimme klang heiser, und es lief ihm ein eiskalter Schauer den Rücken runter. Noch einmal nahm er sie fest in den Arm, wie um sich zu vergewissern, dass es ihr wirklich gut ging. »Hätte ich auch nur im Entferntesten geahnt, was sich in der Sturmnacht wirklich zugetragen hat, dann hätte ich gestern alle wieder heimgeschickt. Ich muss das alles erst mal verdauen.«

»Kannst du dich an Øland erinnern?«, es war die Frage, die Flo am meisten auf der Seele brannte.

»Ja, das kann ich«, er nickte bedächtig. »Aber du musst bedenken, ich war nur sehr kurz bei Bewusstsein, bevor wir irgendwie hierher zurückgelangt sind. Als wir dann plötzlich wieder unter unserer Eiche standen, habe ich gedacht, ich hätte mir das alles nur eingebildet. Ich kann jetzt verstehen, dass man Øland *die vergessene Insel* nennt.«

Flo erging es ähnlich. Wären da nicht die weiße Feder und die Narbe auf ihrer Schulter, sie hätte an sich selbst und ihrem Verstand gezweifelt, tat es ja immer noch. Deshalb war es für sie so ungeheuer wichtig zu erfahren, ob Hannes sich ebenfalls daran erinnern konnte.

»Habt ihr, ich meine Kiki und du, habt ihr darüber gesprochen?«

Hannes schüttelte vehement den Kopf: »Nein, auf die Idee wäre ich gar nicht gekommen. Ich selbst bin kurz vor Kiki wach geworden und war heillos mit der Situation überfordert. Zuerst wusste ich überhaupt nicht, wo ich war. Alles war irgendwie vertraut, aber ich hätte einen heiligen Eid geschworen, noch nie vorher dagewesen zu sein. Irgendwann hat es bei mir Klick gemacht und ich habe begriffen, dass es der Steinkreis aus Eikes Erzählungen sein musste. Das hat das Ganze nicht besser gemacht, im Gegenteil. Als ich dann den Raben und die Möwe gesehen habe und Gin mit diesem Hund, war ich kurz davor durchzudrehen. In dem Moment wurde auch noch Kiki wach und ich musste mich um sie kümmern. Zum Glück kamt ihr dann ziemlich schnell angelaufen und ehe wir irgendwelche Fragen stellen konnten, war der ganze Spuk vorbei.«

Er holte tief Luft, als hätte er einen schnellen Dauerlauf hinter sich.

»Oh Hannes, ich wusste ja nicht, dass es so für dich gewesen ist!«

T. S.

Der Montagmorgen brachte neue Aufgaben mit sich. Als Erstes rief er in der örtlichen Kleintierpraxis an und vereinbarte einen Termin. Ruby sollte sich an den Besuch bei der Tierärztin gewöhnen, damit sie im Ernstfall Vertrauen zu ihr hatte. Anschließend telefonierte er mit verschiedenen Presseagenturen und fragte nach seiner Tochter. Wie zu erwarten, konnte oder wollte man ihm dort keine Auskunft geben, er hatte auch nicht wirklich damit gerechnet. Später würde Antonio kommen, er wollte mit ihm besprechen, wie man den Garten neu gestalten könnte.

FLO

Das Gespräch mit Hannes hatte Flo aufgewühlt und nur widerwillig machte sie sich an die Hausaufgaben. Heute stand als Erstes ein Aufsatz über den Mauerfall der DDR auf ihrem Programm. Dazu brauchte sie das Internet. Da sie schon mal im Netz war, gab sie den Namen Kiki von Borch ein. Dort lächelte ihr eine perfekt geschminkte Kiki in einem enganliegenden Hosenanzug entgegen. Flo zuckte unwillkürlich zusammen, dieses Bild hatte so wenig Ähnlichkeit mit der Frau, die sich gestern Morgen im Möweneck von ihnen verabschiedet hatte.

»Welches ist denn nun die richtige Kiki?«

»Was meinst du?« Hannes war hinter sie getreten. »Na, die Frau hier auf dem Bild, oder die Kiki, die wir heute kennengelernt haben.«

Er schaute sich daraufhin das Foto genauer an.

»Ich verstehe, was du meinst. Der Unterschied ist frappierend. In ihrem Beruf ist es von Vorteil, dass sie mit einer gewissen Distanziertheit an die Dinge herangeht. Die Kehrseite ist, dass Kiki aus Angst, verletzt oder enttäuscht zu werden, bisher keine Gefühle zugelassen hat. Sie muss lernen, dass Emotionen etwas Positives sind. Dazu ist es nötig, dass sie ihren Schutzpanzer, den sie sich zugelegt hat, durchbricht. Du kannst es mit einer Raupe vergleichen, die zum Schmetterling wird. Ich denke, Kiki hat begriffen, dass sie mit der Vergangenheit Frieden schließen muss. Ob ihr dies gelingt, wird erst die Zukunft zeigen, ich wünsche es ihr jedenfalls von Herzen.«

T. S.

Er war mit Ruby auf dem Weg zur Tierärztin. Wenig später betrat er die Praxis von Annemarie Vogel. Die Empfangsdame reichte ihm ein Formular.

Name des Hundes: Das war einfach, Ruby!

Name und Anschrift des Besitzers: Jetzt wurde es schon deutlich kniffliger. Er holte noch einmal tief Luft, und dann schrieb er seinen richtigen Namen. Nein, nicht denjenigen seiner Frau, den er bei der Eheschließung angenommen hatte, sondern den Namen, den seine Eltern ihm vor fünfundsiebzig Jahren gegeben hatten: Tamme Schäfer.

Mit einem Mal klopfte sein Herz doppelt so schnell, aber nicht aus Furcht, sondern weil es sich so verdammt gut und richtig anfühlte. Am liebsten hätte er laut gejubelt. Bisher war er immer nur darauf bedacht gewesen, nicht gefunden zu werden, sodass er sich möglichst unverfängliche Allerweltsnamen zugelegt hatte. Doch in letzter Zeit hatte er schon mehrfach mit dem Gedanken gespielt, seinen alten Namen wieder anzunehmen. Jetzt hatte er es wirklich getan.

Ihm wurde bewusst, dass er damals bei der Heirat nicht nur seinen Namen, sondern auch seine Identität aufgegeben hatte. Noch heute konnte er die mäkelnde, hochnäsige Stimme seiner Schwiegermutter hören:

»Du wirst natürlich den Namen der von Borchs annehmen. Außerdem ist Tamme als Vorname inakzeptabel. Wir werden dich nach meinem Großvater nennen.«

So war aus ihm Karl von Borch geworden. Wieso hatte er sich das alles widerstandslos gefallen lassen? Was wäre damals passiert, wenn er sich geweigert hätte?

»Sind Sie fertig?«, die Stimme der Sprechstundenhilfe riss ihn aus seinen Gedanken. Er reichte ihr das Formular und fühlte sich dabei großartig.

Eine halbe Stunde später waren sie fertig. Ruby hatte sich mustergültig verhalten. Nun wollten sie noch ein paar Aufnahmen von ihr machen und hatten ihn gebeten, so lange im Wartezimmer Platz zu nehmen. Gedankenverloren blätterte er durch eine der Zeitschriften, die hier auslagen. Bei einem Artikel blieb er hängen: *Der Schleusenwärter von Moorfleet.*

Wo nur hatte er schon einmal etwas von dem Ort gehört? Es dauerte einen Moment, bevor es ihm wieder einfiel, die junge Frau aus dem Friseursalon hatte davon erzählt. Was für ein lustiger Zufall. Gerade wollte er sich in den Artikel vertiefen, als man ihm Ruby zurückbrachte. Kurzentschlossen legte er zehn Franken auf den Tresen und bat, die Zeitschrift behalten zu dürfen. Noch vor wenigen Wochen hätte er sie einfach mitgehen lassen.

FLO

Frustriert klappte Flo das Geschichtsbuch wieder zu. Sie konnte sich einfach nicht auf den Schulstoff konzentrieren. Ihre Gedanken kreisten noch immer um Kiki und die Geschehnisse der Sturmnacht.

»Alles in Ordnung mit dir?«, Hannes schaute sie über den Rand seiner Zeitung hinweg fragend an.

»Ach, ich weiß doch selbst nicht so genau, was los ist. Ich verstehe noch immer nicht, wie es möglich war, dass wir in Øland waren. Mein Verstand versucht, alles anzuzweifeln, und ich selbst möchte glauben, dass es sich genauso zugetragen hat.«

Flo schwieg, doch es sah so aus, als wolle sie noch etwas hinzufügen, deshalb fragte Hannes: »Aber? Da ist doch noch etwas anderes? Raus mit der Sprache!«

»Ich habe ein bisschen Angst vor der Untersuchung nächste Woche«, gab sie zu. Flo sollte zu einem Lungenfunktionstest nach Kiel, der darüber Aufschluss geben würde, inwieweit sie wieder belastbar war.

»Weshalb?«

»Weil ich nicht weiß, was ich mir wünschen soll.«

Hannes sah Flo ehrlich erstaunt an: »Wie soll ich das denn verstehen?«

»Ich will ja wieder gesund sein oder werden, aber andererseits …«

Er wartete einfach still ab, bis sie die richtigen Worte fand: »Zum einen habe ich Sehnsucht nach allem, was ich daheim zurückgelassen habe. Andererseits fühle ich mich mittlerweile hier so zu Hause, dass der Gedanke, bald abzureisen, sich völlig falsch anfühlt.«

»Ach, komm mal her, du dummes Küken!«, Hannes zog Flo fest in seine starken Arme. Dann hob er sanft ihren Kopf an, damit sie ihm in die Augen schaute, und fragte: »Hat irgendjemand davon gesprochen, dass du nach Hause fahren sollst?«

Verzagt schüttelte sie den Kopf: »Nein, ich dachte ja nur, weil ich schon so lange bei dir bin, und wenn es keinen Grund mehr gibt, noch hierzubleiben ...«, traurig ließ sie die Schultern hängen.

Langsam wurde Hannes ungehalten: »Bist du vielleicht mal auf den Gedanken gekommen, dass ich dich unglaublich gerne bei mir habe und dass du ein absolutes Geschenk für mich bist?«

Kleinlaut meinte sie: »Ich habe doch gesehen, wie spannend du Kiki findest und dachte, ich wäre im Weg.«

»Florentine Bosquet, nun mach aber mal einen Punkt! Willst du, dass sich die Geschichte wiederholt? Ich bin damals geflohen, weil ich zu dumm war, Laura und meinen Vater zu fragen, wie sie zu mir stehen. Mach du bitte nicht denselben Fehler!«

Hannes schaute so böse, dass Flo nicht umhin konnte zu lächeln.

»Ist ja schon gut, ich habe verstanden, was du mir sagen willst«, sie war unendlich erleichtert.

»Nur fürs Protokoll! Ich habe nicht vor, etwas mit Kiki von Borch anzufangen. Also sind wir uns einig? Vorläufig bleibst du erst mal bei mir. Nächste Woche fangen die Sommerferien an. Du wirst dich jetzt in Ruhe bei mir erholen und dann werden wir gemeinsam mit Paul und Marlene besprechen, wie es weitergehen soll.«

Es war einer dieser seltenen, kostbaren Momente, in denen die Zeit stillsteht und alles möglich scheint. Mit einem Mal fand Flo den Lungenfunktionstest in der nächsten Woche gar nicht mehr so schlimm.

KIKI

»See you tomorrow«, Kiki beendete das Gespräch mit Marco Inacio. In einigen Stunden ging ihr Flug nach Lissabon. Sie blickte sich in ihrer Penthouse-Suite um. Seit sie aus Moorfleet zurück war, sah sie das Apartment mit anderen Augen. Es gab nichts mehr, was sie hier hielt. Was, wenn sie die Wohnung verkaufte und irgendwo anders einen Neuanfang wagte?

Und dann war da noch die Sache mit ihrem Vater. Bisher hatte sie keine ernsthaften Versuche unternommen, ihn zu finden. Es wurde Zeit, zu handeln. Sie hatte noch ein paar Minuten, bis das Taxi kam. Sie zog ihr Handy aus der Tasche und wählte die Nummer von Daniel. Sie kannten sich noch aus Schulzeiten und er hatte ihr ein paar Mal bei ihren Recherchen weitergeholfen.

»Meyer«, meldete sich eine Stimme nach dem dritten Klingeln.

»Hier ist Kiki, arbeitest du noch immer beim Personenschutz?«, kam sie direkt zur Sache.

»Ja, warum fragst du?«

»Ich brauche den Aufenthaltsort einer Person. Kannst du mir da weiterhelfen?«, sie gab ihm den Namen durch.

Falls er erstaunt war, so ließ er es sich nicht anmerken und meinte nur: »Geht klar. Das sollte nicht allzu schwierig sein. Ich gebe dir Bescheid.«

FLO

Flo fühlte sich wie befreit, es tat so gut zu wissen, dass sie noch bleiben durfte. Zum Arbeiten hatte sie gleichwohl keine Lust.

Spontan meinte Hannes: »Ich habe eine Idee. Wir trommeln die Truppe zusammen und machen eine Spritztour mit der Mixi.«

Als er Flos fragenden Blick sah, fügte er hinzu: »Lass dich überraschen, es wird dir gefallen!«

Wie sich herausstellte, handelte es sich bei der Mixi um eine kleine Motoryacht, die Jan gehörte. Wie immer waren Hannes' Skatbrüder sofort begeistert mit von der Partie.

KIKI

Ihr Flug wurde gerade zum Boarding aufgerufen, als ihr Handy klingelte. Ein Blick aufs Display zeigte ihr, dass es sich bei dem Anrufer um Daniel Meyer handelte. Ob er den Aufenthaltsort ihres Vaters bereits herausbekommen hatte? Ihr Herz klopfte mit einem Mal unnatürlich schnell, gleich würde sie es wissen. Sie nahm das Gespräch an.

FLO

Die vier Rentner gaben sich alle Mühe, Flo einen schönen Nachmittag zu bereiten. Jan mit seiner schicken Skippermütze sah beinahe wie ein richtiger

Kapitän aus und steuerte das Boot mit sicherer Hand durch das Hafenbecken. Manch einer an Land warf ihnen neidische Blicke zu. Leute blieben stehen, um ihnen zuzuwinken, und Flo winkte eifrig zurück.

Versonnen fragte sie sich, woher wohl dieses Bedürfnis kam. Ob es noch ein Urinstinkt aus früheren Zeiten war, als die Menschen zu großen Reisen in ferne Länder und Kontinente aufgebrochen waren?

Es war ein eigenartiges Gefühl, am Möweneck vorbeizuschippern, und sie machte eifrig Bilder mit ihrem Handy. Vom Wasser aus erschien alles viel größer und imposanter. Hannes hatte ihr erzählt, dass hier um 1715 herum bereits ein erstes Schleusenhaus errichtet worden war. Rund hundert Jahre später war es dann durch das heutige Gebäude ersetzt worden. Von Anfang an hatte das Möweneck den Friedrichsens gehört. Hannes hatte keine eigenen Kinder, somit würde es keinen weiteren Schleusenwärter in ihrer Familie geben. Der Gedanke stimmte Flo traurig, auch wenn das Haus in ihrem Besitz blieb.

Sie fröstelte, als sie das dunkle Schleusentor durchquerten, und war dankbar, als Jan Kurs auf die offene See nahm. Flo hätte sich nicht träumen lassen, dass es auf dem Wasser so schön sein konnte. Sie hatten in einiger Entfernung zur Küste den Anker geworfen, und die Mixi dümpelte sacht dahin. Die Sonne brach sich in den kleinen Wellen und zauberte Lichtreflexe, die das Meer in eine goldene Fläche verwandelten.

»Und, gefällt es dir?«, Sönke beugte sich zu ihr.»
»Und wie!«, Flo nickte eifrig.

KIKI

Der Flug am Dienstag war problemlos verlaufen. Den ganzen Mittwoch hatten Marco und sie mit Recherchen verbracht. Abends waren sie noch in einer Bar etwas trinken gegangen, und obwohl sie nur wenige Stunden geschlafen hatte, fühlte sich Kiki an diesem Morgen ausgeruht und bereit für den Tag. Jetzt verließ sie das Hotel und begab sich zum vereinbarten Treffpunkt ins *O Café*, ein kleines Bistro am Rande der Altstadt von Lissabon. Sie war bewusst etwas früher gekommen, um noch ein bisschen Zeit für sich zu haben. Kurz vor ihrem Abflug, hatte Daniel sie informiert, dass sich ihre Anfrage schwieriger als erwartet gestaltete. Wie hatte er sich doch gleich noch ausgedrückt?

»Da war ich wohl etwas vorschnell und habe den Mund zu voll genommen. Von deinem alten Herrn fehlt jede Spur.«

Kiki hatte so etwas schon fast geahnt. Jedenfalls hatte Daniel ihr vorgeschlagen, einen befreundeten Kollegen bei Interpol um Amtshilfe zu bitten. Sie hatte sich einen Tag Bedenkzeit erbeten. Jetzt holte sie ihr Handy aus ihrer Tasche und schrieb eine kurze Nachricht: »Das mit Interpol geht klar. Gruß Kiki.«

Gerade biss sie genüsslich in ihr *Pastel de Nata*, eine portugiesische Köstlichkeit aus Blätterteig und Vanillecreme, als hinter ihr Marcos Stimme ertönte:

»Bom dia, guten Morgen, das sieht gut aus. Ich glaube, ich nehme dasselbe«, er strahlte sie an.

Kiki konnte nicht umhin zuzugeben, dieser Mann

besaß einfach Stil. Selbst in den kurzen, ausgefransten Jeans und seinem einfachen T-Shirt sah er umwerfend aus. Marco wartete, bis die Bedienung seine Bestellung aufgenommen hatte.

Dann fragte er: »Hast du dir überlegt, wie du weiter vorgehen willst? Wirst du das Interview mit dem Vorstandschef machen?«

Kiki ließ sich mit der Antwort Zeit: »Nein, ich denke nicht, dass uns das weiterbringt. Wenn ich Dr. Siebers jetzt mit unseren Vorwürfen konfrontiere, wird er alles abstreiten, und *COHAMI* ist gewarnt. Ich möchte mit den betroffenen Müttern sprechen. Sie sollen die Möglichkeit bekommen, ihre Geschichte zu erzählen, ohne Angst haben zu müssen, dass sie dadurch noch größeres Leid erfahren.«

»Dann habe ich mich also nicht in dir getäuscht, dir geht es nicht nur um die Story, sondern tatsächlich um die Menschen. Ich habe hier die Adresse einer der Frauen, die am Versuchsprojekt von *My Healing* teilgenommen haben. Sie hat eingewilligt, mit uns zu reden. Wenn wir Glück haben, wird sie uns weitere Namen nennen.«

Online

Sie räumte gerade das Frühstücksgeschirr weg, als das Nebelhorn ertönte. Hannes war bereits unterwegs zum Markt, also öffnete sie die Tür. Vor ihr stand ein Elektriker im Blaumann, in der Hand einen schweren Werkzeugkasten.

»Moin, ich komme wegen dem Anschluss.«

Hannes hatte gar nichts von einem Anschluss gesagt. Also bat Flo den Mann, einen Augenblick zu warten, während sie sich vergewisserte, dass alles seine Richtigkeit hatte. Zum Glück erreichte sie ihn auf seinem Handy.

»Hör mal, da steht ein Elektriker und sagt, er will einen Anschluss installieren. Weißt du etwas davon?«

»Das hat schon seine Richtigkeit. Er soll reinkommen, Nils kennt sich im Möweneck aus.«

Ehe sie genauer nachfragen konnte, hatte Hannes das Gespräch bereits beendet. Also rief sie ihn direkt nochmals an: »Was für ein Anschluss denn?«

»Na, so ein Wifi oder wie man das nennt.«

»Du hast was?«, Flo traute ihren Ohren nicht, »soll das heißen, wir bekommen jetzt richtiges

Internet im Schleusenhaus?«

»Genau, und wo ich schon gerade dabei war, habe ich Nils auch gleich gebeten, mir ebenfalls einen ordentlichen Laptop und ein modernes Handy zu besorgen. Mit dem alten Knochen hier kann man ja nur telefonieren. Jetzt brauche ich nur noch eine E-Mail-Adresse und ein bisschen Nachhilfe von dir.«

Flo konnte nicht glauben, was sie da hörte: »Hat man dich einer Gehirnwäsche unterzogen oder so? Ich dachte, du findest das alles doof.«

Hannes lachte: »Keine Sorge, ich werfe nicht alle meine Grundsätze über Bord, aber ich war wohl etwas arg negativ gegenüber der modernen Technik eingestellt. Nils hat mir schon vor einiger Zeit angeboten, eine vernünftige Internetleitung legen zu lassen. Die Anschlüsse sind bereits vorhanden, er muss sie nur noch aktivieren.«

»Und warum jetzt so plötzlich?«

»Ich habe doch gesehen, wie blöd es für dich ohne vernünftiges Internet ist.«

Flo war sprachlos.

T. S.

Die Kleinbahn kam pünktlich in Moorfleet an. Vom Bahnhof aus war es nur noch ein kurzes Stück bis zum *Hafenhotel*. Tamme hatte es ausgewählt, da es in der Nähe des Schleusenhauses lag. Während der letzten Tage hatte er gründlich nachgedacht und war zu dem Schluss gekommen, dass er dringend mit Hannes Friedrichsen sprechen sollte.

Er hatte den Schleusenwärter und die alte Eiche sofort auf den Fotos in dem Artikel wiedererkannt. Es bestand kein Zweifel: Dies war der Mann aus dem Traum. Er hatte neben seiner Tochter gestanden, als sie um Hilfe geschrien hatte. Doch wie konnte man von einem Ort oder einer Person träumen, die man nie zuvor persönlich gesehen hatte? Tamme war kein besonders gläubiger Mensch, aber er war sich sicher, dass es kein Zufall war, dass er ausgerechnet auf diesen Artikel im Wartezimmer der Praxis gestoßen war. Also hatte er hier im Hotel ein Zimmer gebucht, alles Weitere würde sich zeigen.

KIKI

Sie saßen in einem der vielen Strandrestaurants außerhalb von Lissabon und ließen den Tag Revue passieren. Die erste Frau war ein Glücksfall gewesen. Dank ihrer Hinweise hatten sie jetzt die Berichte von einem guten Dutzend Familien.

Marco Inacio hatte sich als einfühlsamer Interviewer erwiesen. Er hatte zugehört, ohne die Betroffenen zu drängen, und hatte ihnen den Raum gegeben, von ihrem Schmerz zu erzählen. Auch wenn Kiki nur wenig Portugiesisch verstand, waren die Emotionen deutlich spürbar gewesen. Mit einem Paar waren sie gemeinsam zum nahegelegenen Friedhof gefahren. Das kleine Kindergrab und die unsagbare Trauer in den Augen der jungen Frau hatte sie fast nicht ertragen.

Einzig die letzte Interviewpartnerin war

eigenartig gewesen. Kiki wusste nicht, weshalb, aber bei ihr hatte sie kein gutes Gefühl.

Mitten in ihre Überlegungen fragte Marco: »Was meinst du, machen wir Schluss für heute, oder hättest du noch Lust, einen Blick auf die Villa von Dr. Siebers zu werfen? Das Anwesen des Vorstandschefs von *COHAMI* befindet sich hier ganz in der Nähe.«

»Warum nicht, ein kleiner Abstecher kann ja nicht schaden.«

FLO

Hannes klappte seinen neuen Laptop zu, ihm schwirrte der Kopf. Über Stunden hatte Flo ihm alles erklärt, und sie hatte es genossen, dass für ein Mal sie die Lehrerin und er der Schüler gewesen war. Jetzt erhob er sich stöhnend.

»Was hältst du von einem Spaziergang im Watt?«

Sie wollten sich gerade auf den Weg machen, als das Telefon klingelte. Hannes machte auf dem Absatz kehrt und nahm das Gespräch an.

»Es ist Kiki, warte, ich stelle auf Lautsprecher.«

Sofort war ihre aufgeregte Stimme zu hören: »Ich kann nicht lange reden, es ist etwas ganz furchtbar schiefgelaufen. Wir müssen für ein paar Tage untertauchen; am besten irgendwo, wo uns niemand findet und wir ungestört sind.«

Hannes wollte etwas erwidern, doch Kiki schnitt ihm das Wort ab: »Nein, nicht bei euch im Möweneck und auch nicht in einem Hotel!«

Die Panik, die sie versucht hatte zu unterdrücken,

brach jetzt durch. »Die haben auf uns geschossen. Die müssen total verrückt sein.«

»Kiki, beruhige dich! Was ist passiert? Wer ist *die* und wo seid ihr? Bist du verletzt?« Hannes' langjährige Erfahrung als Leiter der Schleuse zahlte sich jetzt aus. Trotz der brenzligen Situation behielt er die Ruhe, seine Stimme klang sachlich und bestimmt.

»Wir sind noch in Lissabon. Marco hat einen Streifschuss abbekommen, er wird gerade genäht. Wir nehmen die Abendmaschine nach Hamburg.«

»In Ordnung, ich hole euch ab. Keine Widerrede, und ich weiß auch schon den perfekten Ort für euch.«

T. S.

Tamme war zurück in seinem Hotelzimmer. Es war ein unbeschreibliches Gefühl gewesen, sich mit seinem richtigen Namen an der Rezeption einzuschreiben. Später war er mit Ruby zu einem langen Spaziergang am Deich aufgebrochen. Nun hatte sie es sich auf ihrer Hundedecke gemütlich gemacht.

Es war ihm gelungen, relativ nahe ans Schleusenhaus zu kommen. Vom Deich aus hatte er einige gute Aufnahmen davon gemacht. Es war ihm eiskalt den Rücken runtergelaufen, als er die große Eiche gesehen hatte, denn er hatte den Baum aus seinem Traum wiedererkannt. Noch immer verstand er nicht, wie das möglich war.

Einmal hatte er aus der Ferne auch Hannes Friedrichsen gesehen, er war in sein Auto gestiegen und davongefahren. Morgen würde er wiederkommen und mit dem Mann sprechen. Hoffentlich konnte dieser ihm sagen, wo er seine Tochter fand.

FLO

Ursprünglich hatte Flo wach bleiben wollen, bis Hannes mit Kiki und Marco zurückkam. Irgendwann hatte die Müdigkeit gesiegt und sie war schlafen gegangen. Die zwei Journalisten würden im Kontrollturm wohnen, da sie dort ungestört arbeiten konnten, denn der Zutritt war für Unbefugte verboten.

Da gestern offiziell ihr letzter Schultag gewesen war, hatte Flo entschieden, heute auszuschlafen. Irgendwann trieb sie der Hunger aber dann doch nach unten. Auf dem Küchentisch fand sie einen Zettel:

»Moin, min Deern. Es hat alles bestens geklappt. Ich bin schon in der Schleuse. Die Katzen hatten bereits ihr Futter, lass dir nichts anderes einreden! Sie lügen, wenn sie behaupten, sie hätten Hunger. Ich melde mich später. Gruß Hannes.«

Flo musste bei diesem letzten Satz schmunzeln, denn Whisky strich lautstark maunzend um ihre Beine. Man hätte meinen können, die orangefarbene Katze hätte tatsächlich noch nichts zum Frühstück bekommen.

»Was mache ich denn jetzt mit dir?«, fragte sich Flo gerade, als es an der Haustür klingelte. In der Einfahrt stand ein Lieferwagen mit der Aufschrift *Express-Service*. Die dazugehörige Frau verschwand beinahe hinter einem riesigen Paket.

»Eilsendung für Florentine Bosquet, sind Sie das?

Sie müssen mir den Empfang quittieren«, die Frau hielt ihr einen Zettel hin. Sobald Flo unterschrieben hatte, stürmte sie zum Lieferwagen zurück, startete den Motor und brauste in einer Staubwolke davon.

»Die hatte es aber eilig«, murmelte Flo, während sie das Paket von allen Seiten neugierig betrachtete. Sie schleppte das Monstrum in die Küche und begann die vielen Lagen an Verpackungsmaterial abzuwickeln. Da hatte es jemand aber gut gemeint. Endlich hatte sie die letzte Schicht entfernt und stieß einen überraschten Jubelschrei aus. Sie glaubte zu träumen, als sie alles vorsichtig nacheinander aus dem Paket hob und auf den Küchentisch legte.

Hannes, dieser unglaubliche Mensch, hatte ihr die große Staffelei aus dem Laden geschenkt, die, welche sie so ausgiebig bewundert hatte. Doch damit nicht genug, er hatte noch drei Leinwände im XL-Format sowie diverse Pinsel und Farben zu der Lieferung hinzugefügt. Ganz unten im Paket lag eine Nachricht:

Meine liebe Flo, eigentlich wollte ich als Überraschung heute mit dir in den Laden fahren. Aber da ich ja nun im Kontrollturm bin, habe ich die Sachen liefern lassen. Ich hoffe, du hast Freude daran.

»Freude?« Das war eine absolute Untertreibung. Flo war selig. Keine zehn Minuten später hatte sie alles im Garten vorbereitet. Jetzt stand sie im Schatten der Eiche, vor sich die noch leere Leinwand, und war im Begriff, die erste Farbe aufzutragen, als sie irritiert innehielt.

Sie war so voller Tatendrang gewesen, dass sie sich noch gar nicht überlegt hatte, was sie malen wollte. Fast musste sie ein bisschen über sich selbst lachen. Flo beschloss, sich einfach von ihrer Intuition leiten zu lassen. Mit dem Himmel würde sie anfangen, den brauchte sie ja in jedem Fall.

T. S.

Ruby und Tamme waren bereits vor dem Frühstück schon bis zur Hafenausfahrt an der Mole gelaufen. Er hatte der Versuchung widerstehen müssen, direkt zum Schleusenhaus zu gehen. Mittlerweile war es später Vormittag und er sollte sich langsam auf den Weg dorthin machen, aber eine seltsame Scheu ließ ihn zögern. Hatte er überhaupt das Recht, mit seiner Tochter Kontakt aufzunehmen? Was, wenn sie gar nichts von ihm wissen wollte? Andererseits, was hatte er denn schon zu verlieren? Er atmete die Beklemmung weg und machte sich auf den Weg.

KIKI

Kiki und Marco saßen an diesem Freitagmorgen mit Hannes in der Personalküche des Kontrollturms. Um keine unnötige Neugier bei seinen ehemaligen Kollegen zu wecken, hatte er behauptet, sie würden ein Buch über verschiedene europäische Seehäfen schreiben. Die Ereignisse des gestrigen Tages steckten ihnen noch in den Knochen.

Gerade meinte Kiki: »Ich kann es immer noch nicht fassen, dass die ohne Vorwarnung auf uns geschossen haben. Es war wie in einem schlechten

Film.«

»Eins ist jedenfalls klar«, stellte Marco fest, »wir können jetzt nur noch dafür sorgen, dass unsere Ergebnisse so schnell wie möglich ins Netz kommen. Wir müssen davon ausgehen, dass die unsere Namen kennen.«

»Du hast recht«, stimmte Kiki ihm zu. »In dem Fall lass uns schauen, dass wir die Artikel bis heute Abend fertigbekommen, dann schaffen sie es noch in die Samstagsausgabe«; nach dem, was sie gestern erlebt hatten, war Kiki fest entschlossen, die Geschichte dieser Familien zu schreiben.

»In Ordnung«, meinte Hannes, »dann lass ich euch arbeiten und schaue später wieder vorbei.«

FLO

Flo saß unterdessen auf der Bank vor dem Möweneck, das Gesicht genüsslich in die Sonne gestreckt, und machte eine Pause. Neben ihr lehnten mehrere Leinwände zum Trocknen. Sie war in Gedanken in Øland gewesen, hatte versucht, Sequenzen und Sinneseindrücke aus dieser eigenartigen Reise außerhalb von Zeit und Raum festzuhalten, ehe die Erinnerung daran vollständig verblasste.

Noch immer war sie sich nicht sicher, ob sie überhaupt wirklich dagewesen waren, geschweige denn, wie sie dorthin gelangt waren. Das Malen hatte ihr gutgetan. Es gab ihr das Gefühl von Wirklichkcit, was diesen merkwürdigen Ort anging.

»Die sind großartig!«

Beim Klang von Hannes' Stimme riss Flo die Augen auf, sie hatte ihn nicht kommen gehört.

»Himmel, hast du mich erschreckt. Seit wann bist du wieder da?«

Er setzte sich zu ihr auf die Bank.

»Wir waren heute Nacht gegen zwei Uhr hier. Ich habe die beiden direkt zur Schleuse gebracht. Kiki ist echt fertig. Es geht um ein krummes Ding bei einem großen Pharmakonzern. Sie vermuten, dass sie jemand verpfiffen hat und können nicht ausschließen, dass es ein Leck bei der Arbeit gibt, deshalb mussten sie untertauchen. Ihre Artikel sollen morgen online gehen. Marco und Kiki haben versprochen, uns alles zu erzählen, sobald sie mit ihrer Arbeit fertig sind.«

Er kam auf die Bilder zurück. »Hast du dir mal überlegt, nach der Schule Kunst zu studieren? Ich habe Øland sofort darauf erkannt.«

Flo errötete prompt.

»Schau nicht so erstaunt, ich meine das ernst! Du hast echt Begabung.«

Später am Nachmittag machte sich Hannes, beladen mit einem Korb voller Sandwiches, wieder auf den Weg zum Kontrollturm. Flo hingegen baute ihre Staffelei erneut im Garten auf, schlüpfte in ihre Malsachen, mischte die Farben und griff zum Pinsel.

Heute Morgen hatte sie wie eine Besessene, fast wie in Trance, gemalt. Jetzt ging sie bewusster vor, ergänzte mal hier oder da etwas, fügte einzelne Details hinzu. Die ersten beiden Bilder zeigten den Steinkreis sowie den kleinen See mit seiner Insel in der Mitte. Es war das dritte und letzte Bild, das Flo beim Betrachten eine Gänsehaut verursachte. Wieder einmal hatte sie das Gefühl, nicht selbst der Schöpfer gewesen zu sein, sondern nur ein Werkzeug, dessen sich eine höhere Macht bedient hatte.

Das Bild zeigte Øland vom Wasser aus. Auch hier war der Steinkreis in der Ferne zu erahnen. Aber anstatt der satten, leuchtenden Farben sah der Betrachter eine tote Welt in Gelb-, Rot- und Brauntönen, mit einer fast schwarzen Sonne. Man spürte die Totenstille, die über der Landschaft hing. Gerade wollte sie noch eine Stelle ausbessern, als sie aus dem Augenwinkel eine Bewegung wahrnahm.

KIKI

Mit einem leisen Stoßseufzer klappte Kiki den Laptop zu und streckte die steif gewordenen Glieder. Sie hatte das Gefühl, über Stunden gearbeitet zu haben. Vor ihr auf dem Tisch stand eine halb angefangene Tasse Kaffee, eine von vielen. Lasse Klüver, der erste Schleusenwärter, hatte es sich nicht nehmen lassen, sie persönlich mit Nachschub zu versorgen. Sie hätten es nicht besser treffen können. Sie hatten ein Zimmer mit Blick auf die Nordsee erhalten, und wann immer sie beim Schreiben eine Pause brauchte, hatte sie ihre Gedanken in die Ferne schweifen lassen können. Kiki sah zu Marco, der noch immer an seinem Laptop saß. Als hätte er ihren Blick gespürt, schaute er jetzt hoch.

»Und?«, wollte sie wissen.

»Gib mir noch eine halbe Stunde, dann sollte ich

auch fertig sein.«

Zufrieden nickte Kiki und begab sich in den Hauptraum, wo sie auf Hannes traf.

FLO

Nachdenklich blickte Flo dem Mann hinterher, der sich eilends entfernte. Sie hatte bereits gestern bemerkt, wie er immer wieder zu ihnen herübergeschaut hatte, wenn er sich unbeobachtet glaubte. Er hatte sogar Fotos vom Möweneck gemacht. Irgendwie hatte er sich eigenartig dabei benommen, so als wolle er nicht gesehen werden.

Anfangs war ihr der Mann wegen seines Hundes aufgefallen, der sie an Muriels Thor erinnert hatte. Eben hatte es so ausgesehen, als wolle er sie ansprechen, doch dann hatte er nur freundlich gegrüßt und auf dem Absatz kehrtgemacht. Irgendwie war er ihr bekannt vorgekommen, aber sie hätte nicht zu sagen gewusst, woher. Ob sie Hannes anrufen und ihm von der Begegnung erzählen sollte? Gehörte er vielleicht zu den Leuten, die hinter Kiki und Marco her waren? Flo verwarf den Gedanken wieder, das war absurd, so hatte er nicht ausgesehen.

T. S.

Warum nur hatte er sie nicht angesprochen? Etwas hatte ihn zurückgehalten. Tamme war so überrascht gewesen, die junge Frau aus dem Friseursalon aus Basel ausgerechnet hier im Schleusenhaus anzutreffen. Das hatte ihn völlig aus dem Konzept gebracht. Noch etwas verwirrte ihn, er war sich mit einem Mal sicher, dass es dieselbe Frau war, die er im Traum neulich auf Øland in der Höhle hatte, stehen sehen. Da hatte sein Unterbewusstsein aber einiges ganz schön durcheinandergewürfelt.

Und wenn es gar kein Zufall war? Was, wenn dies alles irgendwie zusammenhing? Er durfte jetzt keinen Fehler machen und wollte erst in Ruhe nachdenken. Sie hatte ihn so eigenartig angeschaut. Er hoffte inständig, dass er sie nicht zu sehr erschreckt hatte und sie ihn für einen Eindringling hielt oder gar die Polizei rief.

KIKI

»Geschafft!«, Kiki atmete ein letztes Mal tief durch und drückte auf *Senden*. Damit hatte sie, genau wie Marco, den Artikel an ihre Redaktion geschickt. Ihnen war klar gewesen, dass die Beweise nicht ausreichen würden, um den Börsengang von *My Healing* mit rechtlichen Mitteln zu stoppen. Stattdessen hatten sie einen Erlebnisbericht über Familien geschrieben, die ein Kind durch die Einnahme von Medikamenten während der Schwangerschaft verloren hatten. Der aufmerksame Leser würde von selbst die richtigen Schlüsse ziehen – dies zumindest hofften sie.

Unter dem Titel *Die giftige Wahrheit* berichteten

die Frauen von ihrer Teilnahme am Versuchsprojekt. Sie erzählten vom Verlust ihrer ungeborenen Kinder, dem unsagbaren Schmerz und der Trauer, die auf die Fehlgeburten gefolgt waren.

Auf Fotos hatten sie in dem Artikel fast gänzlich verzichtet. Es gab nur das Bild eines frischen Kindergrabs, geschmückt mit Blumen und einem Teddy. Personen waren keine darauf zu sehen. Die Aufnahme war während eines Interviews entstanden. Es war dieses Bild, das Kiki dazu gebracht hatte, bis an den Rand der Erschöpfung zu schreiben und so viel zu riskieren.

Auch wenn, oder gerade weil der Artikel nicht sehr lang war, hatte sie Stunden dafür gebraucht, hatte jedes Wort sorgsam abgewogen. Aber das Ergebnis war es wert. Marco hatte die französische und portugiesische Version übernommen, den englischsprachigen Text hatten sie gemeinsam verfasst. Gut zwei Dutzend Mails hatten sie an befreundete Kollegen verschiedener Zeitungen und Onlineportale verschickt. Blieb abzuwarten, ob diese ihrer Bitte nachkamen und die Artikel ebenfalls druckten.

Muriels Vermächtnis

FLO

Das war doch mal wieder typisch. Endlich waren Sommerferien und sie hätte ausschlafen können, stattdessen veranstaltete Whisky bereits im Morgengrauen ein wahres Heulkonzert vor ihrer Zimmertür, weil sie angeblich Hunger hatte. Flo war davon überzeugt, dass die dicke, orangefarbene Katze in ihrem letzten Leben verhungert sein musste, warum sonst war sie dermaßen hinter ihrem Futter her? Sie fraß es nicht, nein, sie schlang es wie ein Saugbagger in sich hinein, und sie konnte sehr hartnäckig sein, wenn es um ihr Fressen ging. Sobald es hell wurde, war es für sie Tag und damit Futterzeit und das war in diesem Fall noch weit vor fünf Uhr.

Hannes schlief noch tief und fest; sie hatte ihn gestern spät heimkommen hören, als sie bereits im Bett gewesen war. Er hatte den Abend mit Marco und Kiki verbracht. Da sie nun einmal wach war, konnte sie ebenso gut auch aufstehen. Flo quälte sich aus dem Bett und füllte die Näpfe der Katzen. Draußen wurde es mit jeder Minute heller. Wenn sie sich beeilte, konnte sie den Sonnenaufgang im Watt erleben. Schnell schlüpfte sie in ihre Schuhe und schloss leise die Tür hinter sich. Um diese Uhrzeit war tatsächlich noch niemand außer ihr unterwegs, nur eine kleine Segeljacht steuerte gerade den Hafen von Moorfleet an. Wo die wohl zu dieser frühen Stunde herkam?

Der Wattboden und die Luft waren noch frisch und Flo fröstelte, sie schlug ein schnelles Tempo an, damit ihr warm wurde. Ein Blick in den Tidenkalender hatte ihr verraten, dass jetzt ablaufendes Wasser war. Sie brauchte sich also keine Sorgen machen, dass sie von der Flut oder einem volllaufenden Priel überrascht wurde. Während sie in Richtung Wasserkante unterwegs war, hielt sie instinktiv immer wieder nach der schwarzen Möwe und dem weißen Raben Ausschau. Wieso kamen die beiden nicht mehr?

Fast war es Flo, als hätte sie die ganze Geschichte mit der vergessenen Insel nur geträumt. Ihre Hand fuhr zu dem Lederband um ihren Hals, an dem sie noch immer die zwei Federn trug. Könnte sie doch auch ihr Amulett zurückbekommen! Obwohl sie es nur so kurz in der Hand gehalten hatte, fehlte es ihr. Sie schloss die Augen und konzentrierte sich auf ihre Atmung, wartete, bis es ganz ruhig in ihr wurde. Dann versuchte sie, sich Muriels Gestalt vorzustellen, wie sie in einem ihrer wunderschönen erdfarbenen Kleider vor ihr stand. In Gedanken rief sie ihr zu: »Gib mir ein Zeichen, wie ich zu dir gelangen kann!«

Lautes Gebell ließ sie zusammenzucken. Eine Frau im pinkfarbenen Trainingsanzug pfiff hektisch nach ihrem Pudel, der auf Flo zustürmte. Hunde waren hier im Watt verboten, und Flo warf den beiden einen bösen Blick zu. Die Frau murmelte eine Entschuldigung und entfernte sich eilends.

»So ein verdammter Mist!«, sie hatte das Gefühl, sie war kurz davor gewesen, eine Verbindung zu Muriel aufzubauen. Ganz deutlich hatte sie ihre Gegenwart gespürt. Nun war der Moment vorüber, und sie wusste, für dieses Mal war die Gelegenheit vertan. Die Uhr auf der Wetterstation am Strandaufgang zeigte kurz nach sechs, daher beschloss sie, einen Umweg über den Ort zu machen und frische Brötchen zu holen.

KIKI

Sie hatte schlecht geschlafen, was auch nicht weiter verwunderlich war. Die halbe Nacht hatte Kiki gegrübelt, ob es ein Fehler gewesen war, die Story auf diese Weise publik zu machen. Doch was war ihnen anderes übriggeblieben, als umgehend zu handeln? Noch war es zu früh für Reaktionen. Immerhin hatte sie sich davon überzeugt, dass das *Wirtschaftsjournal* den Artikel tatsächlich gebracht hatte.

Hagestolz war bei ihrem gestrigen Telefonat völlig ausgerastet, hatte aber einsehen müssen, dass ihnen keine andere Wahl geblieben war. Natürlich hatte er jegliche Verantwortung abgelehnt, offiziell wusste er nichts von der Publikation. Er hatte sich sogar extra früher ins Wochenende verabschiedet, damit man ihm ja nichts nachweisen konnte. Das war wieder mal typisch für ihn, dachte Kiki und drehte sich ein weiteres Mal auf die andere Seite.

FLO

Als Hannes gegen sieben Uhr nach unten kam, staunte er nicht schlecht. Flo hatte bereits den Frühstückstisch gedeckt und erwartete ihn.

»Nanu, bist du aus dem Bett gefallen?«

»So ähnlich«, brummte sie. »Whisky hat ein Ständchen vor meinem Zimmer gegeben. Hast du denn nichts gehört?«

»Nö, wenn ich schlaf, dann schlaf ich«, stellte Hannes lakonisch fest.

Beim anschließenden Frühstück berichtete Flo von der eigenartigen Begegnung vom Vortag. Nachdenklich meinte sie: »Ich kann mir nicht erklären, was der Mann von uns will.«

Auch Hannes schüttelte ratlos den Kopf. Normalerweise liebte Flo es, stundenlang gemeinsam am Tisch zu sitzen, aber heute war sie von einer seltsamen Rastlosigkeit ergriffen, die so gar nicht zu ihrem ausgeglichenen Wesen passen wollte. Sie stand auf, lief zum Bücherregal, zog wahllos ein Buch heraus und stellte es wieder zurück. Hannes schaute ihr eine Weile lang schweigend zu.

Rums! Er hatte seinen Kaffeebecher mit solchem Schwung abgestellt, dass ein Teil der braunen Flüssigkeit überschwappte.

»Was ist bloß los mit dir? Du läufst schon die ganze Zeit wie ein Tiger im Käfig durchs Zimmer. Stimmt etwas nicht?«

Flo kehrte zum Tisch zurück, kleinlaut meinte sie: »Ich weiß es doch auch nicht so genau. Es fing schon beim Aufwachen an. Ich kann es nicht in Worte fassen. Kennst du das Gefühl, etwas ganz Wichtiges vergessen oder übersehen zu haben und nicht zu wissen, was es ist? So ähnlich ergeht es mir. Es ist wie ein Gedanke oder eine Idee, die ich nicht zu fassen kriege.«

»Geht es um Øland?«, wollte Hannes wissen. »Wenn ja, lautet das Motto: Nicht denken! Vertraue deiner Intuition, du weißt, der Verstand bringt dich in diesem Fall nicht weiter. Ganz im Gegenteil, du kennst die Worte aus der Prophezeiung.«

»Du hast ja recht«, gab Flo reumütig zu. Sie schloss die Augen, versuchte, ihren aufgescheuchten Geist, zur Ruhe zu bringen, und konzentrierte sich ganz auf ihren Atem. Ein und aus, und ein und aus. Die Gedankenfetzen wurden weniger, und die Anspannung, die sie seit dem Aufstehen ergriffen hatte, fiel langsam von ihr ab. Ein Gefühl von Dringlichkeit blieb.

Das Bild einer Frau erschien vor ihrem inneren Auge, erst verschwommen, dann immer deutlicher.

»Muriel«, stieß Flo atemlos hervor. »Ich …« Sie musste ein zweites Mal ansetzen. »Ich habe schon die ganze Zeit das Gefühl, dass sie hier ist und mich zu sich ruft.«

Einen Moment war es still im Raum. Dann fügte Flo traurig hinzu: »Ich würde sie so gerne wiedersehen, aber es gibt keinen Weg. Ich kann nicht nach Øland gelangen, und Muriel hat die Insel noch niemals verlassen, das hat sie mir selbst gesagt.«

Hannes schaute Flo voll Mitgefühl an. Er überlegte kurz, dann meinte er: »Komm, lass uns einen Bummel durch den Ort machen, vielleicht fällt uns unterwegs eine Lösung ein. Nur hier rumsitzen und grübeln macht es in keinem Fall besser.«

T. S.

Als Tamme erwachte, musste er sich erst einmal orientieren, wo er sich befand. Dann fiel es ihm wieder ein: Moorfleet. Anstatt direkt aufzustehen, blieb er noch einen Augenblick lang liegen. Unbewusst griff er nach der *Schwarzen Sonne*. Inzwischen trug er das Amulett ständig und fühlte sich fast nackt, wenn er es zum Duschen ablegte. Noch vor wenigen Wochen hätte er dies für unmöglich gehalten.

Ohnehin hatte sein Leben eine Wandlung erfahren, die ihm fast unheimlich erschien. Er hatte sich aus dem Gefängnis seiner Angst befreit, nicht zuletzt, weil er nicht mehr befürchten musste, dass ihn die Schatten seiner Vergangenheit einholten.

Aber das allein war es nicht. An Bord der *Louise* hatte er zum ersten Mal erfahren, wie es sich anfühlte, wenn einem Menschen ohne Vorurteile begegneten, und er hatte begonnen, Vertrauen zu fassen. Jetzt gab es Caterina und Antonio in seinem Leben, und er hatte Ruby. Ein weiterer wichtiger Schritt war es gewesen, seinen wahren Namen wieder anzunehmen. So gesehen war es nur folgerichtig, dass er jetzt versuchen wollte, mit seiner Tochter Kontakt aufzunehmen. Er war bereit, sich seiner Vergangenheit zu stellen.

Heute würde er das Gespräch mit Hannes Friedrichsen suchen, und er würde herausbekommen, welche Rolle die junge Frau aus seinem Traum in der ganzen Geschichte spielte. Bei diesem letzten Gedanken konnte er spüren, wie das Amulett an seiner Brust ganz sachte zu vibrieren begann.

FLO

Wenig später machten sie sich auf den Weg ins Zentrum von Moorfleet. Ziellos liefen sie mal durch diese, mal durch jene Straße. Plötzlich sog Flo scharf die Luft ein.

»Was ist?«, wollte Hannes wissen.

»Es ist die Szene aus meinen Fieberträumen, die, die ich wieder und wieder geträumt habe.«

Hannes sah sie verständnislos an.

Aufgeregt erklärte Flo: »Als ich krank war und so hohes Fieber hatte, habe ich immer wieder geträumt, durch eine Stadt zu laufen und nirgends anzukommen und dabei etwas Entscheidendes zu verpassen. Genauso ist es jetzt.«

Bedächtig meinte Hannes: »Damals in deinen Träumen, da warst du doch sicherlich nicht mit mir unterwegs, oder?«

Erstaunt schüttelte Flo den Kopf: »Nein, da war ich immer ganz allein und niemand war da, um mir zu helfen.«

»Siehst du, das ist der Unterschied! Jetzt sind wir zu zweit, das heißt, du kannst das Ende deines Traumes umschreiben.«

»Aber wie?«

»Du brauchst ein Ziel!«, triumphierte Hannes.

»Ein Ziel?«, Flo war skeptisch.

Er nickte bekräftigend: »Ja, genau! In deinen Träumen gab es kein Ankommen, weil du nicht wusstest, wohin du gehen sollst.«

»Und wohin soll ich gehen?«, Flo sah noch immer ziemlich ratlos aus. »Meinst du den Hafen, wo mir das erste Mal die schwarze Möwe begegnet ist? Oder das Museum, wo wir das Feueramulett gestoh…, äh, *gefunden* haben?«

Hannes musste schmunzeln. »Wolltest du gerade *gestohlen* sagen?«; er wurde jedoch sogleich wieder ernst. »Nein, ich denke, wir dürfen nicht aktiv versuchen, Muriel zu finden. Ich glaube, für sie gilt dasselbe wie für Øland.«

Flo wusste, dass er recht hatte, doch das machte die Sache nicht gerade einfacher.

»Wohin gehen wir denn nun?«, wollte sie wissen.

»Wir gehen zum Markt«, verkündete Hannes entschieden. »Unsere Vorräte sind fast aufgebraucht und Kiki und Marco wollen später zum Essen kommen.«

Da der Markt genau in der anderen Richtung lag, machten die beiden auf dem Fuße kehrt und begaben sich zum Hafenplatz. Es herrschte bereits reges Treiben. Am Gemüsestand deckten sie sich mit Tomaten, Gurken und Blumenkohl ein. Zusätzlich erstand Hannes zwei Schalen mit saftigen, roten Erdbeeren. Vor dem Bäcker hatte sich eine kleine Schlange gebildet. Als sie an der Reihe waren, kaufte Hannes ein frisches Bauernbrot.

»So, jetzt gehen wir noch zum *Goldenen Honigtopf*«; zielstrebig führte er sie jetzt zu einem Stand am anderen Ende des Platzes.

»Moin, Fiete«, begrüßte Hannes den Mann hinter der Theke. »Ich hatte gehofft, dass du heute da bist, denn mein Tannenhonig ist alle.«

Hannes verstaute die zwei Gläser, die ihm dieser reichte, bei den anderen Einkäufen. Als sie sich zum Gehen wandten, fragte Fiete:

»Kennst du die Marktfrau da hinten? Ich habe sie hier noch nie gesehen. Sie hat fantastische Kräuter, einige davon waren mir völlig unbekannt.«

Hannes und Flo blickten in die angegebene Richtung. Dort stand ein uraltes Mütterchen mit einem klapprigen Bauchladen, auf dem sie ihre wenigen Waren feilbot. Ihr Rücken war so gebeugt, dass der Bauchladen fast ihre Knie berührte.

Hannes schüttelte den Kopf: »Nein, die ist mir neu.«

Als hätte die Alte seine Worte gehört, schaute sie jetzt zu ihnen hinüber, ihre Augen musterten sie prüfend.

KIKI

Es war bereits nach neun Uhr, als Kiki erwachte. Sie musste nochmals eingenickt sein. Der zusätzliche Schlaf hatte ihr gutgetan. Gleichwohl nagten noch immer Zweifel an ihr, ob es richtig gewesen war, den Artikel zu veröffentlichen. Die Euphorie des gestrigen Tages war verflogen.

Im Kontrollraum traf sie auf Marco. Lasse Klüver trat hinzu und stellte ihr unaufgefordert einen

Kaffeebecher hin. Dankbar nahm sie einen Schluck. Entschlossen straffte Kiki die Schultern, sie mussten den Tatsachen ins Gesicht sehen. Deshalb deutete sie auf Marcos aufgeklappten Laptop und fragte: »Tut sich schon etwas?«

Er schüttelte resigniert den Kopf. Jetzt schaltete sich auch Lasse Klüver ein: »Ihr schreibt gar kein Buch, habe ich recht?«

»Nein«, gestand Kiki, »es tut mir leid, dass wir gelogen haben. Man wollte uns im wahrsten Sinne des Wortes mundtot machen, deshalb brauchten wir einen Platz, an dem wir sicher und ungestört arbeiten konnten.«

»Hier, lies selbst!«, Marco schob ihm den Laptop hin.

Nachdem Lasse Klüver den Artikel gelesen hatte, meinte er schockiert: »Ich habe selbst einen kleinen Sohn. Wenn ich mir vorstelle …«, er brach ab. »Dürfte ich den Artikel einigen Freunden schicken?«

»Klar, je schneller er sich verbreitet, desto größer ist die Chance, dass wir etwas damit bewirken«, Kiki lächelte dankbar.

Sie wandte sich an Marco: »Weißt du was? Wir werden uns jetzt für ein paar Stunden nicht mehr um die ganze Sache kümmern, sondern uns wie ganz normale Touristen benehmen, und ich zeige dir Moorfleet. Später gehen wir dann zu Hannes und Flo ins Möweneck zum Essen.«

»Ist das dein Ernst?«, Marco war begeistert.

»Absolut, und die Handys schalten wir aus.«

»Was bin ich doch für ein glücklicher Pilz, dass ich dich habe!«, Marco strahlte sie an.

Kurz stutzte Kiki, dann musste sie herzhaft lachen: »Ich glaube, du meinst einen Glückspilz!«

»Ist das nicht dasselbe?«

Sie winkte ab: »Fast, und jetzt komm!«

FLO

Flo warf der seltsamen Marktfrau einen letzten Blick zu, dann wandte sie sich zum Gehen. Doch schon nach wenigen Schritten blieb sie stehen, es war, als hielte sie eine unsichtbare Macht zurück. Sie versuchte herauszubekommen, woher dieses Gefühl kam. Als sie sich suchend umdrehte, sah sie, dass die Alte sie noch immer fixierte. Ihre Augen waren von einem ungewöhnlich intensiven Blau. Flo kannte nur einen Menschen, der solche Augen hatte:

»Muriel!«, sie hatte den Namen unbewusst laut ausgesprochen.

»Wo?«, Hannes drehte sich suchend um. Flo war bereits losgesprintet und binnen weniger Augenblicke im Gedränge verschwunden. Er fluchte und versuchte, zu sehen, wohin sie gelaufen war. Mühsam bahnte er sich einen Weg durch die Menge.

Sie musste die Marktfrau finden, irgendwo hier musste sie doch sein. Warum war ausgerechnet heute so ein Betrieb? Hatte sie sich etwa getäuscht? Flo kam zu der Stelle, an der diese eben noch gestanden hatte, aber der Platz war leer. Bittere Enttäuschung stieg in ihr hoch. Gegen die Tränen ankämpfend sah sie sich noch einmal suchend um und hätte vor

Erleichterung beinahe aufgeschluchzt, als sie die Alte erblickte, die langsam mit ihrem Bauchladen in Richtung Hafen davonschlurfte.

T. S.

Das durfte doch nicht wahr sein, er hatte die beiden tatsächlich schon wieder verpasst. Auf sein Klingeln hin hatte niemand geöffnet. Mit einem Blick vergewisserte er sich, dass das Auto, eine uralte Ente, noch immer vor der Tür stand. Es blieb zu hoffen, dass sie bald zurückkommen würden. Tamme war fest entschlossen, heute mit Hannes Friedrichsen zu sprechen, auch wenn er den ganzen Tag hier warten musste. Nicht weit vom Haus entfernt stand eine Bank auf dem Deich. Von dort aus konnte er sowohl das Schleusenhaus als auch die kleine Straße, die vom Leuchtturm zum Grundstück führte, überblicken. Er machte es sich mit Ruby bequem.

FLO

Zum Glück war die alte Marktfrau noch nicht weit gekommen. Von Nahem sah sie noch viel älter aus, unzählige Runzeln und Falten zierten ihr Gesicht, das an einen verschrumpelten Apfel erinnerte. Schlohweiße Haare lugten unter ihrem Kopftuch hervor.

Zweifel überkamen Flo. War dies Muriel? Ihre geliebte Muriel, mit dem wunderschönen Haar, das die Farbe von reifem Korn hatte und dem ihren so ähnlichsah? Ob sie die Frau ansprechen sollte? Die Alte stand abwartend da und brabbelte unverständliches Zeug vor sich hin. Flo wusste nicht, welcher Gedanke sie mehr schmerzte, die Vorstellung, dass dieses alte, scheinbar schwachsinnige Weib ihre geliebte Muriel sein sollte, oder dass sie sich getäuscht hatte und sie gar nicht gekommen war. Zögernd machte sie einen Schritt auf die Frau zu.

In diesem Augenblick kam Leben in die Alte. Mit erstaunlicher Kraft packte sie Flo am Handgelenk und zog sie dicht zu sich heran. Dabei flötete sie mit krächzender Stimme: »Kräuter, schöne Heilkräuter, nur zwei Taler das Bündel.«

Sie drückte ihr einen Bund in die Hand. Es sah so aus, als wolle sie noch etwas hinzufügen, doch als einige andere Besucher auf sie aufmerksam wurden, lief sie eilends davon.

Verwirrt starrte Flo noch immer der Marktfrau hinterher. In dem Moment kam Hannes außer Atem bei ihr an.

»Was ist in dich gefahren, so mir nichts, dir nichts zu verschwinden?«, wollte er aufgebracht wissen. Als er ihr kreideweißes, tränenüberströmtes Gesicht erblickte, bereute er seinen scharfen Tonfall sofort.

Mit einem leisen Schluchzen barg Flo ihren Kopf an seiner Schulter. Beruhigend strich ihr Hannes über den Rücken, während er gleichzeitig versuchte, sie vor allzu neugierigen Blicken abzuschirmen.

Der Kreis schließt sich

T. S.

Tamme saß noch immer mit Ruby auf seiner Bank und beobachtete die Menschen, die vorbeikamen. Beinahe hätte er Hannes Friedrichsen und das Mädchen übersehen. Aber diesmal würden sie ihm nicht entwischen! Er schnappte sich Ruby und wollte ihnen folgen. In seiner Hektik loszukommen, verhedderte sich die Leine zwischen seinen Beinen und er verlor das Gleichgewicht. Hilflos ruderte er mit den Armen und erwischte dabei eine alte Frau, die gerade vorbeikam. Der Länge nach fielen sie beide hin. Fluchend kam Tamme auf die Knie und versuchte, sich aufzurichten. Ruby winselte kläglich und leckte sein Gesicht, was das Ganze nicht gerade besser machte.

Hoffentlich hatte die Alte sich nicht verletzt, das hätte ihm gerade noch gefehlt. Als er sich zu der Frau beugte, blickte er in zwei gütige Augen, von einem solch strahlenden Blau, dass er für einen Moment alles andere um sich herum vergaß. Gerade wollte er sich bei ihr entschuldigen, da sagte sie etwas äußerst Merkwürdiges.

»Danke, mein Sohn, ich hatte um Hilfe gebeten und du wurdest mir geschickt.«

Was meinte sie damit? Vielleicht war die Frau von einer Sekte oder nicht ganz richtig im Kopf?

Sie stieß ein keckerndes Lachen aus, was ihn an eine Krähe erinnerte.

»Du bist Träger des Zeichens.«

Bei ihren nächsten Worten erschrak er.

»Du bist ein Kind Ølands, du trägst die *Schwarze Sonne*.«

Automatisch fuhr seine Hand zu dem Amulett, es strahlte heller als je zuvor. Tamme war unfähig, einen klaren Gedanken zu fassen. Die Frau hatte eindeutig die Führung übernommen, sie holte ein blaues, zusammengeschnürtes Bündel hervor.

»Dies wirst du von mir überbringen.«

Er wollte fragen, wem er es geben sollte, aber da war sie schon erstaunlich flink aufgestanden, hatte Ruby einmal über den Kopf gestreichelt und war in Richtung Hafen verschwunden. Verdutzt starrte er abwechselnd auf das Bündel in seiner Hand und die kleiner werdende Gestalt.

FLO

Flo wusste später nicht zu sagen, wie sie zum Schleusenhaus zurückgekommen war. Die Kräuter, welche ihr die Alte gegeben hatte, legte sie achtlos auf den Küchentisch.

»Ich brauche etwas Zeit für mich«, mit diesen Worten ließ sie Hannes in der Küche stehen und stürmte aus dem Raum. In ihrem Zimmer warf sie sich aufs Bett, leise schluchzte sie auf. Die

Achterbahnfahrt der Gefühle war einfach zu viel. Das ziellose Umherlaufen durch die Straßen, die Hoffnung, dass Muriel hier in Moorfleet sein könnte, und dann die eigenartige Begegnung mit der Marktfrau. Sie war Muriel so ähnlich gewesen und doch auch wieder nicht. Flo war zutiefst verwirrt, und die Sehnsucht nach Øland und ihrem Amulett schmerzte heftig.

Unterdessen stand Hannes ratlos in der Küche. Sollte er Flo allein lassen oder nach ihr sehen? Er wusste noch immer nicht, was sich vorhin auf dem Markt genau abgespielt hatte. Es musste irgendwie mit Muriel zusammenhängen, so viel hatte er verstanden. Gerade überlegte er, ob er nicht nach ihr schauen sollte, als eine Stimme hinter ihm ertönte.

»Entschuldigung, ich möchte nicht stören, aber die Tür stand offen und ich habe gerufen.«

Ein älterer Herr mit einem Hund stand vor ihm und lächelte ihn zaghaft an. Sofort musste Hannes an Flos Bericht beim Frühstück denken. Ob dies der Mann war, von dem sie ihm erzählt hatte? Er mochte um die siebzig sein und seine hagere, hochaufgeschossene Gestalt wirkte nicht unfreundlich, eher etwas unsicher.

»Guten Tag, mein Name ist Tamme Schäfer. Ich würde gerne in einer persönlichen Angelegenheit mit Ihnen sprechen«, stellte dieser sich jetzt vor.

Etwas an ihm kam Hannes seltsam vertraut vor, obwohl er sicher war, den Mann nie vorher gesehen zu haben. Um Zeit zu gewinnen, beugte er sich zu dem Hund: »Und wer bist du?«

»Das ist Ruby, ich habe sie letzte Woche aus dem

Tierheim geholt, sie ist noch etwas menschenscheu.«

Bei der Erwähnung ihres Namens wedelte die Hündin zaghaft mit dem Schwanz, drückte sich aber zugleich eng an das Bein des Mannes, als fürchte sie, etwas verkehrt gemacht zu haben. Tamme Schäfer strich ihr beruhigend über den Kopf. Diese beschützende Geste gab für Hannes den Ausschlag. Ein tierlieber Mensch konnte nichts Böses wollen, außerdem ahnte er inzwischen, wen er da vor sich hatte. Deshalb schlug er vor: »Gehen wir doch in den Garten, da redet es sich besser, ich hole uns nur kurz etwas zu trinken.«

Während Hannes einen Krug mit frischer Ingwer-Zitronen-Limonade zubereitete, dachte er fieberhaft nach. Die Ähnlichkeit mit Kiki von Borch war unverkennbar. Es waren nicht nur die smaragdgrünen Augen, es war mehr die Körperhaltung des Mannes, die ganze Art, sich zu bewegen. Die Frage war nur, sollte er Tamme Schäfer mit seinem Wissen konfrontieren oder erst einmal abwarten, was dieser zu sagen hatte.

Als er den Garten betrat, war er noch immer unschlüssig, deshalb fragte er: »Was führt Sie zu mir?«

»Ich bin auf der Suche nach meiner Tochter und ich hoffe, dass Sie mir dabei helfen können.«

Ein leises Lächeln stahl sich auf Hannes' Gesicht. »Wollen Sie mir verraten, warum Sie ausgerechnet jetzt nach Kiki suchen?«

Tamme konnte seine Überraschung nicht verbergen. »Woher wissen Sie, dass Kiki von Borch meine Tochter ist? Ich habe ihren Namen doch gar nicht erwähnt.«

Hannes' Lächeln wurde noch eine Spur breiter.

»Man sieht sofort, dass Sie ihr Vater sind. Aber Sie haben meine Frage noch nicht beantwortet«, beharrte er.

Jetzt musste Tamme einen Teil seines Geheimnisses preisgeben, sonst würde er von Hannes Friedrichsen nichts erfahren. Wo sollte er anfangen? Manchmal war die Wahrheit so haarsträubend, dass er zweifelte, ob der Mann ihm seine Geschichte glauben würde. Und da war noch etwas, das Tamme verwirrte. In der Küche hatten mehrere Bilder zum Trocknen gestanden. Wenn ihn nicht alles täuschte, dann zeigten sie Øland. Konnte dies alles mit seinem Amulett zusammenhängen? Er musste vorsichtig sein, auch wenn ihm der Mann sympathisch war.

Zögernd begann er: »Ich weiß, was ich Ihnen jetzt erzähle, klingt äußerst seltsam. Letzte Woche hatte ich einen Traum, in dem Kiki in Todesangst um Hilfe gerufen hat. Das eigenartige ist, Sie kamen ebenfalls darin vor, denn Sie standen mit ihr unter genau dem Baum, in dessen Schatten wir jetzt sitzen. Wenige Tage später habe ich dann durch Zufall den Artikel über Sie im *Magazin* gelesen und Sie wiedererkannt. Ich schwöre Ihnen, das ist die Wahrheit.«

Während Tamme Schäfer von seinem eigenartigen Traum erzählte, lag Flo oben in ihrem Zimmer auf dem Bett und versuchte ihre aufgewühlten Gedanken zu ordnen. Noch immer war sie sich nicht sicher, ob es sich bei der Frau wirklich um Muriel gehandelt hatte. Wenn ja, hatte diese ihr Leben bei der Aktion riskiert.

Es schmerzte Flo unerwartet heftig, dass sie noch

immer ohne ihr Amulett dastand. Zugleich war sie von tiefer Dankbarkeit erfüllt, denn durch die Ereignisse des heutigen Tages hatte sie begriffen, dass sie ihr Schicksal mitbestimmen konnte. Die endlosen Fieberträume, welche sie während ihrer Krankheit geplagt hatten, waren zu einem Ende gebracht worden, wenn auch nicht unbedingt zu einem guten.

Noch etwas war Flo inzwischen klar geworden: Wenn sie wieder in Basel war, wollte sie schauen, was aus dem Garten ihrer Kindheit geworden war. Sie hatte das unbestimmte Gefühl, dass es wichtig war, nochmals an diesen Ort zurückzukehren, denn er war ein entscheidender Wendepunkt in ihrem Leben gewesen.

KIKI

Während der letzten zwei Stunden hatten Kiki und Marco sich tatsächlich wie Touristen benommen. Sie waren auf dem Markt gewesen, hatten sich ein Fischbrötchen gegönnt und sogar eine Fahrt mit der kleinen Bimmelbahn gemacht. Es hatte gutgetan, die Gedanken, um den Artikel und die Geschehnisse in Lissabon eine Zeit lang zu vergessen. Doch so langsam bekam ihre Urlaubsidylle erste Risse, und die Realität blitzte hier und da durch.

Marco sprach es als Erster aus: »Ich glaube, es wird Zeit, dass wir herausfinden sollten, wie es um unseren Artikel bestellt ist.«

»Du hast recht«, stimmte Kiki ihm zu. »Wir müssen Klarheit erlangen. Lass uns ins *Hafenhotel* gehen, die haben da eine kleine Bibliothek, jetzt bei dem schönen Wetter sind wir dort wahrscheinlich allein.«

FLO & T. S.

Hannes hatte Tamme Schäfers Bericht schweigend zugehört. Noch vor wenigen Wochen hätte er ihn wahrscheinlich für eine abstruse, erfundene Geschichte gehalten, aber nach den Ereignissen der vergangenen Tage hielt er vieles für möglich. Von Kiki wusste er, was sich in ihrer Kindheit zugetragen hatte, und konnte sich vorstellen, dass es Tamme nicht leichtgefallen war, den Kontakt zu seiner Tochter zu suchen.

Noch verschwieg Hannes, dass Kiki ebenfalls beschlossen hatte, nach ihm zu suchen. Wenn es das Schicksal wollte, würden sich die beiden nachher hier begegnen, und wenn nicht, konnte er immer noch etwas nachhelfen. Das alles konnte jedenfalls kein Zufall sein, vielmehr keimte in ihm eine Ahnung, dass dies alles mit Øland zusammenhing.

Flo betrachtete sich ein letztes Mal im Spiegel, sie hatte die Spuren ihrer Tränen, so gut es ging, beseitigt. Jetzt wurde es Zeit, dass sie Hannes alles erzählte, er machte sich bestimmt schon Sorgen um sie. Als sie den Garten betrat, sah sie zu ihrer Überraschung, dass er nicht alleine war. Sie brauchte einen Moment, bis sie den Mann mit dem Hund vom Vortag wiedererkannte.

Hannes war aufgesprungen und sah sie besorgt an.

Leise fragte er: »Geht es dir besser?«, dann meinte er lauter: »Darf ich dir Tamme Schäfer vorstellen, er ist Kikis Vater.«

Flo staunte: »Dann hat sie ihn schon gefunden?«

»Nein, eher umgekehrt, er hat sie gefunden.«

»Wieso? Hat er sie denn auch gesucht?«, fragte sie verwirrt.

Hannes erklärte: »Wie es aussieht, hat er neulich in der Sturmnacht von mir und Kiki geträumt und mich dann später durch Zufall in dem Artikel vom *Magazin* wiedererkannt. Ist das nicht irre?!«

Jetzt erhob sich auch Tamme Schäfer und meinte: »Es tut mir leid, wenn ich dich«, er stockte, »ich meine, wenn ich Sie gestern erschreckt habe.«

Flo lächelte: »*Du* ist völlig in Ordnung, ich bin Florentine aber alle nennen mich Flo.«

»In dem Fall bin ich Tamme«, er reichte ihr die Hand.

»Und ich Hannes«, schloss sich dieser an. Zufrieden meinte er: »Na, dann wäre das ja auch geklärt.«

In diesem Moment wurden die drei durch ein seltsames, ängstliches Winseln unterbrochen, das aus der Ecke von Ruby kam. Die Hündin hatte sich, soweit es ging, in einem der Strandkörbe verkrochen, vor ihr, mit hoch aufgerichtetem Schwanz, stand Gin.

Sofort hatte Flo ein Bild aus Øland vor sich, wie die kleine Katze von Thor beschützt worden war. Sie musste zugeben, zwischen Ruby und dem Wolfshund bestand tatsächlich eine gewisse Ähnlichkeit, auch wenn die Hündin ein gutes Stück kleiner war. Jedenfalls schien ihr Anblick etwas in Gin ausgelöst zu haben, denn die kleine Katze stupste jetzt mit ihrer

Pfote ganz sacht an Rubys Schnauze, als wolle sie diese begrüßen. Nachdem sie einen Moment so verharrt hatte, legte sie sich wie selbstverständlich zwischen die Beine der Hündin.

»Und ich hatte Sorgen, dass meine Katzen Angst vor deinem Hund haben könnten«, Hannes hatte noch immer Mühe zu glauben, was er da sah. Fast hätte Flo sich verraten und von Thor erzählt, erst im letzten Moment hielt sie sich zurück.

Auch Tamme staunte nicht schlecht über die beiden, aber er war dankbar für die kurze Unterbrechung, denn sie gab ihm Zeit, die ganze Situation zu überdenken. Hatte er das richtig verstanden? Kiki suchte nach ihm? Auf die Idee, dass sie etwas mit ihm zu tun haben wollte, war er nie gekommen. Nachdenklich schaute er zwischen Hannes und Flo hin und her. In welchem Verhältnis standen sie zu seiner Tochter? Und dann war da noch die Frage, weshalb sie in seinem Traum von Øland vorgekommen war. Welche Rolle spielte sie in dem Ganzen?

Er wandte sich an Flo: »Von dir habe ich ebenfalls geträumt, allerdings hattest du …« An dieser Stelle stockte er, denn mit einem Mal kam ihm ein Gedanke. »Warte! In dem Traum hast du ein blaues Kleid getragen.«

Automatisch wanderte sein Blick zu dem Bündel, von der Alten. Sie hatte gemeint, er würde schon wissen, für wen es bestimmt sei. Konnte es sein, dass …? Ohne auf die verwunderten Gesichter von Flo und Hannes zu achten, bückte sich Tamme und holte das zusammengeschnürte Päckchen unter dem Tisch hervor. Als er die grobe Schnur löste, sah er, dass er sich nicht getäuscht hatte.

»Kann es sein, dass dies für dich bestimmt ist?«

Flo nahm das Kleid, ihr Kleid, entgegen, dabei bemerkte sie gar nicht, wie ihr die Tränen die Wangen hinunterliefen. Sie wollte ihm danken, ihm sagen, wie viel es ihr bedeutete, brachte aber keinen Ton heraus.

Tamme ahnte, dass Hannes und Flo einen Augenblick für sich brauchten. Deshalb meinte er: »Ich sollte kurz mit Ruby eine Runde drehen.«

»Aber du kommst doch wieder?«, Flos Stimme klang fast flehentlich. Sie war dankbar, dass er ihr die Möglichkeit gab, sich zu sammeln. Gleichwohl wollte sie nicht, dass er ging. Es gab so vieles, was sie ihn fragen musste.

Ein spitzbübisches Lächeln stahl sich auf Tammes Gesicht. »Und wie ich wiederkomme! Ich will doch schließlich wissen, weshalb du das Kleid in Øland in der Höhle getragen hast.«

KIKI

»Schau, da vorne ist es!«, Kiki wies auf das Möweneck.

»Dort wohnt Hannes?«, Marco war beeindruckt.

Sie hatten das *Hafenhotel* verlassen und waren auf dem Weg zum Schleusenhaus. Bei ihrem kurzen Ausflug ins Internet hatte sich gezeigt, dass sich tatsächlich etwas in Sachen *COHAMI* tat. Ihre beiden Artikel hatten bereits eine recht ansehnliche Zahl an Klicks erhalten, und Marco hatte sie sogar auf einigen anderen Seiten entdeckt. Das war ein erster guter Erfolg, aber noch nicht genug – wie eine Lawine, die kurz davor war, ins Rollen zu kommen. Die nächsten Stunden würden darüber entscheiden, ob das Ganze Fahrt aufnahm oder versandete.

Als sie jetzt zusammen auf dem Deich liefen, nahm Marco wie selbstverständlich Kikis Hand, was ihr Herz ärgerlicherweise zum Stolpern brachte. Wie konnte eine so kleine Geste sie dermaßen aus dem Takt bringen? Innerlich schüttelte Kiki über sich selbst den Kopf, dass sie fast enttäuscht war, als sie das Schleusenhaus erreichten. Sie wäre gerne noch eine Zeit lang mit Marco so weitergelaufen. Gerade wollte sie auf den Klingelknopf drücken, als sich die Tür bereits öffnete. Zu ihrem Erstaunen stand ein fremder Mann vor ihr.

T.S

Der Schock setzte mit kurzer Verzögerung ein, wie ein Donner, der erst einige Sekunden nach dem Blitz folgt. Vor ihm stand niemand anderes als seine eigene Tochter. Nach fast vierzig Jahren war jetzt also der Tag gekommen, an dem er sie wiedersehen durfte. So oft hatte Tamme sich vorgestellt, wie er sie in seine Arme nehmen würde und was er ihr sagen wollte. Doch es war stets nur ein Tagtraum gewesen. Deshalb starrte er sie nur an und brachte keinen Ton heraus.

FLO, KIKI & T. S.

Kiki versuchte zu begreifen, was hier gerade geschah. Ihr Vater? Hier im Schleusenhaus? Ihr messerscharfer Verstand, der sonst ihr treuester Begleiter war, hatte seinen Dienst quittiert.

Marco, der spürte, dass etwas Außerordentliches passierte, ohne zu verstehen, was es war, trat instinktiv hinter Kiki und legte ihr sacht eine Hand auf den Rücken. Wie um das Gleichgewicht wiederherzustellen, tat Hannes jetzt bei Tamme dasselbe. Damit war eine Pattsituation entstanden. Es war Flos unbeschwerte Jugend, welche den entscheidenden Impuls gab.

»Wow, das nenne ich mal ein Wiedersehen, das ist ja besser als im Film!«, ihre Begeisterung war so ehrlich und ungekünstelt, dass sie die unsichtbaren Mauern zwischen Vater und Tochter mühelos durchbrach. Freudestrahlend fügte sie hinzu: »Ich weiß, wie wir das jetzt machen. Tamme, du nimmst Kiki mit auf deinen Spaziergang, und wir anderen drei bereiten in der Zeit das Essen vor.«

Resolut nahm sie Rubys Leine, die Tamme beim Anblick seiner Tochter hatte fallen lassen, drückte sie ihm in die Hand und schob die beiden sanft, aber bestimmt aus der Haustür und schloss sie hinter ihnen. Kopfschüttelnd meinte sie: »Alles muss man hier selbst machen.«

Das Essen hatte fast zwei Stunden gedauert, da es immer wieder von langen Pausen unterbrochen wurde, in denen Kiki und Tamme abwechselnd berichteten.

Noch immer waren Vater und Tochter überwältigt von dem unverhofften Wiedersehen. Nur langsam begannen sie zu begreifen, was hier gerade geschah.

Inzwischen war die Küche aufgeräumt, und alle saßen bei einer Tasse Kaffee im Garten. Ohne groß darüber nachzudenken, nahm Kiki jetzt ihr Handy aus der Tasche und schaltete es ein. Entsetzt quietschte sie auf. Zweiunddreißig Anrufe in Abwesenheit, davon allein sage und schreibe neun vom Büro des *Wirtschaftsjournals*, dazu unzählige Textnachrichten. Sie überlegte noch, wie sie damit umgehen sollte, als bereits ein weiterer Anruf einging.

Nach einem Blick aufs Display stöhnte sie gequält: »Das ist Hagestolz, der will mir bestimmt die Hölle heiß machen wegen dem Artikel.«

»Ist das dein Redakteur, von dem du vorhin erzählt hast?«, Tamme beugte sich interessiert zu ihr. Als Kiki nickte, meinte er: »Gib mir mal das Telefon, das werden wir gleich haben!«, routiniert meldete er sich: »Pressebüro Kiki von Borch, was kann ich für Sie tun?«

Sofort ertönte Julian Hagestolz' aufgeregte Stimme, die ins Telefon bellte.

Tamme hörte sich den Erguss eine Weile lang an, dann schnitt er ihm resolut das Wort ab: »Herr Hagestolz, ich verstehe ja, dass Sie Frau von Borch persönlich zu dem außerordentlichen Erfolg gratulieren wollen, aber da sind Sie nicht der Einzige. Dank ihrer mutigen Publikation hat das *Wirtschaftsjournal* entscheidend dazu beigetragen, diesen Skandal aufzudecken. Frau von Borch ist in Klausur und wird sich nächste Woche persönlich bei Ihnen melden. Einen schönen Tag noch!«

Ohne eine Antwort abzuwarten, beendete Tamme das Gespräch und reichte Kiki das Handy zurück.

»So, der sollte dich jetzt erst mal in Ruhe lassen.«

»Aber wir haben doch gar keinen Erfolg mit dem Artikel, das war doch glatt gelogen und Hagestolz wollte mir sicherlich nicht gratulieren, so wie der geklungen hat«, Kiki war noch immer völlig perplex.

Ihr Tamme dagegen war die Ruhe selbst: »Doch, das wollte er, der gute Mann wusste es nur noch nicht, manchmal muss man den Dingen einfach etwas auf die Sprünge helfen, du wirst schon sehen.«

Marco schaute zwischen Vater und Tochter hin und her und brach in schallendes Gelächter aus.

»Quü-Quü, dein Vater ist der Hit! Ich glaube, zusammen seid ihr zwei unschlagbar.«

Tamme grinste zufrieden, dann wandte er sich an Flo: »Ich habe eine etwas seltsame Bitte, würdest du für mich das blaue Kleid anziehen? Ich möchte dich so gerne darin sehen.«

Er hätte ihr kein größeres Geschenk mit diesem Wunsch machen können. Schon die ganze Zeit hatte sie gegen den Impuls ankämpfen müssen, in ihr Zimmer zu stürzen und das Kleid anzuprobieren. Nur aus Rücksicht auf das Wiedersehen zwischen den beiden hatte sie darauf verzichtet. Deshalb nickte sie jetzt strahlend und eilte ins Haus.

Seit sie wusste, dass es Muriel irgendwie gelungen war, herzukommen, hatte die Freude sie von innen gewärmt. Nun stand sie vor dem Spiegel in ihrem Zimmer und schaute und schaute und schaute. Sie konnte es noch immer nicht glauben, dass sie das Meerkleid trug.

Die schwarze und die weiße Feder lagen wie ein Diamantcollier um ihren Hals. Flo hätte es nicht für möglich gehalten, dass sie gleichzeitig ein solches Glücksgefühl und so tiefe Trauer empfinden konnte. Das Amulett hatte sie heute nicht bekommen, doch mit dem Kleid war ihr ein unerwartetes Geschenk zuteilgeworden. Es zu tragen, ließ die Geschehnisse um Øland real werden, und es war wie eine liebevolle Umarmung von Muriel. Sie fühlte sich, als sei sie endlich bei sich selbst angekommen. Noch brauchte sie einen Moment, bis sie bereit war, zu den anderen in den Garten zurückzugehen.

In der Küche fiel ihr Blick auf das Bündel mit den Kräutern, welches sie vorhin achtlos dort hingeworfen hatte. Es lag noch immer auf der Anrichte. Sie nahm es hoch und roch daran.

Unwillkürlich dachte sie an ihren Fiebertraum zurück. Mit Muriels Kräutern hatte alles vor ein paar Wochen angefangen. Flo stutzte – etwas blitzte zwischen den Stängeln auf. Sie bog die Blätter auseinander, und dort eingebettet lag es – ihr Amulett! Das *Fünfte Element.*

Die Gespräche verstummten, als Flo den Garten betrat. Alle erhoben sich, es hielt keinen mehr auf den Stühlen. Was sie sahen, übertraf jede Vorstellung. Das blaue Gewand fiel in langen Bahnen um ihren schlanken Körper, als wäre es fließendes Wasser. Die Farben des Kleides waren dieselben wie die ihrer Augen. Man konnte meinen, ihre Seele spiegle sich darin. Das Amulett mit der schlichten Lederschnur hing um ihren Hals. Es fing die Sonnenstrahlen ein und warf sie gleich einem Prisma zurück.

Hannes suchte nach den richtigen Worten für das, was er bei Flos Anblick empfand. Priesterin? Herrscherin? Weise Frau? Nein, das traf es alles nicht. Dann wusste er es: »Die neue Hüterin von Øland!«

Noch während sie alle gemeinsam im Garten des Schleusenhauses standen, verließ ein kleines Segelboot den Hafen von Moorfleet. Weit oben am Himmel kreisten eine schwarze Möwe und ein weißer Rabe.

Epilog

»Hast du den Zettel mit der Adresse?«

»Warte, ja, da ist er«, Hannes kramte in seiner Hosentasche. »Hier steht, wir müssen in die Kopernikusstraße sechsundzwanzig.«

Es war ein heißer Sommerabend im August. Die Temperaturen waren heute nochmals auf über dreißig Grad geklettert. Gleichwohl lag ein erster Hauch von Herbst über Basel. Seit jenem denkwürdigen Tag Ende Juni waren sechs Wochen vergangen.

»Sag das nochmal!«, Flo war abrupt stehen geblieben.

»Kopernikusstraße sechsundzwanzig!«, wiederholte Hannes. »Was ist? Stimmt etwas nicht mit der Adresse?«

Flo starrte ihn noch immer ungläubig an.

»Doch, ich glaube nur, ich kenne das Haus. Allerdings bin ich mir nicht völlig sicher, ob es die richtige Nummer ist. Dafür ist das Ganze zu lange her.«

»Was ist zu lange her? Du sprichst in Rätseln«, Hannes schaute Flo neugierig an.

»Ich erkläre es dir nachher«, vertröstete sie ihn.

Wenig später gelangten sie zur Nummer sechsundzwanzig. Die steinernen Löwen standen noch immer davor, doch heute war das Tor nicht verschlossen. Fast ehrfürchtig berührte Flo die Mähne einer der Statuen und bekam eine Gänsehaut. Mehr zu sich sagte sie: »Diesmal brauche ich mich nicht heimlich aufs Grundstück zu schleichen.«

In diesem Moment begrüßte sie freudiges Hundegebell, und Tamme trat mit Ruby zu ihnen.

»Da seid ihr ja, wir haben euch schon erwartet.«

Die Hündin wedelte beim Anblick der zwei vertrauten Gestalten aufgeregt mit dem Schwanz. Flo beugte sich zu ihr runter.

»Na, meine Große, erkennst du uns wieder?«

»Es sieht ganz so aus«, bestätigte Tamme. »Kommt mit, wir gehen direkt in den Garten! Es ist schon alles vorbereitet.«

»Dann ist Kiki also auch schon da?«, wollte Hannes wissen.

»Ja, sie ist gestern zusammen mit dem Möbeltransport aus München gekommen. Die Umbauarbeiten im Ostflügel sind beinahe abgeschlossen«, Tamme klang glücklich.

»Dann habt ihr euren Plan also wirklich in die Tat umgesetzt und Kiki zieht zu dir nach Basel?«

»Wir sind jetzt sozusagen Nachbarn und wohnen Tür an Tür. Jeder von uns hat seinen eigenen Eingang und lebt für sich, aber wenn wir möchten, können wir uns jederzeit sehen. Das Haus war eh viel zu groß für mich allein«

»Schön habt ihr es hier. Fast wie in einem Park«, Hannes nickte anerkennend.

Tamme war sichtlich stolz: »Seit ich Catarina und Antonio habe, hat sich hier viel getan. Die beiden sind mit so viel Freude bei der Arbeit, das sieht man dem Haus und auch dem Garten an. Ihr werdet sie gleich kennenlernen, denn Catarina kocht heute für uns, und Antonio geht ihr dabei zur Hand. Ach, und da ist ja auch meine Tochter.«

Kiki kam aus dem Haus, beim Anblick von Hannes und Flo strahlte sie.

»Wie schön, dass es mit unserem Treffen geklappt hat.«

Sie umarmten einander zur Begrüßung.

Flo wandte sich an Tamme. »Ist es in Ordnung, wenn ich einen kurzen Gang durch den Garten mache?«

»Geh nur, wir haben noch etwas Zeit, bevor das Essen fertig ist!«

Wie selbstverständlich folgte Ruby ihr. Hannes, der Tammes erstaunten Blick bemerkt hatte, meinte lachend: »Gewöhne dich besser gleich daran, dieses Mädchen hat etwas an sich, das Tiere magisch anzieht. Ich habe bei meinen Katzen genau dasselbe erlebt.« Er deutete auf den festlich gedeckten Tisch. »Wunderschön sieht das aus. Aber ist das nicht ein Gedeck zu viel? Wir sind doch nur zu viert.«

»Warte es ab! Das hat schon seine Richtigkeit«, Tamme lächelte geheimnisvoll.

Jetzt mischte sich auch Kiki ein: »Mir wollte er ebenfalls nicht verraten, für wen der fünfte Teller ist. Aber ich finde auch, dass Papa das wirklich bezaubernd arrangiert hat.«

Tamme legte seine mit Altersflecken übersäte Hand auf ihre. Tränen standen ihm in den Augen.

»Das ist das erste Mal, dass du mich so genannt hast. Ich bin so froh, dass du mich im Traum gerufen hast, sonst hätte ich wohl nicht den Mut aufgebracht, mit dir in Kontakt zu treten.«

Hannes wandte sich an Kiki: »Erzähl, wie geht es Marco? Ist seine Schusswunde wieder ganz verheilt?«

»Ja, er lässt herzlich grüßen, momentan ist er irgendwo im Nahen Osten unterwegs.«

Sie machte eine Pause und seufzte. »Was *CO-HAMI* angeht, so gibt es eine gute und eine schlechte Seite an dem Ganzen. Fakt ist, dass wir zumindest einen kleinen Sieg errungen haben. Die Produktion von *My Healing* wurde eingestellt. Man hat den betroffenen Familien fachliche Hilfe bei der Aufarbeitung angeboten, und sie haben ein beträchtliches Schmerzensgeld erhalten. Aber das macht ihre Kinder auch nicht wieder lebendig. Mir ist zu Ohren gekommen, dass *COHAMI* plant, das Medikament unter einem anderen Namen auf den Markt zu bringen.«

Sie schwieg einen Augenblick. Dann meinte sie betont fröhlich: »Lasst uns das Thema wechseln, ich habe mich so auf diesen Abend mit euch gefreut und möchte ihn mir nicht verderben lassen!«

Flo kam von ihrem Rundgang durch den Garten zurück. Ihre Augen glänzten und ihre Wangen waren leicht gerötet. In ihrem blauen Kleid sah sie wunderschön fast wie gemalt aus.

In diesem Augenblick kündigte Antonio einen weiteren Gast an. Hannes schaute, stutzte und schaute nochmals, dann ging ein ungläubiges Strahlen über sein Gesicht.

»Das gibt es doch nicht? Bist du es wirklich? Was machst du denn hier?« Er stand auf und begrüßte den

Neuankömmling.

»Dasselbe könnte ich dich fragen«, vor ihm stand niemand anderer als Kapitän Philippe Dubois.

»Da staunt ihr, was!?«, Tamme grinste zufrieden.

Kiki dagegen blickte irritiert von einem zum anderen: »Kann mir mal jemand erklären, was hier vor sich geht?«

»Ich habe dir doch erzählt, dass ich im Juni eine Woche Urlaub auf einem Frachter gemacht habe. Es war reiner Zufall, dass ich mitbekommen habe, dass Philippe und Hannes seit vielen Jahren befreundet sind. Als unser Kapitän hier von seinem alten Freund in Moorfleet erzählt hat, habe ich mir nichts dabei gedacht. Erst als ich im Schleusenhaus eine Aufnahme von den beiden entdeckt habe, wurden mir die Zusammenhänge klar. Als wir vor einiger Zeit unseren gemeinsamen Abend planten, kam mir dann die Idee, Philippe dazu einzuladen, sozusagen als Überraschung. Ich hatte Glück, dass die *Louise* gerade in Paris vor Anker liegt. Von dort aus sind es mit dem TGV nur ein paar Stunden bis Basel. Wie es aussieht, ist mir die Überraschung gelungen.«

»Das kann man wohl sagen!«, Hannes strahlte.

»Jetzt ist mir auch klar, weshalb es ausgerechnet dieser Abend sein musste. Aber nun erzählt mal, woher ihr euch kennt!«, meinte Philippe Dubois anerkennend.

Es wurde ein langer Abend. Catarina und Antonio erwiesen sich als aufmerksame Gastgeber. Später, als die beiden nach Hause gegangen waren, wandte sich das Gespräch privateren Themen zu.

»Ihr habt mir noch gar nicht gesagt, wie Flo sich jetzt entschieden hat«, wandte sich Kiki an Hannes.

»Die Entscheidung ist ja auch noch ganz frisch. Ihr seid die Ersten, die davon erfahren. Flo wird bis auf Weiteres bei mir im Schleusenhaus wohnen. Zum einen war der Lungenfunktionstest nicht eindeutig und, was noch viel wichtiger ist, es fühlt sich für uns beide stimmig an«, Hannes lächelte bei diesen letzten Worten.

»Ich gratuliere«, Kiki klatschte ehrlich begeistert in die Hände, spontan umarmte sie Flo. »Das ist schon eigenartig, ich ziehe in den Süden und du in den Norden. Aber ich hoffe, dass du ab und zu hierherkommen wirst.«

Flo nickte. »Bestimmt, die Ferien verbringe ich in Basel.«

»Jetzt musst du uns aber noch erzählen, woher du Tammes Haus kennst«, bat Hannes.

Eine leichte Röte stieg ihr ins Gesicht.

»Ich war vor Jahren schon ein paar Mal hier. Damals bin ich heimlich über die Mauer geklettert und habe im Garten gespielt. Aber ich wusste nicht, dass das Haus bewohnt ist«, fügte Flo entschuldigend hinzu.

»Du warst das?«, staunte Tamme. »Deine Besuche waren damals das Highlight des Tages für mich. Einmal war ich noch im Garten, als du kamst, und ich musste mich hinter einem Baum verstecken. Ich habe dich reden hören. Es klang, als hättest du einen Freund dabei, aber gesehen habe ich immer nur dich.«

Flo lächelte still bei der Erinnerung an Raffi, doch

der blieb ihr Geheimnis. Stattdessen fragte sie Tamme: »Dann war das Haus also gar nicht verlassen? Alles sah damals so verwahrlost aus, dass ich dachte, hier wohnt keiner. Obwohl, einmal habe ich dich, glaube ich, am Fenster gesehen.«

»Ich war in jener Zeit in keiner guten Verfassung«, gab Tamme zu. »Weißt du eigentlich, dass wir uns diesen Juni in Basel begegnet sind?«

»Wie das?«, fragte Flo verwundert.

»Erinnerst du dich an den Tag, als du nach Moorfleet aufgebrochen bist? Da waren wir gleichzeitig beim Friseur. Du hast so begeistert von deiner Reise in den Norden erzählt, dass ich mich dann entschlossen habe, auf der *Louise* Urlaub zu machen.«

Kiki, die der Unterhaltung schweigend zugehört hatte, sah nachdenklich zwischen ihrem Vater und Flo hin und her.

»Findet ihr es nicht eigenartig, dass sich eure Wege immer wieder kreuzen? Jetzt tragt ihr auch noch beide diese Amulette. Ihr wollt mir doch nicht erzählen, dass dies ein Zufall ist.«

Instinktiv griffen beide nach ihren Schutzsteinen. Flo und Hannes hatten Tammes Amulett direkt bei ihrem ersten Treffen in Moorfleet bemerkt. Während Kiki und Marco zurück nach München gemusst hatten, war er noch geblieben. Nach anfänglichem Zögern hatten Flo und Hannes sich entschieden ihm alles, was sie über Øland wussten, zu erzählen. Im Gegenzug hatte auch Tamme von Roriks Aufzeichnungen und seiner Suche nach den Amuletten berichtet. Und sie hatten sich gegenseitig versprochen, niemandem davon zu erzählen. Nicht einmal Kiki wusste, was sich hinter der *Schwarzen Sonne* und den *Zwei Brüdern* verbarg.

Flo fand, dass Kiki es verdient hatte, die Geschichte zu hören. Deshalb meinte sie jetzt zu Tamme: »Ich denke, es wird Zeit, dass deine Tochter erfährt, was sich wirklich in der Sturmnacht zugetragen hat.«

Dann wandte sie sich an Hannes: »Wenn Du Philippe vertraust, dann sollte auch er von Øland erfahren. Ich spüre, dass er ebenfalls eine Rolle in dem Ganzen spielt.«

Hannes nickte bekräftigend und Tamme drückte kurz ihre Hand als Zeichen, dass er ihre Meinung teilte.

Flo wählte ihre Worte mit Bedacht: »Kiki, dies alles ist definitiv kein Zufall. Ich bin mir sicher, dass alles, was in den letzten Monaten passiert ist, seinen Grund hatte. Wie es aussieht, sind unsere Schicksale miteinander verwoben, nicht nur Tammes' und meins, sondern von uns allen. Der Ursprung all dieser Ereignisse liegt im Mittelalter. Wenn wir die Zusammenhänge begreifen wollen, müssen wir herausfinden, was damals passiert ist. Vor uns liegt noch ein weiter Weg.«

»Warte einen Moment!«, bat Tamme. Er reichte Flo ein in Leder gebundenes Buch. »Du weißt, was das ist?«

Flo machte große Augen. »Sind das Roriks Aufzeichnungen?«

Er nickte: »Vieles von all dem verstehe ich noch nicht. Aber auch ich denke, dass dies alles kein Zufall ist. Rückblickend kommt es mir so vor, als hätte schon damals eine höhere Macht ihre Hand im Spiel gehabt, als ich dieses Buch beim Poker gewonnen habe. Es ist der Grund, weshalb ich nach den Amuletten geforscht habe. Und in dem Sommer, als du zu mir in meinen Garten gekommen bist, habe ich die *Schwarze Sonne* gefunden.«

Er machte eine kurze Pause, bevor er fortfuhr: »Ich glaube die Amulette sind der Schlüssel. Meines hat einst Beeke gehört«, Tamme griff nach der *Schwarzen Sonne*. Er konnte die pulsierende Wärme spüren, die in diesem Augenblick von dem Stein ausging. Als er jetzt weitersprach, war er sich sicher, dass er das Richtige tat.

»Ich möchte dir Roriks Aufzeichnungen geben. Hannes hatte recht, als er dich die neue Hüterin von Øland nannte. Ich weiß, dass du dazu berufen bist, das Rätsel um die vergessene Insel zu lösen.«

Flos Stimme bebte, als sie jetzt fragte: »Bist du dir sicher?«

»Absolut!«

Ausblick
auf den zweiten Band
der Øland-Trilogie

PHILIPPE
An Bord der *Louise,*
Paris, 24. Dezember 2014

Vereinzelte Schneeflocken wirbelten aus den tief-
hängenden stahlgrauen Wolken auf die Dächer von
Paris herab, und ein eisiger Wind fegte durch die
Straßen. Kein angenehmes Wetter für den Heiligen
Abend, und wer nicht raus musste, blieb daheim.

An Bord der Louise stieß Kapitän Philippe
Dubois unwillkürlich einen erleichterten Stoßseufzer
aus, als er in der Ferne die Spitze des Eiffelturms er-
blickte. Vor ihnen lag noch eine gute halbe Stunde
Fahrt, dann hätten sie es geschafft und würden am
Jardin d'Erivan vor Anker gehen.

Routiniert lenkte Dubois den Schleppkahn durch
die vielen Brücken, welche die Seine überspannten.
Ein kleiner Tannenbaum zierte den Bug des Frachters. Die Lichter in seinen Zweigen wippten einsam
hin und her. Zum Glück war heute auf dem Wasser

nur wenig Betrieb. Ausflugsfahrten fanden keine statt, und die meisten Schiffe lagen bereits sicher vertäut an ihren Liegeplätzen. Auch die Louise hätte längst vor Anker gehen sollen, aber Probleme beim Löschen der letzten Ladung hatten zu einer mehrstündigen Verzögerung geführt. Gleichwohl war die Stimmung an Bord gut.

Ein köstlicher Duft wehte aus der Kombüse, wo Nicklas, der Smutje, gerade dabei war, das Festessen für den heutigen Abend zuzubereiten. Unterdessen deckte Frederik den Tisch. Der hünenhafte Däne war Dubois' rechte Hand und so ziemlich für alles zuständig, was an Bord anfiel. Er schmetterte lauthals Weihnachtslieder aus seiner Heimat, während er die Rotweingläser aus dem Schrank holte. Da sie morgen einen Ruhetag einlegen würden, gab es zur Feier des Tages eine gute Flasche Pinot Noir. Eine echte Ausnahme, normalerweise herrschte für die Besatzung absolutes Alkoholverbot an Bord.

Philippe Dubois peilte die nächste Brücke an. Er richtete den Frachter so aus, dass er passgenau zwischen den zwei gelben Rauten zu liegen kam, die ihm die enge Durchfahrt ermöglichen würden. Seine Aufmerksamkeit wurde jäh durch eine Gestalt abgelenkt, die auf geradezu halsbrecherische Weise auf dem schmalen Brückengeländer vor ihm balancierte. Der Mann war entweder extrem leichtsinnig oder lebensmüde. Das hatte ihm gerade noch gefehlt, dass so einer aufs Deck der Louise stürzte.

Innerhalb des Bruchteils einer Sekunde fällte der Kapitän die Entscheidung: Er stoppte die Maschinen, gleichzeitig stieß er einen gellenden Pfiff aus, der

Frederik auf den Plan rief. Dieser steckte den Kopf zur Tür hinaus. Dubois deutete auf die Gestalt, die jetzt gefährlich schwankte.

»Quel idiot, was für ein Dummkopf!«, entfuhr es ihm. Ächzend kam die Louise zum Stehen, sodass die beiden Männer jetzt einen Logenplatz belegten.

Vorsorglich löste Frederik einen der Rettungsringe, die in regelmäßigen Abständen am Frachter angebracht waren, während er den Mann nicht aus den Augen ließ. Dieser hatte jetzt auch die Louise bemerkt, zeigte ihnen den Mittelfinger und grölte unverständliches Zeug. Dabei verlor er endgültig das Gleichgewicht und stürzte in die Seine, wo er augenblicklich versank. Fast gleichzeitig schickte Frederik mit einem geübten Wurf den Ring in die Richtung des Fremden. Wenig später tauchte dieser hustend wieder auf.

Der Däne hatte gut gezielt, denn der Rettungsring schwamm keine zwei Meter entfernt auf dem Wasser. Langsam schien auch dem Mann der Ernst der Lage bewusst zu werden. Er begann jetzt wild mit den Armen zu rudern und um sich zu schlagen. Aber er schien unfähig, sich aus eigenem Antrieb zu retten.

»Merde, merde, merde, verfluchte Scheiße!«, schimpfte Frederik, während er bereits aus seiner Hose und den Schuhen schlüpfte. Beherzt sprang er in das graue, kalte Wasser und schwamm zu dem Ertrinkenden.

Mit vereinten Kräften gelang es der Besatzung der Louise, den Mann an Bord zu hieven. Wie ein nasser Wassersack lag er nun an Deck und wimmerte vor sich hin.

RAFFAEL
Vier Tage zuvor

Acht Uhr fünfzig, nur langsam drangen die Zahlen durch sein vom Alkohol vernebeltes Gehirn in sein Bewusstsein. Er hatte verschlafen! Ausgerechnet heute, wo es darauf ankam. Sein erster Impuls war es, Julie anzuschnauzen, warum sie ihn nicht rechtzeitig geweckt hatte. Doch der Platz an seiner Seite war leer.

Jetzt fiel es ihm wieder ein, seine Freundin war bereits gestern Abend zu einem Kongress nach Dijon aufgebrochen. Deshalb war er auch mit ein paar Kumpels um die Häuser gezogen und zu vorgerückter Stunde in einem zwielichtigen Nightclub gelandet. Unter den Frauen waren ein paar echt geile Dinger gewesen. Er bekam bei der Erinnerung direkt wieder einen Ständer. Doch jetzt war definitiv nicht der richtige Zeitpunkt dafür; gewaltsam zwang er sich, seine Gedanken auf das Dringlichste zu konzentrieren. Er sollte sich in eine passable Form bringen und zusehen, dass er schnellstmöglich ins Büro kam. Nachher bei dem Meeting mit den Japanern musste er sich von seiner besten Seite zeigen, denn es stand verdammt viel auf dem Spiel.

Wenn er es geschickt anstellte und den Auftrag für seine Firma an Land zog, dann winkte ihm ein fetter Bonus und er konnte auch mit einer Beförderung rechnen. Doch er brauchte eine gute Ausrede, weshalb er so spät dran war. Raffael konnte nur hoffen, dass man in der Chefetage sein Fehlen noch nicht bemerkt hatte.

Im Bad betrachtete er kritisch sein eigenes Spiegelbild und verzog missmutig das Gesicht. Normalerweise war Raffael ein ausgesprochen gutaussehender, attraktiver Mann. Mit seinen rehbraunen Augen, der sportlichen Figur und dem vollen schwarzen Haar eroberte er die Herzen im Sturm. Frauen und Männer jeden Alters drehten sich auf der Straße nach ihm um. Auch beruflich lief es für ihn hervorwagend; nicht zuletzt, weil sein Ehrgeiz keine Grenzen kannte. Er war sich nicht zu schade, seinen Körper einzusetzen, wenn es seinen Zielen dienlich war. Heute indes machte er keine gute Figur. Eine Rasur war überfällig, und die tiefen Ringe unter den Augen ließen ihn ungepflegt wirken. Immerhin auf seine Garderobe konnte er sich verlassen. Er riss seinen überdimensionalen Kleiderschrank auf.

Keine zehn Minuten später war er nicht wiederzuerkennen. Sein maßgeschneiderter Anzug saß perfekt, die Haare waren zurückgegelt, und seine Schuhe auf Hochglanz poliert. Während er unterwegs ins Stadtzentrum von Paris war, holte er alles aus seinem Porsche raus. Dass er dabei sämtliche Geschwindigkeitsbegrenzungen überschritt, interessierte ihn nicht. Wenn er weiter so gut durchkam, würde er es doch noch rechtzeitig schaffen, vielleicht reichte die Zeit sogar noch für einen schnellen Espresso vor dem Meeting.

So langsam kehrten seine gute Laune und die gewohnte Sieger-Mentalität zurück. Zumindest so lange, bis die Autos vor ihm scharf bremsten und alles zum Stillstand kam. Nervös trommelte er mit den Fingern aufs Lenkrad. Da, es tat sich etwas, Erleichterung durchströmte ihn, als er sah, wie die Autos vor ihm wieder anfuhren. Er startete den Wagen, doch statt des vertrauten Röhrens seines V8 Motors, war nur ein trockenes Husten zu hören. Ein Blick auf die hektisch blinkende Benzinanzeige verriet ihm den Grund: Er hatte vergessen zu tanken. Er fluchte unflätig und griff nach seinem Handy, um im Büro Bescheid zu geben. Erst jetzt bemerkte er, dass sein Mobilphone zusammen mit dem Portemonnaie noch immer zu Hause auf dem Küchentisch lag. Wie konnte man nur so blöd sein?

SVANTJE
Niederlande, Wolfsmond-Huys,
20. Dezember 2014

Heute war einer dieser Tage, an denen Svantje Van da Meer sich fragte, warum sie das Haus nicht schon vor Jahren verkauft hatte. Im Grunde ihres Herzens kannte sie die Antwort: sie hätte nicht gewusst wohin. Wolfsmond-Huys war das einzige Zuhause, das sie besaß. Seit Jakobs Tod vor nunmehr fünfzehn Jahren bewohnte sie das große Anwesen allein.

Gedankenverloren betrachtete sie an diesem Morgen die nebelverhangene Flussbiegung, über der sich erste Sonnenstrahlen durch die dichte Wolkendecke kämpften. Die Silhouetten zweier Fischreiher wurden sichtbar. Sie stolzierten durch das hohe Schilf, die langen Hälse anmutig gebogen. Die ganze Szene wirkte unwirklich, fast wie gemalt. Unter anderen Umständen hätte Svantje die Schönheit des Augenblicks zu schätzen gewusst, jedoch nicht heute.

Seit sie vor ein paar Tagen das Buch entdeckt hatte, war sie von einer inneren Unruhe und Rastlosigkeit ergriffen.

Neugierig hatte sie den in Leder gebundenen Band betrachtet, ohne zu ahnen, um was es sich dabei handelte. Schnell hatte sie die ersten Seiten überflogen und festgestellt, dass Jakob scheinbar eine Art Tagebuch geführt hatte. Warum hatte sie nichts davon gewusst? Sie hatte immer geglaubt, Jakob habe keine Geheimnisse vor ihr.

Nun lag der Band auf ihrem Nachttisch und schien sie zu verspotten, dass sie nicht den Mut fand, ihn zu lesen. Sie trat vom Fenster weg und nahm ihn erneut zur Hand, eine seltsame Scheu erfasste sie. Svantje wusste, wenn sie sich dazu entschloss das Buch zu lesen, würde es kein Zurück geben …

Zur Entstehung
der Geschichte

Viele Menschen träumen davon, ein Buch zu schreiben, ich anfangs nicht – ganz im Gegenteil. Vielmehr war es die Geschichte der vergessenen Insel, die zu Papier gebracht werden wollte.

Im Sommer 2020 an der dänischen Nordsee während einem Strandspaziergang kamen mir die ersten Ideen zu dieser Insel außerhalb von Raum und Zeit. Mit dem Namen *Øland* kam wie aus dem Nichts das Gedicht, welches am Anfang steht. Sehr schnell waren erste Figuren da, zunächst noch verschwommen, wie im Nebel, doch bald schon klar und bestimmt.

Das Gefühl, dass diese Geschichte erzählt werden will, war so stark, dass ich schließlich damit begonnen habe, sie niederzuschreiben. Zu glauben, ich könnte die Handlung bestimmen, erwies sich schnell als naiver Wunsch. Flo und Hannes hatten von Anfang an ihre eigenen Vorstellungen. Auf Seite achtzig kam dann Kiki von Borch dazu. Ebenso wie T. S. verlangte auch sie ihren Platz in der Geschichte. Also habe ich teilweise an drei bis vier Manuskripten gleichzeitig gearbeitet und diese wie die Stränge eines Zopfes miteinander verwoben.

Alle Figuren und Handlungen sind frei erfunden, jegliche Ähnlichkeiten mit real existierenden Personen oder Gegebenheiten sind rein zufällig und nicht beabsichtigt. Allerdings haben die Menschen in meinem Umfeld mir immer wieder als Inspiration gedient. Ein erstaunliches Phänomen war die Tatsache, dass ich häufig eine Szene geschrieben habe, um sie kurz darauf selbst zu erleben. Dies ist mir mehr als einmal passiert und hat mir zum Teil eine ziemliche Gänsehaut beschert.

Die Arbeit an diesem Buch hat mein Leben komplett verändert. Ich lebe einen Traum, von dem ich nicht wusste, dass er in mir geschlummert hat.

Genau darum geht es letztendlich, um den Mut, unsere Träume zu leben, und dass es nie zu spät für einen Neuanfang ist.

Wenn es mir gelungen ist, den ein oder anderen an seine eigenen Träume zu erinnern, dann ist dies die Magie der vergessenen Insel.

Danksagung

Was ist wichtiger?
Der Weg oder das Ziel?
Es sind immer die Gefährten,
die den Unterschied machen!
Chinesisches Sprichwort

Auf beruflicher Ebene waren mir die Firma *Der letzte Schliff* und insbesondere meine Lektorin Sieglinde Hollmer eine unschätzbare Hilfe.

Privat gilt mein tiefer Dank meinen drei Kindern und meinem großartigen Ehemann Alex Rauchfleisch, der es mir 2022 ermöglicht hat, meinen Beruf als Sozialdiakonin aufzugeben. Seitdem widme ich mich ganz dem Schreiben. Die Unterstützung, die ich durch Freunde und meine Familie erfahren habe, ist für mich ein kostbares Geschenk. Insbesondere die wertvollen Rückmeldungen meiner Tochter Finja waren eine wirkliche Bereicherung. So viele Menschen haben an dem Schreibprozess Anteil genommen und mich immer wieder ermutigt. Auf diese Weise habe ich mehr als eine Durststrecke überstanden.

DANKE!

Zur Autorin

Wiebke Momsen, 1972 in Bremen geboren, studierte Germanistik und Romanistik in Frankreich und Dänemark, bevor es sie in die Schweiz verschlug. Hier lebt sie heute mit ihrem Mann, drei Kindern sowie zwei Katern in Basel. Durch das Schreiben und Malen bleibt sie in Gedanken mit ihrer Heimat im Norden verbunden. Über *die Hüterin der vergessenen Insel* sagt sie: »Die Geschichte war eines Tages einfach da und wollte zu Papier gebracht werden«.

Weitere Informationen unter
www.wiebkemomsen.ch